시 의식의 벗기기 혹은 입히기

시 의식의 벗기기 혹은 입히기

채 수 영

The showing or covering of poetic consciousness

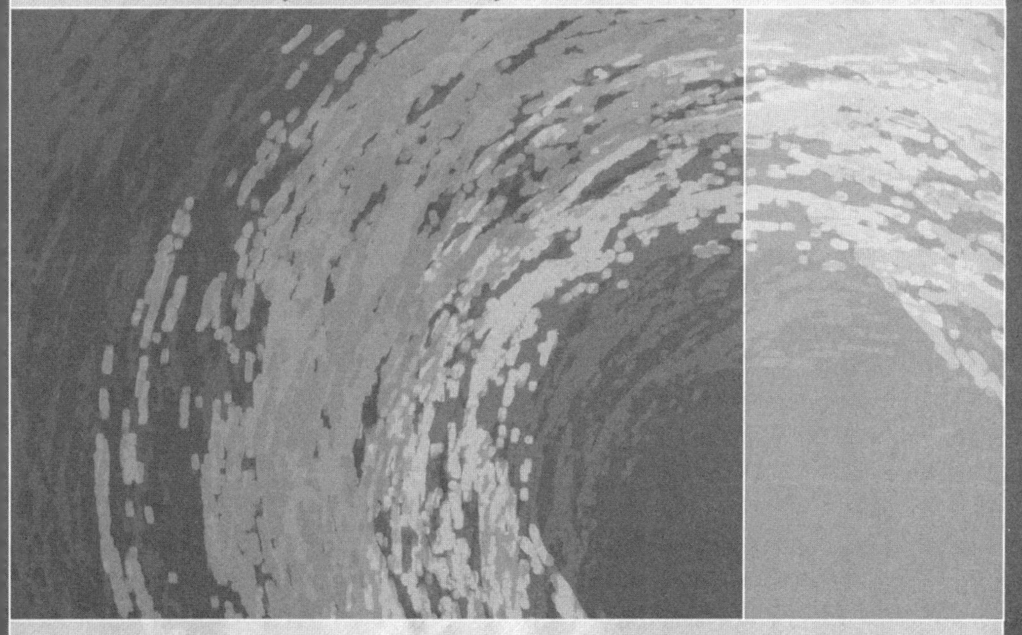

푸른사상

■ 저자의 말

허무의 바람 앞에서

시간은 모든 것을 변화시킨다. 왕성旺盛과 조락凋落 그리고 사라지는 것들은 모두 시간 속에서 에너지 수급과 공급— 불일치의 변화에 직면하게 된다.

글쓰기도 에너지 공급과 일치한다는 생각은 당연한 일이다. 다시 말해서 문학에 대한 에너지를 수용하고 용해 그리고 표현하는 지속적 일— 수급과 균형을 이룰 때 왕성한 필력을 나타낸다. 그렇다면 에너지라는 의미는 곧 삶의 다양한 표정—이를 취합하여 상상력으로 포장하는 일은 글 쓰는 사람의 특성에 속할 것이다. 세월의 깊이에 따라 에너지 공급이 하강하면서 점차 생동감을 잃지만 끈질긴 집념으로 맞서면 문학의 맛은 더욱 깊은 의미를 함축할 수 있다고 믿었다. 이런 자위로 내 글쓰기는 재미를 이어왔다.

나는 원고 청탁이 오면 허겁지겁 반색하면서 글을 써왔다. 그리고 그 속도는 내 성격을 나타내는 것과 결과는 같았다. 이제 돌아보는 나이에 이르렀음을 실감하는 즈음에 다시 내 문학의 모습을 바라본다.

그 대답은 '이것이 무엇인가?'라는 초췌함이지만 내 생의 기둥을 지탱해왔다는 점에서 자긍自矜의 이름들이다. 걷는 자는 길을 만든다는 이치로 내 문학은 새로운 표정을 향해 여전히 두리번거리고 싶다.

4337년 7월

이천 聽鳥堂에서

차례 · 시 의식의 벗기기 혹은 입히기

제3부 마음의 풍경화

제4부 시의 신전을 찾는 나그네들

제 1 부

한국 시 죽이기

퓨전화 문학으로의 변화

1. 엘리트 생산 시대에서 대중 생산 시대로의 변화

경제논리가 문학에서도 예외일 수는 없을 것이다. 다시 말해서 생산이 과잉되면 자연 가격은 하락하고 반면에 소비가 왕성하면 생산에서 문제를 나타낼 수 있을 것이다. 그러나 소비가 촉진되어야만 생산을 원활하게 지속시킬 수 있다는 초보적인 계산은 당연할지 모른다. 소비 없는 생산은 결국 생산의 위축을 가져올 뿐만 아니라 경제의 원활한 순환을 저해할 수밖에 없기 때문이다.

문학의 나라에도 이런 현상은 적용될 것이다. 생산과 소비의 균형이 이루어졌을 때, 정상적인 발전을 기대할 수 있다는 원리는 —정상적인 현상을 위해 이론은 있어야 한다. 그러나 한국의 문학현상은 지금 이런 원리에서보다는 공급과잉의 문제를 앞세우는데 정체와 혼란이 남고 있다. 이에 대한 원인을 분석하는 일은 여러 사연과 방법론을 내세울 수 있을 것이다.

일제하에서부터 문학의 생산자는 일정한 자격요건을 갖추는—이른바 신춘문예라는 월계관을 쓴 사람이거나 아니면 독과점에 물이든 유수의 문학잡지의 관문을 통과한 귀족들에 의해 문학의 생산은 독점되어 왔었으니, 이를 엘리트시대라는 말로 정리할 수 있을 것이다. 그러나 이는 1980년대 말로부터 90년대를 지나오면서 잡지 자유화라는 둑이 무너지면서 과거와는 전혀 다른 판세를 형성하게 된다. 이를 대중생산의 시대로 진입되었다. 그러나 문학의 소비층인 독자는 오히려 과거와는 달리 감소추세— 한마디로 문자 표현에서 영상 표현시대로 변화했다.

문학의 생산을 담당했던 엘리트층의 기득권이 무너졌고 급기야 누구나 문학을 생산할 수 있는 주체자로 등장하게 될 때, 소비층의 변모 또한 당연할 것이고 여기에 따른 혼란의 소용돌이는 벗어날 수 없는 현상일 것이다. 지금 그런 와중渦中을 지나고 있는 셈이다. 다시 말해서 문학의 이름이 과거와 달리 아무나 접근할 수 있는 얕은 산의 양상으로 변모— 소비자가 생산자로 또는 생산자가 소비자로의 변모를 자유자재로 구사할 수 있을 때 과거의 엘리트라는 이름에는 이미 향수병이 짙게 드리운다. 문학의 생산자는 엘리트도 특별한 사람도 아니라는 보편성의 범주 속에 사는 사람들이 되었기 때문이다. 여기서 문학의 질에 대한 문제는 필지의 현상으로 대두하게 된다. 생산자가 많으면 그 속에는 언제나 불필요한 얼굴들이 보이기 때문이다.

또 하나의 문제는 필기도구의 혁명—1943년에 인류에 등장한 컴퓨터—기실 펜은 무려 2천년동안의 필기도구였지만 이 자리를 20세기 말에 이르러—정확히는 개인용 PC의 1976년 등장은 제2의 필기혁명에 해당하고 인류문명에 새로운 전기를 마련하였기 때문이다. 만년필에서 컴퓨터로의 전환은 남성에서 여성으로 터치의 형태—컴퓨터는 과거의 문화를 모조리 무너뜨리는 혁명적인 현상으로 나타난다.

알다시피 저장과 편집에서 한 권의 책을 원스톱으로 제작할 수 있는 여지는 컴퓨터의 출현이 아니면 불가능한 일이다. 또한 글쓰기 속도의 빠름, 퇴고의 빠름, 제작기간의 단축을 위시해서 책의 출판의 용이성에 따라 책의 저자가 아무나 될 수 있는 문학 보편의 땅을 만들게 되었다.

책의 저자가 아무나 될 수 있는 일이나 또 글을 써서 아무나 발표할 수 있는 일들은 문화코드를 일거에 변모시켰다. 이런 현상들은 장점만이 아니고 단점의 노정露呈 또한 너무 쉽게 찾아왔다.

첫째는 사고력의 저하일 일 것이다. 깊고 심각하고 명상적이고 긴 것은 기피의 대상이 되었고 반면에 단순하고 표피적인 것들—요컨대 긴장에 견디지 못하는 조급증이 현대인의 특성화되었다는 점에서 글의 성격도 변모— 명상적이고 철학적인 것이 외면 당하는 시대의 특색—단순화의 길을 걷게 된다. 아울러 글의 길이에서 수필화를 촉진하는 경향으로 변모한다.

두 번째는 베스트셀러 기능의 작위성과 질 낮은 작품이 잘 팔리는 등식—베스트 북이 되는 것 같은 착각을 자아내게 되었다. 하찮은 작품이 잘 팔린다는 것은 선동 매스컴의 영향을 배제할 수 없을 뿐만 아니라— 내용보다는 표지나 장정이 화려하거나 신문이나 TV에 언급되면 잘 팔리는 전달기능의 왜곡으로 인해, 독자가 접하는 창구의 문제점이 독서의 질을 저하시키는 결말을 도래하게 되었다.

세 번째는 문자 문화의 쇠퇴로 인해 문학의 기능이 점차 축소지향의 결말을 보이게 되었다. 작금에 영상기술의 발전이나 컴퓨터 기능의 발전은 문자의 기능이 점차 축소되고 그 자리에 영상기능이 발전을 가져왔다. 아날로그에서 디지털의 보급이 급속화하는 과정에서 재래의 문자로 표현되는 역할이 사라지고 말았다.

결국 전통적으로 문학의 가치가 전도顚倒되는 현상은 질이 아니라 외적인 현상에 의해 문학이 왜곡되는 결말을 초래하게 되었다는 점이다. 이런 현상은 상당히 오랫동안 지속될 것이다. 이는 컴퓨터의 발전이 더욱 가속적으로 미래를 변모시키는 중심역할을 감당할 것이기 때문이다. 그렇다면 문학의 왜소화 그리고 위축에 따른 새로운 방안은 없을까?

2. 구조조정과 자연치유

산업이 복잡화를 띄게 되는 일 중에 재래의 질서를 변혁하는 일이 현안으로 대두된 것이 구조조정이라는 말일 것 같다. 이른바 기존의 시스템을 바꾼다는 일은 갈등과 진통이 따르기 마련이다. 그러나 조직에 생동감과 미래를 보장하는 수단은 결국 기존질서에 충격을 주는 일에 이르게 된다. 작금에 우리 주변엔 구조조정이라는 말이 자유롭게 떠돈다. 여기서 보수나 진보라는 이원성의 분류가 나타났고, 문학에도 이런 원리는 70년대 후반부터 예외가 아니었다. 기실 이런 현상이 문학 본질에 어떤 영향을 끼쳤는가는 무슨 작품으로 말하는가를 따지는 순서가 필요할 것 같다. 문학의 방법론 기술에 한한 문제일지라도 결국은 무슨 작품을 생산했는가에 귀결되는 일이기 때문에 문학에 보수나 진보라는 용어에 매달릴 필요가 없다. 오로지 무슨 작품으로 시대의 강을 건너 왔는가 라는 결과에 판단의 중심이 있기 때문이다.

그렇다면 오늘의 공급과잉의 문제— 생산량을 줄이면 될 것이지만 그 방법도 묘연한 것이 사실이다. 왜냐하면 많은 잡지에서 양산하는 문인의 숫자는 갈수록 증가 일로를 걷고 있는 이런 현상은 이름 석자를 쓸 수 있는 수준이면 얼마든지 문인의 반열에 설 수 있는 기회가 주어지기 때문이다. 그것도 한 가지의 명칭이 아니라 두 세 개의 명칭을 획득하고 자랑하는 실정을 설명할 수 있는 방도가 없다. 시인이며 소설가 혹은 비평가와 시인 등의 어지러운 명칭을 소화할 수 있는 역량이 있어서라면 축하할 일이지만 한글로 자기이름을 겨우 쓸 수 있는 사람—시조시인이자 시인이라는 명칭을 달고 다니는 명함을 받은 적이 있다. 물론 그 사람의 작품을 본 적은 없다.

문학은 조정할 수 있는 강제 장치가 없을 뿐만 아니라 있어서도 안 된다. 다시 말해서 숫자를 경제원리로 조정할 길이 없다는 사실이고 이는 자체 정화의 방도로 방치하는 자연요법이외에 다른 방안이 있을 수 없다. 무작정 흘러나오는 신인들을 바라보는 자연요법이외에 방법이 있을 수 없다. 설사 강제 장치로 이를 조정한다면 난센스에 불과할 것이고, 독자의 걸음 장치에 맡기는 길 이외에 다른 대안이 없기 때문이다. 아울러 문인의 칭호가 국가에서 주는 자격증도 아니고 시험으로 통과할 수 있는 기준이 있는 것도 아닌 바, 혁명이나 개혁이라는 말이 통용될 수 없는 특성이 있기 때문이다. 자연의 원리에 충실하고 개선하고 노력하는 일에 전적인 가치를 둘 수밖에 없는—자유스런 개인의 작업이 문학의 영원한 운명이라는 점이다. 그러나 중심—일정한 판단의 중심을 갖는 기능이 있어야 한다. 이는 비평의 활성화라는 출구를 생각할 수 있을 것이지만 기실 비평의 정체는 어제오늘만의 일이 아니다. 여기엔 Nepotism이나 Sectarianism의 고질이 여기에도 짙게 오염되었기 때문이다. 그렇다면 한국문학의 병은 한국사회의 고질병과 상관성을 갖고있다는 뜻이 된다. 학연이라는 벽과 친소親疎로 엮어지는 상관에 가치의 실종이 나타나기 때문이다. 물론 이런 징후는 어느 사회 또 어느 집단에도 있지만 가치의 중심을 세우는 정신의 문제가 얼마나 열려 있는가를 보아야 할 것이다. 우리 사회는 너무 경직 그리고 닫혀 있기 때문이다. 어떻든 답안은 비평의 중심을 세우는 데 있어야 할 것이다.

3. 당달봉사 그리고 문학의 질

문학은 요리의 대상이 아니라 느끼는 대상이라는 점에서 찾아가고 또 방문에서 얻어지는 결과를 논하는 감동의 이름이다. 여기엔 질質이라는 가치 개념이 자리잡을 수밖에 없다.

매스컴에서 재단裁斷하는 흥행위주의 문학을 독자의 판단에 돌리는 기능이 선행되어야 할 것이다. 지금까지 문학에 대해 신문이나 기타 매스컴에서 너무 많은 간섭을 했기 때문에 질 낮은 작품도 박스기사나 인터뷰를 거치면 대단한 가치로 인정되는 에피소드 문학을 양산했다. 작금에 정치가인지 시인인지를 분간할 수 없는 K나 S시인을 위시해서 정치적인 발언과 문학의 발언이 혼동되는 결과— 언론에 이름이 많이 언급되면 대학에 석좌 교수라는 자리를 꿰어차는 한심한 풍토가 만연하고 있다. 석・박사를 이수하고 학위를 받고도 시간강사자리를 전전하는 풍토에서 이 같은 현상은 에피소드로 문학을 전도顚倒하는 대표적인 예일 것이다. 정치적인 것과 문학적인 것이 혼동하는 한, 한국문학의 질은 항상 이상한 조류에 휩쓸릴 것이다. notorious와 famous가 혼동되어서는 안 되는 일이지만 우리의 경우엔 악명으로 유명(notorious)해지고 나면 다시 그 이름을 진짜 유명(famous)해지는 일을 구분 못하는 청맹靑盲과니의 문학풍토를 개선해야 한다. 당달봉사의 껍질을 벗어야만 실상이 보이기 때문이다. 이는 문학을 모르면서 문학을 담당한 언론매체의 종사자들의 무지를 들어야 한다. 아무리 작품을 잘 쓰는 작가나 시인이라 해도 입맛에 벗어나면 전혀 보이지 않는 편집광적 전통이 너무 경직되어왔다. 이런 후진적인 사고가 바뀌지 않는 한 질서있는 한국사회는 될 수 없을 것이고, 문학의 땅도 결코 예외가 되어서는 안될 것이다. 이 또한 가치를 세우지 못한 정신의 문제로 돌릴 아픔일 것이다.

4. 퓨전문학 — 변화와 대응

앞에서도 언급했지만 문자로의 책이나 책꽂이가 없어지는 시대는 이미 우리 앞에 도래했고 더욱 급격하게 변모— 문학은 전통적인 장르를 벗어나서 「퓨전Fusion문학」이라는 형태로 다양하게 표현하는 시대로 진입되고 있다. 왜냐하면 시대가 변하면 표현의 양상도 변하는 길을 밟는 것이 문학의 운명이기 때문이다. 깊고 철학적이고 명상적인 것보다는 순간적이고 표피적이고 찰나적인 영상 표현에서 눈을 떼지 못하는—변화의 사이클이 빠르게 변하는 현대인에게 과거의 방법으로 유유자적하는 전원시대의 문학은 이미 식상했고 외면을 당하고 있다는 점이다. 이런 변화의 중심에 영상시대가 이미 자리를 잡고있지만 —문학은 가장 보수적인 특성으로 인해 변화의 속도를 감지 못하는 향수병에 젖어있다.

긴 것에 견디지 못하는 현대인, 심각한 것을 참지 못하는 현대인, 복잡하고 난해한 것은 뚫고 나가지 못하는 철학부재의 현대인—컴퓨터가 해결해주기 때문에— 시대의 특징은 과거 전원문화시대의 문학으로는 적응할 수 없고 또 장면이 급속하게 바뀌는 영상문화에 적응하는 길이와 내용의 문학, 나는 이런 문학의 이름을 퓨전화의 문학이라 한다. 여기에 부응하는 적당한 길이는 시의 짧은 장치도 아니고 장편의 길이도 아닌 「수필화」쯤에서 현대인의 특성을 담아야 할 것으로 주장한다. 물론 문자와 영상의 결합이 주는 멀티라는 말도 적용될 것이다.

예술의 땅에서 문학은 가장 보수적인 특성을 감안할 때, 어디쯤 지나야 이를 수용할 것이라 해도 빨리 적응할수록 문학의 소비층을 사로잡는 방법이라는데 이견이 없을 것 같다. 생산과잉의 섬에 갇혀있는 시인과 소설가들을 구출하는 길은 변화에 따른 깨우침의 메시지를 전달하는 때가 지금이기 때문이다. ◉

2. 문학의 위치

현대의 특징은 변화의 사이클이 짧다는데서 문제가 파생한다. 이를 재촉한 것은 컴퓨터의 출현이었고 세계를 하나의 공간으로 축소시킨 원인—문학을 위시해서 정치, 경제 등 모든 인간사를 구분없이 묶어버리는 —하나의 공간에서 사는 시대를 만들었다. 기존의 형태는 시들거나 뒷전으로 물러나는가 하면 이에 따라 새로운 것들이 얼굴을 내민다. 그러나 새 얼굴도 순식간에 사라지는 변화의 사이클 앞에 잔상殘像이 없어지는 혼란이 다가왔고, 준비라는 말이 사라지고 무조건 새로운 것에 끄덕이는 의식 속에 추상화 혹은 원시화의 길이 넓어졌다. 새 것은 이미 새 것이 아니고 과거와 현재와 미래의 시제時制 구분이 모호한 삶을 경과하고 있다는 말이다.

인간의식의 엣센스인 문학도 이런 현상에서 여유로울 것인가? 전통적인 펜의 위력이 뒷전으로 밀려나고 과학이라는 이름과 결합해야하는 절명의 순간 앞에 정치, 경제, 문화의 총체를 수용하는 문학은 어떤 표정을 지어야

할 것인가? 대답이 묘연하고 또 정리의 기능이 없는 오로지 속력 앞에 먹히는 존재로 전락한 인간은 스스로가 만든 과학에게 자승자박의 운명을 맡기게 되었다. 인간에 의해 탄생한 과학은 인간을 비정非情으로 묶지만 문학은 다르다. 주도권을 상실한 인간은 결국 무슨 꿈을 꾸어야 할 것인가? 결국 문학으로 깨워야할 소명은 초라할지라도 희망의 이름을 앞세워야 한다. 문학은 인간에 의해 만들어졌지만 과학과는 달리 인간을 사랑으로 감싸는 온기와 체온을 갖고 있기 때문이다. 변혁의 혁명 앞에 인간은 자기의 운명을 읽어야 한다. 하여 대답은 문학일 수밖에 없다.

2. 퓨전의 시대를 살기

현대의 특징은 잡다한 것에서 특징을 찾는 시대로 변모했다. 이러 징후는 사회 곳곳에 만연되었고, 통합되는 형태로 나타나고 있으며 사물의 분간이 모호한 추상의 숲을 이루고 있다. 문학도 점차 이런 와중渦中을 지나면서 정체성을 찾아야하는 명제 앞에서 해답을 마련해야 한다. 전원문화를 지나 급격한 사회의 변화는 인간의 의식이 논리화를 정립할 수 없는 스피드에 먹히는 존재로 전락했고, 이를 재촉한 근본은 아무래도 컴퓨터의 출현에 근거를 두어야 할 것 같다. 숙고하고 쉬어갈 틈이 없는 인간의 행로는 결국 기계에 쫓기는 형색으로 운명을 개척해야하는 존재가 되었기 때문이다.

1) 혁명의 이름 쓰기—근거

혁명이라는 말은 전통의 단절을 전제로 출발하는 의외의 행동일 것이다. 또한 급격한 변화를 수용하기에 걸림돌이 되는 대상을 제거하는 것이 혁명의 일차적인 목표라면 정치에는 이런 현상이 흐름을 바꾸는 방법으로 여겨왔다. 그러나 동양에서는 역천逆天이라는 말로 성립될 수 없는 방법—동양은 순리의 물 흐르기를 전통으로 하는 사상이 지배적이었기 때문이다. 그러나 서양은 혁명의 수단과 방법이 매우 다양한 형태로 전개되면서 역사를 이어왔다. 봉건의 틀을 쉽게 무너뜨릴 수 있는 기회를 갖고 민주 시민사회를 앞당긴 원인 등은 기실 이런 혁명적 방도로 상황의 역전이 동양보다 수월했다는 진단도 가능할 것이다.

혁명은 모순이 팽배할 때 둥지를 틀고 일어난다는 가정이 사실이라면 후진국이었던 60년대 그런 혁명을 경험했고 그 여파는 상당 기간동안 아픔을 수반하는 역사적인 소용돌이를 겪어왔다.

뒤떨어진 모순의 상황에서 혁명의 이름 쓰기는 시작된다. 그러나 의식의 평준화 그리고 소득분배의 평준화가 이루어지면 혁명의 이름 쓰기는 불가능해진다. 적어도 정치적인 의미의 혁명은 이제 한국사회에서는 거의 불가능할지 모른다. 개혁이란 용어 「뜯어 고침」의 뉘앙스— 모두가 참여하는 인터넷천국에서는 혁명과 유사한 개혁의 의미는 적절한 용어가 아닐지 모른다. 교육개혁이라는 말을 남용하다 교육을 망친 경우를 국민의 정부에서 명확히 보았다. 엄밀한 의미에서 개혁이라는 용어가 아니라 개선이라야 한다. 뜯어고친다는 개념이 정권을 잡으면 마치 점령군이 되는 착각의 늪에서 이내 좌초하는 경우는 용어의 선택에서 범하는 —행동의 함정에 빠지는 전이轉移현상일 것이다. 현대사회에는 전리품이 없는 싸움이라는 사실을 알아야 한다. 정치도 이런 현상으로 이미 급속히 전환하고있기 때문에 개혁이라는 용어가 아니라 개선일 것이다.

2) 원시로의 회귀—근거

나는 필기구의 변화에 대한 측면에서 인간의 급격한 변화를 주장해왔다. 다시 말해서 펜(Pen)의 역사는 동양에서는 아득할 정도— 태고의 결승結繩이나 중국 최초의 황제 때 창힐倉頡이 새의 족적足跡을 보고 만들었다는 설이나, 복희 때 주양朱襄 등, 많은 설이 난무하지만 BC 1500 경 은나라 때 3500자의 갑골문자이후 문자의 길은 지리한 인간의 역사를 표현해왔다. 이 때로부터 인간의 필기구는 PEN이라는 이름을 가져왔고, 이는 파워의 상징인 남자의 전유물—PEN은 PENIS(남자의 생식기)가 장악하는 역사를 이어왔다. 이런 징후는 일상의 권력을 남자가 재단裁斷했음을 뜻하고 인간의 역사를 장악한 것은 남자 즉 펜을 소유한 성性에 의해 이루어졌다는 증거가 될 것이다.

그러나 1943년 인류에 컴퓨터의 출현은 이런 역사를 바꾸는 혁명을 가져오는 기회가 되었고 성性의 구분이 모호해지는 자판의 역사로 필기구의 변화를 가져왔다. 물론 개인용 PC는 스티브잡스와 위즈니악이 만든 1976년부터 구체적인 변화의 급물살에 올라타게 된다. 여기서 인간의 의식은 단순과 일과성과 찰나 혹은 스피드에 의식이 미쳐 따라잡을 수 없을 정도로 변화의 사이클이 빨라지게 된다. 다시 말해서 펜을 쓰는 시대는 명상과 철학의 시대였다면 컴퓨터의 시대는 속도에 모든 것이 좌우되는 변화—다이제스트화 혹은 그런 메커니즘에 인간의 의식이 심층적인 사고를 지속할 수 없게 된다. 나는 이런 현상을 신원시화新原始化라 부르고, 방랑자의 생활을 하게 될 것이다. 이는 변화의 속도에 적응할 수 없어 도태되는 지경을 맞게 되는 것을 암시한다. 이는 과학의 상징인 버튼이나 키(Key)에 모든 의식을 좌우하게 됨으로 인해 명상하고 성찰하는 기능의 퇴화를 촉진할 것이고, 여기서 인간의 심성이 악독해지거나 아니면 의식이 없는 행동을 수

반할 수 있게 된다. 그러나 과거와는 다른 기계메커니즘 원시화라는 말이 옳을 것이다.

"꼭 불만이 있어 가출했다기보다는, 그냥 나하고 싶은 대로 살게끔 내버려달라는 거죠. 부모의 잔소리 없이도 나도 집의 울타리를 벗어나 살 수 있다는 것을 보여 주는 겁니다…… 옷도 바지 한 벌, 점퍼 한 벌, 윗옷 서너 벌을 가지고 친구와 돌려 입는다고 했다. 일 할 때나 친구들과 어울려 있을 때는 아무 생각이 없어요. 그러나 잠들기 전에 누워서 생각하면 앞이 갑갑하죠, 제가 한심해요…, 하지만 어쩔 수 없어요 내가 그렇게 하고싶으니까 ,이게 맘 편하니까 하는 거예요 그리고 아빠한테 잘못했다고 빌기도 싫어요"

— 2003년 1월 18일자「조선일보－밤거리의 가출 10대들」

집의 울타리를 벗어나서 살 수 있다는 말과는 달리 유흥가와 마약과 주유소나 패스트푸드 점, 술집 '삐끼' 등으로 연명하는 집시문화—방랑자의 그룹으로 돌아간다. 질서의 외면과 울타리를 무변으로 넓히는 자유를 구가하겠다는 사고는 결국 인간의 문제가 어디서 어떻게 존재할 수 있을 것인가를 상정詳定하게 한다. 부모는 제도와 질서의 개념이고 이를 벗어나는 아나키스트적 현상은 갈수록 더욱 기승을 부릴 것이다. 강남 8학군에서 반 5등 하던 우등생의 고백에서 변화의 급물살이 개인에게 어떤 영향을 미치는가를 숙고하게 한다. 물론 부모의 역할은 이미 한계에 이르렀고, 다만 낳아준 존재로 인식되는 사고 없는 동물현상이다. 힘겹게 살려는 노력을 하면 얼마든지 살 수 있을지라도 노숙자의 편안함(길들어지면)을 추구하는 어른에서 어린 10대들에 이르기까지 유사한 경우를 쉽게 접할 수 있다. 가령 50년대나 60년대를 보리고개 혹은 초근목피로 살아온 세대들에게는 사치한 방랑으로 보일 수 있다. 그런 충격의 갈등은 지금 대립각을 보이면서 현실화하고 있다. 복권의 열풍, 경마장 도박, 증권, 카지

노 등은 이미 우리사회의 땀과 노력의 질서개념을 무너뜨리고 일확천금의 요행을 바라는 집시문화로 접어들었음을 뜻한다. 질서의 울타리보다 나만 편하게 살려는 질서외면현상이 사회의 필연적인 현상으로 고착될 때 나타나는 현상은 도처에서 난무하고 기승을 부릴 것이다.

지금 우리의 의식은 이런 입구를 지나 새로운 예언이 힘겨울 정도의 문화충격에 직면하고 있다. 왜냐하면 한국사회는 세계에서 가장 많은 인터넷 보급률— 인간의 의식이 어떻게 변할 것인가를 시험하는 정치·문화·사회·경제 등 총체적 변화— 전위적인 장소가 되었고 2002년 대통령선거는 그런 결과를 보여준 증거이지만 실패라는 기우杞憂가 대두된다.

3) 해체와 질서—근거·1

2003년 10월 중순에 인터넷에서 찾아보기 1위는 스와핑이라는 단어였다. 동호인의 숫자가 무려 전국에 6000쌍이나 된다는 사실— 즐기는 대상들이 지식인들이라는 말은 우리 사회가 얼마나 급속도로 변화하고있는가를 암시하는 사건이었다.

MBC의 「아주 특별한 아침」과 SBS의 「세븐데이즈」에서 보여준 스와핑경쟁보도를 접했다. 이른바 부부셀카 스와핑이니 압구정 스와핑, ㅇㅇ콘도 스와핑 등 흥미진진한 화면이 시선을 끌었다. 이 같은 현상은 서구의 위기라는 말과 오래 전부터 동의어로 여겨왔다. 다시 말해서 과학만능의 서구 사고에서 아노미형 퍼스낼리티 즉 무규제적無規制的인 인간의 탄생을 예고하기 때문이다. 마약, 자살, 범죄, 섹스의 1) 개인個人 해체와 별거. 이혼. 동성애, 부부교환. 자녀반항 등의 2) 가족家族 해체와 불복종, 무고誣告, 모략, 임금투쟁, 사제지간의 파탄 3) 직장職場 해체, 유괴, 시설물폭파, 빈민가, 청소년범죄의 4) 지역 해체, 기성 모랄의 거부, 노소老少 전쟁, 남녀전쟁, 다수

결원리의 거부, 게릴라의 출몰 등 5) 제도 관습의 해체[1] 등 사회병리현상의 지표로 아노미현상이 갈수록 만연할 것이다. 우리의 사회는 위의 다섯 가지 원리가 동시에 진행하는 혼란이 내재하고 있음을 보여주는 예일 것이다. 여기서 질서의 원리는 어디서 가치를 부여해야 하는가? 가치의 거부 혹은 질서의 거부 등에 남는 것은 무엇이 있을 것인가? 결국 남는 것은 질서와 생산과 능률의 원리는 대두된다. 이 모두를 아우를 수 있는 것은 인간의 신뢰를 이루지 않으면 안된다는 점에서 가장 급한 것인 「사랑」이다. 다시 말해서 인간의 체온을 회복하는 일은 서로간의 벽을 갖지 않는 사랑의 전제가 있어야 전체를 바라볼 수 있는 눈이 떠질 것이다. 사랑은 제도가 아니고 규범이 아니고 자기를 대상과 용해하는 점에서 대답이다. 자기를 깨우치고 가족과 사회를 사랑하는 것은 결국 방랑에서 귀향을 서두르는 것과 같다. 문학의 이름은 인간의 잠든 사랑을 깨우치는 점에서 등불의 역할을 기대할 수 있는 이유가 된다.

4) 정치문화의 게릴라화—근거 · 2

2002년 12월 한국 정치판에서 예상을 벗어난 직접적인 현상은 인터넷이라는 진단이 옳은 것이라면 이는 혁신적인 이름일 것이다. 그러나 책임 의식의 실종과 방관은 필연적이 될 것이고, 이는 새로운 집권자의 부메랑이 될 것이고, 집권의 무게를 지탱하는 축이 불분명함에서 오는 부담은 5년을 견디는데 매우 힘겨울 것이다. 인터넷에 의해 유포되는 뉴스는 순식간에 전파를 타고 폭주족의 기세로 돌진하여 목적을 달성하고 다시 순식간에 유유히 사라지는 흔적 없음의 일들은 이제 다반사로 나타날 것이기 때문이다. 욕설과 섹스와 살인의 행위가 양식의 문제를 떠날 것이고 아나키즘

1) 주관중, 『질학사상』 (성아. 1981.) P.59

적인 출구로 나갈 소지를 예상하게 된다. 국가의 통제력의 문제는 미래에 직면할 고민이 될 수 있을 것이고, 세금을 위시해서 —성급한 진단이 가능할 수 있으리라.

실명의 이름이기 보다 ID로 대변되는 —마치 번호로 구분하는 로봇처럼—익명성의 욕설과 치고 빠지기의 얼굴 없는 투명 인간이 등장하여 소문이 발을 달고 횡행하는 무질서의 현상—집권했다는 어느 당에 소문 없는 살생부—특 1등 공신과 역적 중에 역적 등 6등급으로 인터넷에 유포된 「의원 살생부」는 정치의 질서가 투명한 인간에 의해 좌우될 수 있다는— 만약 이를 신뢰하고 의지한다면— 스스로 불러들인 무질서의 늪에 빠질 공산이 커진다. 여기서 지도자는 발목을 잡힐 것이고 자칫 판단력에 엄정성을 상실하면 지지층이 없는 고립무원의 섬이 될 가능성은 지금 확인되고 있다. 왜냐하면 지지했던 층은 언제라도 미련 없이 방랑의 길을 떠날 것이며 책임을 느끼지 않는 존재로 살아갈 것이기 때문이다. 이런 인터넷 정치의 현상이 지금 한국사회에서 처음으로 시도되었고, 실현된 실험 무대가 현실로 보존되었다. 북한은 50, 60년대의 엄격한 의식의 정치형태라면 남한은 첨단의 실험이 진행되는 원시문화에의 묘한 대립을 바라보는 정치가 세계에 공존하고 있다.

5) 글 쓰기의 변화—근거

위의 근거제시 1과 2를 전제로 할 때, 기존의 질서가 무너지는 것은 당연하다. 의식이 변하면 표현의 형태도 변하고 또 변화된 사회의 질서도 변하게 된다. 현대는 의식이 게릴라화에 따라 문화가 돌출적이고 예상할 수 없는 원시형태는 점차 심화될 것이다. 영상으로 인간의 심사를 표현한다해도 문자로 미치지 못하는 인간 영역이 있다. 다시 말해서 영화와 문학은 서로 공생관계이지 먹히는 관계는 아니다. 다만 시대의 변화에 따라 글이 짧고 에피그람적이고 순간을 자극하는 글이라야 생명력을 갖게 된다. 또한 글이 영상의 보조적인 현상에 자리를 옮겨줄 가능성도 있다. 이는 젊은 문화의 추세를 보면 금시 깨닫게 된다. 소설보다 만화가 우선이고 또 컴퓨터로의 지식섭취가 간편하기 때문이다. 이른바 개그맨이라는 역할 같은 식의 현상이 인터넷 문화라면 글도 변해야 한다. 이런 추세는 결코 뒤로 물러서는 것이 아니라, 변화의 방향을 안개 속에 가리울 것이지만 길이에서 짧게, 내용에서 명료하게, 변화를 빈번하게 하는 표현에서 단순함을 필요로 할 것이다. 젊은 사람들에 인기를 끈 사람이 브라운관을 떠나면서 고백한 말은 이를 잘 표현한 말이다. "이젠 '독한' 캐릭터들이 너무 많아져서…… 가슴을 열어서는 안 웃고, 엉덩이를 까야 할 판이더라고요"(조선일보 2003년 1월 18일자)라는 말을 남기고 3년 반 동안 진행한 TV프로를 떠나는 말이었다. "가슴이, 가슴이"라며 단추를 풀고 가슴에 우스개 그림을 보여주었던 장면을 몇 번 써먹은 이후 시들해지는— 홍미의 사냥꾼들의 입맛은 이미 떠났기 때문에 그 개그맨은 충전이라는 이름의 여행을 떠나는 말이었다.

문학의 땅에 이런 식상의 경우는 깊고 심각하지만 작가나 시인들은 이를 알아차리지 못하는 함정에 빠져있다.

작금에 등장한 문학의 판도는 텍스트에 결합하여 하이퍼 문학이라는 형태가 등장했고 다시 어떤 분열로 나타날지 예측불허의 형태로 문학의 판도는 세포 분열로 변모하고 있다. 기존이 무너지고 그 위에 낯선 방랑자들이 익명의 흔적을 남기고 순식간에 왔다 사라지는 일이 되풀이 반복될 것이다. 이제 기존에 누렸던 명작의 이름은 생소한 산물로 남을지 모른다.

1) 불구의 한국문학—대응의 변증법

아놀드 토인비는 도전(Challenge)에 대한 응전(Response)이라는 말로 역사 발전의 원리를 설명했다. 이런 원리는 서양의 역사가 삼각형의 원리를 지칭하는 도식이 성립된다. 삼각형 밑변에 각A와 대응하는 각B가 대립, 대결을 이루면 그 싸움의 형태는 승리자가 삼각형(각C)의 꼭지점을 누리게 된다. 이런 상태가 지속되면 틀림없이 적수가 등장하고 여기서 다시 대결이 시작되면서 역사는 발전한다. 서양의 역사는 동양의 원圓의 원리와는 달리 싸움의 역사가 이를 증명한다. 문학의 발전도 이런 현상이 적용되는 것은 당연하다.

한국 현대문학은 출발이 불구적이었음을 새로운 말이 아니다. 현대의 출발이 일제라는 특수상황에서 벗어나는 형태로 문학을 이용했고, 여기서 의식이 없는 형태로 모방과 절룩거림으로 해방을 맞았으니, 서구의 사조에 비판과 조건 없이 받아들인 형상은 일그러진 문학의 전통을 빚게 되었다. 70년대 이후 이른바 능동적인 소수(민중문학)에 장악 당한 현대문학은 소리와 아우성이 문학으로 둔갑하는 치기稚氣를 지나 90년대 이후 이슈화가 없는 문학의 판도가 정체를 이루고 있다. 물론 북한의 치약광고 문학도 포함된다.

그렇다면 무엇으로 미래의 문을 열어야 할 것인가? 미래를 알기 위해서는 현재를 분석해야 정답이 나올 것이라면 판단은 어둡다. 김영삼이나 김대중 그리고 노무현이 집권한 이후 한국의 문학은 정치의 하위개념으로 전락했기 때문이다. 이른바 정치적인 코드가 비슷하다면 동지로 범주를 설정하고 편애하는 결과나 설익은 매스컴 종사자들이 문학과 정치적인 목청을 분간하지 못하는 센세이셔날리즘에 담보되어 왔다. 이런 원인遠因에서 한국 문학의 정체 내지 답보의 원인原因이 내재한다. 문학의 본질은 현실을 냉엄하게 바라보는 것에서 출발해야 한다. 왜냐하면 예술은 콤플렉스를 예술적인 미감美感으로 소화하는 속성이 있음은 베토벤, 고흐, 고갱, 김동인, 이광수, 채만식, 김소월을 예로 할 것도 없다. 문학은 정치나 경제보다 상위의 개념이지 결코 하위의 개념이 아니다. 심지어 역사보다도 포괄적인 의미를 갖게 된다면 북한의 문학은 이미 문학의 사전에서는 이상한 분류의 이름일 것이다. 하이퍼 문학이니 키치의 형태들은 문학의 본질에서 볼 때는 지엽이다. 생물은 필연적으로 변해야 하고 문학도 살아있는 대상이기 때문이다. 아무리 패러다임이 없는 시대가 되었을지라도 중심축을 떠받치는 세력이 있을 때 생물은 생명력을 유지할 수 있다면, 인터넷공간에서 떠도는 신원시인을 생산하는 측면에 볼 때는 한국문학의 미래나 정치의 미래는 불안하고 위험하다. 책임의 소재가 불분명하다는 상황에서는 결코 올곧은 사상의 줄기가 형성될 수 없기 때문이다. 가난하고 힘겹고 고달플 때, 예술은 줄기를 세우는 일—사회와 국가의 정신이 올곧게 중심을 잡을 때, 희망의 이름으로 예술은 꽃을 피울 준비를 할 것이다.

2) 하이퍼시대의 문학—대응의 변증법

문학만의 위기라는 말은 적합하지 않다. 이런 원인은 본질적으로 사회의 변화와 함께 나타난 현상이다. 이는 사회구조의 급속한 변혁— 컴퓨터 출현 이전까지, 다시 말해서 20세기까지를 1획의 사회라면 컴퓨터 출현이후의 사회를 2획의 사회로 분류된다. 1획의 사회구조는 점진적이었지만 2획의 시대는 혼합적이고 방향이 없는 곳으로부터 변화의 길이 열리는 변혁의 기간이다. 문학은 가장 보수적인 변화를 갖지만 컴퓨터의 출현에 따라 문자의 표현이 아니라 영상과 결합하는 문학으로 정의가 바뀌어야 한다. 이런 처지에서 문학은 과거의 항수를 떨치는 의식의 변환이 필요하다.

우리는 하이퍼의 시대에 살고 있다. 인터넷주소 http://는 Hyper Text Transfer Protocol의 약자와 www— world wide web 세상의 광범한 거미줄에 들어가는—날마다 하이퍼의 세상에 접속하는 우리는 알게 모르게 하이퍼 텍스트의 세계 속에서 살고 있다. 기존의 텍스트(text)에서 하이퍼(hyper)— '저쪽'의 '과도' '초월' '비상한'의 의미로 이동하는— 하이퍼텍스트를 바탕으로 하이퍼 시—김수영의 「풀」을 씨앗으로 새로운 시를 덧붙이는 집단창작의 시도나, 「디지털 구보2001」의 hyperfiction— "영화. 소설의 예술성을 모두 포괄하면서 그래픽 · 사진 · 음향 · 에니메이션 · 음악 등을 사용하는 컴퓨터소설"의 세계는 이미 우리 곁을 수시로 넘나들고 있다. 전통적 인식인 생산자(producer)와 소비자(consumer)의 경계가 모호해지는 합성어를 엘빈 토플러는 프로슈머라는 말로 작가와 독자의 역할구분의 모호성을 예견하고 있다. 문학에서 작가와 독자의 전통적 소통 관계는 점차 디지털문화의 중심에서는 그 역할이 소비와 생산의 몫이 변혁으로 치달리게 된다. 정신을 차리지 않으면 낙오의 뒷자리를 맡을 수밖에 없는 시대의 와중에서 눈을 크게 뜨고 주변을 살펴야 한다. 그렇다면 인문학의 중심인 문학은 고사할 것인가?

3) 상상력과 과학 —대응의 변증법

문학이 문자라는 도구만을 이용하는 한계는 이미 지나갔다. 과학과 결합한 문학의 경계는 이미 필연적인 현상이 되었기 때문이다. 문자와 영상은 표현의 구체적인 도구가 될 것이고 이런 현상은 급속한 변화에 적응하는 훈련이 문학인에게 필요조건이 될 것이다. 종자작품을 선택하여 공동의 작품을 창작하는 실험뿐만 아니라 기존의 질서를 재편 혹은 개혁하는 형태의 글들은 다양성을 표방하면서 실험될 것이다. 그러나 문학의 본질은 항상 미적 가치를 추구하는데 목표를 둔다면 변화에 적응하려는 작가의 의지에 따라 새로운 공간을 창작하는 임무는 부여될 것이지만 과학은 상상력의 뒷받침을 받아야만 과학의 생명이 연장된다.

퓨전화의 문학은 이미 지나가고 있다. 심각하고 길고 명상적인 기존의 글은 이미 현대인의 조급한 심리적인 현상에서 멀어졌고 외면 받게 된다. 명작이라는 작품은 이미 문자로 독파하는 독자는 희귀하기 때문이다. 시에 언어의 상징이나 비유 혹은 알레고리 등의 고급장치를 수용하는 것은 이미 한계에 이르렀고, 긴 소설이나 깊이 있는 명상의 수용을 받아들이기엔 현대인의 바쁜 일상에서—또는 컴퓨터로 흡수할 수 있는바 굳이 문자에 매달리면서 지적 충적을 운위할 이유가 없어진다. 여기서 미래의 문학은 양에서 현대인의 긴장을 소화할 수 있는 비빔밥의 형태 그리고 분량에서—나는 수필화라는 퓨전의 문학을 주장한다.

물론 문학의 환경이 급격하게 변모한다는 전제는 사실이다. 그리고 어디로 향할 것인가를 모르는 것도 사실이다. 그러나 하이퍼의 특징이 어떤 변화를 보인다해도 인간의 상상력의 문제는 고갈되지 않을 것이다. 문학의 본질이 상상력의 구가에 있기 때문에 하이퍼 시나 픽션의 세계는 결국 문학의 중심에서 벗어날 수 없는 태생적인 한계—문학의 미래가 담보된다. 경천동지가 되더라도 인간의 의식의 순수와 아름다움을 추구하는 순수성은 변함이 없을 것이 그 이유다. 문학의 추구는 문자에서 다른 요소와의 결합으로 표현의 방향이 달라진다해도 본질에서는 과거의 전통을 이어가는 점에서 크게 변함이 없을 것이란 가정에서 미래를 낙관할 수 있을 것이다. 아울러 모든 예술의 논리화나 정리의 임무를 완수할 수 있는 문학의 땅은 튼튼할 것이기 때문이다. 다만 변화에 자긍심을 줄 수 있는 정책적인 관심과 급격한 변화를 따라가는 인식의 확보가 있어야 할 것이다. 인간의 심성을 순화하고 선한 인간으로 살아가는 인도의 임무를 갖게 해주는 것이 문학의 영원한 임무이고 좌표이기 때문에 문학의 땅은 인간이 지켜야 할 마지막 보루일 것이다.

4) 시와 충격—대응의 변증법

시와 충격은 현대 한국 시를 운위하는데 가장 심각한 문제가 정체성을 극복하는 문제일 것이다. 민중문학의 소용돌이가 지나고 새로운 세기를 넘어서도 여직 현대 한국 시의 충격은 보이지 않기 때문이다. 이는 변경을 넓히는 시인들의 의식에 문제가 있다는 점이다.

물론 자연으로의 귀환은 시대적인 현상에서 나온 흐름이지만 여기에 부응하는 구체적인 형태는 전혀 보이지 않고 있다.

가령 1908년 최남선의 「해에게서 소년에게」는 과거와 다른 충격을 주었다는 점에서 시사적인 의미를 갖는다. 물론 작품성은 전혀 언급의 대상이 아니라는 점에서 다만 충격을 주었던 문학적인 에피소드였다

또한 1934년 '미친놈 잠꼬대'라 혹평에 연재가 중단되었던 이상의 「오감도」의 출현은 30년대 한국시단의 충격파였다. 「제1의아해가무섭다고그리오/제2의아해가무섭다고그리오」 등등의 시는 종잡기도 또 명쾌한 설명의 감식안도 모두 불필요한 작품이다. 그러나 이 작품도 해석의 무의미라는 점에서 질서의 테두리를 벗어나는 충격이었다. 이는 사고영역의 확장을 주는 의미로 등재된다. 패각의 속에 갇혀있는 정체성을 깨뜨리는 역할은 시가 갖는 예언적인 현상이기 때문이다. 청마의 「首」 또한 이런 전율을 주는 충격이다. '이 작은 가성假城네거리에/비적匪賊의 머리 두 개 높이 내걸려 있나니/그 검푸른 얼굴은 말라 소년같이 작고/반쯤 뜬 눈은/먼 한천寒天에 모호模糊히 저물은 삭북朔北의 산하를 바라보고 있도다/질서를 보전하려면 인명도 계구鷄狗와 같을 수 있도다…… 힘으로써 힘을 제함은/ 또한 먼 원

시에서 이어온 피의 법도로다'는 30년대의 시대상을 소재로 끌어온 충격의 시라는 점이다. 김지하의 오적시 또한 70년대의 안온한 정서에 일격을 가한 충격임에 틀림없다. 시는 결국 시대의 지평을 열기 위해서 변화를 모색하는 임무를 외면해서는 안된다는 예가 될 것이다

3. 사랑, 그 영원한 대답

역사는 시간을 따로 떼어 놓으려하지 않는다. 인간이 편의상 구분하고 설명할 뿐이다. 과학만능도 따지고 보면 인간의 작위적인 분석에 의해 세분화하는 일이 오늘의 문명사를 추상의 숲으로 장식했다. 시계視界 제로의 현실에서 보이는 공간을 확보하는 일은 질서의 회복이라야 한다. 생산과 질서와 능률이라는 삼각의 축이 하나로 모아지는 절차가 있어야 한다. 이를 통합하는 일은 사랑이 된다. 물론 담장을 또는 기와집을 혹은 으리으리한 건물을 축조하는 종교적인 겉치레 이름의 사랑이 아니다. 체온과 체온을 나누는 가족 혹은 사회의 사랑, 우리를 회복하는 사랑의 숲을 이룰 때 오늘의 무너지는 사회를 세울 수 있는 방법이 될 수 있을 뿐이다. 문학이 필요한 이유도 거기에 인간의 안주처가 있기 때문이다. ◉

한국 시 죽이기 혹은 살리기

1. 100년 뒤돌아보기―죽어야 산다 혹은 살기 위해 죽기

죽어야 산다의 역설은 진실을 찾아가는 우회적인 방법이다. 그러나 굳이 살리기 위해서 죽어야 한다는 어의語義는 죽기를 각오하고 살아야 한다는 의미를 강조하는 기교에 불과하다. 그러나 한국의 시를 굳이 죽음으로 몰아 가면서까지의 극한적 방법은 아무래도 쉽게 납득의 신념을 확보할 수 없을 것 같다. 여기서 한국 시의 실상이 어떤 처지인가를 먼저 선행조건으로 인식하는 절차가 있어야 할 것 같다.

2008년이면 한국 시는 100살이 된다. 그 사이 많은 전환의 기회가 있었고 또 변화의 물살에 혹은 격한 파도를 헤쳐 온 것도 사실이고 그런 역정이 한국시의 위상을 높인 것도 부인할 수 없는 성과일 것이다. 그러나 「아직」도 라는 부사가 적절하다면 이는 반성의 여지를 남겨놓고 있다는 뜻이 된다.

물론 한국 시의 출발은 '어쩔 수 없는' 미명美名하에 출발했던 역사― 전통적으로 중국의 모방적인 풍토를 벗어나서 우리 것으로 소화하지 못한 사대적인 정신의 문제는 한국 현대시의 의식을 담기에 역부족이었고, 자각된 증상이 없는 처지에서 근대 혹은 현대의 의미는 너무 헐렁한— 마치 빌려 입은 것 같은 의복이었다. 이런 미자각의 현상은 필연적으로 20년대의 시들이 외부지향의 모방과 흉내라는 출발에서 얼마나 자존의 성을 쌓았는지 반성해야 할 것이다. 이런 풍토에서 당시로는 소외의 시인이었던—김소월이나 한용운의 시가 훗날 문단의 중심으로 진입한 일은 시사示唆하는 바가 클 것이다. 이점에서 우리의 시선은 항상 밖에 관심을 갖고 있고 안으로 자신에 대한 비하卑下의 풍토는 예나 이제나 다름이 없다는 점에서 얼마나 진척되었는가? 이 자문에 용감하게 도리질할 시인이 있다면 한국시는 그만큼 진전되었고 그렇지 않다면 '아직'이라는 용어에 매달려 있는 실정이 된다.

외래지향의 경우는 한국문학의 이론에서는 경우엔 더욱 심각하다. 외래이론이 발생하면 한결같이 붐비는 현상을 목도하고 있기 때문이다. 이런 징후는 한국문학의 본질에서는 한참 벗어난 태도일 것이다. 물론 어떤 영향을 받아 자기화라는 작업이 필요할지라도 정신의 중심을 어디에 두는가는 창작의 태도에 결정적인 요소가 될 수 있다. 물론 한국문학의 자주적인 전통을 어떻게 바라보는 가는 시인의 의식이 결정할 문제이고 시대적인 소명을 어떻게 받아들이는가의 여부에 따라 결정될 일이다. 이 경우 비판적인 안목으로 바라보는 시선의 확보는 무엇보다 필요할 것이다. 시대 속에서 맹목이 될 것인가 아니면 시대 속에서 시대 밖으로 향하는 시선을 가질 것인가는 전혀 시인 자신의 문제이기 때문이다.

가령 서정주의 경우는 전자에 속하고 조지훈은 후자에 속한다. 물론 시인을 어떻게 바라보는 기본 각도의 문제는 전혀 다를 수 있다. 즉 어느 것이 지선至善이라는 독단은 문제를 갖게 된다는 점 때문에 독자의 의식으로 다가드는 절차를 수용할 수밖에 없을 것이다.

시는 언어로 말하는 절차를 갖지만 언어에 무엇을 어떻게 담는가는 시대의식과 밀접한 연관이 있게 된다. 왜냐하면 문학은 결국 살아있는 인간의 문제를 다룰 뿐만 아니라 인간의 생존에 대한 해석을 예외로 하는 것이 아니기 때문이다.

산 자에게는 기준이 있다. 20세기는 그 나름의 기준을 갖고 있고 또 21세기는 그 나름의 잣대를 갖고 살아야 한다. 21세기의 첨단에서 19세기의 질서를 고집한다면 이는 생존의 논리가 성립될 수 없는 이치와 같다. 때문에 문학의 세계는 현재 그리고 미래를 향해 자기의 목소리를 담는 작업일 수밖에 없다. 여기서 문학의 보편성은 항상 존재의 문제와 체온을 비비는 일상이 요구된다. 문학에서 유행의 깃발은 공허한 놀음이 될 수밖에 없고 자기의 성을 구축하는 일이 시대와 맞잡은 의도가 될 때, 문학의 독자성을 확보하는 길이 될 것이다. 우선 타의적으로 배척해야할 목록은 나름대로 다르겠지만 정체성의 분위기 쇄신을 위해 한국 시는 일정한 자가발전의 쇄신이 있어야 할 것이다.

그 첫 번째는 시를 쓰는 의식의 문제가 제기된다. 이 경우 다소 애매한 논리가 될 수 있지만 왜 시를 쓰는가의 원초적인 발상에 고민이 없다는 점이다. 목적을 갖고 길을 떠나는 것이 아니라 무작정 바람 부는 대로 물결치는 대로의 자세가 굳어졌다는 뜻이다. 시의 일차적인 발생은 영감이고 이 영감을 의도의 방향으로 시를 완성하는 것은 시인의 자질에 대한 문제이다. 마치 감수성에 이끌려 그 함정에서 시의 자동화의 제조는 이미 식상한 한국시의 얼굴이 되었다. 이는 고민이 없이 시를 창작한다는 뜻이다. 자기운명에 대한 고뇌 그리고 시대의 아픔에 대한 고뇌 그리고 미래를 바라보는 고뇌는 살아있는 인간의 영원한 명제이지만 한국 시의 타령조는 전혀 변함이 없이 같은 가락을 유지하고 있다.

두 번째는 유행에 민감한 현상—자기중심이 없다는 뜻이다. 시 또한 고백의 형태이고 이 고백이 객관성을 가질 때 보편성의 전파력은 클 수밖에 없다면 한국 시는 넋두리의 나열이거나 음풍농월의 가락에 젖어있고 지금 한국 시의 정체성은 이런 덫에 걸려 있다. 요컨대 버리면 얻는다는 모험의 부재가 주는 안주는 그 소리가 그 소리로 주저앉는 이유의 일부가 되었고, 한국 시는 100년의 언덕에서 자기반성의 문패를 걸어야 한다. 자기의 중심을 발굴하고 발견하는 노력이 없이 타인의 것에 관심을 갖는, 외부지향의 관념을 뿌리치는 과감성이 있어야 한다는 뜻이다. 요컨대 한국 시의 장바닥에 틈새는 무엇이고 어떤 상품이 효과적인가를 판단하고 실천하는 혜안慧眼이 전제되어야 한다.

세 번째는 향도嚮導성의 예지를 가져야 할 것이다. 시인의 속성은 두 가지로 요약된다. 고난과 아픔에서는 미래를 예언하는 역할을 하고, 평화로운 때는 장식의 기능을 다한다는 것은 시인의 천성이고 시가 갖는 속성이다. 국난의 지경에는 시— 한용운이나 이육사의 시는 신음하는 백성에게 안내자 혹은 등불의 경우— 베르하렌이나 윤동주의 신음은 위안이자 고난을 헤쳐 나가는 안내의 역할을 했다. 민주화를 열망하는 70년대 80년대의 한국 시는 이점에서 잘못된 기능—이른바 능동적 소수의 문학적인 역할에 실패라는 이유를 갖는다. 시대의 아픔을 위무慰撫하기보다는 투쟁일변도의 목소리에 중심을 두었기에 한국 시에 발전의 기회를 차단하는 역할—시인들 자질의 문제와 매스컴 담당기자들의 선동성이 원인이 된다.

시는 독자를 이끌고 가는 노래—여기서 시인은 항상 고독하고 외로운 삶의 목청을 가다듬어야 한다. 시대의 혼탁한 기류에 혼합되어서는 안 되는 이유가 도출되는 점—시인은 시대의 중심을 읽고 예언하는 노래를 부를 때 독자의 가슴을 헤집을 수 있게 된다. 문학인이 독립운동을 하는 경우 산문을 쓰는 사람은 없었다. 그러나 시인 중에는 독립운동을 위해 목숨을 바친 사람—이육사나 한용운의 경우는 시와 진실의 마음이 어떻게 표출되는 가를 말하는 근거가 될 것 같다.

2. 세상에 멸망이 와도 살아남을 것 —시

가정법은 때로 뒤집어 보는 재미가 있고 작금에 문학에서도 패러디라는 기교로 재미를 보는 경향이 쏠쏠한 것도 교과서적인 것보다 달리 보면 새로운 느낌을 주는 것도 사실이다.

세상이 멸망하면 살아남는 것은 문학의 다섯 장르 중에 무엇이 있을까? 다른 각도에서 바라보면 확연하게 다른 의미를 창출할 것이다.

시, 소설, 수필, 평론 그리고 희곡의 다섯 가지 장르 중에서 세상이 멸망하면 살아남는 것은 무엇일까? 이 황당한 물음에 답하기란 난센스일지 모른다. 그러나 가정에 근거를 마련하면 그것은 인간의 말하는 과학적 이유가 될 것이다. 문학에 두 가지 구분은 산문과 운문으로 나뉜다. 이는 시와 여타장르가 된다. 공히 언어라는 재료를 사용하여 소기의 목적을 표출하지만 알다시피 시는 압축과 리듬을 가져야 된다. 그러나 산문은 묘사와 설명을 근거로 해서 글을 쓴다. 이런 훈련은 자연을 본질—대상으로 하여 글을 완성하는 시인은 자연의 리듬을 본질로 해서 시를 완성한다. 그러나 산문을 쓰는 사람은 자연의 중심이 아니라 인간의 일을 리얼하게 표현하는 절차를 갖는다. 여기서 시인은 자연의 변화에 따른 리듬—나는 3음이라 주장한다. 다시 말해서 자연의 리듬은 3음이 체體 즉 중심이 된다. 4음이나 5음은 용用으로 활용하는 이치를 대입하면, 시는 인간과 자연의 리듬에 따라 완성한다. 시와 자연은 리듬을 담는 작업이라면 산문은 리듬위주가 아니라 자연과 인간의 현실성을 리얼하게 전개하는 점에서 다르다.

중국 양나라 때 4언 250구의 시 천자문千字文(주홍사)의 맨 처음은 천지 현황으로 시작한다. 하늘은 검고 땅은 누렇다는 정확한 예지를 어떻게 발동할 수 있었겠는가? 그러나 아폴로를 타고 달에 도착한 암스트롱은 이를 증명했다. 빛이 없을 때 우주는 검지 않는가 말이다.

그렇다면 세상이 물로 멸망하거나 불로 멸망하거나 했을 때, 구원의 배에 탈 수 있는 장르는 무엇일까? 간단한 대답으로는 시가 된다. 그 근거는 리듬이 있기 때문이다. 강한 파도도 리듬이 있고, 바람도 리듬이 있고 불길이 치솟는 것도 모두 리듬이 있다. 3음이거나 아니면 4음 —이런 리듬을 타면 틀림없이 구원의 방주에 올라탈 수 있지만 뻣뻣한 산문은 죽는다. 다시 말해서 시는 자연현상이고 산문은 인간의 일이기 때문이다. 있는 그대로의 불길이 얼마쯤 진행되다가는 자연스레 진정된다. 이런 이치는 자연의 생존법칙이고 자연의 이치다. 시는 자연의 이치를 담는 그릇이고 인간이 자연과 하나가되는 통로이기 때문에 시는 마지막에 구원을 받는 유일의 대상이 될 수 있다. 인간의 리듬은 3음이다. (졸저 『창조문학론』, pp.142~3. 참조) 만약 인간의 리듬이 3음이 아니고 자연의 리듬이 3음이라면 인간은 도태되거나 변해야 한다. 이 가정은 필연적이다. 각도에 따라 다른 리듬을 발견할 수 있지만 인간의 심장의 박동은 그 명료한 근거가 될 수 있다. 천 · 지 · 인 3음은 인간의식의 출발이고, 결정이고, 본질의 리듬이다. 이 리듬을 거역하면 인간은 존재할 수 없게 된다. 시는 이 리듬의 중심—체에서 변화의 리듬을 생성하는 것이다. 하여 시는 영원히 살아남는 근거가 여기에 있다.

3. 자연을 바라보는 태도의 변화 —세한도

현대는 인공적으로 만든 자연에서 위안을 찾는가 하면, 자연 속에서 동화되는 삶을 최고의 가치로 설정한 고대의 방식과는 다르다.

이런 변화는 다 같이 자연을 근거로 했지만 차이가 있다. 고대의 시들은 한결같이 자연을 중심에 놓고 인간의 문제를 결합하는 시도를 했다. 이렇기 때문에 느린 변화에 식상하는 결과 서구취향과는 다른 인상을 주게 되었다. 서구의 문화는 인간중심이고 동양은 자연과 인간의 조화에 차이가 있음은 익히 알려진 사실이다. 과학이라는 칼날 위에서 긴장과 조바심 그리고 변화의 찰나刹那를 어떻게 모면할 것인가를 염려한 것이 서구의 삶이라면 동양은 이런 원리와는 상반된 길에서 삶과 문학을 이룩해왔다.

알다시피 국보인 「세한도」를 보자. 추사 김정희가 제주도에 귀양살이의 모습을 부러진 잣나무와 울분과 한숨을 달래였던 초막의 정경은 추사의 모든 것을 의탁한 수묵화이다. 화려한 채색도 아니고 담담한 먹물로 그린 마음에 담겨진 절제미와 간결한 압축과 상징성은 이 작품의 고아한 기품을 전달하기에 충분하다. 만약에 초막에 김정희가 쭈그리고 앉아있거나 부러진 잣나무가지를 넣지 않고 직접적인 메시지를 담았다면 —추사의 고통스런 인간사를 담았다면— 그 작품의 기품은 저급한 상태로 평가받았을 것이다. 그러나 추사의 세한도는 이 모든 것을 버리고 자연 현상과 추사의 처지가 절묘한 방법으로 보여주는 것(Showing) 때문에 기품氣稟있는 그림으로 남게 된다. 여기엔 자연이 살아있고 인간은 철저하게 자연의 뒤에 숨어있기 때문에 사실감과 상징의 숲을 발견하게 된다.

그러나 작금에 자연은 훼손된 자연에 인간의 신음이 높기 때문에 실감을 잃어버린 결과를 갈증으로 남기게 된다. 다시 말해서 자연의 비율과 인간사의 비율에 균형을 상실했다는 뜻이다. 이는 서구 인간중심의 사조가 우리의 전통적인 정서를 침식하는 결과일 것 같다. 이에는 우리 의식의 문제—고대는 지나치게 중국편향의 의식이 가져온, 우리 것에 대한 통찰이나 편향적인 의식—이 문제는 현대에도 가장 심각한 정신의 문제로 생각된다. 내 것을 낮추고 외부의 것을 선망의 눈으로 보는 사시斜視적인 가치의 문제는 정신의 불균형을 뜻하기 때문이다. 이 정신의 편향성을 극복하는 것은 한국 시—비단 한국 시의 문제가 아니라 한국 문화전반에 대한 극복의 문제이기 때문에 넘어야 할 과제이다. 가령 고구려를 중국의 변방의 역사로 편입하려는 작금의 의도에 우리는 고구려사와 백제사 그리고 발해의 역사를 어떻게 취급하고 연구해왔고 독도의 문제를 어찌 다루어 왔는가 수많은 역사학자들이나 정치가들은 미래와 과거의 흔적들에 대한 애착이 얼마나 무신경했고 연구가 부족했는가를 돌아보게 된다. 우리 역사의 중심을 금붙이 왕관이나 신라의 불교유적에 대한 가시성에 볼모를 잡힌 연구가 아닌가를 돌아볼 필요가 없는가? 특히 이론의 문제에 이르면 이런 문제는 심각한 지경일 뿐만 아니라 자기를 버리고 남의 것에 기생寄生한 문화라는 혹평을 들어도 무관할 것이다. 역사와 문학 혹은 사회전반에 걸쳐 일제 강점기의 벽을 넘었는가를 자문하면 그 대답은 무엇이 될까?

우리의 문학은 지금 전통을 버렸고, 자연의 독특성을 잃어버린 부재의 문학이 되었다. 서구 것도 아니고 우리 것도 아닌 것 때문에 특성이 없는 시가 되었고 자연조차 빌려온 자연으로 전락한 실정의 처지—어떻게 넘어야 할 것인가? 버려야 할 것이다. 모두 버리고 남는 하얀 여백에 새롭게 그림을 그려야 할 것—이 숙제는 곧 자기 찾기의 일환이라는 점에서 한국 시는 이제 새로운 이름을 만들어야 할 때가 되었다. 우리 것으로 눈을 돌리면서 외부문화를 수용하는 자세가 절실하다는 뜻이다.

4. 시는 누구의 것인가

위의 물음도 어리석은 답을 요구하는 문제이다. 문학의 창작은 개인에 의해 시작되고 개인의 정서가 중심이 되어 —보편성을 얻을 때 우리의 의식– 시로 변하는 절차를 갖는다. 때문에 시는 누구의 것이 아니라 인간 모두의 것이라는 해답을 마련하고 출발해야 한다. 설사 한 개인이 창작했고 독자를 전혀 의식하지 않는 작품이라 해도 이미 문자로 변해있을 때, 시는 공유화의 길로 들어가게 된다. 때문에 탄생된 시에는 사회현상 혹은 시적 문법에 이르기까지 일정한 요망의 절차가 따라올 수밖에 없다.

시에는 격식이 있다. 이 격식은 자유라는 본질에서 누려야 하는 것이면서 사회적인 관습 때로는 관습조차도 뛰어넘는데서 미래의 가치를 수긍하는 한계를 가져야 한다. 물론 시의 자유라는 어의語義에는 표현의 한계에 제한을 두지 않는 무애성을 뜻한다. 문학 장르 중에서 자유의식을 가져야 하는 것은 시의 가장 중요한 특성이면서 엄격한 격식의 룰을 지켜야 한다. 즉 내용에서 자유 그리고 형식에서 엄격성을 가질 때, 시는 존재를 나타낸다. 그러나 자유를 누리는 방법에는 시적 한계나 절차를 수용하면서 벗어나는 이중적인 모순을 수용하는 —역설의 미학美學을 이루어야 한다. 자유와 속박이라는 이중 장치를 어떻게 실현할 수 있는가는 시가 갖는 한계이면서 시의 가장 큰 속성이 된다.

한국 현대시는 표현의 자유를 누리고 있다. 그러나 참된 의미의 자유가 아니라 잡문의 홍수를 이루는 마치 시가 실종된 잡초의 무리를 이루면서 무리 무리의 시 홍수가 연출되고 있다. 잡초가 우세한 것은 결국 잡초의 풍토를 조성한 판도의 문제도 될 수 있지만 여기엔 시의 걸름 장치가 없는 다시 말해서 시의 자각현상이 실종된 현상이 타개되어야 한다. 이는 말을 바꾸면 시에 대한 목적의식 혹은 전문직업의식의 시 꾼이 없는 불모의 형태가 100년의 언덕을 바라보면서도 갈증이 따라붙고 있다는 점이다. 여기에 대한 문제는 여러 가지가있을 것이지만 시를 절대성의 갈증으로 인식하는 정신의 문제와 시대를 건너가는 목적이 있어야 한다면 오늘의 시인들에 결핍된 영양소는 시에 대한 갈증과 집중력이 부족하고 장식적인 기능에 너무 경도된 점이다. 이런 아마추어리즘은 시간이 해결하는 요소가 아니다. 또 다른 문제는 시의 영역을 외부에 쉽게 맡겨버린 점이다. 한국의 문학은 너무나 쉽게 외부의 침입에 손을 들어버리는 체념에 익숙하다는 사실이다. 매스컴이 장악한 시문학이었다는 뜻이다. 다시 말해서 매스컴의 언급에 압살 당하는 것이 현대시의 위축을 가져온 근본이 된다는 점이다. 도하신문에 문화부의 기자의 무지한 손끝에서 놀아난 시문학의 경박함이 지금까지의 문학을 재단한 영향력의 절대성을 부인하기 어렵다. 물론 이를 제공한 것은 취약한 문학의 층이거나 문학인들의 의식에서 불러들인 현상이다. 민주화라는 정치적인 영역에 도구로 끌어들인 몇몇 시인들의 여파는 지금도 한국문학을 난장이로 만든 책임이 있다. 정치와 시를 구분하는 것은 어리석을지 몰라도 시를 정치적 사건의 하위개념으로 전락시킨 결과가 오늘의 시문학에 정체성을 가져온 가장 큰 이유가 될 것이다. 이런 현상은 최남선이 어쩔 수없이 시인이 된 것과 다를 바 없다. 시를 목적의 도구로 바라보는 문제를 걷어내지 않고서는 발전의 여백이 없어진다.

이런 문제와 유사한 현상으로 신춘문예를 신문에서 취급하는 일이 전통이라지만 이 또한 난센스다. 발표의 매체가 없었던 신춘문예가 문예지의 홍수를 이루는 오늘에도 버젓이 행하고 있다는 사실을 어떻게 설명할 것인가? 신년벽두에 화려하게 태어난 작가나 시인들을 성장시키면서 키울 수 있는가. 사생아 양산소가 되는 역설을 어떻게 설명할 것인가?

5. 이슈화의 문제

시대의 문제를 이슈화하는 시인의 예리한 촉수이거나 아니면 시에 대한 흐름을 통찰하는 안목의 부재는 필연적으로 정체성의 흐름을 만들게 된다. 여기서 한국 시는 변화를 주도하는 층의 문제가 있게 된다. 이는 시에 대한 흐름과 이를 논리화하는 안목의 문제로 귀결된다. 여기엔 비평의 부재 현상을 거론해야 할 것이다. 이는 향도성의 문제와 결부된 문제이지만 정직한 조언이 사라진 결과 필연적으로 정체의 늪을 부추기는 결말에 이르게 된다. 지나치게 칼날을 세우는 것이나 보호의 감싸기로 일관하는 것 등의 문제— 한국문학에는 조화의 균형을 이루는 장치가 없다. 이는 장르 각자의 임무를 망각한 이유도 될 수 있고 또 문학의 전문 지식의 결핍현상이 가져온 이유도 될 수 있다. 이광수—그는 한국문학에 대한 교과서적인 문학창작의 태도를 가졌다. 다시 말해서 시인은 시만 써야 되고 소설가는 소설을 써야 한다는 경직된 칸막이는 문학의 영토를 위축하는 결과에 이른다는 말이다. 물론 문학의 전 영역에 뛰어날 수는 없다 해도 문학의 전반을 파악하고 창작하는 전문지식이 필요하다는 점에서 오늘날 이런 기준에 적합한 문인이 얼마나 될 것인가. 타골이 소설을 썼고, 셰익스피어, 빅톨 유고 등등 많은 문인들이 한 가지에만 매달린 감수성이 아니었음은 그들의 문학에 풍부한 영역을 확보한 예가 될 것이다. 김동리가 만년에 시집을 발표한 이유는 소설이 아닌 또 다른 표현 욕구를 충족하는 방편이 필요했기 때문일 것이다.

6. 눈이 없는 시들

한국 현대 시는 눈이 없다. 이는 장님이라는 말로 바꾸어도 좋다. 다시 말하면 개성이 실종된 시들이 떠돌고 있다는 뜻으로 바꾸어도 좋다. 이에 대한 직접적인 현상을 시인의 의식에 문제가 치열성 혹은 실험의 부재가 빚어놓은 현상일 것이다. 이런 원인은 70년대 이후 한국 시의 궤도가 잘못 설정된 현상과 밀접한 관련이 있고 또 시를 받아들이고 제작하는 개인의 의식에 성숙도와 상관이 있을 것이다. 시인은 많지만 시를 아는 시인은 없고 또 시를 무의식적으로 혹은 맹목적으로 제작하는 —창작이 아닌— 관습적인 행동에 원인이 내장되었다.

시를 쓰는 일차적인 작업은 소재를 선택하는 일에서 비롯된다면 시인의 개인적인 관심이거나 아니면 사회현상의 기류에 의해 선택될 것이다. 그러나 무엇을 선택하듯 시인의 몫은 소재를 어떻게 처리하는가의 문제는 전적으로 시인의 재능으로 돌아간다. 소재가 주제로 바뀌는 화학적인 변화는 새로운 의미로 창조되기 때문에 시인의 역할은 스스로 불을 태우는 열정이 있어야 할 것이지만 유행의 천박한 옷을 걸치려는 흐름만 횡행한다.

시는 소재에 불을 켜는 것이 결국 의미로 나타난다. 물질과 물질이 결합하여 전혀 새로운 화학적인 물질로 변하는 것은 결국 시인의 능력이다. 이 능력은 살아있는 인간의 몫을 다할 때, 비로소 눈이 떠지는 주제로 변모되어야 한다. 낡은 감수성에만 매달리는 현상은 곧 삶의 치열성과 연결이 될 수 있기 때문에 소재가 주제의 눈으로 탈바꿈할 수 있는 여지는 자기의 삶을 능동적으로 관조하고 행동하는 적극성에서 시야를 확보할 수 있는 요소일 뿐이다.

7. 남는 문제를 위해

인간이 어떤 문제에 봉착할 때, 이를 해결하는 방법에는 여러 측면이 있을 것이다. 그러나 집중력과 끈기의 문제는 가장 중요한 전환을 가져오는 방법이 될 것이다. 한국 시의 전환에는 시인 자신들의 집중된 시 쓰기가 선행되어야 하고 또 끈기 있는 신념의 길을 확보하는 자세가 있어야 한다. 천길 단애의 벼랑에 홀로 푸름을 자랑하는 소나무 한 그루는 두려움을 모르는 의식 때문에 아름다움을 가질 수 있다면 집중력과 끈기의 무아경—지나치게 좌고우면左顧右眄하는 의식성 때문에 본질을 놓치고 지엽에만 매달리는 잘못이거나 변화의 두려움에 안주하는 잘못을 떨칠 수 있는 방법— 집중력과 끈기의 주도적인 의식이 선행한다면 한국 시의 프로페셔널한 모습은 한순간에 바뀔 수 있는 방안이다. 유행의 바람에 끌려가는 가벼움이 아니라 무거운 중심을 잡고 꾸준히 진행하는 걸음이 될 때, 한국의 시는 흔들리지 않는 모습으로 변모할 것이다. 우선은 자기를 알고 자기를 돌아보는 성숙의 조건이 시를 향한 엑스타시의 문제라면 시인들의 자각에 따라 그 변화의 속력은 밖에서가 아니라 내부에 문제와 해답이 공존하고 있을 뿐이다. ◉

제 2 부

그리움 찾기 또는 그리기

시적 정서와 시인의 표정

— 정정길의 시

1. 시의 특성 찾기

한 편의 시는 시인 자신의 육성을 재료로 하여 자화상을 그리는 행위라는데 일치— 언어를 도구로 하되 응축이라는 방법을 채택하는 기교에서 다양한 표현미를 접해야 한다. 한 사람의 시에서 느끼는 정서는 곧 시인의 삶을 수용하여 과거와 현재 그리고 미래를 그려나가는 화가와 다름이 없을 것이다.

여기서 한 시인의 시적 특성을 찾는 행위는 비평의 임무일지라도 시인은 그런 행위에 마음을 경도傾倒할 이유는 없다. 왜냐하면 바라보는 각도에 따른 시의 특성이 똑같은 얼굴을 나타내는 것이 아닐 뿐만 아니라 시인만의 개성적인 표현은 또다른 시의 특질을 내장하고 있기 때문이다.

정정길의 시적 특성은 주로 식물정서 혹은 전원정서가 바탕을 이루고 있음을 볼 때, 도시적인 사고보다는 오히려 농촌정서가 시의 소재를 이루고 있다. 아내를 위시해서 부모에 대한 정념情念이 많은 함량으로 표출되었고 전통을 고수하려는 태도 —자연을 바라보는 시선은 고정되어 있다. 이런 특성은 정정길鄭正吉의 삶에서 나온 정서일 뿐만 아니라 시의 모양을 형성하는 뼈대를 이루는 요소가 되고있다.

김정길의 시적 표현은 매우 진솔할 뿐만 아니라 언어의 운용에 재치를 갖고 있다. 시는 일단 팽청적인 언어가 아니라 수축적이라는 특성에서는 매우 성공적인 이름을 헌사할 수 있다는 뜻으로 예를 든다.

넌
빼곡한 나보다
부자로구나

—「백지」

4단어 12글자로 이루어진 매우 단순하고 간명한 작품이다. 그러나 의미전달은 오히려 많은 언어를 탄생하는 이유를 갖고 있다. 논리의 그물에 갇혀 사는 인간보다 오히려 흰 여백의 종이는 수많은 언어를 담고있는 포용의 그릇이기 때문에 비어있음에서 채움을 발견하는 동양적인 사고를 찾게 된다. 아울러 조용하면서도 많은 함축미를 내포한 여백의 백지는 언어 이전의 언어를 수용하는 원시적인 미를 내포하고있는 이미지로 다가온다. 「튜울립」도 그런 예의 하나일 것이다.

이제 논지의 문을 열어 그의 정서의 일단을 추적하는 것으로 청탁의 임무를 다할 것이다.

2. 정서의 갈래들

1) 시에 대한 열망

시인은 시로써 언어를 대신한다. 이런 전제는 시를 향하는 열정의 농도가 시로 압축되었는가를 평가하는 일이 앞서야 한다. 물론 시인에게 시를 바라보는 태도는 다양한 모습으로 나타날 것이다. 단순히 시를 임무로 쓰는 사람과 시를 향해서 자기의 모든 혼을 불태우는 사람—적어도 시인에게 나타나는 징후는 두 가지일 것이다.

전자에서는 시가 주로 장식적인 기능을 앞세우면서 소극적인 시관으로 세계를 구축한다면, 후자에서는 적극적으로 시의 표정을 찾고 관리하는 역할을 수행하려 할 것이다.

> 지독한 몸살이었어
>
> 밤새 끙끙 앓다가
> 방바닥 가득 쌓아올린
> 원고지 베고 깜박
> 선잠 들었다 깨어보면
> 어김없이 가슴을 흠뻑
> 적셨던 거야
>
> —「몽정夢精」에서

몽정은 꿈에 성적인 사정을 하는 행위이지만, 정시인의 경우는 문학으로 관통하고 있다. 다시 말해서 스무 살 무렵 문학에 열병을 앓아본 경험의 표현—고향 쪽방에 들어 박혀 석달 열흘을 꼬박 지새운 몸살을 문학의 몽정으로 느끼고 있다. 문학은 일종의 병이라 말한다. 이 병은 치료의 방도가 없고 오로지 통과의례의 일단처럼 젊은 날을 애태우는 열망의 대상이었고, 그런 소망은 지난至難하기 산과 같았고 건너기 넓이를 가졌기에 애탐과 지향의 열병은 상관을 갖게 된다. '밤새 끙끙 앓다가'나 방바닥 가득 쌓아놓은 '원고지와의 씨름'에서 젊은 날에 만나야하는 병의 이름—이런 열병은 꿈에서도 떠날 수 없는 간절懇切성 때문에 몽정이라는 끈적한 이름으로 '가슴을 적셨던 거야'라는 고백을 만나게 된다. 이는 시인의 문학습작기에 겪었던 고뇌요 성숙을 향한 정신의 응당한 모습이었기에 이런 경험은 오늘로 이어지는 요소가 된다.

시는 무엇을 향해 변용의 이름을 쓰는가? 물론 그 대답은 개인의 편차에 따라 다른 모양을 만날 수 있다.

> 한때 나는
> 이 간판을 걸었지
>
> "시인 수업"
> … (중략) …
> 이제 나는
> 그 간판 대신
> "인생수업"이란
> 간판을 걸고
> 詩를 살기로 했네
>
> —「시인수업」에서

시는 소설과는 다르다. 소설이 인간의 일을 정확하게 묘사하고 설명하는 임무라면 시는 이와는 전혀 다른 방법을 구사해야 한다.

시는 비유와 상징을 통해 이미지를 구축하는 방법으로 인간을 말해야 한다. 다시 말해서 소설에서 묘사되는 이성관계의 진한 농도가 소설가의 삶과 같지 않는 일종의 상상의 산물이지만 시의 표현은 시인자신의 삶을 시적 표현과 같음의 관계로 언어의 기교를 동원해야 한다. 여기서 시는 곧 그 시인의 얼굴로 바꿀 수 있는 이유가 된다. 시인수업은 곧 인생수업—얼마나 가능성의 이미지를 구사하면서 밀도있게 언어로 포착했느냐는 시인의 재능으로 귀속한다. 정정길의 시에 대한 태도는 진지성과 성실성을 결합한 결과로 나타난다.

한 때 나는
마비가 되어버린 사지가
처절하게
자유를 울부짖는 걸
보았다

꿈이 단절된
소외의 매운 연기 속에서
방독면도 없이 울부짖던
울음을 보았다

울음이 타서
연기도 없이 타서
하늘로 올라가
단비 되어 내릴 날만을
속절없이 기다려야 했던 그 기억은

—「나의 자유는 비상구였다」에서

정시인이 시를 쓰는 이유는 자유정신의 구현에 초점이 있는 것 같다. 이는 그가 지향하는 정신의 방향이고 그가 문학으로 살아가기 위한 지표를 뜻한다. 1연에 '자유'를 향하는 암시라면, 2연엔 '울음'이라는 형태로 꿈을 찾아가는 도정道程의 어려움이 그려지고, 울음이 '비'로 3연을 만들었고 다시 4연에서는 정지적인 형태로 '순례를 기다리는 유적'의 상징이 '정갈하게 닦을 우물질' 5연에 '자유를 향한 우물질을…'로 마무리된다. 결국 날아 올라가는 입구는 자유를 향한 의미로 시인의 정신을 압축하고 있다. 또한 「시에게」는 시가 '사슴'으로 다음은 '황홀'한 형태로 은유화로 표현된다. 「시인은 시보다 아름답다」나, 시인의 자긍심을 말한 「이러다, 이러다 가지」나 시인의 허무를 말한 「유혹」이나 시 쓰기의 어려움을 토로한 「정지의 도」 등은 정정길의 시에 대한 태도를 살필 수 있는 작품들이다. 물론 그 기저基底는 시에 대한 어려움 그리고 시를 건져 올리는 태도의 문제 등에서 그만의 개성을 소화한 느낌을 주고있다.

2) 식물 정서의 시들

인간이 태어난 공간은 평생을 지배하는 요소가 된다는 것은 특별한 일은 아닐 것이다. 사막에서 태어나 성장한 사람은 주로 사막의 정서를 표출할 것이고 농촌에서 혹은 도시에서 각기 태어났다면 주로 자기의 공간을 유지하고 지속하기를 열망하는 표현으로 압축될 것이다. 정시인의 시는 주로 우리네 정원이나 들판에서 만날 수 있는 이름들과 친밀하게 조우遭遇하게 된다. 「난꽃」이나 「목련」, 「튜울립」, 「봉숭아」, 「코스모스」, 「불꽃」, 「밤송이」 등등의 시 제목은 특이할 것도 없고 또 별난 이미지로 다가오는 것들이 아닌 평범한 이름들이다. 이런 재료를 시로 환치換置한다는 것은 시인의 시선이 어디로 지향志向하고 있는가를 규지窺知할 수 있는 단서가 된다. 예로써 증거를 확보한다.

오므려도 오므려도
속으로 타는
사랑
어쩔 수 없나보네

보듬어도 보듬어도
자꾸만 삐어져 나오는
연모의 향
어쩌지 못하나 보네

저기 저 붉은 사랑 속으로
들어가
다소곳 잠들었으면
황홀하겠네

언제 저 옷고름 다 풀어
날 맞지 않을까
그 앞에
기다리고 섰네

—「튜울립」

시는 소재를 선택하여 시인의 의도를 표현하는 방법을 택한다. 튜울립이라는 꽃의 이미지는 인간의 사랑을 시인의 의도에 맞추는 형태가 시 「튜울립」이다. 결론적으로 위의 작품은 1연에 사랑을 읊었고 2연에서 향으로 상승의 이미지를 나타냈고, 다시 하강의 잠 즉 꿈을 꾸는 황홀한 경지에 도달하는 이미지를 구사하면서 마지막 연에서는 '기다리고 섰네'의 마무리를 보인다. 사랑과 향 그리고 잠의 황홀성으로 각기 기다림의 순서를 거치면서 튜울립의 이미지는 다양성을 나타내는 과정으로 변화한다. 이처럼 식물성의 이미지—시인의 체험의 요소들이 정서의 옷을 입는 것은 곧 시인이 살아온 체험의 변형이 되는 셈이다.

그 질기던
겨울밤을 지나
봄의 먼동 트기 전
하이얀 버선부터
챙기는 너는

필시

꼭두새벽
속치마 차림으로
아궁이에
불 지피는
내 어머니이어라

—「목련」

흰 목련의 모습에서 순박하고 따스한 어머니의 이미지를 건져 올렸다. '버선'이나 '속치마' 그리고 '아궁이'와 '어머니'의 이미지에서 전통미와 맞잡은 정숙성 그리고 정적靜的 시의 무드는 정시인의 정서를 가늠하는 전체적인 단서가 되고있다. 다시 말해서 식물성 정서는 시인이 삶을 형성한 원형으로 작용하고 이런 형태가 다시 정적인 조용함을 수용할 때 시의 느낌은 동양적인 안온성을 특성화하고 있다.

너는 얄궂겠다.
못생긴 내 얼굴을
다듬어 주느라고

너는 좋겠다

달콤한 임의 얼굴
매일 보듬을 수 있어서

—「거울」

비교적 짧은 소품의 시이다. 그러나 거울은 장자의 만물제동萬物齊同의 경지를 포괄한다. '너'를 중심으로 나와의 관계가 진전되면서 연결고리를 형성하는 이미지는 '나'의 얼굴을 다듬어 주느라고'의 이기적인 형태가 2연에 이르러 '임'이라는 동등의 대상으로 압축된다. 여기서 거울은 '나'를 벗어나 우리 모두의 사랑을 암시하는 의미—임으로 압축될 때, 너와 나의 관계를 벗어나는 공통의 공간에 이르게된다. 이는 생명의 아름다움을 발견하려는 정서의 일단이다.

「봉숭아」의 이미지와 .「신록」, 「밤송이」 등의 시에서 풍기는 정서는 식물성 정서와 밀접한 정서를 공유할 때, 부드러움과 은근미를 유발하고 있다면. 「개미딸기」 연작시는 식물정서가 다른 형태로 다가든다. 「개미딸기. 1」은 홀로 살아가는 생명력을 말했고, 「개미딸기. 3」은 자기만족의 삶을 기록 「개미딸기. 4」에 이르면 삶의 방도가 무엇인가를 천착하는 형태로 전이轉移의 이미지를 구사한다.

하느님!
먼저
내가 살려고 수많은 생명을 죽여 수많은 밥그릇에 담아 게걸스럽게 배를 채우고 나온 나를 용서하소서!

아, 저 아름다운 민들레, 제비꽃, 쑥부쟁이.....
수많은 고귀한 풀, 꽃, 나무들이 형제 되어 오순도순 사는 동산을 저리도 무자비하게 파대는 포크레인의 만용을 용서하소서!
강도 죽이고 산도 죽이고 일용할 알곡을 주던 들마저도 무자비하

게 죽여서까지 발뺃고 잘 잠자리를 만드는 우리는 세상의 동물 중 가
장 우둔한 동물이거나 가장 악랄한 바이러스일겁니다

— 「개미딸기. 4」에서

문명 비평적인 시선을 확보한 느낌이다. 이는 인간위주의 삶을 전개하는 문명의 생활이라는 의미가 무엇을 전달하는가를 개탄하는 생각— 민들레, 제비꽃, 쑥부쟁이 등등 고귀한 이름들이 개발이라는 명목으로 무참히 사라지는 폭거의 인간 행위를 질타하는 상징이 들어있기 때문이다. 이는 개미딸기라는 대상식물에서 인간의 오만이 어떤 결과로 나타날 수 있을 것인가를 깨달아야한다는 주장은 인류의 공감사항이기 때문이다. 인간은 '땅'에서 벗어나서 살아갈 수는 없고 또 인간만이 존재할 수도 없다는 당위성은 바로 인간을 위한 몫이 시인의 생각이라는 동감에 이르게된다.

3) 삶의 순리성과 자연

살아가는 방법을 열거하면 많은 통로를 확보하게 된다. 이기적인 행위와 아가페적인 방법 혹은 서로가 공존의 뜻을 펼치는 방법 등 여러 행위가 있겠지만 자연의 진리를 거역하지 않으면서 살아가는 생존의 뜻이 가장 합당할 것이다.

꽃이 떨어지는 것은 자연의 질서이고 물이 아래로 흐르는 것도 질서의 개념이다. 이를 다른 방도로 역전시킨다면 삶의 이름은 파괴 혹은 모순의 역설에 이르게된다. 정정길의 시에는 순리를 통해 자기를 드러내는 길이 보이는 절차를 택하면서 작품에 그의 생각을 투영한다.

꽃은
떨어져도 아름답다

섭리에 항거하지 않기 때문이다
진다고 서럽다면
저렇게 쉬이 갈 수 없으리

버림받아 떠남이 아닌 걸
아는 까닭에
촛불처럼 자신을 태운 꽃불이
꺼지는 날

총총
미련없이 떠나는
저 고마움이여

그럼에도
세상엔
때를 놓치고 매달린 꽃들이
너무나 많아!

—「낙화」

꽃은 피어있을 때도 아름답고 또 떨어진 낙화에서도 아름다움은 나타난다. 다시 말하면 존재 그 자체는 아름다움이다. 그러나 순리를 거역하는 억지에서는 이런 아름다움은 사라진다. '항거하지 않기 때문이다'의 답안에서 순명의 삶을 통찰하게 된다. '낙화'에서 미련없이 —질서를 거역하지 않는 행위는 곧 새로운 공간을 지향하는 시인의 뜻이 내포되어 있기 때문이다. 시의 마지막 연 '때를 놓치고 매달린 꽃'이 너무 많다는 것은 욕망과 이기 혹은 질서를 거역하는 독선의 결과— 떠나가는 낙화의 이미지보다 추함을 연출하기에 비판의 안목을 동원하는 시인의 생각이다. 이는 시집의 큰 타이틀인 「흘러가는 것이 어디 강물뿐이랴」의 단언에서 쉽게 느껴진다.

낙화도 흘러가는 것이고, 강물도 흘러가는 것이고, 인간도 모두 흘러가는 이미지를 거역해서는 안된다는 강조가 된다.

그도 한 때는 바위만큼
큰 꿈으로 살았지만
깨어지고 부서지고
자갈로 닳아
이제 가는 바람에도
흩날리는 몸이 되었으니

—「바닷가에서」 중

나뭇잎이 떨어지는 것도 흐르는 것이고, 바닷물이 흘러가는 것 혹은 바위가 부서져서 흙이 되는 모두는 흐르는 것이다. 인간의 슬픔이 흩날리는 몸으로 비유 될 때, 삶의 허무 또는 무상성과 연결된다.

큰 꿈의 이미지는 작은 것으로 쪼개지고 다시 통합의 절차를 거치면서 흐르는 길을 재촉— 먼 여정을 순회하는 것이 존재의 본질이다. 정지된 것, 혹은 머물러 있는 존재란 없다. 여기서 허무와 손을 잡는 지혜는 우주의 진리를 벗어나서는 형성될 수 없다는 종점에 이른다. 이런 사실을 알게되는 것이 인간만의 모습이라면 어떻게 사는 일인가 시로 증명을 삼을 수밖에 없다.

뭔가 빠진 듯 좀은 어리숭한,
뭔가 손해보는 듯 좀 어수룩한,
전혀 숨길 게 없는 듯 속 다 드러낸

그 사내를 가난이라 하자
배운 것도, 벌어둔 것도, 앞으로 남길 것도 없는
그 사내의 인생을 가난이라 하자

—「가나하여 살자—여백. 3」에서

다소 진술적인 시이지만 그 메시지는 충분하다. 여백을 가질 때, 치밀함과 논리의 그물을 벗어나는 이미지가 생성되기 때문이다. 여백은 비어있음이 아니다. 비어있음은 채움이고 채움에서 다시 비워지는 이치는 자연의 질서요 우주의 순리이다. 방은 비어있기 때문에 채워지는 미덕이 살아나고 소용所用이 파생한다. 만약 채워져 있다면 자연의 질서는 일거에 무너지는 결과를 맞게 된다. 정정길의 시는 여기서 다시 한번 명상적인 길을 확보하게 된다.

달빛 고와서
밤길 나서면
그림자 하나
뒤따르고

풀 포기마다
매달린 별들이
발길에 채여
강물에 나뒹구는데

날 따르던 그림자
그별
건져 줍느라
따라올 줄 모르네

—「망성리에서」

자연의 아름다움—고향의 아름다움을 표현하고 있다. '달빛'이 있고, 달빛을 끌고 가는 그림자가 있어 풀포기들이 살아나고, 강물이 나뒹구는 별들과 그 별을 줍는 마음의 여백이 지극한 아름다움을 연상한다. 특히 '강물이 나뒹구는'이라는 표현에서 놀랄만한 표현미를 발견하게된다. 시는 은유의 숲을 만드는 일이 시인의 임무라면 정시인의 「망성리」는 그에게 깊게 각인된 정서의 진원이 되는 점이다. 동화적이고 환상미를 연상하는 점에서 정정길의 자연은 비단 상상의 여백이 아니고 살아있는 자연이 생동감으로 들어 있다. 자연은 변화한다. 이는 질서의 일환이기 때문이다.

흘러가는 것이
어디 강물뿐이랴
떨어져 뒹구는 것이
어디 낙엽뿐이랴

하늘을 나는 새도
잠잘 때는
땅으로 떨어져서
잠이 들고

제 命을 겨눈 화살 앞에선
낙엽처럼 흘러서
강물처럼
하늘로 굴러가네

— 「흘러가는 것이 어디 강물뿐이랴」

변화는 새로운 것을 잉태하는 본질이다. 흐르는 것이 없다면 정지도 없고 정지를 재촉하는 것은 변화를 위한 노래를 만들게되는 순환의 질서를 형성하는 이유가 된다. 새는 결국 땅으로 내려오고 나뭇잎도 마침내는 땅을 향하여 목숨을 바치는 섭리—땅에 이르면 다시 하늘로 길을 만들어 가는 도정은 불가의 연기緣起적인 이치로 확장된다. 이는 변화의 본질이 생성의 길로 이어지는 질서의 개념이지만 인간들은 이를 무상이나 허무라는 이름으로 단순하게 처리한다. 「악몽도 세월 묻으면 아름답다」나 「세월아」, 「공치는 날」 등은 이런 개념을 시화한 작품들이다.

4) 육친의 정감

나를 세상의 중심으로 하면 일단 부모를 연상하고 여기서 다시 형제를 만나게 된다. 물론 아내라는 그림자를 뗄 수는 없다. 정정길의 시에는 아내가 많은 편이고 아버지를 회상하는 시 그리고 어머니의 추상追想이 펼쳐있다.

어머니는
초가지붕이었습니다
덕지덕지 짚뭉치 겹쳐 얹고
질끈 새끼줄 동여맨 위로
올망졸망 새끼들 머리에 인 초가였습니다
새끼들 자리 잡는다고 골패이게 했고
줄기 뻗는다고 파고 죄며
짚 썩어 나온 온기 빠느라 지붕 내려앉는 줄 몰랐습니다.
그 고웁던 지붕은 어느새 거름 무덤처럼 썩어버렸고
가는 바람에도 짚 먼지들이 날립니다
한번씩 장마가 지날 적마다 골은 계속 깊어져
계곡이 된 거길 건너는 모습이 힘겹게만 보입니다
우리에겐 오직 한 분뿐인 어여쁜 어머니건만
이제 석가래 구부러진 슬픈 초가지붕입니다

— 「어머니」에서

어머니를 초가지붕으로 표현한 기교는 매우 적절하다. 젊은 날의 화려한 모습이 비바람에 썩고 찌들어지는 초가의 모습은 그러나 따뜻하게 비바람을 막아주는 연약함 —상징의 구도로 매우 적절성을 유지하고 있다. 자식을 위해 온갖 풍파를 모면하는 희생의 개념은 '어느새 거름처럼'이라는 경지에 이르러 희생의 고귀성을 연상하게 만들었고, 「줄장미」와 「어머니」의 결합은 또 다른 이미지를 확장하는 시인의 기교로 보인다. 아버지의 추억은 「아버지」의 깊이를 말하고 「봄 낙엽 앞에서」는 아우의 이야기를, 그리고 가장 많은 빈도로 시화詩化한 것은 아내의 이름이다. 「아내에게 바친 꽃」을 위시해서 「잠든 아내 곁에서」 「낮과 밤」 「삯바느질」 「철드는 남편」 등의 시는 모두 아내와 연관된 작품—시인의 삶과 가장 밀접성을 말하는 뜻이다.

> 처음 우리는
> 옷이 젖는 줄도 모르고
> 그 무서운 공동묘지
> 포기포기 기대어 누운
> 잔디밭을
> 이슬이 바스러지도록
> 걸었습니다.
>
> —「만남보다 더 설레는 이별」에서

20년 전 젊은 날의 추억을 말하는 것 같다. 동행자 혹은 동반자의 임무는 서로를 이해하고 격려하면서 먼 길을 함께 가는 것이라면 아내는 그런 이름에 가장 합당한 이미지일 것이다. 무서움도 이길 수 있고 비바람, 이슬, 공동묘지일지라도 함께 가는 일이라면 두려움 없는 용기를 가질 수 있기에 아내의 이름은 진실함을 함께 하는 도반道伴이 된다.

정시인은 이런 의미를 20여 년의 공간을 넘어서도 새롭게 노래하고 있다. 이는 사랑의 깊이이고 정의 넓이를 새롭게 인식하는 과거지향의 회상이기에 아름다움은 더욱 간절성으로 다가온다. 그만큼 넓은 삶의 의미를 인식했다는 자각의 발성과 같은 의미에서 그렇다.

3. 자연의 질서와 정서

과거를 바라본다는 것은 아름다움을 생산하는 것이 아니라 아름다움을 찾아 나서기 때문에 때로 공허에 떨어질 공산이 크다. 시의 한계를 일정한 공간에 가두기 때문에 때로 협소한 반복에 잠길 위험이 있다면 정정길의 시는 그런 한계를 벗어나는 안도감이 있고 또 이미지를 교합하는 언어의 사용에 깊이를 갖고 있다.

전원정서가 주로 나타나는 것은 시적인 부드러움이 있지만 생동감은 결여될 수 있을 것이다. 그러나 도시적인 다이내믹보다는 정적靜的인 인상을 더욱 배가하는 점에서 생의 아름다움을 더욱 진지하게 바라볼 수 있는 시가 정정길의 시적 인상이다. 육친의 정감이 우세한 것이나 세월의 무상성을 안타까워하는 것도 자연과 순리의 질서에 더욱 가까이 하려는 뜻을 표출한 시가 정정길의 정신 문법이다. ◉

그리움 찾기 혹은 그리기

— 정양숙의 시

1. 찾기와 그림 그리기

열망이 깊어지면 신앙이 되고 신앙이 깊어지면 사랑의 마음은 넓이를 갖는다. 이 때 대상은 점차 추상적인 이름에 동화되면서 신기루를 형성하게 될 수밖에 없는 특성이 사랑이라는 이름이다. 이런 현상은 인간사에서 맞게 되는 삶의 대부분을 이루는 요소이면서 어떤 정신의 그림을 그리는가는 결국 인간 자신의 문제로 귀속된다. 물론 삶을 펼쳐나가는 개인의 특성이 한결같은 이미지로 점철되는 것은 아니다. 마치 어부로 살아가는 사람과 농부로 살아가는 사람이 각기 삶의 방식은 다르다해도 그 삶의 궁극점은 같게 된다. 선량하고 따스하고 사랑을 충만으로 가꾸려는 삶의 목적은 어떤 직업을 가졌어도 일정한 소망에 집약되기 때문이다.

시는 삶의 다양성을 아름다움으로 포장하는 기교이다. 물론 그 내면에는 진실하고 질박質朴하고 투명한 인간미가 담겨있어야 감동을 잉태할 수 있는 조건이 있다.

정양숙의 시는 구체적인 이미지의 포착보다는 암시에서 정신의 그림이 추상화와 같다. 이는 그리움이라는 시어가 번다히 출몰하지만 그 명료성에서는 상징성을 갖고있을 뿐만 아니라—때로는 종교적인, 때로는 가족관계로 혹은 미지의 대상을 설정하고 —왕래하는 자유적인 모습이 시의 특성을 이루고 있다. 아울러 자연을 바라보는 시선이 동적이기보다는 정적靜的이면서 꽃과 풀 등의 식물성이미지를 교합交合하는 양상이 그의 품성과 일치한 느낌을 생성한다. 가족관계를 소중히 생각하는 것도 인간에 대한 사랑의 본질이 어디서 발원發源하는 하는가를 살필 수 있는 진원지로 작용한다. 이제 정양숙의 정신적인 판도를 분석하는 절차로 논지의 문을 연다.

2. 의식의 문을 열면

1) 정신지향 - 품성

인간은 현실을 살고있는 존재— 현재라는 공간이 있기 때문에 미래나 과거를 점검하고 추수追隨하는 의식을 펼치게 된다. 이는 인간 모두가 갖는 정서의 일반 현상이라 해도 개인의 편차에 따라 그 표정은 다를 수 있다. 어떤 사람은 매사에 적극적일 수도 있고 또 반대로 소극적인 특성을 가질 수도 있다. 물론 시인의 현재의 삶이 과거의 어떤 인자因子들에 영향을 받아서 오늘을 형성했고 다시 미래로 연결되는 특성을 추측할 수 있을 것이라면 정양숙의 정신은 적극적인 것과는 반대로 인식된다. 이는 그의 시에 담겨진 특성과 일치하는 부분으로 나타난다.

유명은 갈채 속에 눈부시고
무명은 작지만 여유롭다

행복한 자기도취
허황된 착각마저 아름다운
때 타지 않아 반짝이는 영혼
가벼운 기분으로 마주앉아
차를 마시고
사소한 이야기도 진지하게 듣는다
음습한 세태에 휩쓸리지 않는
평범해도 값진 하루

— 「무명시인의 하루」

평범하다는 것의 묘미를 아는 것은 행복의 원인을 아는 이치에 이른다. '갈채 속에 눈이 부신' 조명은 화려하고 찬란함을 줄지라도 그 뒤의 공허는 메꿀 수 없는 슬픔이 자리잡는다. 아울러 참된 자유정신은 얽매어 있지 않는 그리고 '무명'의 여유는 곧 '반짝이는 영혼'을 건져 올리는 행복을 맞게 된다. 이런 시적 비유는 삶이 무엇인가를 터득한 사람의 경우에서 산출될 수 있는 근거가 된다. 작은 것의 소중함 또 사소한 것에 깃들어 있는 진지함, 악머구리의 세태에서도 행복을 주는 것들은 크고 화려함이 아니라 작고 아담한 것에서 다가오는 값진 의미를 정양숙은 알고 있다. 이 같은 지혜는 곧 시의 진지성에 연결될 때 감동을 수반하게 된다.

고운 마음씨는
평화요
봄햇살이요
축복받은 웃음꽃이고

— 「마음」에서

지혜는 심성에서 나온다. 그리고 심성은 곧 마음에서 비롯되는 일이라면 정양숙의 시에 표정은 '평화'와 '봄 햇살'과 '웃음꽃'이라는 시어로 의미를 삼는다. 세 가지의 의미는 다시 고운 마음을 나타내는 은유의 다발로 구성되었기 때문에 화려함으로 인상을 만들고 또 온유溫柔하고 다정함을 연상시킨다. 그렇다면 시인이 지향하는 정서의 공간은 아무래도 과거로 향하는 넓이를 가진 것 같다.

길게 굽은 논둑길 따라
실개천 종일토록 재잘거리고

스쳐 가는 한 줄기 바람결에
연둣빛 새잎들은 기쁨으로 반짝이네

빨간 지붕 외딴 집 울타리엔
노오란 산수유 꽃망울 애잔한데

비바람에 흩날리던
하얀 살구꽃잎 같은 옛 기억들.

—「봄이 오는 소리」

과거로 길을 넓히는 추억의 이름은 수세적이고 보수적인 특성에 내포된다. 시인의 정서가 과거로 지향하는 것과 그 공간에는 식물성 요소들이 자연스럽게 결합하는 양상으로 시를 구성할 때 진취적일 경우는 희소하기 때문이다. 이런 정서는 꽃과 강 그리고 자연의 요소들이 많이 등장하는 점에서도 시인의 의식은 전원정서를 기저基底로 의식을 펼치는 인상을 준다. '논둑길'이나 '실개천' '연둣빛 새잎들' '산수유 울타리''살구꽃'등의 언어에는 도시적인 정서보다는 농촌의 한가함을 연상하는 이미지가 많을 수밖에 없다.

물론 농촌 정서는 자연스럽게 과거회귀의 취향을 뜻하게 된다. 이는 도시에 살더라도 어린 시절의 고향을 잊지 못하는 절실성이 항상 의식을 채우면서 살아가게 된다는 상징을 뜻하다.

2) 자연회귀의 소리

인간이 자연의 일부라는 사상은 오랫동안 정리되어온 공통된 생각이고 미래에도 이런 생각은 변함이 없을 것이다. 자연이란 곧 사람의 터전이고 인간의 본질을 이루는 바탕에 닿을 수밖에 없을 뿐만 아니라, 인간의 삶이 자연을 떠나서 살 수 없다는 인식에 따라 자연과 인간은 분리되는 것이 아니라 하나로 통합되는 의식이 지배하게 될 것이기 때문이다. 물론 자연을 바라보는 태도에는 정복과 개조 혹은 동화와 조화라는 두 개의 상반성이 있을 것이지만 자연을 인간의 일부로 생각하는 점에서는 두 견해가 일치하게 된다. 여기서 시는 곧 자연과 어떻게 육화肉化될 것인가를 숙고하는 시인의 태도가 나타난다. 정양숙의 자연은 동화 혹은 합치의 방법에 아무런 이견을 나타내지 않는다.

철조망 너머
배과수원을 빠져 나온 바람
꿈꾸는 꽃구름을 탐하는가
벚꽃길로 우우
속절없어라
어지러운 꽃잎들
경사진 아스팔트 길따라
사르르 사르르
꽃시내 이루네
삼삼오오 하교길 소녀들

푸른 웃음 속에 여무는 봄.

—「하교길」

시골의 정취를 자아내는 학교의 정경이다. 철조망도 그렇고 배과수원길의 낭만성과 꽃구름의 한가성이나 벚꽃길의 아름다움— 하교길의 재잘거리는 아이들의 소란은 정다운 풍경화의 이름이다. 이런 정경을 살아온 체험이 없다면 시의 이미지는 공소空疎함을 전달할 것이지만 정양숙의 시에는 자연과 틈새 없이 결합된 공고성을 느낄 뿐만 아니라, 이 같은 풍경의 최종 상징은 '푸른 웃음 속에 여무는 봄'이라는 봄과 인간의 결합이 아름다움의 이미지로 안착될 때 감동이 긴 여운을 갖게 된다.

자연은 인간의 영혼을 잠재우는 구체적 장소이면서 현실을 이루는 삶의 터전이기 때문에 항상 아름다움을 불러오는 시인의 마음이 투척되는 대상으로 다가온다. 여기서 조화의 자연을 만들게 되고 자연의 변화를 의식하는 시와 인간의 정서가 자연과 합일되는 경지를 추구하게 된다.「굴레」나「초록바다」등은 이런 정서를 나타내는 보다 선명한 이미지의 자연이 구사되어있다.

푸른 달빛 아래
꿈꾸는 산골 마을

박꽃의 시린 웃음
측백나무 울타리에 걸리고
무섭도록 시퍼런 향나무 우물

잠 못 이뤄 뒤척이던
개구리 울음소리 유난스러운 밤

순백의 계절
티없는 동공에 새겨진
환란의 아픈 음영들

—「굴레」에서

「굴레」에는 자연적 정서인 '달빛'과 '산골', '향나무 우물', '개구리 울음' 등의 시어가 중심을 이루어 시인의 정서를 의탁하고 있다. 물론 이런 이미지들은 과거의 길을 찾아가는 회고형태의 시적 무드—시인의 의식이 무엇을 지향하는가를 가늠하는 부분이다. 전원정서를 주로 한 시는 형이상학적 의식보다는 구상적인 것 혹은 눈에 보이는 것을 변용變容하는 형태의 시가 나타난다. 정시인의 시에 나타나는 색채의 빈도는 이런 현상을 증명한다. '푸른 달빛', '순백의 계절' 등의 청. 백색이미지와 2차 색인 '달빛' '박꽃' '밤' 등의 구조로 볼 때 백색과 청색을 지향하는 심성을 간접으로 나타내는 셈이다. 시는 상징과 비유라는 언어장치로 의식을 고백하는 형태를 갖기 때문이다. 정시인에 고향을 향하는 마음은 시의 본질을 이루는 부분임을 나타내는 시가 「고향」이나 「눈을 기다리다」에 잘 나타나 있다.

강 건너
산 너머
안개 저편
내 마음이 사는 곳

패랭이꽃 들판 가득 피어나고
어둠 속 반딧불이 뛰어 노는 곳
밤을 지새는 푸른 달빛
눈덮인 산등성 저녁 노을
곱디 고운 곳

자꾸만 뒤돌아보는
눈물겹도록 아름다운 곳

—「고향」

정시인이 자연정서를 바탕으로 시를 쓰면서 원圓을 제공하는 작품이다. '내 마음이 사는 곳'은 마음 깊이에 놓아두고 위안을 받고 또 삶의 에너지를 공급받는 진원지이다. 이런 정신의 중심처를 찾아가기 위해서 '강 건너'와 '산 너머'의 어려운 길을 찾아가는 행보를 상징으로 삼고 있다. 이런 현상을 보여주는 구체적인 시어는 '안개 저편/내 마음이 사는 곳'이라는 확실성 때문에 흔들림 없이 '곱디 고운 곳'으로 남게 된다. 역시 흰색인 '눈'과 '푸른 달빛의 색채 이미지가 환상미와 그리움을 배가하는 색채감을 동원하면서 '그곳에 가고 싶다'는 소망이 절실한 느낌을 만들게 되는 정신의 풍경화이다.

3) 그리움

그리움이란 갈증현상일 것이다. 다시 말해서 가득해서 넘치는 것이 아니라 부족함이 있을 때 그리움은 시작된다. 사랑이라거나 목표로 설정된 대상과 일정한 거리가 떨어져 있을 때 그것을 메우기 위해 열망을 불태우는 것은 그리움의 단초가 된다. 결국 삶이란 그런 갈증을 채우기 위해 행동을 유보하고 때로는 행위에 돌입하는 경우도 있을 것이다. 많은 사람들의 시에 등장하는 그리움은 곧 채우려는 열망 혹은 안타까움을 간직하는 요인이 되는 것도 이같은 정서적인 갈증과 관계가 깊다.

정양숙의 시에 가장 많이 등장하는 이미지는 그리움이다. 이는 막연한 대상일 수도 있고 종교적인 대상으로 향하는 것도 있지만 어느 것이라고 잘라 말할 수 없는 애매성을 갖고 있다. 사실 그리움이란 말에는 추상적인 함량이 많은 것도 애매성과 상관이 있기 때문이다.

「너」, 「그리움」, 「배초향」, 「오늘을 참는 이유」, 「바람결에 보낸 것을」, 「갈잎 마음」, 「마음대로 안되는」, 「봄비」, 「푸른 나뭇잎을 보고」, 「나의 기도」 등 상당한 시에 그리움이 스며있다. 이런 현상은 시인의 정서적인 특성일 수도 있고 또 시적인 의도를 집약하는 정신의 지향일 수도 있다. 이 둘의 개념은 서로 분리되는 것이 아니라 하나로 융합되어 나타난다는 점에서 상호 보완적이고 또 개별성을 갖기도 한다. 정시인의 경우는 서로 상관을 갖고 있는 것 같다.

밖에는 하루종일 비가 내리고
서늘한 바람이 창문을 덜컹이면
양털같은 따스함을 그리워하네

세상 욕심과 즐거움 부질없어
영원의 뜰에 심은 우리의 꿈

보이지 않아도 느낄 수 있고
멀리 있어도 곁에 있는 평안
그대 없이는 헛것인 나

지울 수 없는 그리움이
핏빛으로 물들면
라일락꽃 한아름 안고
안개낀 강을 지나고
산그늘 진 청산을 돌아
그대에게 향한다

가까이 갈 수도 잊을 수도 없어
나 사는 날까지

벗지 못할 짐이 된 그대여.

—「그리움」

아마도 정양숙의 의도를 가장 극명하게 나타낸 시이다. 대상과 나— 둘의 관계를 절대의 상관으로 묶어 놓은 것은 그리움이다. '비'와 '서늘한 바람'이 덜컹거리는 환경 속에서 '따스함'을 그리워하는 심정이 그대의 부재不在로 인해 체온을 갈망하는 형태로 전개된다. 물론 '보이지 않고'와 '멀리 있어도' 항상 내 곁에 있을 것 같은 생각은 없음에서 있음을 생각하는 그대와 나의 관계—그대는 떨어질 수 없는 멍에와 부담으로 작용한다. 물론 그대를 절대의 개념으로 생각하기 때문에 나는 작고 부족함으로 키를 낮추는 자세를 유지하면서 겸손과 열망이 지속적인 감동을 잉태한다. 그리움은 언제나 사랑의 길을 찾아 나설 때 방황에 이은 갈등이 따라오는 속성을 갖고 있기 때문이다.

어떤 모습으로든
다시 만나리라

부드럽고 화사한
한 줄기 바람으로
이슬빛 영혼으로
아니면 환생의 옷을 입고

애련의 강물 되어
가슴속에 넘치는
못다한 말
다 못한 사랑

—「한 줄기 바람으로」

떠남과 만남은 서로 분리된 것이 아니라 하나의 줄기에 매달린 원과 같다. 다시 말해서 떠남은 만남을 향하는 기구이고 만남은 다시 헤어짐의 원인을 제공하는 일이기 때문에 '다시 만나리라'의 원점으로 귀환할 수 있게 된다. 이 때 못 다한 말일지라도 「다시 만나리라」의 가능성이 있기에 기다림의 미학이 도출되면서 고독과 외로움은 칙칙하지 않고 고담枯淡하면서도 삽상颯爽한 뉘앙스를 풍길 수 있게 된다.

정시인의 그리움은 다시 돌아오기를 믿는 가능성에서 부드럽고 또 투명한 정서가 주류를 이루기에 「다시 만나는 날」을 기약하는 가능의 신념을 만나게 된다. 이런 현상은 「나의 기도」로 집약된다.

> 절대자를 떠나서는
> 아무것도 아닌 존재
> 택하시고 도우시는 은혜에 감사드리며
> 모든 근심 염려를 주께 맡깁니다
>
> 동녘창을 금빛으로 물들이며
> 희망처럼 반짝이는 아침 햇살
> 겸손한 마음과 따뜻한 눈빛으로
> 세상과 이웃을 바라보고 싶습니다
>
> —「나의 기도」에서

정시인의 시는 절대자를 향하는 마음이 깨끗하다. 가식과 위선이 횡행하는 세상에 거짓기도의 물상이 드세지만 정양숙의 시심詩心엔 종교와 분리되지 않는 신심信心이 단단하다. 스스로의 존재를 아는 것은 현명하다면 '아무 것도 아닌 존재'로서의 자기를 알고 있기 때문에 사랑의 넓이를 확보하게 된다. 이 또한 그리움의 또 다른 변형이기 때문에 일상을 감사와 너그러움으로 세상을 바라보는 안목을 확충하게 되는 것 같다.

4) 가족의 정

시는 고백의 마음을 비유와 이미지로 정서를 표출한다면 일단 일인칭 「나」의 고백적 형태를 취하게 된다. 여기서 가족 문제는 시의 원천적인 기능을 수행하게 된다. 이는 삶의 건강을 뜻할 뿐만 아니라 시적 정서의 평형성을 유지하는 근간이 되고 있다. 「꽃밭」은 그같은 이미지를 구사한 정원으로 다가온다.

봄부터 여름내내
아침이나 해질녘
땡볕 따가운 한낮에도
작은 화단 돌본다
농부보다 더 그을린 얼굴로

— 「꽃밭」에서

농부의 구체적 암시는 어디에서도 찾을 수 없다. 그러나 화단을 가꾸고 지키는 임무를 수행하는 것으로 볼 때, 울타리의 역할이 주어져 있음을 확인할 수 있다. 아침에서 해질녘까지와 봄부터 계절을 바꾸는 때까지, 「작은 화단」 '돌본다'의 상징에서 「울타리」는 믿음을 주는 가족으로 인식된다. 「사랑하는 아들의 대학을 졸업을 축하하며」에 아들을 향하는 어머니의 정감이나 「어버이 날에」의 부모에 대한 사랑의 마음, 「어머니」의 헌신과 「사랑하는 자여」, 「이모」 등 육친에 대한 회고와 사랑을 표현하려는 발심發心은 시인의 정서가 가족의 사랑에서부터 시작하고 있음을 느낄 수 있다.

다시는 부를 수 없는
나의 평화로운 비빌 언덕

분홍 진달래 흐드러진 푸른 봄길을
장바구니 머리에 이고 흰옷자락 펄럭이며
바쁘게 달려 오시던 내 유년의 그리운 어머니

— 「어머니」에서

어머니는 인간 정신의 원형이기 때문에 항상 넓고 크게 다가온다. 이런 마음은 어머니가 부재했을 때 더욱 간절하고 애틋함을 부추기면서 안식의 피난처로 작용할 수도 있다. 그만큼 어머니의 이미지는 따스함과 다정함 그리고 모든 것을 수용하는 이미지로 이어지고 있다. 더구나 '내 그리운 유년의 어머니'라는 시어에서는 부재不在에 따른 간절성의 농도가 떠나지 않는 사랑의 끈으로 작용하면서 회고의 성城을 이루고 있다. 이로 볼 때 어머니나 이모 혹은 자식에 대한 감수성은 정시인의 정서에 원천적인 작용으로 시의 길을 만들고 있는 것 같다. 그만큼 인간미의 시라는 우회적인 뜻이기도 하다.

3. 순수의 시인

인생과 시의 관계는 분리에서보다는 밀착된 정서로 나타날 때, 비유의 성은 높아질 수 있다. 물론 낯설게라거나 아니면 위장의 비유법을 구사한다하더라도 본질에서는 시인자신의 문제를 표현하게 될 수밖에 없다.

정양숙의 시는 현실의 칼칼한 목청보다는 이상적인 높이를 지향하는 건강성이 있고, 자연의 본원적인 곳에 생명의 시원始原을 저장하면서 시심詩心을 자극한다. 이는 꽃이나 강 혹은 산의 이미지가 부드러운 무드로 다가올 때, 잃었던 고향의 정서가 되살아 오면서 친근미를 유발한다. 이는 시인의 품성을 나타내는 복합적인 작용물이 시로 얼굴을 바꾸었음을 뜻한다.

그리움은 정시인의 시에 가장 빈도 높은 의식의 일단이면서 정신의 응축을 보이는 부분으로 감각적이기보다는 유연한 이미지로 포장되었기 때문에 동일성의 이미지로 환치換置되면서 시인의 의식과 평행을 이루는 기쁨의 작용을 한다. 결국 정양숙의 시는 자연정서를 기반으로 유연하고 다감한 마음을 대상에 호소하는 그리움과 순수의 시인으로 정리된다. ◉

나+너=빛, 그리고 사랑

— 이강흥의 시

1. 들어가며

시인이 시를 쓰는 이유는 사람이 살아가는 이유를 설명하는 것과 같이 막연할 것이다. 다시 말해서 설명할 수 없는 현상을 설명하기 위한 근거는 항상 곤혹한 이유를 앞세울 수밖에 없다. 왜냐하면 시는 오로지 사람의 곁에서 떠날 수 없는 일치성 때문에 시를 말하는 일은 결국 오리무중의 방황을 전제로 출발해야 한다. 더구나 인간의 정신세계는 단선적인 것보다는 종합적이고 복합적인 요인들이 결합한 총체성 때문에 한 줄기에 논리를 세울 수 없는 이유가 있다.

시는 체험의 결과물—이 근거 위에서 상상의 길을 자유자재로 왕래하는 특성 속에서 새로운 세계를 창조하는 이름에 한정된다. 때문에 한 편의 시에는 시인의 총체적인 정서와 미래로 지향하는 의식들이 이름을 얻기 위해 두리번거리게 된다. 미상불 시는 앰비규어티— 때로는 안개와 같고 때로는 명료한 지시의 손짓을 보내면서 다양한 얼굴을 그리는 임무에 시인의 재능은 접속된다. 다시 말해서 다양한 풍경화를 그리는 정신도精神圖를 만들어야 한다. 산문적인 정서가 주조를 이룬 음성을 추적하면서 이강홍 정신의 그림을 접하게 된다.

2. 의식의 갈래들

1) 순수의 이름 앞에서 꿈꾸기

순수에서는 눈물이 생기고, 아름다움을 느끼는 전율을 경험하게 된다. 물론 질축하지 않고 고담枯淡할 뿐만 아니라 신선감을 여운으로 전달하게 된다. 시는 여운의 파문이 있어야 감동을 자극하게 된다면, 이런 요건은 항상 시적 긴장의 장치를 마련했을 때, 가능의 문을 확보하게 되기 때문에 시인의 의식은 팽배한 긴장의 언어 장치를 필요로 하게 된다는 점이다.

> 인생에서 하고픈 얘기도 많고 하고 싶은 일도 많지만, 살다보면 타의에 밀려 잘리고 짓밟혀 다시 태어나려 몸부림으로 생명을 꿈꾼다. 땅속 깊이 파힌 뿌리가 으깨지고 문드러져 아픔을 더 한 채 잘려도 기다림으로 세상을 갖는다. 왠지, 오늘따라 바람이라도 다가와 하고픈 얘기들을 이웃에게 소곤대었으면 좋으련만,
>
> 이 땅에 피어나 하고싶은 일들도 많고 희망이 있는 꿈을 위해 가슴 태운 채, 간절한 소망과 행복이 기다리는 곳 찾아 멀고 험한 길 떠난다.
>
> —「못다 쓴 이야기」

꿈은 하늘에 떠있는 것이 아니라 체험의 땀을 흘린 사람만이 꿈으로 가는 길을 알게 된다. 자제와 극기 그리고 목표를 향하는 고달픈 행로를 느

낀 사람만이 선명한 꿈의 그림을 그릴 수 있기 때문에 '다시 태어나려'는 열망을 얼마나 불태울 수 있을 것인가의 여부에 따라 '기다림으로 세상을 갖는다'라는 답안을 도출할 수 있게 된다. '꿈'을 위해 가슴 태운 채, '간절한 소망과 행복'을 얻는 소망에 이르게 된다는 뜻이다. 물론 이런 전제는 '멀고 험한 길'을 어떻게 답파했는가의 여부에 따라 소망의 간절성을 쉬이 얻을 수 있기에 혼신의 열정을 투척해야 한다. 여기서 꿈을 찾는 것은 길을 찾는 일이고 올바르게 확보한 길은 행복의 이름을 받아들일 수 있는 여지를 만든 사람의 이름이 된다.「소녀」,「순수한 마음」도 이런 시인의 정서를 투명하게 표출한 시들이다.

2) 가을과 고독

계절에 따라 정서의 속성이 다르게 감응한다는 것은 환경의 요소가 정서를 자극한다는 결과일 것이다. 봄이면 꿈을 키우는 용약勇躍성을, 겨울이면 침잠沈潛하는 의식의 잠을 나타낸다. 이같이 환경에 따른 정서의 특성은 보편적인 일치성을 갖고 나타나지만 시로 수용하는 현상은 유사하지 않고 각기 다른 개성적 표정으로 나타난다. 시는 개성의 기록이어야만 생명의 호흡을 길게 할 수 있게 되기 때문이다. 가을의 정서가 이강홍의 시에는 스산한 이름으로 나타나고 고독의 그림자가 길어진다. 이는 그의 정신적인 정서의 흐름을 뜻한다.

> 오색 단풍이 꽃불로 타오르는 가을 산길을,
> 마음이 같은 사람끼리 가을을 걸어보자.
> 외로운 사람이 울며 간 이 길을
> 낙엽을 보면서 인생을 걷자.
> 그리고, 흩어진 낙엽을 모아

해맑은 눈빛으로 꿈을 채우자

— 「가을」

'바람'과 '낙엽'과 '외로운 사람' 그리고 '가을 길을 걸어보자'의 청유에서 이 시인이 느끼는 가을은 쓸쓸함이나 외로움의 칙칙함보다는 오히려 밝고 투명한 청량감이 살갗을 스치운다. 이는 '해맑은 눈빛으로 꿈을 채우자'라는 시어와 '마음이 같은 사람끼리 가을 길을 걸어보자'라는 체온을 함께 하는 교감에서 따스함이 느껴지는 이유이다. 가을이 비극의 예고로 들리지 않고 오히려 더불어 가려는 의도를 앞세우면서 꿈을 찾아가는 길목이 되는 것 같다.

코스모스 길 따라 한가로이 나를 찾는 고추잠자리 머리 위 하늘 끝까지 나도 따라 날고 싶지만 가을을 베게 삼아 잠이 든 채 꿈을 꾼다.

이제는 오고가는 술래잡이 시간 속에 가을에 자리를 찾아 나 홀로 우뚝 선다.

그리고, 이 가을에 소리를 듣는다

— 「가을이 머무는 자리」에서

꿈이 밝음을 나타내는 이미지라면 그 진원은 어둠이거나 아니면 현실적인 근거 위에서 꿈의 이름이 탄생하게 된다. 이강홍 시인의 경우는 항상 가을이라는 공간을 무대에서 새로운 세계로의 진행을 꿈꾸는 절차가 시작된다. 아울러 생명을 확인하는 시발이 순환의 상징으로 계절의 의미를 부가하고있기 때문에 열성적인 혹은 살아있음을 인지하는 느낌을 독자에게 전달한다.

시상詩想을 잡으려고 낙싯대를 던지고
마음을 잡으려 바람을 막는다

슬픔을 깨물며 종이 위를 걷지만,
고독한 오늘 아무것도 없다.
주인 없는 집에 대문은 열려 있어도
펜이 움직일 자리는 보이지 않고,
마음의 등불 하나 하늘에 매달려 있다

—「고독한 시인」

가을과 고독이 교차하지만 고독이 위로 솟구치는 결말로 남는다. 다시 말해서 가을의 무드에서 시인의 고독이 드러나고 이런 분위기에서 침울하거나 가라앉는 이미지가 아니고 오히려 가을의 분위기— '마음의 등불 하나'가 매달려 있게 되기에 밝은 이미지의 결과가 음침한 분위기를 일신하는 결과로 남는다. 이런 정서는 자칫 긴장미를 일탈하기 쉬운 함정이 될 수도 있지만 지적인 견제에 의해 등불의 이미지가 밝음을 유도하게 되는 시적인 묘미가 있다.

3) 삶과 세월

산다는 것은 무한 궤도를 돌아가는 순환의 원리이자 벗어날 수 없는 길에 선 존재이다.「파리 잡는 항아리」에서 탈출할 수 없는 영원히 갇혀진 존재로 살아야하는 숙명을 감내하는 존재—세월의 바퀴 속에서 살아야 한다. 주어진 운명을 받아들여야하고 거역하는 방도가 없으면서도 새로운 방향으로 운명의 진로를 지향하려는 의도를 굽히지 않을 때 굴곡의 세월이 파생된다. 잘 살기 위해서나 아니면 보나 나은 생활을 혹은 출세를 위해 세월의 파랑을 일으킬 때, 거센 파도가 넘실거리는 이유를 만든다.

산다는 것은 아무도 모른다
이른 아침 전화벨 소리에 문득 깨어 찬바람을 가로질러 분주하게 달릴 때 벌써 햇볕이 내 머리 위에 상처를 준다.
산다는 것은 고장난 시계마냥 고물상 한켠에 버려 두고 이따금 주인을 찾는 일 말고 무엇이 있겠는가?
산다는 것은 낯선 쓸쓸함 속에서 혼자 웃는 모습이다.
산다는 것은 봄 여름 가을 겨울을 기다리는 것이다

— 「산다는 것은. 1」

살아야 하는 것과 산다는 것의 의미는 다르다. 전자에서는 의무감이 있고 후자에는 수동적으로 순응하는 암시가 있다. 물론 전자에서 삶의 치열성 그리고 필연에 따른 아픔이 수반된다. 삶의 가치는 전자에 가치를 부여하고 의미를 강조하게 된다. 삶의 방도에서 이강홍의 의식은 도전적인 것을 포기— '고물상 한 켠에 두고'와 같이 수동적인 암시가 보인다. 아울러 '쓸쓸함'이나 수동적으로 '기다림' 의 시어로 볼 때 나약함을 보이는 부분일 수도 있다.

삶의 현장에서는 누구나 투사鬪士는 아니다. 또 투사를 요구해서도 안된다. 왜냐하면 삶의 방도는 개성이고 자기라는 표현의 도구라야 한다. 위장하는 한계를 벗어나 자기적일 때 오히려 개성적인 암시는 필요하다. 이런 준거에서 이강홍의 시적 고백은 오히려 진솔하다. 시는 자기를 보이는 상징이요 은유이기 때문에 솔직하고 진솔함이 감동을 수반한다면 「산다는 것은 1」에 담겨진 암시는 오히려 친근미를 준다.

산다는 것은 가장 아름다운 것이다
그리고 남을 돕는 돕는다는 것은 더욱 더 아름다운 것이다
산다는 것은 무수히 많은 과제 속에 산다. 누가! 뭐래도?

— 「산다는 것은 2」

삶이 아름다운 것에는 조건이 있다. '남을 돕는 다는 것'이라는 조건이

있기 때문에 그리고'무수히 많은 과제 속에서'라는 간단한 조건을 통과하면 이강홍의 삶의 조건은 무난하게 통과하게 된다. 더불어 삶은 아름다움이라는 조건의 합치는 아름다움을 이루기 위해서는 땀과 열정 그리고 고난의 세월을 지나는 의례가 있어야 한다. 이런 감각을 알고있는 이강홍의 시는 곧 삶과 시가 하나로 통합되는 경우를 대면하게 된다. 「삶의 계단」이나 「매듭」 그리고 「우리가 사는 세상은」은 이런 시인의 정서를 말하고 있다.

살아있는 사람에게는 이별이 있다. 그러나 이별은 눈물과 아픔 그리고 슬픔의 대명사가 되겠지만 이를 극복하는 일은 인간의 개별적인 특성일 것이다.

'떠나려면 떠나거라/모든 것을 다 가지고/사랑도 미움도' 「혼자 가는 길」처럼 인생의 행로는 오로지 어딘가로 가야하는 필연의 법칙 위에 있을 뿐이다. 여기서 삶의 법칙은 고독과 아픔을 이별에 묻어야 한다.

> 당신은 나의 손끝에서 멀리 있지만 나의 영상에선 가까이 있네
> 강줄기 따라 바람과 함께 당신의 모습은 여울지고 나 또한 그곳에 함께 있네
> 갈대와 같이 이는 바람 출렁이면서
> 내 가슴에 남고 이별의 아픔은 달래보지만……
> 가슴에 눈물은 서서히 녹아 내리며 님 떠난 빈자리 아픔만이 찾아와 이내 강물이 되었네
>
> —「이별」

이별은 일정한 장소에서 떠나는 의미가 된다면, 이는 강물의 비유와 같이 흘러가는 상징이 가장 적합할지 모른다. '아픔만이 찾아와 강물이 되었네'에서 아픔이 「강물」로 변해서 흘러 갈 때 —고통과 아픔은 자연스레 물

의 흐름에 용해되고 다시 원점으로 귀환하는 상징을 갖기 때문에 이별의 이름이 순환하는 —불가의 연기緣起를 연상하게 된다.

이는 인생의 일정한 경험을 겪는 사람에게서 나오는 발성이다. 더불어 단면으로의 인생해석이 아니라 종합적인 사고에 의해 드러난 삶의 이력— 이강홍의 시에 안정감은 절망에서 희망을, 아픔에서 회복을 의미하는 시적 공식을 갖고 있어 안도감을 주는 이유가 삶의 성숙도에서 나오는 것 같다.

> 새해 첫날은 1월만큼이나 희망이 컸는데, 내 마음을 저축할 틈도 없이 12월이 왔네, 이제 마지막 남은 한 장의 달력 앞에 나의 심줄을 빼내 매달려도 보고 늦게나마 소원도 빌지만, 한바탕 빗줄기 속에 묻어 시간으로 보내고 남는 건 쓸쓸한 마음 달래려 하얀 눈과 함께 달력 앞에서 또다시 희망을 심는 것.
>
> —「12월은」

부재不在에는 허무가 자리잡고 허무는 다시 절망을 불어오기 마련이지만 이강홍의 정서는 이런 공식을 거부함으로써 자연의 순환에 충실한 진리를 확보한다. 시작은 희망이었지만 그 도정은 고통과 아픔 그리고 절망의 길에서 —이내 마지막 앞에서 다시 추스리는 희망의 이름으로 새로운 재생력을 믿기 때문이다. '또다시 희망을 심는 것'이라는 암시에서 후회와 절망을 묻고 내일로 가는 길을 확보한 시인의 마음이 넉넉한 이유가 되는 셈이다.

4) 사랑

사랑의 영역은 다양성에서 포괄적인 특성을 갖는다. 다시 말해서 이성간의 사랑이거나 아니면 인류에 대한 사랑 등 사랑의 이름으로 행할 수 있는 여지는 인간의 삶 자체를 뜻하게 된다. 또한 어떻게 살아야 하는가의 바른 명제를 충족하는 것도 결국 사랑을 어떻게 실천했는가에 따라 그 평가는 엇갈릴 수 있을 것이다. 그러나 여러 부류의 사랑이 있다하더라도 결국은 얼마나 헌신적이었는가의 여부에 따라 사랑의 질은 달라질 수 있게 된다. 그렇다면 사랑은 이기적인 욕망이 아니라 나를 버리고 얻는 또 다른 이름이어야 한다. 「우리가 사랑한 날」을 위시해서 「그대는 나에게」와 「그대가 강이라면」, 「그대와 함께」, 「내 안에」, 「너와 만남을 위해」, 「소녀」 등 많은 시편에서 순수한 감정을 드러냈다.

숨어서 지켜볼까 행여나 나빌레라 두고두고
이내 마음에 소녀로만 보고싶다
이담에 어른이 되어 하고픈 말 많을지라도
두고두고 못 잊어서 가슴에 넣어두고
쌓이고 쌓인 사랑을 하고싶다
아무도 모르는 그리운 꽃으로 소녀를 사랑하고 싶다.

— 「소녀」에서

사랑의 마음은 언제나 변함이 없을 것이라는 영원성에 귀착점을 두고있기 때문에 애달픔이 발동된다. 이는 순수의 이름이고 이를 지키기 위해 사랑의 마음은 조바심을 갖기 마련이다. 이런 정서는 언제나 자기희생의 생각을 투척하면서 영원하기를 염원한다. 「소녀」의 이미지는 오래 오래 잊히지 않기 위해 '소녀로만'의 시간의 정지를 소망할 뿐만 아니라 '가슴에 넣어두고'의 오래 오래 간직하려는 독점욕으로의 정서가 '꽃으로' 전활 할 때, 은유의 이미지가 더욱 선명함을 부각한다. 아울러 '아무도 모르는'의 비밀스런 소유의 이미지에서 깨끗하고 투명한 사랑의 일념이 더욱 간절성으로 부각된다. 이강홍의 정서가 신선한 것은 어둠에서 밝음으로 지향하는 의식의 투명성과 그의 모든 시는 상관을 갖고 있기 때문이다. 이런 정서는 다음의 시로 더욱 신명을 돋우고 있다.

> 꽃이 피어나 아름답던 향기로 나부낄 때 우린 서로
> 가슴으로 살았고, 푸른 강물이 하얀빛으로 출렁이며
> 춤을 출 때 우린 서로 눈빛으로 마주섰네 멀리서 바람
> 소리에 그대의 음성이 올 때도 우린 서로 사랑의 힘으로
> 살았고 어둠 저편에서 고독과 쓸쓸함이 펼쳐질 때
> 우린 서로 마음 하나만으로 행복했네. 우리 서로가
> 그리움으로 넘칠 때 나는 너를 사랑하고 파.
>
> ―「우리가 사랑한 날」

이강홍의 사랑은 변함없음을 표현하기 위해 유장한 「강물」의 이미지와 향기의 「꽃」과 「마음」을 동원하여 사랑의 힘을 부각한다. 강물의 지상 이미지와 천상의 이미지인 향기 그리고 이를 통합하는 마음의 이미지가 결합하여 시인의 의도를 표출하기 때문에 고귀함과 진지함을 동반하는 기쁨의 이유가 「마음 하나만」이라는 한정사에서 나온다. 마음은 모든 가치를 통합하는 가장 고귀한 생각이기 때문이다. 행복의 이유도 마음에서 나오고 그리움의 길이 더욱 넓어질 수 있기에 시인이 생각하는 사랑의 이름은 순수와 고귀성을 동시에 통합한다.

> 그대를 만나기 전에는 나는 그대에게 아무런 가치도 없었다. 하지만 이제 그대를 만나고 나는 그대에게 그대는 나에게 요술쟁이처럼 신비한 무지개 빛으로 내게 오셨네 바람불고 비가 내려도 덧없이 아름답고 순결하게 찬란한 그 빛으로 다가와 그대와 나 서로를 물들게 하네 밤이나 낮이나 언제 어디서고 서로를 감싸 줄 파란 마음으로 그대는 나에게 나는 그대에게 세상을 밝힌다
>
> ―「그대는 나에게」

간단한 사랑의 공식이다. 나+그대=우리(빛)라는 간명한 시적 구성으로 이루어진 이미지는 명료하다. 시는 어려운 옷을 입는 게 아니고 단순하고 명료한 이미지로 다가올 때 쉬운 감동을 남길 수 있다면 「그대는 나에게」은 이런 예에 적합하다. 나는 그대를 만났기 때문에 나의 가치를 인식했고, 그대는 다시 무지개와 빛의 승화를 이루면서 그대와 나의 결합은 파란 마음으로 세상을 밝히는 결과를 성공적으로 만든다. 여기서 둘의 관계는 「하나」로서의 완벽성을 이루는 이미지가 탄생하는 것이다.

5) 어머니와 자연

어머니와 자연은 분리되는 것이 아니라 하나로 통합되어 나타날 때, 모성적인 이미지를 구사한다. 이강홍의 시에 어머니의 빈도는 많은 편이다. 「어머니」, 「관음사 가는 길」, 「어머니 얼굴에 핀 꽃」, 「어머니의 얼굴」 등으로 애절함을 나타낸다. 이는 그의 삶의 곡절들과 상관을 유추할 수 있는 정신적인 흔적의 결과물일 것이다.

> 아무도 돌아보지 않는 활짝 핀 들길을 가슴으로 돌아보며 나 돌아가리. 작은 풀잎 하나하나에 맺힌 이슬방울처럼 헐레벌떡 뛰놀며 구르는 나 쉴 곳을 찾아 바람소리 멈추는 곳에서 나 돌아가리 넓은 뜰에 사랑의 손짓이 오라하 듯 많은 사연들이 기다리는 곳에 나 멈추어 서리 사랑하는 님의 소리가 발자국 자욱마다 들릴 적에 숲 속에 이는 바람 소리에도 나 멈추길 기다리는 자연으로 돌아 가련다
>
> —「나 자연으로 돌아가리」

자연은 모태를 간직하고 있는 인간 원형의 장소이다. 이는 어둠의 이미지이지만 모든 것이 가능으로 시작하는 어둠의 공간이다. 아울러 꿈을 제

조하는 공간이면서 재생의 이름을 만드는 곳이기에 모성적인 친근미를 갖고 나타난다. '자연으로 돌아가련다'를 반복하는 것과 어머니의 심상이 동일하게 나타나는 것은 안식을 유지할 수 있기 때문에 자연과 어머니는 시인의 마음을 붙잡아 두는 이미지로 드러난다.

> 거친 손으로 자신의 얼굴이 세월을 엮어 그린 추억의 산맥들처럼 산수의 깊음보다 감싸안은 주름살이 어머니의 초상화를 그린 거울같다
>
> … 중략 …
>
> 그리고 몇 개 남지 않은 틈새 빈 이빨 사이로 자신의 속 내음도 감춘 채 살아생전 남을 위해 주고 갈 것 다 주려고 어머니의 기도는 계속된다
>
> — 「어머니의 얼굴」에서

땅은 모든 자연 현상을 받아들이는 점에서 어머니와 닿는다. 다시 말해서 수용의 본능이 구별함이 없기 때문에 땅의 이미지는 어머니의 상징에 근사近似해진다. 모든 것을 거부하지 않는 땅이나 모든 근심과 고통을 감추고 오로지 자식을 위해 헌신으로 자신을 던지는 것에서 어머니의 이름은 빛난다. 헌신과 사랑을 앞세운 모성의 이름은 이강홍의 시에서 더욱 밀도를 더하는 이유— 시인의 가슴속에 어머니를 향한 순수한 사랑에서 빛을 발하는 이유가 되고 있는 근거—빛과 빛이 합하면 더욱 찬란한 것과 같기 때문이다.

3. 나가면서

시는 현실의 언어를 사용하지만 현실성을 외면할 때, 시적 장치는 더욱

신명을 더하는 역설적인 구조물이다. 다시 말해서 '수소와 산소의 화합물인 액체가 물'이라는 사전적인 설명과 시의 표현은 전혀 다르다. 이처럼 시의 언어는 현실을 뛰어넘으면서 가장 현실성의 절실성에 가까울 때 시의 생동감은 살아난다. 이강홍의 시적 언어는 진솔하고 평이하다. 산문적 형태와 전원정서의 이미지들이 교직交織하면서 담화(discourse)의 어조를 유지하는 특성을 갖고 있으며, 이런 기저基底 위에서 시적 어조의 평이성이나 의도의 명료성은 시간이 위로 올라가는 전원정서가 대부분인 것과 어머니의 이미지가 번다한 것도 내포된 정서와 일치하는 점이다.

이강홍의 시는 절망에서 희망을 건져 올리고 사랑에서 평화의 이미지를 모두에게 나누어주려는 순박한 시인이라는 점에 도달하는 정서군의 표정이 시의 모두를 차지하고 있다.

고독한 풍경화 혹은 아이덴티티의 갈증

— 강유빈의 시

1. 시와 심리

시는 시인의 삶을 나타내는 심리도心理圖라는 정의에 이의를 제기할 수 없을 것이다. 다시 말해서 시는 시인의 의사를 완곡하고 또 우회적인 방법으로 응축하는 언어의 기교이기 때문이다. 물론 모든 예술은 이런 속성에서 예외가 되는 것은 아니다. 그러나 시는 유독 일인칭 나를 어떻게 객관화할 수 있을 것인가에 시인의 정서는 집중된다. 그러나 시는 속을 드러내지 않는 특성이 있을 뿐만 아니라, 스스로를 감추면서 드러내는 이중적인 표현 장치를 가지면서 독자를 향해 손짓하고 말하는 진술성을 갖는다. 결국 시에 장치된 언어의 특성을 벗기면 시는 독자에게 투명하고 확실한 메시지를 전달하는 알맹이만 남게 될 뿐만 아니라 다양한 의미를 포괄하는 아름다움의 정서를 부수적으로 대동하게 된다. 여기서 '시는 시인이다'라는 간단한 문장으로 압축된다. 김소월의 시는 김소월의 생애를 압축했고 정지용의 시는 지용의 삶과 애환을 압축했다는 뜻이다.

여기엔 시인만의 언어장치를 개성적으로 표출하게 된다. 이 같은 표현미는 시인에 따라 독특한 운용의 묘미를 가질 뿐만 아니라 시적 성공의 가늠자가 될 수도 있다.

강유빈의 시의 앞자리에 시와 심리적인 상관을 거론하는 것은 그의 시 속에 들어있는 목소리가 바로 강유빈 자신의 삶에 대한 곡진曲盡한 이야기를 내장하고 있음을 증명하기 위함이다. 그의 시에는 섬 의식과 사랑의 완곡한 갈증현상이나 길 그리고 절제의 표정이 역력하게 담겨져 있다. 물론 겉으로 드러내 놓고가 아니라 안으로 숨기는 것 같은 표현에서 노래의 유장성을 담고있다.

2. 심장에서 들리는 소리

1) 갈증

'갈渴한 것은 마음의 열熱로 말미암은 것이다'는 「동의보감」에 있는 말이다. 열을 해소하기 위해서는 '물'이 필요한 것과 같이 심리적인 갈증은 결국 물과 대응되는 이름이 필요하게 된다. 이런 경우 사랑이라거나 시적 이데아 혹은 미지를 지향하는 시인의 의도와 상관을 갖게 된다. 물론 강유빈의 시에 나타나는 마음의 열을 찾아내는 것이 원인을 점검하는 일차적인 관건이 될 것 같다.

> 백열전구 눈부신 포장마차 귀퉁이에
> 엉덩이를 밀어 넣고
> 사그락대며 술을 마시고 싶은 날
> 누군가 옆자리에 앉는다면
> 말없는 그의 벗도 되어 주면서

생의 주정을 들어 주고 싶다
낯설다는 것은 참으로 자유로운 것
취한다는 것은 참으로 은밀한 기쁨
이렇듯 옆구리로 동상이 피고
어둠이 눈에 깔려 멍이 들 때
나는 미치도록 술이 마시고 싶다

— 「술 고픈 날이 있다」에서

'술이 마시고 싶다'에 가장 강력한 '미치도록'의 수식사를 첨가하는 이유는 무얼까? 이런 갈증현상은 시인의 정신 속에 담겨진 「어떤」 이유가 대상=물(술)에 젖어지기를 갈망하는 의도를 보인다. 이는 '누군가 옆자리에 앉는다면'이라는 조건의 합치가 이루어지지 않기 때문—고독이라는 편리한 이름을 거론할 수가 있다. 시인의 「옆자리 부재不在」 현상 때문에 술을 부르는 이유가 돌출 된다. '벗도 되어주고'나 '생의 주정을 들어주고' 싶다의 소망은 일상적이고 평범한 사연이지만 시인만의 사연에서 술을 인간으로 환치換置하여도 의미를 훼손하지는 않는다. 술이라는 대상은 곧 인간일 수도 있지만—젖어진다는 일체화 즉 동화의 의미를 수반한다. 아울러 '옆구리에 동상이 피고'나 '어둠에 눈이 깔려 멍이 들 때'와 같은 현실적인 상황을 타개하기 위한 목표— '자유'와 '기쁨'이란 때로 숨기고 싶은 은밀한 소망을 암시할 수 있기 때문이다.

꽃사과나무 아래 내려앉아
오래
꽃사과나무이기를 꿈꾸었다
내 생의 핵을 덮고 있는
흙을 뚫고 일어나
눈부신 발아, 눈부신 성장으로
적자색 꽃을 다는

사과나무가 되고 싶었다
가지마다 향긋한 열매의 붉은 방을
매달고 싶었다
그 과육으로 오래
붙잡고 싶었다
내가 바라다본다고 다
내가 아닌 것임을
내가 바라다보는 것일수록 더
나의 것이 아님을
몰랐던 젊음,
꽃사과나무 그늘 아래서
내가 피워낼 수 있었던 것은
추위로 떨다 몸 굽은 앉은뱅이꽃
노란 민들레 뿐이었다
그래서 당신은 눈길 한 번으로
내 곁을 스쳐 지나갔다

—「민들레」

시는 아름다움만을 영탄하는 가락은 아니다. 때로 삶의 슬픔이 리듬으로 풀어지기도 하고 환희와 기쁨이 구절구절을 이루면서 삶의 궁극에 닿을 때, 상상의 깊이를 자극할 수 있게 된다. 강유빈의 경우는 안으로 감추면서 삶의 이야기를 풀어내는 특성을 갖고있다는 가설을 「민들레」에 대입하면 —편의상 4연으로 구분된다. '꽃사과나무이기를 꿈꾸었다'와 '사과나무가 되고 싶었다'와 '열매의 붉은 방을 매달고 싶었다' 그리고 당신을 오래 붙잡고 싶었다'까지를 1연으로 정리하면 당신을 위해 헌신하는 비유로 소망이 압축된다. 이런 전제는 과거완료의 시제를 사용하면서 의미상 2연의 이유를 말하기 위함이다. 바라보고 소망했던 것들에 '덧없음을 몰랐던 젊음'의 후회를 2연으로 구분하면 지나온 날들의 이야기가 노란 민들레의 슬픔으로 다가오는 3연에서 추위와 앉은뱅이꽃의 형상이 자화상을 그리는 여운을 준다. 물론 '그래서'의 전환으로부터 시인이 슬프고 춥다는 발성의 원인— '당신은 눈길 한 번으로/내 곁을 그쳐 지나갔다'의 회상구조의 원인이 밝혀진다. 4연에서 「민들레」로 상징된 의미구조는 '당신'이라는 대상으로부터 서러운 사연의 실마리가 풀려진다. 이런 현상을 확증하는 또다른 시는 「나몰라라」에도 드러난다. '나 싫다 싫다 떠난 사람인데/왜 자꾸 안 잊혀지나 몰라'에서 당신— 결국 찰나刹那와 당신이라는 시어 속에서 강유빈의 갈증은 노래를 이어가는 의미를 만들고 있다.

2) 따뜻한 것과 밝은 것 그리고 승화된 사랑

인간의 심리적인 속성에는 두 가지의 구분이 있다. 빛과 어둠 혹은 슬픔과 기쁨 또는 따스한 것과 차가운 것 등등의 이원적인 분류 사이를 왕래하는 특성을 갖고 있다. 다시 말해서 선과 악의 왕래는 인간의 생을 이어가는데 선택적인 가치로써 벗어날 길이 없는 문제이다. 사랑과 이별이나 삶과 죽음 등등 필연이 엮어내는 삶의 도정道程이라는 점에서 예외를 갖지 않는다. 다만 어느 항목에서 무엇을 어떻게 선택하고 처신하면서 살아가는가의 여부가 있을 뿐이다. 강유빈의 시에는 밝고 따스함을 추구하는 정신의 지표가 드러난다.

오월 하늘을 말아오는 저녁 노을도
담을 지나와 창을 붉게 한다
신의 입김으로 오는 그 무엇에 경계가 있는가
단풍나무 가지에 머물던 참새도
담을 넘어 이웃 지붕에 깃을 내리고
뒤란 감꽃에 꽈리 틀던 햇빛도

담 밖으로 그늘을 퍼뜨린다

—「담」에서

시는 자유정신을 표현하는 언어기법이다. '담'이라는 벽의 개념을 뛰어넘는 정서와 이미지는 자유라는 이미지에 접속된다. '창을 붉게 한다'와 '경계가 없음'과 햇빛이 퍼지는 모습 등은 따스함과 자유정신을 근간根幹— 정신의 흐름을 표시하는 상대적인 암시로 시인의 의도를 나타내기 때문에 밝음을 지향하는 쪽으로 포근한 인식을 정리한다.

강유빈의 정신 풍경화는 넓거나 크거나 요란 한 것이 아니고 아담하고 적당한 크기에 밝고 따스함을 하늘로 날리지만— 쓸쓸하고 고독한 음영이 베어있다. 이런 현상은「찰나와 당신」으로부터 시작된 풍경이겠지만 이를 우울로 대체하지 않고 밝은 풍경화로 그리는 것은 절제와 지혜로 원인을 찾는 것 같다. 물론 그 궁극의 좌표는 사랑에 모아든다.

우리가 사랑의 시작을 알고 있다면
어찌 마음 조이며 기다리랴
기다림으로 잠을 설치랴
우리가 사랑의 끝을 알고 사랑한다면
어찌 전력을 다해 사랑하랴
내 것을 다 내어줄 수 있으랴
신이 사랑의 시작과 끝을 감추어
세상에 기쁨과 슬픔이 넘친다

—「사랑. 6—무제」

추상적인 용어는 추상적인 답을 듣게 된다. 사랑의 언어도 확실성을 가질 수 없고 또 명료함을 나타낼 수는 없다.「사랑—6」은 사랑에 대한 일반적인 정의이다. 인간의 지혜로는 알 수 없는 한계 때문에 사랑의 확실한 이름은 신에로 의미를 돌려야 한다. 물론 운명적인 암담함을 대입함으로써 사랑의 신기루는 실체를 나타낼 수도 있다. 강유빈의 사랑은 이렇게 신기루의 이름으로 다가와서 관념의 숲을 이루게 된다.

> 나는 아직도
> 그대 있는 쪽으로 그리움을 민다
> 봄 꽃이 붉고
> 저무는 길 따라 별자리 깊을 때
> 깊은 밤 잠깨어
> 창 밑 적시는 빗소리를 들을 때
> 흐려지는 추억을 꺼내어 닦기 시작한다
> 한참을 닦다보면
> 맑아진 길 위에 그대가 있다
>
> —「나는 아직도」에서

강유빈의 사랑은 부사 「아직도」에 들어있다. 현실에서는 부재不在였을 지라도 항상 떠나지 않고 가슴에 남아있는, '님은 갔지만 님을 보내지 않는' 한용운의 마음이 된다. 이런 사랑은 영원성을 지니는 요소가 될 수 있다. '맑아진 길 위에 그대가 있다'처럼 떠나지 않는 현재성으로 남아 있을 뿐만 아니라 속 쓰리지 않고 청량감을 느끼는 고귀성에 지속성을 느낄 수 있기 때문이다. 또한 '한참을 닦다보면'의 환상 속에서 영원성을 추구하는 정신의 좌표가 신념으로 굳어있다. 이 같은 이유 때문에 사랑의 아픔이나 이별 또는 사랑이 질 때와 같은 가정법의 이름들이 나타나지만 내면으로 다져진 정신에 계속성을 믿을 수 있는 암시가 들어 있다.

> 나는 괭이 갈매기다
> 마른 풀 바닷말 가리지 않고 물어다

외딴 섬 벼랑 위에 집을 짓고
해풍에 맞서며
햇빛 타고 비상한다

— 「괭이 갈매기 – 가장의 노래3」에서

절망은 고통을 가져오지만 오히려 신념의 뜻이 더욱 견고하게 된다면, 강유빈의 정서는 심사深思한 내면을 굳게 한다. 이는 '해풍에 맞서며/햇빛 타고 비상한다'는 것처럼 고난과 어려움이 다가오면 오히려 새로운 국면으로 전환하는 정신의 문법을 만날 수 있기 때문이다. 이는 시의 부제副題에서와 같이 가장家長의 역할을 무게로 짊어지고 살아가는 상징을 대입하면 '비상한다'의 의미가 한층 빛을 발하게 된다.

강유빈의 사랑은 승화된 상징이다. 다시 말해서 관념에서 나오는 사랑의 개념이 아니라 자기를 헌신함으로써 가족의 안온함을 유지할 수 있다는 책무를 용해한 사랑이라는 뜻이다. '보일러 스위치를 올려 놓고/ 한참을 기다려도/방 밑을 도는 물소리가 아니 납니다' 「보일러 – 가장의 노래. 4」와 같이 책임을 느끼면서 가족에 베푸는 사랑의 헌신은 이성간의 사랑을 넘어 승화된 사랑으로 채워진 시적 고백인 것이다.

3) 섬의식

인간은 홀로 살아가는 존재이지만 이를 위장하고 감추면서 삶의 길을 재촉한다. 고독이라는 말에는 인간이 맞아야하는 자기찾기의 첩경이 될지 모른다. 고독은 자기를 깨닫는 방법일 뿐만 아니라 인간을 성숙시키는 요소가 되기 때문이다.

외롭고 고독한 섬은 곧 시인을 나타내는 상징이자 현실을 나타내는 지표指標가 된다. 외로움이라는 것과 파도와 그리고 일상을 고독 속에서 견

더야할 운명적인 아픔을 승화해야 할 상황에서 슬픔과 번뇌를 삭여야할 섬—「섬」이나 「섬이고 싶다」는 바로 강유빈의 정서를 가장한 개념이라는 뜻이다.

태초에 거기 있었을 뿐이다
바람이 왔다 가고
새들이 철마다 들락거리고
파도가 가슴을 핥다 가고
풀씨 하나 날아와 들꽃을 만들고
길이 생기고 길 옆으로
굴참나무 자귀나무 솟아 오르고
열매가 익고 떨어져 가고
겨울 바람에 귀볼 붉히며
바위는 머리에 흰 눈을 얹고
등대 하나 섰다가 사라지고
네가 오고 네가 가고
나는 태초에 거기 있었을 뿐이다

—「섬」

'태초에 거기 있었을 뿐이다'의 수미首尾적 구조에서, 섬은 결정된 운명을 수용하는 자세로 강조된다. 이런 필연은 어떤 각도에서든 비극적인 인식을 가져올 수밖에 없다. 왜냐하면 섬은 언제나 떨어진 혼자라는 사실일 뿐만 아니라 변화할 길 없는 자기만의 땅을 일구어야하는 운명의 주인공이기 때문이다. '들락거리고'와 '핥다 가고', '들꽃을 만들고'와 '네가 오고 네가 가고'와 같이 변화의 물상들이 들락거리지만 정작 섬 스스로는 어쩔 수 없는 정적靜的 수용의 자세로 자기만을 지키고 있어야 하는 처지— 자기 힘으로 변화를 만들 수 없는 운명 —정신의 자유성과는 달리 움직일 수 없는 섬의 처지는 '등대 하나 섰다가 사라지고'의 외로움과 파도가 — 태초의 이름에서 오늘에 이르기까지 운명의 고독한 상像을 견지해만 한다.

섬을 외부에서 볼 때와 섬의 내면에서 볼 때의 관념은 다를 것이다. 즉 섬을 주체로 볼 때와 객체로 볼 때의 차이는 다르다. 원경遠景에서 바라보는 섬은 아름다움일 수 있지만 섬 자신은 고독의 화신이기 때문이다. 그러나 섬 스스로 행복을 창조할 수 있을 것이고 또 섬으로의 존재가치가 있을 것이란 가설은 성립된다.

> 너에게 요지부동한 섬이고싶다
> 굽도는 길 따라 아름드리 곰솔을 키우고
> 봄이면 허리에 동백을 휘두른
> 꽃지, 샛별같은 이름의 섬이고 싶다
>
> 너로 하여 내 패이고 헐지라도
> 네 머무는 동안 붉은 동백 송이 하나 더 틔우고
> 네 가 있는 동안 바위틈에 소리 고운 새를 키우는
> 너와 단 하나 섬이고 싶다
>
> 천둥이 너를 두렵게 하고 폭우가 짐승처럼 눕게 하여도
> 등대 하나 기슭에 두어 네 오고 가는 길을 밝히고
> 발 디디고 쉬일 고운 모래밭이나 풀숲을 예비하는
> 네 중심의 섬이고 싶다. 섬이고 싶다
>
> — 「섬이고 싶다」

'싶다'의 소망을 앞세워 꿈의 공간을 이루고싶은 마음이 나타난다. 떨어진 자기만의 공간이라는 의미를 갖기 때문에 섬은 꿈의 이름과 타인에게 침범 당할 염려가 없는 완전한 소유로서의 두 가지 소망을 달성할 수 있게 된다. '섬이고 싶다'를 자청하는 간절함은 나의 소유뿐만 아니라 꽃과 소나무와 샛별 그리고 고운 새와 안식 등의 평안한 땅에서 평안을 대상에게

제공하는 헌신자로서의 역할을 자청한다. '네 중심'의 섬이기 때문에 시적 화자는 이면裏面에 숨어 숨죽이는 모습—당당함보다는 오히려 소극적인 모습이 연민을 자극한다. 이런 태도는 절제의 지혜를 앞세우는데서 나오는 보호와 사랑이 결합된 모성적 특성을 의미한다. 사랑을 실현하기 위해서는 대상을 독점하려는 발상이 때로 아름다운 모습이 될 수 있다. 때문에 내 것으로의 소유를 위해 꿈의 유다른 장소를 만들려는 것은 아름다운 공간 창조의 또다른 발상이기 때문이다. 강유빈의 섬은 가정법의 실현이 이루어지기를 바라는 서글픈 소망으로의 섬일 수도 있으나 오롯한 사랑의 실현으로 인식될 때, 고귀성도 함께 따라오고 있는 의식의 일단이다.

4) 길

내면의 의식이 지나가는 것과 인간의 발길이 지나는 것에서는 길이 난다. 보이는 것과 보이지 않는 차이이지만 길은 확실히 인간만의 개념일 것이다. 역사의 축적은 이 길의 정리였다면 시에서는 항상 미래와 과거를 연결하는 상징으로 작용할 뿐만 아니라, 현실에 다가올 때는 극복의 의미로 길이 암시된다. 강유빈의 시에서 길이 많은 빈도를 나타내는 것은 그만의 독특한 정서를 내보이는 시어詩語일 것이다. 「쓸쓸한 날에」와 「길을 걸으며」, 「대석리 가는 길」과 「가다가 보면」, 「길 끝에 길」, 「동행」 등 강시인의 시에 10%를 점유하는 분량이다. 길을 벗어난다는 것은 인간의 존재 소멸—하늘로 길을 낸다는 뜻이 된다. 그러나 현실에서의 길은 언제나 유쾌하고 행복한 상징만은 아닐 것이다. 현실은 아픔과 시련 그리고 슬픔의 요소가 더 많은 함량을 갖고 있기 때문이다. 여기서 길은 고통 속에서 미래의 즐거움을 연상하는 기능을 내포하게 될 것이고 또한 무한의 세계로 이어지는 관념을 잉태할 것이다. '길을 가다보면 안다/길 끝에 길 이어지고/

마을 끝에 마을이 선다는 것을' 「길 끝에 길」처럼 길은 단절된 의식을 연결하는 의미로 시인의 뇌리를 점령한다. 노자의 도道 또한 형이상학적 명상을 말했듯이 강유빈의 길 또한 명상과 현실을 접목하는 기법을 보이고 있다.

쓸쓸한 날에
길 하나 일으켜 세우고
집을 나선다
어둠이 집들의 중심에 불을 켜고
그윽히 따뜻해지는 것을 보며
한 사람을 사랑하여
따듯하던 때를 생각한다
이따금 길 밖으로
발자국을 긋고 사라지는 사람들
그들처럼 그대도
무심히 오고 갔건만
저물녘 주머니에 손을 찌르고
홀로 바람에 목 내미는 것은
눈 오는 하늘처럼
추억만 접어들고 걸어가는 생이
아득하기 때문이다

—「쓸쓸한 날에」

시의 구조는 길에서 불을 켜고 더불어 사랑을 나누는 상상과 냉엄한 겨울의 길이 생의 현실로 자극을 받는 모습이다. 길 위에 선 시적 화자는 소망과 현실 사이에 존재하고 있는 느낌을 준다. 다시 말해서 '쓸쓸한 날'의 시간과 '길'의 공간을 배경으로 상상을 띄우면서 따스한 '사랑'이 그리워지는 것은 황혼과 눈오는 거리를 「홀로」에서 느끼는 괴리가 냉엄한 현실성의 길—눈과 어둠과 혼자라는 고독이 추억이라는 연결고리에서 쓸쓸한 풍경화 속에 모습이 투영되는 상상의 그림이다.

> 그리우면 그리워하며 가고
> 미우면 미워하며 가자
> 가다 보면 어느 환한 길목에서
> 꽃처럼 열리는 생을 만날지 모른다
> 닿을 인연을 만나기 위해
> 빛나는 길 하나 만들고
> 뚜벅뚜벅 간절하게 걷다보면
> 그 끝마다 접히는 첩첩의 산과 강
> 어느 기슭이나 물가에서 서성거리고 있는
> 들풀같은 사람을 만날지 모른다
>
> —「가다가 보면」

매우 막연한 인상이다. 확실한 소신과 신념을 앞세운 행보가 아니라 '가다가 보면'이라는 우연이 설정되었기 때문에 명료한 상상의 근거를 추적하기엔 무리가 있다. 다만 '들풀같은 사람을 만날지 모른다'의 개연성을 운명으로 돌리는 약한 자의 모습을 노증하는 느낌— 여기서 거친 싸움으로의 존재를 인식하는 것이 아니라 나약하고 섬세한 의식으로 생의 언덕을 답파하려는— 운명적인 흐름에 맡기는 인상을 남긴다. "비켜라, 운명아, 내가 간다"보다는 뒤로 물러나는 정적靜的인 자세가 때로 아름다움을 자극할 수도 있을 것이다. 그러나 현실은 항상 아픔과 고통을 수반하는 용기를 필요로 할 때는 슬픔을 자극하는 요소에 함락 당하게 될 수 있다면 강유빈의 길은 기다림을 갈망하는 선한 모습만 남는 인상—찾아가는 적극성이 아니라 찾아오기를 염원하는 인상이다.

시는 현실의 고통을 딛고 미지를 향해 노래를 띄우는 요소가 우선한다.

고난에서는 예언의 노래가 되고 행복에서는 아름다워지는 것이 시의 속성— 시가 갖는 독특한 자리를 증명한다. 하여 시의 파장 내면을 바라볼 줄 안다는 것은 바로 시인의 삶을 그림으로 만들어내는 변용의 미학인 이유가 된다면, 강시인의 길은 꾸미지 않고 자연스러움으로 나타난 마이웨이의 전형으로 보인다.

3. 아름다움을 뒤돌아보기

시를 쓰는 마음이 천사의 방문을 받을 경우, 신명에 가락은 솟구치는 것만은 아닐 것이다. 왜냐하면 한 편의 시에는 희노애락喜怒哀樂의 다양한 현실의 표정이 여과없이 혹은 투명하게 나타나야 하기 때문이다. 시의 진솔성이 감동을 전달하는 빠른 길이 되는 것도 시인의 진실성과 결부된 화학적인 반응으로 아름다움을 생성하는 이유가 있다면 시인이 살고있는 공간을 어떻게 용해하는가는 시인의 재능에 속한다. 강유빈은 현실에 맞서는 피흘리는 전사의 모습은 아니다. 그러나 현실을 우회하는 지혜가 언어장치를 통해 드러나면서 그의 시는 아름다운 의상을 입을 뿐만 아니라 동반되는 갈증조차 따라온다. 물론 갈증은 미지의 대상과 하나가 되고 싶은 아이덴티티의 속성을 뜻한다.

시인은 항상 낙원을 꿈꾸는 자이기 때문에 자기만의 이상적인 공간을 설정하여 파라다이스를 축조하는 공학에 땀을 쏟아야 한다면, 강유빈의 건축은 겉으로는 유약하고 섬세한 인상을 남기지만 강한 절제와 신념이 안으로 들어있다. 「가장」 연작시나 「보리」는 그런 증거의 시이고 세상과 맞설 수 있는 고백은 「내가 세상을 버리지 않는 이유」로 대결의 자세를 보이는 것으로도 짐작이 간다.

강유빈의 시는 멀리보이는 가을날의 풍경화와 같다. 그리움으로 채색된 추억과 선한 눈빛의 기다림이 있고, 거기 화려한 꽃들을 키우면서 들풀 향기같은 대상이 다가오기를 소망하면서 정원을 꾸미려하기 때문에 갈증이 나타나고 또 호젓한 공간을 위해 섬의식이 드러나는 고독한 정감의 시인이다.

여인의 심성과 시적 이미지

— 장미숙의 시

1. 시의 이름, 그 신기루

시를 쓰는 사람은 자기 마음의 배설과 정화 때문에 행복을 느낀다. 아울러 독자 역시 수용 반응의 행복을 느낄 때, 시의 가치문제가 대두된다. 물론 시인의 정서를 카타르시스 하는 면과 수용의 중간에는 어떤 접점이 있기 마련이다. 다시 말해서 느낌의 접점에는 분명 어떤 수로를 형성하고 있기 때문에 감동의 결과를 만나게 될 수 있다. 그렇다면 시를 쓰는 시인은 시를 완성한 후에 행복을 느끼는 반면 독자는 시와 대면할 때, 행복을 갖게 된다. 행복의 기준은 다를지라도 의식의 메신저로 행복을 대면하는 일은 시가 갖는 독특한 대상으로의 가치를 획득하게 된다.

시를 쓰는 과정은 고통일지라도 해산의 기쁨에서는 행복을 느끼는 일이나 아름다움 생명체에 기쁨을 갖는 상관에서 시의 이름은 선택적인 과정일지라도 삭막한 인생사에 즐거움을 갖는 것으로 만족하게 된다. 시의 자리는 거기에 있다. 정신의 만족은 인간을 편하게 그리고 넉넉하게 여유로움을 주기 때문이다.

시는 사치함을 과시하기 위한 대상도 아니고 그렇다고 물질적 흥분을 자극하기 위한 것도 아니다. 인간의 정서를 안정감으로 만들 때, 가장 극명한 인간찾기의 방법이 될 수 있어 '종교를 대신하는 것은 시다'라는 매쉬 아놀드의 말이 정곡正鵠을 찾아간다.

자기찾기는 우선 고백적인 형태로 출발하여— 언어 기교를 가장하면서 독자를 찾아 나선다. 물론 진솔성과 투명함이 독자에 감동을 전달할 수 있다는 것은 자명한 일이 될 것이다. 장미숙의 시는 자기의식의 정리라는 인상으로 출발한다. 난초와 메꽃, 진달래, 벚꽃, 민들레, 라일락 등 주변의 꽃들이 등장할 뿐만 아니라 하늘을 꾸미는 새들의 비상飛翔과 여성만이 감지할 수 있는 쌀소리, 뜨개질, 배추, 육쪽 마늘 등의 정서가 시의 전반을 장악하고 있다.

2. 의식과 식물나라

1) 생의 갈증 혹은 존재의 형태

인간의 운명은 길찾기에 삶의 이름이 따라간다. 다시 말해서 살아있는 존재의 명칭에는 움직이는 행동과 이를 뒷받침하는 의식 여행이 함께 하고 있다. 행동과 정신의 여행은 분리되는 것이 아니라 정신의 지시에 따라 일상적으로 움직이는 도정道程이 삶의 모두라는 점이다. 유형은 다를지라도 살아있는 존재는 항상 길찾기에 갈증과 멀미를 수반하면서 세월을 넘어야 한다. 장미숙의 시 역시 그런 과정을 배회하고 있다.

낙타는 사막을 걷는다

아리조나 지나서
콜로라도강 물 한 모금으로
네바다의 마른 벌판을
정처없이 간다

뜨겁게 달구어진 모랫벌에
갈증으로 몸살하던 식물은
지상으로의 성장을 멈췄다

이 넓은 대지 위에 홀로
작은 풀포기에 매달린
깊은 뿌리의 외로움을 지닐 때
한줄기 물 찾아
낙타는 한없이 사막을 간다.

—「목마른 낙타」

위의 시는 간명한 의미구조로 구성되었다. 사막은 세상이라 가정하고, 사막 위를 갈증으로 걷는 낙타를 인간으로 환치換置하면 숙명적인 삶의 길을 가는 사람을 연상하게 된다. 삶에는 환경이 개체 형성에 중요한 관건이 될 수 있다. 다시 말해서 좋은 환경에서 자란 사람과 악착한 환경에서 성장한 사람의 차이는 있다. 그러나 본질적으로 가파르고 메마른 삶을 돌파해야하는 비유는 사막을 걷는 낙타와 다름이 없을 것이다. 1행 1연에 '걷는다'와 2연 '간다' 3연 '멈췄다'와 4연은 1, 2, 3연의 지속성을 나타내고 마무리에서 '간다'로 집약된다. 결국 '걷는다'에서 '간다'로 마치는 과정에서 목마른 낙타의 행위가 드러난다. 그러나 여기엔 누구나 겪는 공통성이 갈증과 고통이 중심 소재로 남지만 장미숙에게는 4연에 '홀로'와 '외로움'이 '한줄기 물 찾아/낙타는 한없이 사막을 간다'라는 내면으로의 고독한 징후가 드러난다. 이 같은 발상은 인간해석의 문제라면 모든 문학은 이런 시도를 멈추지 않는다. 결국 인간의 해석과 분석도 본질적으로는 인간이란 「왜, 어떻게」 사는가의 물음에서 벗어날 수 없는 철학이기 때문이다.

> 영혼의 상처 해독하고
> 너는
> 그리움 찾아 날 수 있겠니
>
> —「앵무새」에서

상처를 받고 신음하고 절망하는 것이 삶의 부분이지만 이런 형태를 극복하고 다시 비상을 꿈꾸는 것이 존재의 양상이다. '영혼의 상처'를 외면하지 않고 정면으로 해독하면서 자기세계의 확장을 꿈꾸면서 '그리움'의 행방을 찾는 비상飛翔— 화려한 모습으로 변모하려는 염원을 갖는다. 사막 같은 인간사에서 아픔과 시련을 넘어 신념의 땅에 이르려는 것이 생의 아름다움이라면 장미숙의 정서는 그 같은 뜻을 내면으로 감추면서 행동으로 옮기는 의지를 읽을 수 있다.

2) 새—의식의 자유를 찾아

시는 의식의 자유를 누리기 위해 방황하는 이름이다. 한정된 목표도 없이 무작정 찾아 나서는 것이 아니라 꿈과 사랑으로 채색된 낙원—시인만이 설정한 공간에 독자를 불러들이는 작업이다. 그 공간은 누구나 들어갈 수 있는 것은 아니다. 시인과 의식의 키가 같고 정서의식의 상통성이 있을 때, 시인과 독자는 「하나」로 설정된 낙원에 출입의 자격을 갖추게 된다. 여기엔 시인과 독자 두 사람일 수도 있고 또 시장을 이루는 다수가 될 수도 있지만, 숫자가 많은가 적은가는 중요한 것이 아니다. 얼마나 보편성의 감동을 맛볼 수 있는 가의 여부가 중요하다. 참된 아름다움은 깊은 감동을 줄 수 있어야 하기 때문이다.

새는 자유의 표상이 된다. 막힘이 없는 천공天空을 주무대로 나래를 펼칠 수 있는 비유는 무한의 자유와 손을 잡는다. 인간은 태초로 하늘을 장악하기 위해 자유의 이념을 펼치는 작업이 영원한 인간의 숙제였기 때문이다. 불구적인 형태의 「물새 한 마리」와 인간이 망가뜨린 문명의 흔적에 신음하는 「참새」와 아름다움의 앵무새가 그리움을 지향하는 「앵무새」 그리고 「눈오는 날 비상」 등은 시인 의식의 일단을 새로 표출하고 있다.

모랫벌에 쓰러졌다

가슴 비운 마른 풀들
갯바람에 힘없이 꺾이는
계절

말 다 못하고
평생 꺼억꺼억
가시처럼 걸렸던 목소리

무어라
부르고 싶은 노래였을까

섬돌에 남아 있는
한 마리 물새
끼룩끼룩 말문이 터질는가

—「물새 한 마리」

범칭인 물 새 한 마리는 곧 인간일지 모른다. 마치 사막의 낙타와 같이 갈증과 아픔이 수시로 다가오고, 이를 외면하거나 피해야하는 또는 정면으로 대결하는 행동의 요구는 인간의 숙명일 수밖에 없다. '마른 풀' '갯바람' 슬픈 목소리의 절규와 부르고싶은 소망의 노래 등 말문이 막혀있는 비극적 상황— 벌거벗은 인간의 운명과 다름이 없는 새—새로 표상된 인간의 비극이다. 불구적인 새의 형태와 「연어를 위하여」와는 같은 이미지를 구사하여 낙원으로의 귀향을 꿈꾸는 시인의 마음이 자유로 향하는 일념인 것이다.

수북하게 쌓이는 깃털
몇 개 만 주워
가여운 영혼에 달아 주면
품안에 움츠려 있던 새
회색 하늘 뚫고 솟아올라
어데나 태양 빛 가득한
구름 위에서
새의 눈 밝아지겠지
하얗게
몸의 무게 내던지며
아아라한 금빛 날개짓
땅 위엔
온통 환희로 가득하네

—「눈오는 날 비상」

장시인의 새는 하늘로 날아오르는 몸짓을 예비한다. 이는 '태양 빛 가득한'과 '눈이 밝아지겠지' 그리고 '금빛 날개'의 행위에서 '온통 환희로 가득하네'의 기쁨을 맛보기 위해 금빛 날개짓을 계속하게 된다. 이런 목적은 시인의 자유정신이면서 삶이 지향하는 본질일 때, 인간의 가치로 귀속된다. 땅에서 하늘은 수직의 높이로 향하는데서 인간의 소망은 높이로 가려는 날개—새의 이름을 빌어 꿈을 펼치려한다. 높이는 인간이 도달하려는 꿈이고 그 꿈은 가능성의 거리로 좁히려는 행동을 항상 준비하면서, 태양빛과 밝은 눈 그리고 날개를 도구로 환희의 공간을 향해 길을 재촉한다. 이는 시인 자신의 내면에 저장된 자유정신이면서 꿈의 이름을 대신할 수 있는 이미지인 것이다.

3) 식물 정서

장미숙의 시에는 풀꽃 내음이 난다. 다시 말해서 섬세하고 부드럽고 또 향기를 전달하는 정서로 의식을 채우고 있다는 점이다. 이는 식물성 정서—이는 시를 쓰는 사람의 성품형성과 인정미 등 총체적인 결과이지만—여성적인 눈이 시로 포착되는 특성과 연관이 있는 것 같다. 시 제목만으로도 난초, 메꽃, 진달래, 목련, 라일락, 안개꽃, 마가렛꽃, 장미, 연잎, 나팔꽃, 코스모스, 파꽃 등 20여 종류에 이른다. 더구나 잡초를 위시해서 정자나무, 대추, 목화, 은행 등을 포함하면 그 종류는 더 많아진다. 이런 징후는 시인의 성품과 삶의 환경 등에서 상관을 유추할 수 있게 된다. 하여 몇 단계의 변용을 거치는 과정을 통해 시인의 의식의 흐름을 포착할 수 있게 된다.

달빛은
온 밤의 길에
라일락 향을 뿌려 놓았다

골목 옆 집집마다
불꺼진 창 틈에도
향기를 밀어 넣었다

라일락 향은
내 머리카락에 배어
골목 어귀까지 따라온다
달의 손에 끌려갔다

나는
사월의 밤아, 밤아, 하고
눈부신 라일락나무 아래서
그리움을 부른다.

—「라일락 향기」

라일락이 달빛의 무드를 타고 향으로 솟구친다. 이 같은 상승의 이미지는 다시 하강의 순서를 밟아 이웃으로 퍼지는 향기가 되면서 공존의 정서를 더하고 있다. 뿐만 아니라 '내 머리카락에 향'으로 젖어 골목을 장악하는 전파는 이내 달과 상관을 연계한다. 향기와 달의 결합은 높이와 인간의 땅을 동시에 하나의 공간으로 통합하는 역할을 다하면서 지상에 땅의 향기—아름다움을 이룩하는 꿈으로 그리움이 다가선다. 물론 그리움을 '부른다'에서 기다림이 있고 또 그 때문에 아직 가야할 일이 시인에게 남아있게 된다.

붉은 장미가 불타는 사랑을 준다면
하얀 장미처럼 잘 받아들이는 사랑
더욱 소중합니다

—「백장미」에서

붉은 색채와 하얀 색이 조화를 이루면서 그 결과는 사랑이라는 이름에 이른다. 그러나 불타는 사랑을 '준다면'이라는 조건의 제시가 '불타는'을 전제로 하는데 비해 '받아들이는 사랑'은 '잘'이라는 수식어와 짝을 이룬다. 다시 말해서 '불타는'을 '잘 받아들인다면' 사랑의 형태는 완전성을 이룩하게 된다. 여기서 붉은 색과 흰 색은 숭고한 사랑의 이미지를 잉태하면서 비유의 왕국을 만들게 된다. 그것은 「소중」이라는 가치로 승화하는 사랑의 이름이 되는 것 같다. 그렇다면 사랑의 가치는 어떨까?

기쁜 넘친 잉어 떼들
우루루 몰려다니며
연잎들은
서로서로 얼싸안고
비취빛 보석을 굴린다

—「하늘은 연잎처럼」에서

인간은 반응하는 감촉을 가지고 있다. 기쁨에는 기쁨으로 동화되고 슬픔에는 슬픔에 가까운 감정이입의 심리적인 반응을 갖는다. 연잎에 하늘이 있고—푸른색—서로서로 얼싸안고 비취빛 보석을 이루는 사랑의 힘—장시인의 꽃은 변용의 이름을 거치면서 하늘과 보석 그리고 최종점은 향기짙은 사랑의 목적지에 이르기 위한 의도를 내보인다.

여름날 오후
졸리운 시선 끝에
새빨갛게 타는 꽃불

잎새 넓혀
치마폭 가득한 햇살
꽃대궁 속으로 밀어 올려
어린 시절을 비춘다

또래 아이들 한껏

뛰어 노는 시골 운동장
함성을 울리며
한바퀴 힘껏 달리는
열정

후미진 늪
심지마다 불씨 번져
한 무리 용사들
횃불 들고 달린다

—「칸나꽃」

칸나꽃과 불꽃의 이미지는 「불」에 초점이 모아지고 다시 어린 시절로 길을 넓히는 역할을 하게 된다. 이는 붉은 꽃과 어린 시절을 회고하면서 다시 마무리에서 횃불로 장면이 바뀌어진다. 어린 시절 아름다움이 칸나의 붉은 색에서 불의 이미지를 건져 올렸고 다시 한 무리의 용사들이 떼를 이루어, 밝은 불의 장면으로 전환하는 것은 시인의 정신문법과 연결된다. 이런 연계성은 단속적인 것이 아니라 성장의 도를 높이면서 키워온 소중한 시인의 정서인 셈이다. 부드러움과 향기 그리고 생명의 경외敬畏로움을 자극하는 안온함의 꽃들에서 장시인은 사고의 유연함도 아울러 표출하고 있는 셈이다.

4) 여인의 감각

시는 오감을 비롯해서 우주자연의 소리조차 시의 수용대상이 된다는 점에서 시인은 철학자의 경지뿐만 아니라 세상사의 주제자로서의 임무까지 감당하게 된다.

장시인의 귀는 열려있다. 미세한 소리뿐만 아니라 소리 없는 소리조차

들을 수 있는 감각을 갖고 있기 때문이다.

> 조용히 일어나는
> 쌀들의 목욕시간
>
> 바싹 마른 쌀 몸 속으로
> 차가운 물 스며들면
> 간지러워 깔깔대며
> 움츠리는 작은 몸뚱이
>
> 수다쟁이들 짧은 즐거움
> 밖으로 새어날까 조심하지만
> 솥전에 귀 대어 만나는
> 새벽 친구
>
> 활기찬
> 한입씩 축복하여
> 지구를 돌리는
> 거인의 소리
>
> —「쌀 소리」

주부만이 들을 수 있는 감수성이다. 아침을 마련하는 행위에서 쌀이 밥으로 변하는 과정을 눈으로 확인하게 된다. 뿐만 아니라 소리로 밥의 신호를 포착하는 일은 오랫동안 들어온 지혜의 소리일시 분명하다. 열려있는 귀라야 만이 들을 수 있고 살아있는 자만이 들을 수 있는 감성의 세계—쌀이 소리로 변모할 때, 완성의 이름을 얻을 수 있고 그 순간에 여인의 모습은 가장 아름다운 정경을 연출—가족을 위해 맛있는 식사를 제공하는 아름다운 순간이 객체화할 수 있기 때문이다. 정갈하고 따스한 정이 담겨진 아침상을 받을 때, 안온함은 나타내는 신호음— 쌀 소리는 그런 이미지를 감당하고 있다.

'무언지 꽉 잡고 있던 것/맥 풀린 손끝으로 놓아 버리고/울고 싶은 날엔/파를 다듬는 여인아' 「파를 다듬는 여인아」에서도 파와 울음이 교묘하게 배합되어 눈물을 자극하지만 비극적인 눈물이 아니라 자극에 의한 눈물로 더불 이미지를 창조한다. 이런 감각은 실제로 체험이라는 창고에서 건져 올린 소중한 인유引喩가 된다.

'옷을 벗는다//겹겹이 싸두었던 자존심/야릇한 맛/즐기려는 그 앞에/벗고 또 벗어/탱글한 속 살 내어 맡긴다' 「육 쪽 마늘」의 비유도 자극적이지만 생동감을 준다. 아울러 감각적인 뉘앙스를 전달하기 때문에 신선감조차 부가된다. '야릇한 맛'의 야릇함이 '벗고 벗고'의 상상에 의해 마늘의 나신이 여체의 이미지와 오버랩 되면서 속 살의 맛이 한층 고조된다. 이런 기교는 체험이라는 요소와 결부된 장시인의 독특한 언어기교로 보인다.

아마도 장시인의 시에서 가장 성공한 이미지의 작품은 「뜨개질」일 것 같다.

대바늘 한 쌍 사랑질 한다
열절하게 부푼 사랑
혼자서는 아무 것도 할 수 없는
멍청이 둘이 만나면
알몸으로 비비고 꼬아대는 포르노
거부하지 않는 여자의 몸 속
절정으로 다다른 행위
사랑 끝 잉태된 창조물
털목도리 두르고 상기된 얼굴
밤 가는 줄 모른다

—「뜨개질」

사랑을 객관화하면 재미있는 구경거리가 될 것이다. 서로 키를 낮추는 바보와 바보의 만남이 뜨거워지면 그 공식은 바보가 안되고 아름다워지는 이유 때문에 사랑은 고귀한 것이다. 대바늘 둘이 번갈아 알몸으로 임무를 완성하면 포르노의 결과는 하나의 생명을 탄생하게 된다. 포로노에서 얻어진 순수의 결과—밤 가는 줄 모르는 열정이 곧 섬세한 여인의 손끝에서 생명의 고귀한 작품으로 나타날 때, 신비한 변환은 경탄을 자아내게 된다. 이 같은 시적 감각은 경험이 빚어놓은 감각으로 나타날 때, 장시인의 시는 두드러진 결과를 만들고 있다.

4. 시의 숲을 나오면서

시의 숲에는 생명체들이 저마다 손짓을 보내고 때로는 웃고 때로는, 소리로 들려오기도 한다. 시인은 이런 창조의 공간을 위해 온갖 신명을 바치면서 고통을 견뎌야 한다. 즉, 시가 살아 숨쉬는 생명으로의 역할을 다하기 위해 자기만의 독특한 창조문법을 터득해야만 한다. 이는 시인의 개성이면서 시의 입지를 확보하는 길이 된다면 장미숙 시인의 시는 그만의 문패를 갖고 있다. 식물이나 새들을 소재로 한 시엔 친근미를 갖는 이미지들로 비교적 성공적인 표현미를 얻었을 뿐만 아니라, 특히 「쌀 소리」, 「파를 다듬는 여인아」, 「육쪽 마늘」, 「배추」, 「뜨개질」 등은 주부만이 느끼는 작품에서 그만의 감성을 두드러지게 표현하고 있음은 기억할 일이다.*

사유체계와 시적 발상

— 로담의 시

1. 시는 무엇인가?

문학의 장르 중에 시가 앞자리를 지키는 이유는 시의 특성과 맞물리는 점에서 해답을 찾아야 할 것이다. 이른바 주홍사가 쓴 천자문은 천지현황—우주를 색깔로 표현한 것으로부터 인간사의 일을 쓴 시이다. 인간의 일을 눈에 보이는 것처럼 나타내는 일은 현실에 관심을 갖는 일이고 상징과 응축의 언어를 사용하는 시에서는 직관과 우주 혹은 추상적인 세계를 망라하는 점에서 시는 일정한 범위를 갖지 않는 광범위한 표현의 도구이다. 때로는 명상적이고 때로는 철학적이면서 때로는 종교적인 세계를 포괄하는 것이 시의 특성이기 때문이다. 다시 말해서 인간 정신에 자유성을 부여할 뿐만 아니라 무한의 상상 비행을 계속하는 것이 시가 갖는 임무가 된다. 종교를 대신하는 것이 시라는 매쉬 아놀드의 말은 이점에서 시의 특성을 지적하는 뜻일 것이다. 또한 시는 신념의 언어운용이면서 명상의 깊이를 방문할 수 있는 구체적인 도구가 된다. 가령 불가에서 화두라는 명제를 찾아 나서는 수행의 일은 결국 시적 상상이고 시적 행동의 표현일 것이다. 여기에는 현실이라는 요소와 미래를 포괄하는 결합이 추상성으로 표현될 수밖에 없지만—인간의 존재는 현실과 미래를 결합하는 요소에서 시가 인간의 정신을 가장 극명하게 나타내는 구체적인 방법이기 때문에 시의 자리는 항상 앞자리를 차지하는 이유가 있다.

인간의 언어는 불분명하다. 정확한 것도 또 실감을 자극하는 도구도 아니다. 그러나 이런 언어를 조련하고 순치馴致하면서 철학과 명상과 삶의 깊이를 방문하는 도구일 수밖에 없는—언어는 인간의 모순을 감싸는 도구이다. 말은 적을수록 좋고 언어의 사용이 적을수록 명료하다. 하여 언어를 버리는 것이 인간철학의 궁극일 수 있다는 뜻이다. 시는 이런 현상을 대변한다. 종교 또한 시와 같은 이유가 여기에 있다.

기독교는 언어를 논리로 포장하지만 불교는 언어를 버린다. 이심전심이나 심심상인이나 궁극의 언어인 무소설無所說의 경지는 바로 시의 길과 불교의 뜻이 같음을 나타낸다. 시는 언어를 버리는 것에서 출발하고 언어를 버리는 곳에서 불심이 나타나는 이치— 스님이 시를 쓰는 이치는 여기에 있을 것이다.

속명 강보원 그리고 법명 정안, 로담路談의 시는 현실과 접맥된 의식이 하늘로 날아오르기보다는 오히려 인간의 땅에서\머물기를 자청하는 보살행의 방편으로 그의 시는 통일이나 그리움 혹은 존재의 천착 등에 다리를 놓고 있다. 『젊은 날에 쓰는 편지』(강서원, 1991)와 『차마 떠나 보내지 못한 사랑으로 사랑하렵니다』(선문출판사, 1994)와 『나 너답지 못하다고』(목우, 1996)와 『꽃이네요 꽃밭이네요』(목우, 1997) 등 4권의 시집— 도합 244편을 대상으로 시의 세계—종교의식과 어떻게 접맥되었는가를 점검한다.

로담의 시는 고답高踏한 세계도 아니고 그렇다고 조잡한 현실을 보여주는 것도 아닌 중간의 세계에 다리를 놓는 시—종교와 합일하는 느낌으로 출발한다. 물론 종교가 인간에게 절대의 이념을 휘두르는, 종교가 인간의 절대 상위개념으로 생각하는—중세의 종교가 지금 이 땅에는 횡행하고 있지만 로담의 경우는 종교가 인간에 군림하는 것이 아니라 인간 속에 종교라는 인상을 주고있는 시의 얼굴이다.

종교와 시가 분리되는 것이 아니라 하나로 통합하는 것— 인간 삶의 지표이자 인도의 임무가 되어야 하기 때문이다.

2. 의식의 얼굴들

1) 님 혹은 찾기

시는 시적 대상을 어떻게 감동으로 포장할 수 있을 것인가에서 시인의 재능을 지니게 된다. 물론 대상의 이미지를 어떻게 비유나 상징으로 압축할 것인가는 언어로 나타날 수박에 없다. 시적인 언어는 결국 시인의 의식을 포장하는 도구이면서 독자에게로 가는 구체적인 통로로서의 역할을 갖게 된다. 선입견을 갖고 로담의 시를 읽다보면 님이라는 시어는 부처님이라는 용어로 정착되겠지만, 한용운의 님이 사랑만의 대상이 아닌 것처럼 로담에게서도 그런 다의성의 이치를 발견하게 된다.

해바라기 해를 그리듯
달맞이꽃 달 그리듯
내 님을 그립니다

—「그리는 마음」

직유의 형태인 "~듯"을 통해 '해바라기'와 '달맞이 꽃'의 특성—한 방향만을 고집하는 속성의 해바라기와 청초함을 나타내는 '달맞이꽃'의 은근미를 결합하여 '님'의 사랑이 절절이 들어 있는 비유를 잉태한다. '그립니다'의 그리움의 형태가 구체적으로 드러난 것은 아닐 지라도 두 개의 이미지에서 나오는 님의 사랑은 곧 지고至高성과 아름다움 그리고 깨끗한 이미지로 압축된다. 물론 고정된 개념이 아니라 다의성多義性의 님으로 다가올 때, 시인이 추구하는 님에 대한 사랑의 간격은 넓어진다. 이런 공식이 로담의 시에 임의 형태—사랑의 대상도 되고 부처가 될 있는 다양한 이미지의 여지를 남겨놓고 있다.

님 걸어가신 길 따라
밟아 온 지
이십여 성상이 넘어
그 길 밟아
몹시도 닮아보려고 애썼다
천겁 만겁의 죄장을 씻으려
보여주는 것과 보아야 할
다른 세상 사람들이 사는 것 같은
판단이 다른
행동으로
목적은 완성의 완전을 위해 섰으나
그런 그 길의 끝은
생각도 없다

— 「외롭다는 것은」에서

구도求道는 고독과 아픔 그리고 외로움이라는 상태에서 깨달음의 문이 열리게 된다. 「외롭다는 것은」은 이런 형태를 암시하고 있을 뿐만 아니라 20여 년 동안 그 길에서 느끼는 감회가 '님'의 길과 동일해지기를 바라는 일념이 투영된다. 이는 '몹시도 닮아보려고 애썼다'에서 노력의 흔적을 발견할 수 있기 때문이다.

시는 시인에 따라 일정한 의식의 통로가 있게 된다. 그리움이라는 시어가 빈도를 많이 차지하면 시인의 의식이 그리움의 이미지에 응집되려는 의도를 지니게 된다. 다시 말해서 시인의 의식은 결국 시인의 언어로 표출될 수밖에 없다는 뜻이다.

로담의 시에 가장 많은 빈도의 언어는 님이라는 언어를 변용變容하는 형태로 나타난다.

> 하늘이 있어 참 좋아라
> 꿈으로 푸르르고 희망으로 가득한
> 그래서 가끔씩 올려다 볼 수 있어 참 좋아라
> 님은 하늘이기에
> 내가 올려다 볼 수있어 더없이 좋아라
>
> ― 「님은 하늘이어라」에서

미적 상징은 우리에게 대상을 알리는(to announce) 기호(sign)가 아니라 대상을 생각하도록(lead to conceive)할 수 있을 때 상징(symbol)이 생동감으로 나타난다고 랭거(S. Langer)는 말한다. 시에 생동감은 적어도 단순한 의식의 나열이 아니라 감동을 충동질하는 요소를 가질 때 가능하다면 로담의 시에는 알리는 이미지의 충동보다는 느끼게 하는 점에서 안도감을 준다. 여기엔 시의 특성인 애매성(ambiguity)의 영역이 넓게 설계되었을 때, 가능하게 된다. 님이 하나의 개념만을 뜻하는 것이 아니고 「하늘」이라는 절대의 상징과 손을 잡을 때 부처의 단순함을 뛰어넘는 전달을 느끼게 된다는 점이다. 이런 다의성의 시어는 생동감과 생각의 깊이를 충족하는 의미를 갖게 된다. 님이 하늘이라는 발상은 단순한 하늘의 개념을 넘는 부처이거나 절대의 사랑을 나타내는 암시로 작용할 수 있기 때문이다.

님이 그리움의 대상을 나타나는 경우를 예로 한다.

모두가 떠나가려고
그렇듯
그 잔정 추스릴 때
사랑할 수 있는 날을 위해
그리운 사람은 남겨 두자
그리움으로
그리워 할 수 있게

—「사랑할 수 있는 날을 위해」

그리운 사람을 그리워할 수 있게라는 단순한 시어를 나열했지만 자연의 이법理法을 거스리지 않는 순리의 문맥을 발견하게 된다. 마치 시가 꾸미는 것이 아니고 자연을 닮은 원리를 찾아 나서는 것과 같은 설명이다. 모두가 떠나가는 세상에서 가장 그리운 대상을 하늘에 남겨두려는 발상은 곧 사랑의 진실을 하늘에 저장하려는 이치의 아름다운 마음과 같다는 뜻이다.

과학자의 마음은 어떤 대상을 구체화된 지각의 대상으로 보는데 비해 예술가의 마음은 미적 지각 즉 관조(Prehension)의 눈으로 바라본다. 이런 미적 인식은 사물을 살아나게 하는 때로 신령술사가 되기도 하고 무생물에 생명을 부여하는 창조자의 임무를 띄기도 한다. 하늘이나 님이라는 소재가 시인에게 절대의 대상을 나타내는 구체적인 암시일 때, 시적 영역은 생동감으로 다가온다. 로담의 상징은 이런 넓이를 확장하는 체험에서 남다른 이미지를 구사하고 있다. 이는 로담의 모든 시에 관류하는 이미지가 절대를 향한 변형이기 때문이다.「어떤 이유 하나만으로도」나「그리는 마음」혹은「외롭다는 것은」,「님이 오신다는」등 거의 모든 시들은 구도의 마음을 담는 그릇으로 시의 형태를 빌리고 있다.

2) 갈증

인간사는 갈증을 갖고있기 때문에 먼 길을 갈 수도 있고 또 새로운 경지를 개척하는 길을 만들 수도 있다. 목마른 사람은 우물을 찾을 수 있고 또 찾아야만 생존을 영위할 수 있기 때문에 갈망은 새로운 방향을 설정하는 경우가 될 것이다. 갈망은 희망의 다른 이름이기 때문에 존재하는 사람은 모두 이런 소망의 갈증을 갖고 있다.

로담의 경우는 스님이라는 선입견을 제하고 시를 바라보는—엄정한 의미에서 어려운 일이지만—시에 내포된 함축성을 가지고 바라볼 때도 정신의 갈증으로 일관된 작품들이 많은 편이다. 이는 구도라는 의미가 가장 많은 빈도로 나타나지만 어린 날의 추억을 찾아가는 일이나 친구들 아니면 나라의 현실을 걱정하는 것에 이르기까지 광범한 사유체계를 구축하고 있다.

> 님이시여
> 참으로 당신은 어디에
> 당신을 찾고자 애쓰는 것은
> 나를 찾고자함이 아니더이까
>
> —「가난한 사람들」에서

당신이라는 지표에 나를 맞추는 것은 당신의 절대성에 포함되려는 갈증의 일환인 것 같다. 물론 '당신'이나 '임'이라는 뜻이 구체적으로 나타난 암시는 없지만 나를 당신의 절대치에 맞추려는 생각은 시인의 삶에 목표를 맞추는 요인이 될 때, 대상의 창조가 곧 시의 창조를 위한 문법이 되고 있다. 구도라는 의미도 결국은 진리에의 갈증일 수 있다면 로담의 갈증은 형이상학적인 한계로 정리된다. 나를 찾는 것은 삶의 본질이고 출발이 되는 의미가 될 수 있을 때, 철학은 현실을 영위하는 에너지로 작용하기 때문이다. 당신을 찾고자 애쓰는 것과 나를 찾고자 방황하는 것은 당신과 나의 결합에서 진리를 찾아 나서는 생각과 맞물리기 때문에 새로운 의미를 창조하는 고뇌와 직결된다. 이는 삶이 보다 구체적인 현상으로 나타나는 것으로 증명을 확보한다.

서울 거리에서
대숲이 보고 싶다
지조와
배포가 있는
스승이 그립다

회색빛 하늘 아래서
한설(寒雪)에 붉게 피는
홍매화가 보고싶다
아부와
치졸을 모르는
정치인을 만나고 싶다

— 「그리운 얼굴」에서

'싶다'의 반복을 통해서 현실에서는 찾기 힘든 일들을 순수가치로 설정하고 이런 소망이 달성되기를 염원하는 형태— 서울 장안에서 대나무의 싱싱함을 찾기는 어려울 것이지만—순수자연의 회복을 뜻하는 것 같고, 깨끗한 정치인을 만나고 싶은 일은 세상을 아름다움으로 변하기를 바라는 소박한 마음이 드러난다. 기실 소박한 소망조차 달성하기 어려운 것이 인간의 삶이기 때문에 '그리운 얼굴'은 곧 바른 삶을 향한 인간의 길을 뜻하는 것과 손을 잡는 것 같다.

3) 현실인식

현실은 인간이 풀어야할 영원한 교과서이다. 항상 문제가 발생하고 또 해답을 찾아 나서는 공간일 뿐만 아니라 삶의 모든 법칙이 적용된다는 점에서 두려움과 행복이 교차하는 공간이다. 벗어날 수 없고 또 임의적으로 선택할 수 없는 점에서 존재가 숨쉬는 곳이다.

민족의 현실에서 가장 절박한 문제는 통일일 것이다. 이는 불합리와 모순이라는 현상이 반 백년을 넘어왔을 뿐만 아니라 아직도 먼 거리에 통일의 이름은 있는 것 같기 때문이다.

> 어둠
> 그 긴 터널을 지나면
> 7천만 겨레의 웃음으로
> 무궁화가 화려하게 피고
> 진달래 개나리가 활짝 웃을까
> 이 겨레 절반(3천리)도 안되는 강산에
>
> —「통일」

통일에 대한 관심은 「골목길에서」나 「출가 사문의 기도」, 「통일」 등에 시인의 염원을 담고 있다. 이런 현상은 아마도 특별한 관심의 문제를 뜻한다. 가족의 역사이거나 개인적인 특별한 일이 이런 의식으로 나타날 것이다. 물론 구체적인 흔적을 발견할 수는 없다. 분단은 '어둠'이라는 불행과 '긴 터널'로 인식을 심으면서 '화려하게'와 '활짝' 웃을 수 있는 미래의 연상은 그만큼 절실성으로 인식된다. 이는 한 개인사의 문제를 넘어 민족의 문제로 연결되기 때문에 어둠의 터널은 벗어나야 할 필연이 기다리고 있음이다.

인간사에는 고통과 위험에서 자기보존의 방도를 찾아 나선다. 고통은 깨달음을 주고 위험에서는 지혜를 발굴하는 에너지를 공급받게 되기 때문에 의식의 성장을 가져오게 된다. 남과 북이라는 비극의 극복은 곧 자기보존의 방법을 익히는 관습에 너무 오랫동안 젖어왔다. 이런 타성으로 50여 년을 분단으로 살아왔다는 것은 만족할 수 없는 존재를 발견하게 된다. 로담의 통일 의식은 이런 현상을 반영하는 깨우침을 갖는다는 데서 시적인 예지를 발견하게 된다.

서울 달동네 골목길에서
어린 아이들이
금수강산 대한민국 지도를 그려놓고
대창으로 찌르고
장난감 총으로 폭격을 하다
마침내 반으로 휘저어 버리고 만다

아픈 상처사이로
뜨거운 피가 응어리지면서
반은 시퍼런 멍이 들어
어린 아이 눈치만 엿보며
울쳐진 울타리 안에서
사십여년 짤린 허리로 살어라한다

—「골목길에서」

다소 거친 표현의 시이지만 분단의 아픔을 형상화한 것을 쉽게 느낄 수 있을 것이다. 대창과 장난감 총이라는 시어에서 분단의 아픔을 떠올리는 사건을 접할 수 있고, 아픈 상처와 뜨거운 피에서 동족의 아픔을 연상할 수 있다. 이런 점은 '눈치'와 '울타리'라는 제한적인 상황을 대입하면서 아픔의 원인이 '짤린 허리'에 최종 원인을 찾아내고 있어 비극의 제시가 더욱 명료해진다. 마치 '장난같은' 이념의 대립이 빚어놓은 상황으로부터 골목길의 평화는 피와 멍이라는 아픔을 소유하게 되었고 이런 이유가 오랜 시간동안 대립으로의 비극을 연장하는 이유가 될 수 없다는 이성적인 판단에서 통일의식을 깨우치는 시인의 생각이다.

3) 참과 시의식

시는 진솔한 정서를 포착하여 언어화하는 절차를 수행한다. 이런 현상은 꾸밈이 없는 천의무봉天衣無縫한 정서를 말할 때 순수라는 이름에 접근된다. 잔잔한 물과 같은 정서를 가질 때 사물의 모습은 참을 획득하게 된다. 이를 관조라는 말로 비유할 수 있을 때 시를 생각하는 마음과 같아질 것이다.

물은
그 성품이 맑아
제 색깔이 없으되
깊으면 깊을수록
하늘을 닮아 질푸르다.
우리도 그렇게
살아가는 것이 아닐거나

—「물」

물은 바람이 스쳐가지 않을 때 실상을 보여주는 아름다움을 연출한다. 노자의 물의 비유— 제 본성을 유지할 수 있을 때 울림을 주는 교훈— 끊임없는 수양과 구도의 일념을 가지면서 깨달음의 경지를 갖는 것은 스스로 나타나는 본성을 찾아야만 한다. 시를 쓰는 것과 종교가 다름이 아니라는 일치성은 바로 자기를 닦아서 새로운 경지—감동을 잉태하는 점에서 동일하다. 물이 '제 색깔이 없으되'는 검은 바탕에는 검게 나타나고, 반대로 흰색의 바탕에는 하얗게 나타나는 순수를 지속하는 것은 자기수양의 반응일 것이기 때문에 본성을 찾는다는 것은 깨달음을 얻는 수순이 될 것이다.

하늘을 이고 사는 사람들은
파아란 하늘을 이고 사는 사람들은
파아란 하늘이 된다

—「하늘을 이고 사는 사람들」에서

6연중 1연을 옮겼지만 그 형태는 동일한 표현미를 갖고 있다. 동화同化와 일체화에서 진여의 실상을 느끼게 한다. 회색하늘에서는 회색이 되는 이치—近朱必赤이고 近墨必淄의 이치를 실현하는 것은 사물의 본성을 어떻게 지속하는가에 따라 형태를 달리한다. 여기서 파란 하늘을 닮으려는 자발심을 유지할 때, 순수를 방문하는 아름다움의 경지를 만나게되는 결과에 이를 수 있다는 이치— 시는 이 같은 이치의 마음을 반영하는 풍경화의 제작이다. 만물제동萬物齊同의 장자를 언급할 필요도 없이 거울의 심성을 갖는데서 시의 이름은 방황을 멈추고 아름다움의 자태로 정착하게 되는 이유가 있기 때문이다.

가을은
언어표현의 계절이라기보다
소리표현의 계절이라고 하기에

아주 좋은
그래서
가을은
크래식을 듣고
시가 익는
은행잎 같은 삶이 있다

—「크래식을 듣는 가을」에서

시각과 청각을 동원하여 순수의 마음을 포착하는 지혜를 발견하는 마음이다. 언어와 소리가 색채로 표출되는 심성을 발견하기 때문에 가을의 투명성이 한층 고양高揚된 클래식의 선율이 노란 은행잎으로 환치하는 결과를 제시하면서 품위의 고담枯淡성을 갖는다. 시와 삶의 방도가 궁극에 있어 다름이 없는 것은 어떻게 살아야 하는가에서 투명과 순수로 집약될 때 가을 하늘의 비유는 적절성을 갖게 된다.

3. 나가는 길찾기

한사람의 시인에게서는 그만의 세계를 접하기 때문에 공간과 시간을 부여하는 철학은 만나게 된다. 물론 지리한 설득의 담론이 아니라 여백을 남기면서. 때로는 침묵의 무게를 가지고 가슴을 울리는 한가지 표정의 제시일 수도 있고, 시어 한 구절에서 폐부를 자극하는 감동의 소리일 수도 있다, 시는 자유정신을 부추기는 에너지를 갖고있고 또 엄격한 제한의 절제성을 갖는 이중적인 한계를 극복하는 언어의 자극에서 감동의 흐름은 나올 수 있기 때문에 무한의 기다림과 인내 그리고 구도의 엄숙성이 남게 된다.

특기할 것은 절대명제의 인간관이 아니라 인간 속에 종교를 의식하는 것이 로담이 시를 쓰는 이유가 되는 점이다. 그만큼 인간적인 언어와 감수성이 주류를 이루었다는 뜻이다.

로담의 시는 인간관계의 수평적인 처리가 아니라 오히려 따로 떨어진 고독의 호소가 많은 함량을 갖는 언어들이다. 때로는 튀는 것 같은 의외성으로 독자를 자극하는 면도 있고, 푸른 하늘을 배경을 깔고 침잠沈潛으로의 명상을 인도하는 손길도 있다. 그러나 이런 현상은 모두 따뜻한 인간의 가슴을 찾아가는 길을 말하는 비유에서 낯설지 않는 친근미를 발견하게 된다.

시가 인간을 어루어주고 인도하는 임무에 최종목적은 둔다면 로담의 시는 인간의 땅에서 방황하는 미학을 실험하는 모습일 뿐만 아니라 시적 열정을 안으로 다스리는 냉철성이 언어의 관리자로 다가오는 인상의 시인이다. ◉

감수성의 숲 가꾸기 혹은 그리움의 방향

— 문복선의 시조

1. 들어가기

애당초 시조는 리듬唱 위주였지만 시대의 변화에 따라 의미찾기의 표현으로 시적 방향이 바뀌게 되었다. 이런 현상은 갈등을 내재하는 결과를 맞게 되었으며, 자유시와의 차별성을 어떻게 갖는가의 기교적인 고뇌를 숙제로 안게 되었다. 다시 말해서 시조가 시의 범주 속에서 특성을 어떻게 표현미로 압축할 수 있을 것인가에 따른 독자성의 문제는 곧 생존의 문제와 궤를 같이 할 수밖에 없다는 점이다. 자유시를 쓰는 시인보다 언어 압축의 기교와 에스프리의 언어운용에 뛰어나야 함을 요구하지만 이런 현상은 상당히 지난至難한 경우가 다반사일 것이다. 왜냐하면 현대라는 특성을 감안할 때, 시대변화의 징후가 700여 년을 이어온 시조의 성城을 쉽게 무너뜨릴 수도 있을 만큼 사이클이 빠르게 변모하고있으나, 여기에 대처하는 시조시인들의 의식은 여전히 고대의 틀을 벗어나지 못하는 안주의 땅에 머물고 있기 때문이다.

현대인은 쉽고, 빠르고, 찰나적인 속도감에서 과거회상보다는 미래를 지향하는 상상력을 요구하고있다. 대체로 시조의 경우 과거지향이고, 격식존중과, 일정한 리듬에 내용을 담으려는 엄격성—변화에 적응하는 속도가 자유시보다 느리다는 특성이다. 이런 조건을 극복하는 것은 시조의 미래와 연결 지을 때, 사회의 변화추세와 문학 전반의 변화에 맞추는 안목이 필요한 이유가 있게 된다. 미래의 문학은 장르의 구분이 없어지는 퓨전(fusion)의 문학—여기서 시조는 길항拮抗으로의 돌아보기와 앞을 향하는 길찾기가 아울러 있어야 할 것이다.

문복선의 시를 점검하는 앞자리에서 시조의 문제를 거론하는 것은—오늘의 시조가 직면한 정체성을 뚫고 나가는 방법론의 일환—문학도 생명체이기 때문에 환경의 변화에 적응하는 대비가 있어야만 살아남을 수 있기 때문이다.

두 번째 시조시집을 출간하는 문복선의 시에는 여느 시인들의 표정과는 다른 점에서 출발한다. 섬세한 감수성 그리고 고향의 정서와 어머니의 이미지 혹은 그리움의 대상을 결합하여 파스텔톤의 환상미를 자극하고 있기에 감동의 여백은 상당히 인상적인 효과를 나타낸다. 이는 표현 대상을 어떻게 바라보는가에 따른 시각의 확보가 남다르다는 증거가 될 것이다. 이제 그 표정을 작품 속에서 찾아 나설 계제階梯이다.

2. 사유의 얼굴들

1) 마당의 변증법

인간의 문화는 일정한 공간에서 인위적으로 이루어진다. 고대에 정치를 토의했고, 결정했던 agora거나 원형경기장인 콜로세움 등은 모두 의사소통과 흥분 혹은 일정한 의사를 집약하는 유일의 장소 —마당의 일종일 것이다. 다시 말해서 개인에서 집단으로의 의견개진과 결정 등으로 볼 때, 사회생활이 이루어지는 구체성의 공간으로 나타난다. 수 천년동안 인간의 생활은 이 같은 패턴을 벗어나서는 존재할 수 없는 공동체의 존재— 광장에서 이루어지는 룰에 따른 결정에서 예외 일수 없다는 사회적 존재이기 때문이다.

청산이 달려와서
두어 그루 나무 심고
그늘 밑 터를 골라
집을 짓고 우물 파고
인정을
모두 불러서
안팎 마당 다졌다

—「마당」

국어사전에 「마당」이라는 설명에는 '①건물에 붙이어 평평하게 닦아놓은 땅, ②어떠한 일이 벌어지고 있는 자리나 판. 장면'의 설명으로 볼 때, '닦아놓은'과 '어떠한 일이 벌어지고 있는'이 인위적으로 필요를 설정하고 만들었다는 점에서 삶의 필요에 따르는 공간으로 나타난다. 여기엔 변화가 있고 또 삶의 광장으로의 장면이 수시로 전환하게 된다. 마당은 사람이 사는 뜻을 나타내는 공간—삶의 터를 뜻한다. 아울러 자연으로의 상징성을 나타낼 때 —인위적인 자연— 애환과 증오 혹은 재미가 어울리는, 인간의 체취가 나타나는 점에서 삶의 일정 범주를 암시하는 상징성이다.

「마당」은 연작시조 10연 중 첫째 수는 삶의 광장으로 등장한다. 그 다음은 가난의 공간을 '머슴마냥 살았다'에서 아픔의 생을, 보리타작의 생산공간, 재기차기 놀이, 명절에 강강술래의 즐거움, 마당에 내리는 달, 늦가을 소작인의 농사소출에 따른 애환, 땅따먹기의 놀이, 마지막 열 번째엔 공존의 터로 친구와 더불어 꽃씨를 뿌리기를 원하는 시인의 마음이 파노라마로 연결되어 있는 작품이다.

절구통 뉘어놓고
후려치는 보리타작
도리깰랑 조심해라
콩알 하나 멀리 튈라
휘감아
허공을 꺾는 솜씨
강신 무당 눈빛일레

—「마당」

생산의 구체적 공간으로 마당은 인간의 삶에 절실성을 나타내는 암시가 '강신 무당 눈빛'으로의 예리한 시어에서 귀한 양식이 마당에서 생산되는 풍경을 보여준다. '절구통'과 '보리타작'이나 '도리깨질'의 노동에서 근검과 양식의 소중함이 드러나고 삶의 소중한 가치로 승화되는 공간이 마당에서 이루어진다. 이는 공동과 공존의 의미와 인간 체온이 존재로 형성되는 암시를 나타내는 터전을 뜻한다. 이곳에서 삶의 이름이 성장하고 또 자연의 아름다움—달이 오고 바람이 오고, 여름이면 모깃불에 인간의 정감이 나타나는 상징의 공간이 된다. 생산과 자연과 투쟁의 방법을 배우고 익히는 마당의 의미는 곧 인간의 생존을 위한 실험 무대이면서 실현의 공간이다. 시인은 여기서 인간의 의미를 찾기 위해 설정된 감수성을 드러낸다.

내 삶이 여기 있고
네 운명이 여기 있어

발바닥 피멍으로
황사 잡초 걷어내고
친구야
아픈 가슴에
한 줌 꽃씰 뿌리자.

—「마당」

시인은 그의 사상을 시로 말한다. 다시 말해서 시인이 시를 쓰는 이유는 자기의 생각을 나타내는 카타르시스와 그런 만족을 위해 문자로 사상을 피력한다. 물론 이를 실현하는 구체적인 목표를 설정하는 것이 문학은 아니다. 독자에게 감동으로 자극을 주는 힘이면 목표를 달성할 수 있기 때문이다.

「마당」은 문복선의 인간 품성을 나타내는 일단의 상징공간일 뿐만 아니라, 인간의 존재가 어떻게 실현될 수 있는 가를 보여주는 장소— '내 삶과 네 삶'의 이름이 있고 투쟁과 공존의 이름이 존재하는 곳에 '친구야'의 호격을 동원하여 시인의 소망을 '아픈 가슴에 /한 줌 꽃씨를 뿌리자'의 청유형으로 공생을 강조한다.

문복선 시인의 시작詩作 문법은 항상 어둠에서 희망, 불행에서 행복을 추구하는 정신의 에너지 때문에 긍정적인 귀결에 안도감을 주는 시의 마무리이다.

2) 고향으로의 정서

고향은 어머니의 이미지를 형성하고 원초적인 사랑 이름에 맞닿는 정서의 명칭이다. 인간이 태어난 수구초심首邱初心의 방향이면서 마지막으로 닿게 되는 이름이기 때문에 친근감과 사랑의 따스함이 저장된 곳으로 여긴다. 이는 나이를 불문하고 같은 이미지를 형성하기 때문에 원형原型의 이름을 갖게 될 수 있다. 문복선의 많은 시들이 이같은 고향의 정서가 출몰하고 있음은 그의 삶과 시와 연결점을 갖는 이유를 내장하고 있다. 「3월, 그 고향」을 위시해서 「하얀 만남」, 「四季, 그리운 고향 노래」, 「미루나무」, 「담장밑 아이들」, 「江心」, 「등나무 아래서」 등의 시에 고향정서가 주조를 이루고있을 뿐만 아니라 「성산 일출봉에 올라」나 「황지」 등도 비유적인 이미지를 구사하여 어머니와 고향의 일체성을 강조하고 있는 작품들이다. 이런 현상은 다감성과 자애로움 혹은 내성적인 특성으로 연결할 수도 있고 한편으로는 유약한 광장기피증의 심리적인 현상으로도 분류할 수 있을 것이다.

물살이듯 울타리 밑을
돌아 흐르는 실개천

봄 꿩의 푸른 목청이
물소리를 흔들면은

되울림
묻어 오는 봄은
진달래로 불탄다

— 「사계, 그리운 고향」

봄의 이미지가 변형의 정서로 나타났다. 다시 말해서 '실개천'의 시각적인 면이 중장에서는 '푸른 목청'이 물소리를 흔드는 동적動的 이미지를 나타내고 다시 종장에서 소리가 꽃으로 변형한다. 이런 기교는 감각적인 호소력을 가질 뿐만 아니라 살아 생동감을 주는 탄력적인 이미지로 작용하고 있어 능동적인 감각을 전달한다.

시는 무생물에 생명을 주고 다시 움직임을 연상시킬 때, 물활적인 실감을 자아내면서 시의 표정에 생명감을 부여하게 된다. 이런 기교적인 언어의 운용은 문복선의 내면에서 나오는 자발적인 에너지의 이름으로 보인다. 시인은 이런 에너지를 내장한 사람이기 때문에 영감으로 나오는 길을 능숙하게 표현미로 포착할 때, 이를 미감美感으로 포장하는 것은 시인의 재능으로 숙제를 삼는다.

문복선의 시에 고향의 정서는 유동성을 갖고 있는 점이 유다른 특징이다. 다시 말해서 고향의 정서가 강물과 만나 시인의 의식을 옮기는 역할을 한다. 「강심」이나 「하얀 만남」, 「바닷가 소요」,「등나무 아래서」 등은 이런 특징을 내장하고 있다. 물론 노래라거나 향기 등의 이동移動성 이미지로 고향의 정서와 어울리는 것은 시인에게 현실의 외로움이나 내성적인 성품을 벗어나는 길찾기의 의미일 수도 있을 것이라는 또다른 생각이다.

가슴이 굳어질 땐 강가를 찾아간다
한 번쯤 역류로 반란을 일으킬 만도 한데
강물은 가슴을 열고
아래로만 흐른다.

때묻은 옷을 벗고 물 속을 응시한다
뭐 그리 급할 건가 고향처럼 흐르는 강
꼬리 쳐 달라붙는 모습
송사리 떼가 귀엽다.

쉰내 나는 내 마음을 모래알에 문지른다
설익은 사념들이 조각조각 떨어지면
강물은 모정의 손길로
나를 크게 감는다

— 「강심(江心)」

아마도 문복선 고향의 정서를, 그리고 심리적인 기저基底를 가장 적절하게 표현한 느낌을 준다. 우선 성품에서 내향적인 인상 때문에 안정과 사랑의 감정을 고향에서 위로 받을 수 있는 선택의 이유—'가슴이 굳어질 때'라는 상징의 핵을 말하고, '송사리 떼'가 달라붙는 푸른 생각의 추억과 거친 현실을 뜻하는 '쉰 내 나는 내 마음'에서 위안을 찾을 수 있는 공간은 고향—'모정의 손길로'에서, 시인이 고향으로 고개를 돌리는 이유가 명료해진다. 이런 특성은 노자가 말한 '上善若水'의 말이 적당할 것 같다. 이는 겸손과 순리를 뜻하는 삶의 방도를 의미하기 때문이다. 결국 강의 마음은 거스름이 없이 아래로 흐르는 본질이면서 고향으로의 목적지—거긴 추억과 사랑과 아름다움의 자연이 환상적으로 열려있는 공간—모정의 따스함으로 현실의 위안을 받을 수 있는 상징에 이어진다.

언제나 등나무는
고향같이 다가선다

연보랏빛 꿈의 향연
꽃 등들이 켜질 때면

잡힐 듯
회롱하는 바람
그 향기가 저리다.

한 발짝 웃음으로
꽃잎 아래 다가서면

바람은 품속으로
사랑처럼 젖어들고

답답한 세월의 응혈이
네 몸짓에 녹는다.

—「등나무 아래서」

한 작품을 더 인용할 수밖에 없는 이유, 고향의 이미지가 환유換喩적인 비유로 상승하는 변형을 하고있기 때문이다. '나무'라는 중심은 고향의 변함없는 의미를 공유한다. 여기서 다시 '보랏빛'의 꽃으로 정서가 바뀌면서 아름다움과 손을 잡은 고향이 하나의 공간 속에 들어갈 수 있게 된다. 보라색의 등나무는 또다시 향기로 상승—지상의 이미지에서 천상의 이미지로 변하는 것은 고귀함을 연결하는 메신저의 역할에 '바람'으로 상징을 구성하기 때문이다. 물론 향기는 '사랑처럼 젖어들고'라는 사랑의 이미지와 나무(고향)가 하나의 이미지로 일체화할 때, 고귀함의 뜻을 갖게 되는 문법은 절차상의 문제가 될 뿐이다. 그만큼 혀용의 범주가 넓다는 이유가 내재한다.

3) 어머니와 물

심성이 강한 사람이나 약한 사람을 막론하고 어머니에 이르면 눈물이 난다. 눈물의 의미는 순수요, 사랑이라는 함량을 뜻하는 이유가 우선일 것이다. 「사모곡」, 「장마비」, 「당신의 가슴에 전화를 달아놓고」, 「그리움」, 「성산 일출봉에 올라」, 「황지」 등의 시는 어머니의 이미지를 시화詩化한 작품들이다. 이는 시인의 내면에 저장된 심리적인 지향志向점이 언어로 나타나는 흔적(trauma)을 의미하기 때문에 시인의 정서를 꼬집을 수 있는 가장 정확한 진단의 근거가 된다. 물론 악착한 현실을 능숙하게 살아가는 전사戰士의 인간이기보다는 정이 많은 사람이거나 외로움에 젖은 혹은 선한 좌표에 젖은 사람의 경우 어머니와 고향은 도피와 위안의 방편이 될 수 있는 근거를 제공하는 공간이 될 수도 있을 것이다.

부르기가 죄스러워
목소리를 낮춥니다.
'어머니' 한마디가
문풍지로 떨리는데
화롯가
깊은 겨울밤이 더욱 따스합니다.

이 세상 어떤 삶이
그렇게도 아름다우리까
어느 가슴 그리 넓어
많은 단비 내리리까
어머니,
햇빛 따슨 봄
꽃으로만 사소서.

—「사모곡」

연작 5연 중 1연과 5연을 옮겼다. 마치 위당 정인보의 「자모사」를 연상한다. 사랑의 진원지로서의 어머니는 확실히 약하고, 여리고, 또 섬세하고—이 세상을 지배할 수 있는 파워는 어디에도 없을 것이다. 그러나 어머니의 힘은 사랑과 부드러움이 강함을 자극하는 에너지라는 데 이론이 없을 것이라면 '그렇게도'라는 비교를 구사하여 아름다움을 강조하는 이유는 시인뿐만 아니라 모든 인간에게 공통으로 느끼는 심사—인간은 보다 강력하기를 위장하는 풍선 속에 있기를 원하는 속성 때문에 그렇다. 사랑의 힘은 부드러움이고 아늑함이기 때문에 위안과 안식을 받을 수 있는 공간이 어머니의 이미지에 닿게 된다.

'문풍지로 떨리는' 현실을 감싸는 것은 '화롯가' 즉 어머니에 의해 겨울 밤이 '따스합니다'의 안식을 얻을 수 있는 이유를 발견한다. 이런 징후는 아름다움이거나 넓은 가슴 혹은 따스한 봄 이미지이거나 '꽃으로만' 이라는 한정사를 받으면서 화려한 꽃으로의 독립된 영역을 확보하게 된다. 마치 샘물이 어떤 원천으로 출발하는 것처럼 어머니에 대한 각인은 항상 스미듯 다가오는 고귀한 사랑으로 요약된다. 강물이거나 바다 혹은 물은 이런 어머니의 사랑을 가져오는 매개자의 역할을 적절히 수행하는 상징성이다.

무겁거든 마음 덜어
내 가슴에 걸어다오
휘도는 강물 따라
꽃잎으로 흐르다가
지치면
별빛 젖는 밤 쉬었다가 건너자.

떠남일랑 생각 말자
너와 나는 만남이다 강물도 돌아올라
이슬로 영글듯이
그리움
마주 서면은 언제나 만남이다.

오만한 불덩이로
절룩이던 그 허상들
되돌아 이 아침을
강물로 마주 앉아
어릴 적
둑길을 달리던 하얀 얼굴을 만나자.

— 「강물로 마주 앉아」

물은 길을 가는 속성을 갖고있고, 스미면서 하나로 동일화하는 동화同化의 울타리를 만든다. '강물'이 변형의 절차를 지나 '꽃잎'으로 화려한 변화를 만들 때, 환상미를, 꽃이 다시 '별'로 상승하면서 빛을 잉태한다. 아울러 빛이 모든 사람에게 꿈을 주면서 그리움으로 인간의 가슴에 다가올 때, 미지의 대상과의 '만남'을 이루게된다. 이런 만남은 '아침'을 맞아 '강물'의 신선함에 파문을 이루면서 상쾌한 아침을 만나고, 다시 어린 날 추억과의 조우遭遇에서 '하얀 얼굴'의 소박한 추상追想과 연결된다.

문복선의 시에 하얀 색채는 추억을 자극하는 순수한 색채의 의미로 많이 등장한다. 「장마 비」, 「바닷가 소요」, 「거제도 해금강」, 「밤바다」, 「강심」, 「서해낙조」, 「개펄」, 「강물로 마주앉아」 등의 시에 물이나 바다의 출현은 시인의 시적 의도를 성취하는 길 만드는 역할을 다한다는 뜻이다.

4) 삶 혹은 그리움

인간이 살아가는 길엔 넘어야할 언덕이 많고, 이런 일은 항상 눈물과 아픔 혹은 고독을 지니면서 살게 된다. 위장과 낯설게 하기라는 기교적인 생활을 할지라도 본질에 이르면 서글픈 고독의 그림자와 마주서는 것이 삶의 이름일 것이다. 결국 허무라는 이름 속에서 결코 자유로울 수 없는 것이 사는 일의 무게라 말한다. 아비규환과 아수라의 장場은 삶의 무상 혹은 허무의 옷을 벗을 수 없는 낯선 방황과 어울려야 할 때, 무게를 견디는 신념이 필요하게 된다.

찾은 것 하나 없어
내 가슴은 갈등이고

서 있는 곳 어딘지 몰라
마음은 바람 끝 쪽

나그네
봇짐도 없이
어디쯤 가고 있나.

—「질곡」

사는 일이 차꼬와 수갑을 찬 것처럼 자유롭지 못한 처지를 벗어나는 방법이 있을까? 묶이어 있고 제한과 결박에 따른 아틀라스의 무게를 감내할 수밖에 달리 길이 없는 운명을 순례해야만 하는 생이다. 마치 모래를 손에 쥐면 허무가 남는 것 같은 삶에 '어디쯤'은 허무를 수반하게 될 수밖에 없다. 무언가 있을 것 같은 젊은 날이 지나면 허무는 당연한 미소로 다가올 것이기 때문에 삶의 성숙은 여기서 문을 열게 된다.

서로 체온을 나누는 어울림은 장바닥에서 흥을 돋굴 수 있을 것이다.

값싼 맛에 치수 다른
고무신짝 꾸겨 넣고

돼지새끼 몇 마리에도
혼수홍정 턱이 없네

비단 전(廛)
첫 거래에는
외상 트고 친구 되고.

—「장날」

인간은 고독을 두려워하고 서로가 체온을 나누기 위해 또 다른 공간으로 통하는 길에서 방황한다면 장날은 이런 목적을 합치시켜주는 광장이다. 생활의 편리를 교환하기 위해 고무신짝이나 돼지새끼를 흥정하는 일이나, 비단을 사는 일 등은 생활의 현장이 구체화되는 장면이다. 키를 낮추면서 살아가는 방법을 배우는 곳이고 또 자기를 공동의 광장에 내어놓음으로써 자기를 터득하는 지혜의 수순을 배우는 곳이다. '친구 되고'는 인간의 교감이 순수하게 이루어지는 이름으로 대신하는 공간일 것이다.

> 순대 할미 깊은 주름
> 한 세월을 구겨 넣고
>
> 얼룩진 옷자락 속
> 먼지를 떠는 황혼
>
> 구겨진
> 지폐 한 장이
> 넝마처럼 날린다.
>
> —「남대문 시장」

장場이 도시의 시장으로 바뀌고, 다시 백화점 또는 할인마트 등으로 변했어도 인간의 필요를 충족하는 공간으로의 임무는 같을 것이다. 물론 남대문 시장이 도회적인 뉘앙스를 나타낸다면 장은 시골의 순수함을 인식하는 느낌을 갖는다. 어떻든 인간의 체온을 교감하는 점에서 '순대'와 '깊은 주름'은 삶의 아픔을 떠올리고, 구겨진 지폐의 의미는 고달픔을 부추기는 상징의 이름으로 들어간다. 「게시판」이나 「남대문시장」 혹은 「개펄」, 「질곡」 등은 이런 삶의 애환의 흔적을 남기는 시詩들이다.

그리움은 순수할 때, 유난히 빛을 내는 추상의 이름이다. 아울러 그리움은 사랑의 아름다움을 자극하는 점에서—물론 이성적인 의미가 아닌—꿈으로 길을 인도하는 속성을 갖는다.

> 누군가 내 영혼을 흔드는 소리 있어
> 바람인가 대숲인가
> 맨발로 나가 보니
> 바다가
> 깊은 밤길을
> 혼자서 걸어온다.
>
> 어제 그제 설운 세월 빗질하여 무엇하랴
> 길 잃은 그림자들
> 갈증으로 떠는 이 밤
> 너와 난
> 머언 그리움을
> 마주 보고 걸어가자.
>
> —「밤바다」

양주동은 "말과 상이 다 좋아도 요는 토에 달렸느니"라는 말로 시조의 어미처리가 중요하다는 말을 했다. 이는 여백을 어떻게 남기는가의 문제를 거론하는 일이라면 문시인의 어미처리는 다소 어긋난 일 특히 마침표를 처리하는 일—시는 쉼표나 마침표 혹은 띄어쓰기조차 의미를 증폭하는 총체적인 의미의 종합이라야 한다면 숙고할 여지가 있을 것이다.

밤바다가 시인의 그리움을 이동하는 매체로 작용한다. 서러운 세월과 밤은 그리움을 부추기는 요인으로 작용하고 또 삶의 에너지를 충전하는 이름으로 환치換置될 때, 삶의 원형은 보다 충실한 자기찾기의 영역으로 귀환—'그리움의 불을 켜고, 마주보고 걸어가자'의 청유형은 신념을 강조하는 효과로 마침표는 당당할 수 있기 때문이다.

5) 문명 그리고 아픔

자연스럽다는 뜻에서 자연은 인간의 손이 묻지 않는 '그대로'의 가감없는 상태를 지향한다. 그러나 인간의 편리를 위해 「있는 그대로」는 점차 변하는 상태로 나타날 때, 문명 파괴의 문제는 결국 인간에게 치명적인 아픔으로 다가온다.

서양 문화는 이런 현상—인간의 편리를 앞세워 자연을 정복으로 바라보는 문제가 오늘의 문명피해를 걱정하는 본질이 되었다. 동양의 생명관은 자연과 인간이 어떻게 하나가 될 수 있는 가에 있었고, 서양은 인간을 위해 자연을 대상으로 바라보는 데서 차이가 있다. 서양의 기독교는 이런 문제 "내 앞에 다른 신을 둘 수 없는" 절대의 신념이 수많은 전쟁의 역사로 점철되었기 때문이다. 인간만의 편리를 위해 길을 곧게 내는 것이 고속도로이지만 생명체의 단절은 필연적인 일이 된다. 그러나 동양 사회의 길은 물이 흐르는 데로 구불구불—자연위주의 사상이다.

그 화가는 잿빛으로만
도시를 그린단다
붓 대신 손가락으로
짓뭉개 칠한단다
빠알간
촛불 하나도 잿빛으로 켜놓고.

함박눈은 잿빛 공간
생명 잃어 정지되고
공간을 건너가던
시간도 잿빛이다

어느 때
보랏빛 사랑 손끝에서 터질까.

—「잿빛 그림」

보랏빛이 희망이라면 잿빛은 죽음의 의미를 나타낸다. 이는 도시의 이름에서 얻은 문명의 그늘이면서 절망을 상징한다. 모든 사물이 잿빛으로 가득할 때, 인간의 눈이 푸른 하늘을 향하는 이치 —푸른 색채는 구원을 의미한다. 결국 보랏빛과 사랑의 이름은 순수와 희망으로 돌아가기 위해 불을 켜는— 자각증상을 호소하는 이름일 것이다.

긴 띠가 요동하니
큰 놈이 분명하다
좋아라 낚아채나
썩은 비늘 춤을 춘다
요새는 녹슨 바늘에
허상들만 꿰인다

—「한강 낚시꾼」

'허상'의 시어는 「도봉을 오르며」에서도 나온다. 이는 결국 순수를 훼손한 원인에서 나오는 현상이기 때문에 치유의 방도는 결국 「있는 그대로」 귀환하는 일이다. "언젠가 그 향기는/매립장에 끌려가고/오만한 회색 집들/굳게 닫힌 유리창문/그 언덕/구석진 그늘엔/꽃잎 하나 없구나" 「춘삼월 물오르면」처럼 삭막과 절망이 현대인의 가슴을 채울 때, 아픔은 부메랑이 되어 편리를 잠식하게 된다는 뜻이다.

3. 에필로그

시조는 형식을 중시하는 점에서도 전통의 이름으로 돌아간다. 그러나 내용에서는 자유정신을 시현示顯하는 특성을 갖고있기 때문에 때로 변화를 수용하는 과감성이 필요한 것도 있다. 물론 전통은 새로운 기류에 도전을 받을 수밖에 없는 운명에서 발전의 빌미가 있기 마련이다. 두려움이 없는 길항의 자세가 시조에 필요한 덕목이 될 때, 시조의 정서는 현대의 호흡을 조화롭게 휘저어야 한다는 숙명을 안고있다.

문복선의 시에는 바람과 강물이 시인의 의식을 이동하는 메신저의 역할을 한다. 바람과 물(바다)이 시인의 정서를 결합하는 기능과 이동하는 역할을 원활히 수행할 때 시의 표정은 환한 모습을 보이게 된다. 이 메신저의 역할에 의해 고향을 찾아갈 수 있는 모티브를 제공하면서 따스함과 안락安樂을 위한 공간으로 이동하려는 특색을 공유한다. 그러나 그 거리는 항상 닿을 수 없어 안타까움으로 나타나는 정서가 주조를 이루고있다.

어머니의 이름에서 편안함과 사랑을 추억하는 일면 삶의 원형으로의 작용을 나타낸다. 이는 고달픔과 아픔을 넘을 수 있는 동력動力을 가진 인자因子가 될 때, 어머니는 과거지향의 상징이 아니라 내일로 에너지를 충전하는 모태가 되는 것 같다.

삶을 바라보는 이름은 그의 성품에서 나타난 것처럼 평범하고 따뜻한 체온을 그리워하는 형태가 장이나 마당 혹은 남대문시장 같은 서민적인 상징성으로 드러난다. 넓거나 웅장하거나 번쩍거리는 것이 아닌, 평범이라는 시어에서 인간의 가슴을 편안하게 하는 불빛을 만나는 의미에 충실할 수 있게 된다면, 문복선의 시에는 그런 공간으로 향하는 고담枯淡하고 따스한 고독에 눈을 맞춘, 개성의 시인으로 다가온다. ◉

희망을 위한 의식의 강

— 문창길의 시

1. 시의 신 앞에서

시는 일상적인 생활에서보다는 오히려 집중—접신接神의 상황에서 시의 이름을 태동시킨다. 그 경지에 빠지는 것은 시인이 시를 만나는 것과 다름이 없을 것이다. 가령 poem이 '만들다' '행하다'의 뜻과 Possessed 즉 '미친' '홀린'의 의미를 포괄한다는 점에서 신비한 혹은 집중된 정신상태 속에서 시의 이름이 나타나는 것 같다. 시인은 여느 사람들과는 다른 감수성의 촉수를 갖고 있기 때문이다. 물론 시인과 범인과의 차이를 어떻게 확인하는가는 과학적 증명의 방도가 없지만 시인은 일상을 뛰어넘는 정서를 포착하는 뛰어난 감수성을 갖고 시를 창조하는 능력을 가졌다. 이런 능력은 천성일까 아니면 훈련인가는 둘을 혼합하는 형평성에서 대답을 삼아야 할 것 같다. 천성에 끝없는 호출의 노력이 없다면 아무런 능력을 발휘할 수 없을 뿐만 아니라, 예술적인 감성이 없는 사람에게 훈련만으로는 —돌 많은 묵정 밭에서는 노력에 비해 소득의 효과를 기대할 수는 없을 것이기 때문이다.

무당이 신을 불러오는 것이나 시인이 시를 불러오는 통로는 같다. 이는 앞에서 언급한 집중의 Ecstasy라는 경지를 어떻게 접하는가에 있기 때문이다. 여기서 시의 신을 만날 수 있고 또 존재물로써 시를 생산하는 결과를 만나게 된다. 물론 어떤 생산품을 만드는가는 시인의 속성 혹은 시인의 품성에 따라 다르게 생산물을 만들게 된다. 농산물도 농부의 애정과 노력에 따라 그 결과는 다른 상품을 생산하기 때문이다. 시도 이 같은 자연의 원리와 다름이 없다는 사실이다.

문창길 시인—그의 첫 번째 시집을 읽으면 앞에서 시를 생산하는 성품에 천성적인 느낌을 갖게 한다. 물론 시를 만드는 재료—이른바 서정시보다는 오히려 현실적인 감각이 많은 편—이는 그가 경험한 세계의 표출이 현실에 많은 함량을 내포하는데서 시의 얼굴을 만들고 있다. 다시 말해서 가난에서 다가오는 생의 아픔과 슬픔의 눈에 보이는 현상으로 혹독한 겨울 의식이 지배적이라는 현상이다. 또한 그의 시작 문법은 절망에서 희망을 찾아 출구를 마련하는 데서 건강하다. 이는 꿈을 찾아가는 일이고 삶의 건설적인 의도를 시에 부여하는 사상의 표현이라는 뜻과 같은 의미이다.

2. 정서의 얼굴들

1) 거울 갖기

나르시스의 슬픔은 자기를 아는데서 출발한다. 맹목의 노예일 경우보다 지혜롭게 자기를 바라보는 것은 건강한 삶의 단초端初가 될 수 있다면, 자기를 바라보는 거울은 생의 목표 혹은 존재를 이어가는 인도적인 의미를 갖는다. 자기 거울은 오로지 자기 스스로가 만들어야 한다는 점에서는 도덕적인 의미를 갖는다. 그러나 이는 삶에 자기 방편의 도구라는 뜻이 어울릴 것이다. 도덕은 때로 선택적인 길을 가는 것과 같기 때문이다.

> 인간은 자기 눈으로 자신의 얼굴을 볼 수 없듯 역시 나도 내 모습을 선명하게 그려내는데는 서투른 것 같다. 맑은 거울이 있어야 한다는 얘기 일 것이다.
>
> 사실 우리는 각자의 정체성을 확인하기 위해 많은 사람들의 삶과 사물이 존재한다. 동시대를 함께 호흡하고, 서로에게 삶의 가치를 깨닫게 해주는 이웃들이 그래서 소중하게 여겨진다
>
> — 「자서」에서

자기 거울을 갖고있다는 것은 스스로의 사상을 확립할 수 있는 여지를 마련했다는 말과 같을 것이다. 거울은 미와 추 혹은 옳은 것과 그른 것을 판별하는 기준자基準尺로서의 역할을 감당하기 때문이고 이런 장치를 마련하는 것은 자기 보존의 방법이다. 문시인이 자기를 바라보는 모습에 겸손의 거울을 가지려는 것은 자기 수양 혹은 자기단련의 태도로 보인다. 시적인 장치는 결국 자기를 어떻게 표현 대상과 일치하는가의 여부에 있기에 거울에 비치는 자기는 이내 독자와 함께 공유하기 때문에 키를 낮추는 겸손의 모습은 생의 성숙이라는 말과 함께 하게 된다. 이런 태도는 정체성을 확인하는, 사회공동체로서의 예의이자 서로의 체온에 온기를 전달하려는 휴머니즘의 목적지에 이르게된다.

예술은 휴머니즘의 실현에 최종 목적지를 둔다. 이는 서로의 공존에 메시지를 전달하면서 사랑으로 위호衛護하려는 발상일 수밖에 없다. 인간은 홀로 독자적인 영역에서 타인과의 교접交接을 나눔으로써 생의 의미를 획득할 수 있기 때문이다.

> 한 발자욱씩 야웅거리는 사랑이 가까워지고 어둡고 거칠은 유배의 세상이 두렵다 먹다 만 라면 몇 가닥만이 몇 구절 거짓 시처럼 불어터져 한가하게 널브러진 구석방에서 얼룩처럼 적힌 거울 속의 내 이름을 지운다
>
> —「거울 속의 나」에서

시인은 세상에 익숙하지 못한 두려움과 또 세상과 맞서려는 의식이 약하다. 이는 거울 속에 안존하려는 발상과 사랑을 획득하려는 저항의식이 아닌—따스함을 그리워하는 마음이 거울 속에 들어있다. 물론 이를 감추고 위장하기보다 —이는 시적 장치로 그렇게 다가온다. 다시 말해서 거울 속에 '내 이름'과 '불어터진 라면'의 상관은 곧 시인의 현실을 우회하는 표현이기 때문이다.

문창길의 거울은 공존의 영역으로 설정되었고, 여기서 사랑과 따스한 인간의 광장을 염원하는 생각을 가지면서도 그 구체적인 각론에서는 '세상이 두렵다'와 '불어터진 라면'과 '내 이름을 지운다'의 이미지가 결합하여 아픔으로 바라보는 세상의 풍경을 보여준다.

2) 희망의 문법

불가佛家에서 삶을 일러 고해苦海라는 말로 불리는 것은 침통할 정도로 적확的確한 말이다. 왜냐하면 존재 그 자체에서 양지와 음지 혹은 기쁨과 슬픔의 갈래는 만들어지기 때문이다. 그렇다면 아픔이나 절망에서 희망의 노래를 부르는 것이 예술의 본령이기 때문에 희망으로 길을 인도하는 것은 시인의 임무가 될 수밖에 없다. 문창길은 이런 시의 문법文法을 가지고 시의 숲을 만들려 한다. 인용으로 예를 삼는다.

어두울수록 더욱 살아나는 사랑으로
빈 거리를 지키는 나는 누구일까?
푸후훗……
가벼운 헛 웃음 사이로
낮게 엎드려 꿈꾸는 발그림자를 본다.
머얼리서 구겨진 석간을 밀치며 다가서는
5월 바람
실옷 하나 걸치지 않은
내 하반신을 빠져 나간다.
픗후후……
사회면 공고란 밑에선 아직,
별처럼, 꿈처럼
반라의 미녀 모델 하나가
지나온 일상처럼 환영에 젖어 있다.
아 이 요염한 정욕의 밤
희망의 꼿꼿한 등뼈 하나 세우리라.

— 「가로등」

시인의 의식은 곧 시의 표현으로 환치換置되고, 이는 시인과 표현이 분리되는 것이 아니라 완전하게 결합된 의식의 통합을 이루었을 때, 시적 감동을 이룩할 수 있게 된다. 어둠을 밝히는 가로등의 상징은 곧 문시인의 의식을 지배하는 소망이자 세상을 지키려는 희망을 나타낸다. 그러나 그 소망의 염원은 모순과 불안으로 점철된 상황을 바라보아야 하기 때문에 의지를 발동하게 된다. 인간의 의지는 불안과 모순에서 오기傲氣를 나타내는 일이 시작되기 때문이다. 이는 '어두울수록 더욱 살아나는 사랑으로'에서 어둠에서 사랑의 빛이 만들어지는 이치에 이른다. 그리고 빈 거리 즉 사회의 어둠을 밝히는 역할이 주어진다. 이런 가로등의 이미지는 곧 시인이 살아 소망으로 설정된 이념의 이름일 것이다. 이 같은 신념은 '희망의 꼿꼿한 등뼈 하나 세우리라'의 미래형으로 시인의 정신을 암시한다. 「삼양동 사람들」이나 「밝은이」 또는 「신용협동조합 건물이 있는 풍경」 「저 희미한 불빛 아니면 희망」 등의 구조는 모두 절망에서 희망의 불빛을 만나는 시들이다.

> 어둔 하늘 한 쪽엔 유난히 반짝거리는
> 이름 모를 별들이 있습니다.
> 허기진 삶만큼
> 더욱 사랑으로 채워질 수 있는
> 가슴들을 부비며
> 서로의 살맛을 나누는
> 사람들이 있습니다.
> … 중략…
> 흔들거리는 전대주머니 속에서
> 희망은 늘 그렇게 담겨있습니다
> 태산을 오르고 또 오르면 못 오를 리 없듯
> 삼양동 사람들의 거친 꿈도 마냥
> 선연한 꽃으로 피어 오릅니다.
>
> — 「삼양동 사람들」에서

삼양동 달동네의 느낌이 가난과 결부되고 이런 이미지에서 고통과 삶의 애환이 잠겨있는 자잘한 풍경화가 펼쳐진다. 그러나 문창길의 시적 공식은 아픔에서 희망이라는 안도감을 보여주는 그림이다. 물론 서민들의 애환과 절망이 밑바닥으로 흐르지만 거기엔 내일을 찾아가는 길이 보이고 그런 음성들이 꿈을 생성生成하는 정서가 있다. '배추장사 김씨' 그리고 '연탄장수 석씨' '생선장수 연희엄마'나 '딸 기물이 든 송 씨' 아주머니 등은 가난할지라도 내일을 위한 삶의 호흡이 '흔들거리는 전대 주머니 속에/희망은 늘 그렇게 담겨있습니다'와 같은 탈출로가 있기에 인간의 체온이 교감을 나눌 수 있게 된다. 이는 가난에 허리 굽히지 않는 인간의 건강한 모습이고 절망과 아픔을 꿈으로 바꾸는 사람들의 아름다운 전설인 셈이다. 문창길은 인간의 이야기를 풀어내는 현실공간의 재료를 빛나는 이야기로 건져 올리는 재능을 보이는 인식이다. 부모 고생은 아이의 희망으로 이어지는 「밝은이」나 청소부 이씨나 신문팔이 여중생 숙이나, 대림상회 황노인 등은 신용협동조합의 건물주변에서 가난의 아픔을 땀으로 바꾸는 희망의 예언이 곧 시인의 생활신조를 나타내는 풍경화로 보인다.

3) 모순의 풍경화

모순이란 인간이 존재하는 곳에 항상 점령군처럼 다가온다. 인간에게 공평한 행복을 전달하는 사상은 인류역사에 결코 존재할 수 없기 때문이다. 역사는 모순의 상황과 대결에서 인간의 역사를 만들어 오는 계기성일 것이다.

문창길의 시선은 이런 모순에 대한 항거의 의미가 담겨있다. 물론 이를 타개하기 위한 구체적인 행동의 암시는 없다. 시는 행동지침을 내리는 교과서가 아니고 현실을 보여주는(Showing)것으로 만족하는 그림이기 때문에 흠이 되지 않는다. 그 그림에 감동을 받는 독자도 있고 또 관심이 전혀 없는 사람도 있을 수 있다. 만약 일률적으로 통일된 강요—이런 일은 상상할 수 없는 인간사가 아닐 것이다. 남북의 분단이나 가난한 사람들의 아픔 그리고 80년대의 모순은 우리가 풀어야 할 숙제의 노래였다.

커다란 양키 구둣발에
금촌 5리 누이들은 쉽게 채이고 쉽게
짓밟혀 길 가으로 가으로 밀려 나더니
끝내는 가는 허리가 꺾일 때까지

키 큰 양키들의 그 큰 그것을
즐거운 척, 괴로운 척 가랭이 깊게
깊게 끌어 안는
나라의 어진 가시내들

—「금촌 가시내. 1」에서

기지촌의 풍경으로 슬픔 역사의 흔적을 뒤로 돌리면 훤히 보였던 아픔이다. 이런 슬픔에 한때 가해자였던 우리—월남파병에서 얼마나 무책임한 자식을 무책임하게 낳았던가? 가난과 슬픔과 분단이라는 비극의 원인이 제공한 딸들의 모습이었고 약한 백성이 살아야하는 슬픈 원인이었다. 그러나 증오와 저항의 처절한 의미이기보다는 시대의 모순을 느끼는 인상을 준다. 약한 나라의 백성이 받아야 하는 상처일 수밖에 없는 기지촌의 비극은 곧 우리들의 자화상이었고 이를 벗어나는 숙명의 문제는 현대사가 안고 가야했던 아픔이었다. 누구를 탓하기 전에 우리들의 문제였다는데서 비극은 상처의 모두였다. 그러나 분단의 원인에서 파생된 참담한 모순을 불러들인 것은 바로 우리 자신이었기 때문이다.

조국은 하나 민족도 한 민족
그러나 그 오랜 분열비극 50여 년을
잘도 점령한 제국주의여 아는가
빗물이 모여 강물로 흐르듯
북에서 남으로 남에서 북으로
물결치며 흘러드는 통일의 핏강을

—「우리 하나인 것을」에서

임수경의 방북을 소재로 한 시이다. 타의에 의해 갈라진 나라—남북은 통일이라는 지상 명제를 달성하기 위해서는 타의라는 요소를 제거하는, 자기의 얼굴을 찾아야 한다는 계기—그런 일로부터 분단의 문제는 해결의 실마리를 찾을 수 있을 것이지만, 남과 북의 위정자들은 자기들 권력의 철옹성을 지키기 위해 안존安存의 자리를 계속 유지하려한다. 이런 현실을 타개하기 위한 자기발견은 위정자가 아닌 이름 없는 백성에 의해 통일의 에너지를 보충한 것을 소재로 한 시이다. 깨우침이었고 자각의 불빛이었지만 왜곡된 현상도 예외는 아니었다. 통일의 기운은 아래로 백성의 열망에 의해 위정자를 움직이는 형세가 80년대부터 분출한 자각현상이었기 때문이다. 이 또한 모순의 숙제로 남는 우리들의 자화상을 확인하는 처참한 역사의 모습이었다.

너의 해맑은 가슴에 알 수 없는 총알이
무참히도 박혔을 때
도청 담장의 장미꽃은 무성히도
피어 제꼈지
나라의 파란 하늘이 그 빛으로 물들 때

— 「무등을 타던 아이」에서

죽은 사람은 있었지만, 죽인 사람이 없는 슬픈 80년대, 이른바 5공화국 미궁迷宮에 대한 전설이다. 모순이고 비참이었지만 그 원인은 「아직도」라는 부사에 묻혀있다. 이른바 광주민주화운동이라는 이름에 묻혀버린 이 나라 백성의 가슴에 안겨준 현대사의 모순이었지만 집권자들의 음모에 의해 철저히 외면 당한 꼴이었고, 미명의 민주화운동이 열사烈士라는 이름으로 만족해야 했던 사건이었고— 광주에 무덤은 만들어 주는 호칭으로 마무리된 모순의 또 다른 자화상이었다.

문시인의 역사의식은 그가 겪은 현실의 체험에서 나오는 것 때문에 생동감을 주는 이유가 있지만 절실성으로 다가오는 함량에서는 갈증도 따라

온다. 이는 그의 여린 성품에서 오는 인간미 탓으로 돌리면 ―여리고 약한 것 같지만 안으로 다져진 에너지를 느끼는 것이 시의 표정이기도 하다.

4) 씨氏와 창녀

문시인의 시에는 평범한 서민을 말하는 씨氏가 많이 등장한다. 황씨, 석씨 혹은 문씨 등의 이름에서는 골목길에서 만나는 사람들의 애환이 얼굴에 묻어난다. 또한 창녀의 슬픔이 50년대의 참혹한 아픔을 연장선에서 느끼게 한다. 「금촌 가시내 1. 2」나 「서울 텍싸스 본동」, 「겨울 골목집에서」는 창녀의 이야기가 깔려있고, 「김씨의 사랑」, 「특별시민 주씨」, 「관음황씨 1. 2. 3」, 「토당리 황씨 1. 2. 3」 나 말자, 언양댁, 진희, 경옥 등이 시의 제목이나 내용을 이루고 있다. 모두 가난한 사람들의 명칭이다.

이런 징후은 아무래도 시인의 의식에 깊은 각인刻印을 만들었던 사람들이거나 일반적인 명칭으로 나타나는 경우도 있을 것이다.

> 알전등이 움츠릴 때마다 그림자 하나 흔들린다
> 흔들리는 만큼 헐값으로 벌리는 진희의
> 가랑이를 적시는 어둔 역사가 삼양동에 있다
> 계절병처럼 찾아든 꽃바람에
> 잦은 기침을 뱉아내는 십팔 세 진희
>
> ―「겨울 골목집에서」에서

몸을 팔아 자신을 소멸하는 진희의 슬픔은 가난일까? 「서울 텍싸쓰 본동」에 포주 경옥이나 진희의 경우 가난과는 일정한 거리를 둔 것이 현실 상황일 것이다. 그렇다면 쾌락이라는 그물에서 헤어 나오지 못하는 불행을 상징하는 것만은 틀림없다. 스스로의 선택에서 불행의 그림자를 덮씌운 여인들 슬픔의 그늘은 가슴 아픈 일—원인을 벗어나서도 현실 그 자체는 가슴을 울리는 비극임에 들림 없다.

우리말을 배우기 전 우리 혼을 심기도 전
코쟁이 양부모를 따라 암울한 하늘로
덴마크로, 날아가 버린 선정이
… 중략 …
몇 사발의 막걸리를 가득 채웠고
장맛비는 자책과 회한을 다루듯
쉬지 않고 잔등이를 후려치며
이렇게 흘러내리고 있어

— 「토당리 황씨.3」에서

선진대열에 끼었다는 우리가 인간수출(?)의 비극은 참혹한 일이다. 가난의 아프리카보다 더 암담한 도덕적 해이解弛에 묻힌 우리의 자화상은 바로 물질가치에 함락 당한 현실을 증언하는 일이기 때문이다. 이런 기아飢餓를 해결했다는 지금도 당연한 일처럼 존재한다는 것은 개인사의 아픔을 넘어 국가적으로 불행한 노릇이다. 이런 시선은 시인의 눈에 비친 아픔의 일단으로 가슴저린 도덕적 아픔이 투영된 점이다. '이른 아침부터 몇 잔의 소주와 함께/쌀쌀한 실업의 겨울 하루를 시작한다' 「특별시민 주씨」와 같은 서민들의 아픔은 시대의 벽을 넘어 언제나 우리의 가슴을 적시는 괴로움이기에 가슴을 울리고 있지만, 따스한 가슴을 가지고 있는 사람들의 이름으로 시의 중심을 이룬다

사랑하여라. 죄인들을
벌을 주어라 죄인들을
아니, 더욱 사랑하여라

그 죄인들을
그리하여, 너의 죄가 용서받는 것처럼
그 은혜로 인하여 성불하는 것처럼
할! 할렐루야 나 나무아미타불
저 거친 들녘 무거운 수레바퀴를 굴리는
민중들을 위하여 피어나거라
모순의 시대 관음꽃으로

—「관음 황 씨.3」

승리는 용서에서 비롯된다는 말은 비단 종교의 개념만은 아니다. 범인凡人들 삶에도 용서와 화해의 의미는 승리를 뜻한다. 이는 뒤로 물러나는 것이고 양보하는 것을 의미하기 때문에 공존의 이름으로 남게 된다. 보복의 칼날은 결국 자기로 돌아오는 부메랑이기 때문에 사랑으로 용서하는 것은 더 큰사랑의 이름을 낳을 수 있는 이유가 담겨진다. 「관음 황씨.1.2.3.」은 이런 시인의 의식을 대변하는 시들이다. 모순의 시대를 승리로 장식하기 위해 '관음꽃'으로 피어나는 승화는 용서와 화해를 베풂에서 비롯되는 일이기 때문에 이는 곧 시인자신의 생각을 나타내는 의미로 귀착된다.

5) 겨울과 술

노드롭 프라이의 분류에 따르면 겨울은 비극으로 지적한다. 냉혹한 바람이 인생의 안온함을 앗아갈 때 겨울의 이미지는 다가든다. 「겨울 골목집」에 진희의 슬픔이나 「겨울 이중주」에서 가슴을 파고드는 바람의 이름은 인간의 마음을 스산하게 만든다. 완행열차를 기다리는 「서정리역」 등은 서민들의 아픔이 겨울로 환치換置된 암시가 된다. 가난은 혹독한 겨울이 건너가는 길목이기 때문에 문창길에서 겨울은 이런 이미지가 더욱 많이 내포된 것 같다. 다시 말해서 비극의식에 젖었다는 점이다.

겨울 창밖엔 무수한 파편들이
흩어진다 멀리 하꼬방집 옆자리에
늦가을 허수아비보다 더 외롭게 서 있는
전신주가 내 마음을 읽은 탓일까
북풍에 밀려 씽씽거리는 몇 줄의 전선이
이따금 얼굴을 내미는 햇살에 섬뜩한
칼날을 세운다 한낮의 어설픈 태양이
때이른 일상을 마름질한다 그 마름질마다
무수한 파편들이 쌓이고 쌓이는 흔적마다
지워지는 나의 무심한 겨울일기
불현듯 칼바람보다 더 날카로운 절망 하나가
애꿎은 문풍지를 울리며 빈 가슴을 파고든다
오 저런 미쳐 새어들지 못한 눈 꽃 몇 송이
칼바람 끝에 뚝뚝 떨어지며 내 마음의
안쪽을 서성대는구나

—「겨울 이중주」

문시인의 작품 중에 가장 득의得意로운 작품이다. 상징의 탄력과 비유로 살아나는 언어 묘미에 이르기까지 겨울의 냉혹함이 슬픔으로 다가드는 풍경화이다. 이런 정경은 시인자신의 삶에 아픔이 가슴을 헤집으면서 무작정 몰려올 때, '문풍지'의 울음은 곧 삶의 비극적인 인식을 키우게 된다. 더구나 사회의 냉혹이나 그로 하여 얻게되는 슬픔의 강물은 '빈 가슴을 파고든다'에 절정을 이루면서 '눈 꽃 몇 송이' 가슴을 서성이는 겨울 정경의 이름— 시의 전달은 시인의 착한 눈빛을 방문하게 된다. 무수한 파편의 흔적이 쌓이고 쌓인 겨울의 일기—삶의 일기로 점철될 때 절망의 무게에 짓눌리는 것이 아니라, 꽃으로 승화될 날을 안으로 숨기는 의식이 봄의 이미지로 다리를 놓는다. '겨울일기' 그리고 '절망 하나' '가슴을 파고든다'의 연결고리는 '눈 꽃 몇 송이'에 중화되면서 내 가슴을 서성이는 전신주의 슬픔과 묘한 대조를 이루면서 동화된다. 이런 정경은 문창길의 모습을 그대로 복사한 인식을 심고 있는 작품이다. 이 같은 인간미를 단적으로 나타낸 시어는 「바람의 춤」에 '이렇게 나풀거림 살아있는 바람에 부딪치는 연습은 충실했음 밀려 날 줄은 알지만 저항할 줄은 모름'에서 「저항할 줄은 모름」으로 시인의 모습을 나타낸다. 밀려나는 것과 저항 할 줄 모른다는 것은 문창길의 모습을 가장 극명하게 묘사한 시어詩語이기 때문으로 슬픔의 관조자가 되는 이유가 여기에 있다.

술은 물의 변형이지만 젖어지는 속성에서는 같다. 보이는 것보다 젖어드는 함락의 의미는 언제나 부드러움과 정적靜的인 뉘앙스를 간직하게 된다. 「특별시민 주씨」, 「토당리 황씨 1. 2. 3.」, 「월정리역」, 미래의식을 담은 「바람의 춤」 또는 「겨울 골목집」, 「환절기 여행 그 후」 등에 나오는 술은 시인의 의식을 옮겨주는 그리고 술에 의해 구체적 의미를 만드는 역할을 한다.

> 이른 아침부터 몇 잔의 소주와 함께
> 쌀쌀한 실업의 겨울 하루를 시작한다.
>
> —「특별시민 주 씨」에서

실업자 주씨가 아침부터 술에 젖어 삼양동을 오르내리는 모습이 오버랩된다. 이는 시적 화자의 마음을 녹이는 대리물로 술이 안온함을 주는 이미지가 된다. 더구나 겨울의 살벌함을 넘기 위해서는 박카스의 힘에 의지해서 인간으로의 회복을 염원하는 뜻이 담겨진다.

실업의 겨울은 아직도 우리의 곁을 위엄威嚴있게 지키고 있기 때문에 이를 피하는 일— 소시민에게는 찬바람의 겨울이고, 벗어 던지기엔 너무 힘겨운 대상이다. 특별시민의 자격이 있지만 소외와 고독 그리고 바람을 맞으면서 언덕을 오르내리는 모습의 표정이 증오가 깃들지 않을 때, 다시 시인의 모습으로 겹쳐지는 선량한 풍경화가 서러울 뿐이다. 술에 취하고 싶은 망각의 강과 겨울의 결합은 시인 자신의 초상화와 같은 느낌을 주기 때문이다.

3. 나가는 길 찾기

환경에 따라 시인의 모습은 다르다. 다시 말해서 평화의 땅에서 자란 꽃과, 척박하거나 포연砲煙이 아득한 땅에서 자란 꽃은 그 모습이 다를 수밖에 없다. 전자에서는 탐스럽고 유혹적일 것이다. 그러나 후자에 이르면 보잘 것 없는 성장이 안쓰러울지라도 전자가 갖지 못한 짙은 향기가 있다. 꽃의 궁극은 향기에 이른다. 문창길의 시는 후자의 시이다. 물론 그의 시선은 다양성과는 다른 각도를 들 수도 있다. 그러나 정원에 많은 종류의 꽃들을 필요로 했을 때, 조화의 정원을 이룰 수 있는 것처럼—시의 정원은 다양한 종류의 꽃과 향기를 필요로 할 때 아름다운 정원이 된다면 문창길의 시는 필요를 충족하는 한 쪽이 될 수 있을 것이다.

「객석」은 문창길의 모습을 가장 극명하게 나타낸 시로써 부분을 인용함으로 졸고의 막을 내린다. 시인의 마음과 심리적인 상태 그리고 현실을 살아가는 신음을 가장 적절하게 나타낸 시어詩語의 조합이기 때문이다.

닫혀진 어둠이 더할 때
가난한 연극배우는
뜨거운 박수소리에 놀랍니다.

무대 위 넘친 시간으로
한데 엉킨 몸짓을 풀어 헤치고

성숙한 바람으로 사라져 가는
알 수 없는 사람들
야위어 가는 님의 뜻을
하얀 그림자로 묻을 수 없어
헤픈 눈물을 감추지 못하였습니다.*

이미지의 숲에서 눈뜨기

— 홍윤표의 시

1. 시의 나라를 찾는 일

시를 좋아하거나 시를 쓰는 일은 선택적이고 자의적인 몫으로 돌린다. 다시 말해서 시에 대한 애착을 갖는 것은 인간의 품성에서 시발되는 특성일 뿐만 아니라, 시를 받아들이는 인간의 품성과 정서의 차이에 따라 수용되는 현상은 다른 반응으로 나타낸다. 시를 창작하는 시인의 생활여건이나 환경과 사회적인 지위 혹은 지적 양상의 다름에 따라 시를 창조하는 현상이 시의 특성과 상관을 맺고있다는 뜻이다.

홍윤표의 시는 그가 살고있는 토양에서 뿌리를 두고 관심의 영역을 섭렵하는 인상을 준다. 그가 창조하는 시의 나라는 인간이 사는 체온과 호흡이 들어있고, 두리번거리는 표정이 질박한 범부凡夫의 모습으로 시에 투영되었다. 시의 진솔성은 시인자신의 모습을 얼마나 명료하게 시로 환치換置하는가에서 대답을 찾을 수 있다면, 홍윤표의 시는 그런 대답을 마련하는 것 같다. 물 이미지가 번다하고 사랑이나 그리움 등 일상의 자잘한 대상에서 감수성을 건져 올리는 이미지는 매우 평범하고 정적靜的인 뉘앙스를 간직하고 있다. 표정을 만나는 걸로 가설에 대한 해답에 이르게 된다.

2. 이미지의 표정관리

1) 길

시는 대상을 직접 마주하는 것이 아니라 비유라는 절차를 통해서 속살을 대면하게 된다. 안개같은 의상을 걸치는 다성多聲의 표정이기도하고 또 냉철한 지성의 판단을 갖는 것 같은 양면의 표정을 만날 때, 시의 앰비규어티는 다의多義적인 정서를 환기하게 된다. 이미지의 다양성을 구사하는 기교는 곧 시인의 재능을 만나는 기쁨이 될 수 있기 때문이다. 시의 소용은 기쁨 혹은 교훈의 감동을 불러오는 이유에서 길을 만들게 된다.

살아온 삶의
흔적을 지울 수 없네
영원히 지울 수 없네

살다가보면 진저리나는 삶도
한 인생이련만
그걸 다 잊어버린 후 되짚어
다시 돌아보면
먼 후일엔 보람된 아스팔트였네
봄비를 뿌려야했네
꽃씨를 뿌려야했네

피와 땀이 흠뻑 밴

누더기진 인생 길은 어느 누구의 발자취이며
구도 깊은 심산(深山)의 길이랴

그 길은
인생을 갈고 닦는
무념무상(無念無想)의 길이며
지혜를 업고간 아주 큰 삶의 길이며
봄바다에 핀 늘푸른 숲길이었네

—「길」

원형原型 비평에서 길은 다양한 의미를 내포한다. 도道라는 말은 정신적인 것과 실제의 길이 유추될 때, 일정한 현실 속을 답파踏破한다는 노동적인 의미와 정신적이고 도덕적인 상징을 가질 경우, 길은 언제나 근엄한 도덕적 교훈을 앞세운다. 사는 길에는 '삶의 흔적'들이 암연黯然한 모습으로 떠오르기도 하고 후회의 일들이 오히려 추상追想을 일렁이게 하는 요소가 되기도 하고—살아있는 자에게는 길이란 영원한 숙제이면서 가야만 하는 도정道程이 될 때, 운명의 이름을 선사 받게 된다. 홍윤표는 '봄비를 뿌려야했네/꽃씨를 뿌려야했네'에서 봄비에 생명의 잉태와 꽃씨에서 미래를 연결하는 저장의 정서를 예비하고 있다. 이런 정서는 '인생을 갈고 닦는'의 끊임없는 자기확충의 방도를 앞세우면서 '지혜'와 '큰 삶'의 상관이 미래로 가는 길이 '늘 푸른 숲길'이라는 안도감으로 정착된다. 홍윤표의 길은 언제나 미래의 밝음을 지향志向하는 감수성을 동원하고 있다.

태평양만한 이정표가 걸린 팔차선 경부고속도로 언젠가 시골길은
꿈을 잃어 넓은 세상을 열고 긴 하품이다 달길따라 새벽을 걷어내는
환경미화원의 기쁨도 잃고 달동네 콩나물 길도 연탄길도 진풍경이었

는데 모두 잃었다

—「꿈 많던 시골길」에서

과거를 회상하는 길은 절망과 만나야 한다. 더구나 옛길의 모습은 개발이라는 명목으로 없어지는 허무를 만날 수 있고, 낯선 도시화의 물결에서 온기溫氣 없는—잃어버리는 일이 발전이라는 명칭으로 다가온다. 빨리 길을 가는 의미인 '팔차선'의 고속도로는 편리한 의미는 될 수 있어도 꿈과 희망은 오히려 먼 길로 달아난다. 빨리 목적지에 이르는 고속도로의 소용은 느린 것과 행복의 의미를 비교할 수는 없기 때문이다. '달길'이나 청소부의 길이 없어진—낭만과 체온의 따스함을 잃어버린 길의 의미는 문명의 아픔을 고발하는 상징이 되는 것 같다. 홍윤표의 길에는 상실에서 오는 아픔을 추억으로 찾아가는 문명비판의 사고가 우회적으로 나타났다. 이는 변화라는 시대의 추이에 따라 어쩔 수 없는 노래의 형태로 나타나기 때문이다.

2) 풀

정서는 인간의 생활 혹은 환경요인과 밀접한 상관성을 갖는다. 한 편의 시에도 이런 정서의 침투는 예의 심리적인 원용으로 분석이 가능하다. 가령 도시에서 일평생을 살아온 사람에게서 농촌의 정서를 찾을 수 없다. 다시 말해서 생활 혹은 성장환경에 따라 시로 나타나는 정서의 표정은 환경과 밀접성을 갖는다. 산에서 살아온 사람이 바다의 상상은 허구적인 요소가 된다면 홍윤표의 시에 나타난 풀은 생을 살아온 이유가 들어있다. '소망의 꽃길' 그리고 '갈잎의 노래' '목단꽃 지다' '춘란' '나 풀잎을 사랑하지만' '버드나무 껍질' '산다운 산아' '소망의 산아' '난지도 해당화' '맥문동사랑' 등이 그의 시집에서 보이는 식물성의 정서들이다. 70여 편의 시에서 15%정도의 포진은 상당히 많은 양인 셈이다.

> 서해안의 표상이자 명품인 난지도 해당화
> 대산 석유화학단지가 안 보이는
> 원시적 그 섬을 사모했다
>
> —「난지도 해당화」에서

'해당화'라는 시어는 서해안과 홍시인과의 밀접성으로 연결된다. 이런 정서는 곧 시의 구체적인 진로를 형성했을 뿐만 아니라 식물성 정서의 진원을 추적하게 한다. 당진과의 연관성—서해안 바닷가이면서 농촌의 정서를 구비하는 공간으로 작용하면서 의식을 형성하게 된다. 이런 현상은 더욱 구체적인 이미지로 나타나는 형태가 해당화라는 이름을 통해 독자의 가슴을 찾아간다. '원시적 그 섬을 사모했다'에 응축된 원시적인 이름으로 길이 열리는 문명외면의 풋풋한 정서의 진원이 곧 농촌 혹은 바닷가의 경험이 용해되면서 시의 진로를 형성하는 점이다. 다음 고백은 더욱 구체적인 작품으로 나타난다.

> 나는 어려서 난(蘭)과
> 가늠하기 어려운 맥문동을 사랑했다
> 여자가 아닌 사내가 쭈그려 앉아
> 소피(所避)를 보는 맥문동을 사랑하였다
> … (중략) …
> 난 가을 수숫대가 고개 숙인 담장 밑에서
> 단소를 불고 있는 맥문동을
> 정말로 사랑하였다
>
> —「맥문동 사랑」에서

'늦여름 밤에' 담자색 꽃대궁이 핀 맥문동을 사랑하는 마음은 환경에서 나온 체험의 시화라는 점에서 식물정서와 시인과의 밀착된 결과물이 시로 환치된다. 이는 과거를 회상하는 '나는 어려서 난과/가늠하기 어려운 맥문동을 사랑했다'라는 고백은 곧 시인의 정서에 침전되어 있는 흔적으로 작용하기 때문에 「낯설게 하기」라는 방법조차도 외면할 수 없게 된다. 이는 '정말로 사랑하였다'라는 마무리에서 식물정서가 홍윤표 시의 정신적인 요소로 작용하는 근거를 확보하게 된다.

3) 사랑과 그리움

시는 일정한 지향의 공간을 확보하려는 소망을 갖는다. 다시 말해서 시를 쓰는 이유가 무엇인가의 대답을 마련하는 것이 지향 즉 의도에 집약된다. 이는 시인이 시를 쓰는 목적이면서 이런 목적을 명확하게 설정할 때 주제의식이 명확해진다.

가) 사랑

사랑이란 개념은 넓고 광범한 상징으로 인간 삶의 지표가 될 뿐만 아니라 이상으로의 최 정점이 된다. 물론 사랑이라는 용어에는 휴머니즘이라는 커다란 용량을 가지고 있기 때문에 다양한 이름의 변화를 수용하게 된다. 우선 홍윤표의 사랑에 대한 정의로 들어간다.

서로 다른 개체와 개체가 하나로 통합하기 위해서는 일차적으로 줄다리기 그리고 합치라는 거리의 조정이 되는 절차를 갖는다. 물론 하나로 합치되는 이유로는 모색기가 필요하고 모색은 자기발견의 이름을 전제로 대상과 일치되는 동화同化에 본질이 있다. 다음 시는 그런 예견을 알리는 조건을 담고 있다.

사랑은 줄다리기여
이 쪽에서 당기면 끌려오다가
저 쪽에서 당기면 끌려가다가
오랜 침묵의 그늘에서 종을 울리면
얼굴은 해바라기가 된다
흙먼지 이는 농로를 빠져나와 줄을 당기다가
투명한 유리창에 입술을 대고 키스하다가
길을 묻는다
길은 상냥한 말대답이 없다
그대 가던 사랑의 길목이 어디냐고 묻는
강변에서 흐르는 눈물로 낙서를 하면
사랑은 벌써 가슴을 향하여 메일은 보낸다
어디부터 왔다가 어디로 가는 것인가
짧고 긴 사연을 바라지 않는
우편 없는 소인 없는 편지
이 쪽에서 당기면 끌려오다가
저 쪽에서 당기면 끌려오는
가슴을 때리는 도라지꽃의 에너지
사랑의 줄달리기라는 구어 때문에
눈초리 뜨겁게 때려부순다.

—「사랑은 줄다리기」

한쪽과 다른 쪽을 잡고 서로의 이해를 계산하는데서 사랑은 출발의 신호를 올린다면 '줄다리기'의 시작은 바로 사랑의 입구를 장악하는 일이다. 그러나 실제의 줄다리기와 다른 것은 영역을 확보하려는 이기적인 발동이 아니라 에로스의 광장에 주인이 되는 합치의 염원에 목표를 두기 때문에 타산적인 마음을 배제하게 된다. 인간의 사랑은 욕망을 앞세우는 에피큐리언도 아니고 또 종교적인 헌신의 사랑인 아가페의 목표도 아닌 에로스의 빛을 찾아가기 위해 서로가 하나이기를 소망하는 인간적인 헌신의 이름에 포괄된다. 있음에서 하나가 되는 것은 또 다른 하나가 되는 이름에 머물게 된다. '끌려오다가'와 '끌려가다가'의 지점에서 '키스'라는 하나의 접점은 투명한 이름의 사랑으로 탄생되는 절차를 마련한다. 다음 장면은 보다 심도를 더하는 사랑으로 다가든다.

할까말까 망설이다
들고 일어서는 인간들이
시류(時流)에 걸려들어 꿈틀대는 육신이다

맘 굳어
홀로 삶
흔들리며
사는 것

생각도 네 마음 속
영혼도 네 육체 속

얼개인 사랑 한 가닥 향수 밭에 저물어 오면
가던 길 멈추고 돌아서 짙은 키스를 하는

사랑은
남·여가 화해로운 길목에서
조화롭게 얼개는 것
하나되는 것.

—「사랑」

휴머니즘의 본질은 하나로 변화—대상과의 합치를 의미한다. '생각도' '영혼도「속」에서 하나가 될 때, 사랑의 출발은 구체성을 갖게 된다. 사랑은 일차적으로 열망熱望이라는 단계를 수용하면서 거리를 좁히려는 발상을 동원할 때, 행동의 구체성을 갖게 된다면 홍윤표의 사랑은 다소 관념적인 의사를 동원하고 있다. '얼개'는 것에 대한 명확한 의미를 추적하기에 '하나되는 것'과 소망이 집념에 이어지는 속도가 완만하기 때문이다. 보이는 것에서 보이지 않는 상태의 무아지경이—사랑이 하나되기의 본질이라면, 그런 농도의 사랑은 빛을 발하기 마련이다. 사랑은 어둠에서 빛을 발하는 —마치 발광체로의 생명이 탄생하는 것이다. 다시 말해서 어둠의 개체와 개체가 합하면 화학변화를 나타내면서 전혀 다른 생명체로 나타나는 것이 사랑의 진수가 되어야 한다. 이런 기준을 설명하는데서 관념의 이유가 내장되고 있다는 뜻이다.

나) 그리움

그리움이란 투명한 그리고 때로 안개 같은 형색으로 다가든다. 명료하기보다는 파스텔톤의 아름다움을 자아내는 길을 만들면서 상징의 옷을 입는다. 물론 환경과 삶의 위치에 따라 그리움의 형태는 각기 다른 개성을 갖고 발동된다. 지식 정도 혹은 수준의 차이에 따라 그리움의 이름에는 색깔이 다르지만 본질에 이르면 같은 이미지의 공간에 흡수된다. 그리움의 형태는 인연에 따른 공간이거나 아니면 잊지 못할 사람에 이르기까지 다양하다는 점에서 사랑과는 다른 이미지를 갖게 된다.

> 사나운 가시나무가 늘어선
> 고향 산기슭엔
> 봄 찔레나무가 머리를 산발한 채
> 하얀 그리움으로 서 있다
>
> 적양나무 아래 홀로 자라던

꾀꼬리 울음도 음 낮은 피리를 불고
또 다른 뜰 방에선
퇴색한 텔레비전이 화각을 잃은 채
어둠을 풀어내고 있다

숲 숲 숲……
그 속에 재잘대던 이름 모를 산새들이
잠시 쉬어볼까 노래 부르다
빠알간 구름 속에 몸을 맡긴다

순 짚기 어려운 세월에
절기 잃은 야생화 꽃은 신바람 일 듯
번지 없는 고향 산에서
집 떠나 작은 방언을 찾고 있었다

—「하얀 그리움」

고향은 어머니의 상에 닿고 이런 상징은 언제나 그리움의 이름을 덧붙인다. 물론 홍윤표의 그리움은 과거지향의 고향을 말하는 명확한 지시는 없지만 마음 속에 간직된 고향의 이름과 하얀 색채의 동원이 순수와 투명을 암시한다. '집 떠난 방언'이 흰 색채의 발동으로 '꾀꼬리 울음'의 봄 나른한 정경이나 이름 모를 새들의 울음이 상승의 이미지를 동원하여 '빠알간 구름'으로 변하는 색채의 이동은 시인의 의식이 순백하고 아늑한 고향의 정서를 놓지 않으려는 심리적인 발상의 전이轉移로 보인다. 고향의 그리움은 다시 청각의 동원으로 '야생화'의 의미에서 아름다움을 끌어오는 공감각의 경지를 만나게 하는 즐거움이 들어있기 때문이다.

이 땅에 나를 사랑하는 당신은
내가 기다리는 봄입니다
겨우내 묻어두었던 그리움을 메일로 써 보내며

그리움의 눈물을 흘리지 않았습니까
그래서 그리움은 봄의 씨앗이며 눈물입니다

—「나를 사랑하는 당신은」에서

인간을 사랑하는 절차로의 그리움의 대상이 아내로 다가든다. 공간의 영역인 '이 땅'을 한정하여 유일성을 말하는 일이 곧 아내와의 사랑을 확인하는 예비로서 그리움은 변형되기 때문이다. 봄을 만나기 위해 메일을 보내고 눈물 그리고 씨앗 등의 변형은 다시 사랑이라는 목표물에 이르는 가교架橋로의 절차가 그리움의 이름이 된다.

홍윤표의 사랑은 그리움의 단계를 거쳐가면서 우회하는 방법으로 목표물에 접근한다. 이는 기계적인 정서가 아니라 인간의 체취가 묻어있는 체온으로의 그리움이고 사랑의 염원을 담고 있어 따스한 원이 된다. 이는 다음 시에서 확인된다.

한 사람을 그리워한다는 것은
한 여름 무더위 속에
해바라기 꽃을 피우는 일이다

—「그리워한다는 것은」에서

그리움이 '해바라기 꽃을 피우는 일'에 이르면 향일성—한쪽만을 지향하는 애달픔이면서 밝음을 의미하는 일이다. 또한 '넓은 시야를 내려보는'으로 넓이의 그리움, '퇴근 길 마음버스를 기다리는 일'의 기다림이 진정의 사랑을 잉태하는 길을 만드는 절차가 되면서 '한 삶을 그리워 한다하자/그래 한사람을 사랑한다하자'의 확대된 경지를 맞게 된다. 홍윤표의 그리움은 인간에 대한 사랑을 이루기 위해 전 단계의 절차로 그리움의 이름을 부르는 노래가 된다.

3) 바다

시의 이미지는 언제나 포괄적이고 암시적일 때, 원형의 바닥을 방문하게 된다. 홍윤표의 작품에서 가장 흔한 비유의 이미지가 바다(물)의 심상이 지배소로 작용한다. 이는 그의 의식을 변용하는 대상이면서 심리적인 추측을 가능하게 하는 부분이다. 「휴가」를 위시해서 「바다에 가는 이유」 바다의 변형인 「숲」, 「시가 있는 바다」, 「겨울비를 맞으며」, 「겨울 바다」, 「봄비 한 주머니」 등은 물의 변형이 시의 길을 재촉하는 양상이다.

> 겨울 바다에 나갔다
> 방문을 열어주는 여인의 목소리가 가득하다
> 그 여인은 밤 파도 소리가 들리느냐고 내게 물었다
> 말을 묻는 사이 작은 모래알은 땅에 엎드려
> 숲을 이루고 발걸음은 어느새 장판처럼 굳어진
> 모래사장을 걷고 있었다
> 바다는 그걸 삼키기 위해 몸을 불사르고 용트림한다
>
> — 「겨울 바다」에서

인간이 설정한 광장은 제한이 없고 무한의 상상이 넓히는 곳으로 길을 만든다. 실개천에서 강을 이루고 다시 강들은 손을 잡고 바다로 갈 때, 목적지의 최종은 결정된다. 바다는 넓고 크다는 이미지와 물이라는 침투의 작용으로 시작하지만 바다의 의미는 광대한 길의 최종을 나타낸다. 더불어 극복해야할 바다는 시험의 무대로 작용하면서 삶의 터전 혹은 광장으로 나타난다. '겨울 바다'는 용감을 필요로 하고 넘어야할 극복의 이미지를 남긴다. 여기서 '여인의 목소리'를 듣는 것은 조용하고 정적인 이미지이기보다는 억센 느낌을 강화해준다. '몸을 불사르고 용트림한다'는 파도의 다가옴이 위협적인 암시가 '삼키기 위해'라는 말로 바다에 마주서는 대상 혹은 넘어야할 숙제의 또 다른 변형이 된다.

> 나를 믿어다오
> 졸시 쓰는 시인이며
> 거룩한 바다의 사내이고 싶다고.
>
> —「시가 있는 바다」에서

시인과 바다의 관계는 믿고 의지하는 상보적인 관계로 설정되어 있다. '나를 믿어다오'라는 부탁에서 나와 파도와의 관계는 보다 높은 시적인 경지를 찾아가는 극복의 의미와 연결되어 있다. 다시 말해서 '졸시'를 쓰는 일에서 파도를 넘어 승리자의 이름을 헌증하는 바다의 사내(시인)이고자 하는 염원이 들어있다. 숲은 바다의 변형으로 은신 혹은 포근한 안식의 이름을 뜻한다.

> 숲은 나의 터이고 둥지입니다
> 양팔을 겨누고 키가 자라고 잎새에
> 윤나는 자태와 빽빽이 들어선 빌딩입니다
> … 중략 …
> 다시 숲은 삶의 쉼터입니다
> 육신이 태어나 죽어 나는 터전이 아니라
> 나서 번식하고 병들어 죽으며 그 영혼이 자라는 곳입니다
> 어머니의 태교를 꿈꾸는 골짝이며
> 당신과 당신이 사는 자아의 둥지라 하겠습니다
>
> —「숲」에서

숲이나 땅 혹은 바다는 모두 조건없이 수용하는 성질을 갖고있기 때문에 안식을 남기고 어머니의 상에 접근한다. '나의 터이고 둥지'라는 개념에서 온갖 것이 수용되는 '빌딩'의 이름이고 여기서 '쉼터'를 만나게 된다.

'어머니의 태교'와 '당신과 당신이 사는 자아'의 혼합공간—즉 모태의 장소가 될 때 안식과 평화 그리고 부수되는 행복의 의미가 따라온다. 숲과 바다(물)는 안식을 남기는 이미지이면서 부드러운 감수성을 저장하는 공간으로서의 역할을 다하면서 시의 행로를 재촉하는 에너지 공급의 원천이 된다는 점에서 '씨앗'이나 '자궁'이라는 암시는 모성의 또 다른 이름일 것이다.

3. 에필로그

시인의 개성은 보편성을 가질 때, 엘리엇이 말한 몰개성의 원리에 이른다면 시 또한 보편성의 개념을 벗어나면 난해라는 그물에 걸린다. 이를 위해서는 언어의 운용이 기교적이기보다는 통찰력의 시선을 확보한 다음에 사물과 조우하는 안목이 있어야 평범에서 깊이 있는 언어를 골라잡을 수 있게 된다. 절제와 억압의 원리 혹은 응축을 위한 언어적 특성을 가질 때 이미지의 애매성은 화려한 변신을 가질 수 있게 된다면, 홍윤표의 작품에는 체험의 개방성이 유난하다. 이는 시를 쉽게 쓰는 이유이면서 독자의 입장에서는 편한 느낌을 안길 수 있는 이유일 것 같다.

바다에서는 모태회귀의 정서가 담겨있고 숲은 물의 변형일 때 안락함을 전달하는 감수성을 연상한다. 「겨울비를 맞으며」나 「바다에 가는 이유」 등은 이런 현상을 표현하고 있다. 그리움과 사랑은 손을 잡은 듯 친밀한 느낌이지만 사랑에 이르기 위한 매개적인 현상으로 그리움은 거리를 계산하게 된다. 그리움에서 사랑으로 가는 전이轉移에서 「하나」로의 통합이 자연스러우며 홍윤표 시의 정점을 이루는 느낌을 준다. 그만큼 나이브 하고 다감한 느낌을 갖고있음을 암시하는 홍윤표의 안온한 표정인 것 같다. ◉

그리움으로 만든 집

— 박화배의 시

1. 시의 숲으로 가기

시를 쓰는 일은 인간의 삶을 축도하는 언어 기교라는 점에서 시인의 삶을 고백하는 변형이다. 인간에게도 개성이 있듯, 시에도 개성이 있다는 가설이 성립되는 이유가 여기에 있을 것이다. 다시 말해서 시와 인간의 관계는 등식관계라는 점에서 시인과의 유추가 성립된다. 그러나 예술은 직접적인 고백이 아니라 간접적으로 말하는— 낯설게라는 장치를 표현의 도구로 원용한다. 왜냐하면 언어를 응축하는 일 때문에 산문과는 다른 길이 나타나기 때문이다. 그러나 심리적으로 인간을 분석대상으로 하면 자아와 사회와의 관계를 나타내는 절차를 갖기 마련이다. 인간의 생은 자기와 대상과의 관계를 설정하는 일에 반응으로 삶의 요소를 구성하게 된다. 누구도 홀로 혹은 단독으로 존재할 수 없고 대사회와의 관계를 어떻게 설정하면서 반응하는가에 따라 생의 형태는 다르게 나타난다. 이런 심리적인 추적은 일정한 궤도를 갖는다. 다시 말해서 인간의 정신에는 일정한 구분이 가능할 수 있다는 점이다.

융은 인간의 정신구조 안에서 원형을 찾았다. 정신의 세 가지 구성요소는 무의식적인 자아인 그림자(Shadow)와 인간의 내적 인격의 영혼(Soul)과 외적 인격인 탈(Persona)로 구분하여 자아와 사회적 상관을 결합하는 총체적인 분석을 가했다. Soul에는 몽상과 꿈의 언어 밤, 휴식, 평화, 식물, 여성적 사고, 부드러움 등을 Anima로 명명하고 반대로, 삶의 언어, 역동성, 낮, 염려 야심, 능동, 분열, 지, 등을 Animus로 구분하여 표현한다. 대부분의 시는 이 둘의 구분에 의해 시적 능력을 투사하게 된다.

박화배의 시는 아니마의 함량이 많은 것 같다. 이는 그가 살고있는 환경적인 요소가 정신의 지배소로 작용하고 있다는 가설을 내세울 수 있을 것이다. 역동성이고 투쟁적이고 낮의 문화인 도시와는 다른 전원—충청북도 영동의 추풍령에서 삶의 근거를 갖고 있음을 대입할 때, 그의 작품을 통해 일차적인 가설을 증명해야 할 것 같다.

산골 따라 흐르는 물소리에 젖어
봄은 흘러 오는데
산사로 가는 길은
아직도 눈길

차 향기에 젖은 담소가
조촐한 산사를 지나
고요 속에 잠기고

바람길 따라
가끔씩 흔들리는 풍경소리에
봉창 너머로 귀 기울이니

그래도 봄이 오는 소리
눈 녹는 소리

—「산사 춘설」

고요하다. 그리고 그 고요 속에는 소리가 들린다. 태초의 음향이 눈을 뚫고 나오는 소리에서 허적虛寂을 감싸는 산사의 풍경소리나 정적靜寂을 휘감는 소리로 초봄의 문을 두드린다. 이는 마음을 통해 들리는 소리—심안心眼을 열었을 때라야 들리는 경지의 이름이다. 이런 시적인 풍경은 곧 시인자신의 모습을 투영하는 풍경화라는 점에서 자화상을 대면하는 일이다. 고요, 정적靜的, 봄, 산사의 고즈넉함, 미지를 향하는 그리움 등의 정서는 시인의 여린 심성을 말하는 시적인 표정이다. 이런 정서를 통괄하는 메신저의 역할이 있다.

2. 정신의 숲 소요

1) 시의 메신저역할

시는 정신의 구조를 나타내는 변용의 예술이다. 시인의 시적 의도를 달성하기 위해서는 언어 조합의 일정한 규칙성을 갖기 마련이다. 다시 말해서 목표점에 도달하기 위해서는 도정에 따른 과정이 있어야 한다. 박화배의 시에서는 뚜렷한 메신저의 역할이 '바람과' '물'이라는 이미지를 통해 별에 이르기도 하고 물과 동화되는 장치를 마련하고 있다. 이런 장치는 비교적 뚜렷한 인상을 남기는 언어장치라면 시의 성공과 연계된다. 물의 경우에는 물이라는 시어와 바다라는 두 개의 이미지가 실제로는 시인의 의식과 결합하는 데는 구분의 명료성이 없다. 물은 생명의 암시와 길을 떠나는 의미를 갖고 여정을 재촉하는 혹은 동화되는 기능을 수행하기 때문이다. 이런 상징은 주로 비유의 두께를 형성하면서 피와 같은 의미도 공유한다. 아울러 물이 증발하여 하늘의 구름이 되고 다시 땅으로 내려오면 순환의 인연을 형성하는 이미지에 소속될 때, 질량불변의 물리학을 제공하게 된다. 시는 언제나 시인으로 돌아오는 길을 만들기 위해 가면을 쓰는 일에 몰두한다. 시 쓰기에도 자기합리와 변명의 통로를 마련하는 것은 당연한 일이다. 다만 감추고 우회하는 수법이 언어로 이루어진다는 사실이다. 이를 확인하는 방법을 위해 일정한 통로가 있다. 바람과 물— 이는 시가 갖는 특유의 속성을 연결하는 메신저의 기능을 한다.

(1) 바람

시인의 의식을 연결해주는 바람의 이미지는 항상 바쁘거나 어딘가 목적지를 향하는 움직임을 나타내게 된다. 「등대 속에 별」이나 「당신은 들녘의 바람으로」, 「샘물」, 「나무」, 「바다는 그리움」, 「이제 그대 이름을 부를 수 있는 것은」, 「내게 당신은」 등의 시엔 바람이 일정한 대상과 연결 혹은 의미를 확장하는 구실을 한다. 징검다리 혹은 연결고리로서의 기능이 보이지 않는 바람의 손을 통해 시인의 의식을 연결한다.

바람이 다녀갔습니다
어제도
그리고 그제도

이 언덕
저 들녘으로
바람은
당신의 숨결처럼
내 곁을 다녀갔습니다

—「당신은 들녘의 바람으로」

박화배의 시에 바람은 분주하고 바쁘다는 것은 시인에게 소식을 전하기도하고 또 일정한 임무를 수행하는 역할을 부여받고 있는 —시인의 의식을 옮기거나 그리움이나 사랑의 대상에게 소식을 전달해주는 기능을 하고 있어 항상 바쁜 몸짓이 따라다닌다. '당신'이라는 미지의 대상은 시의 의도를 집약하는 최종의 대상이지만 명확하게 드러나는 이미지가 아니라 미지로 감추어두는 대상—추상이면서 시의 행로를 이끌고 가는 의도를 뜻한다. 이런 의도에 에너지를 공급하는 것이 메신저—바람의 이름이다. 물론 바람은 볼 수 있거나 드러나는 것이 아니지만 나뭇잎에 머물면 흔들리는 것으로 실체를 감지할 수 있는 확실한 이름이다.

이제 당신이 부른 사람의 이름이
따뜻한 수액으로
모자란 내 혈관에 차 오르고
힘차게 뻗어 보는 물오른 가지를
바람으로 흔들며 부르는 노래
이 저녁숲에 다 퍼지도록
두고두고 부르는 당신의 노래는
어둠이 깃들어도 환한
나의 등불입니다.

—「나무」에서

사랑이라는 최종의 이름에 도달하는 에너지는 바람에 있다. 즉 나무가 생기를 되찾는 것은 바람의 움직임에 의해 밝음의 이미지인 등불로 변하고 나무는 생기 찬 대상으로 사랑의 암시를 나타낸다. 이런 요약은 시인이 염원하는 대상이 수액으로 혈관에 물오른 싱싱함이 되면서 진행—'바람으로 흔들며 부르는 노래'의 '환한' 그리고 '등불'의 밝음을 맞게 된다. 이런 밝음은 곧 시인의 내면에 간직된 의식의 일단이면서 상징의 총체성으로 치환된다. 어둠에서 밝음 혹은 사랑의 환희를 대면할 수 있는 구체성은 바람이라는 메신저를 통해 이데아의 궁극에 도달하는 절차가 박시인의 바람이다.

(2) 물 혹은 바다

물이 인간의 신체의 3분지 2를 차지하는 것은 생명의 근원—태내胎內 양수로부터 생명을 이어받는 원천이라는 점에서 원형상징의 대표주자일 것이다. 이와는 반대로 갈증이라는 말은 대상(물)을 찾아 열망을 달성하려는 염원이 된다. 물은 생명이고 생명을 연장하고 이어가는 것은 물의 본질이고 물이 갖는 근본이지만 하강의 이미지로도 변형된다. 상승의 이미지가 별이나 꽃의 이름이라면 물은 상승의 상징을 가지면서도 피 혹은 독소로 하강의 이미지— 불행을 뜻하기도 한다. 박 시인의 경우는 상승의 이미지로 기쁨과 사랑의 강에 도달하려는 전달의 이미지가 스미듯 이어간다.

아무도 없는
이 겨울 바다
비에 젖어 기다림에 물든 겨울 바다
썰물 같은 그리움에
깊이 젖어 갈수록
나도 바다가 되어간다

— 「겨울 바다」에서

비와 바다가 합하면 보이지 않는 동화同化의 경지로 바뀐다. 바다와 시인의 그리움이 구분할 수 없는 일체화가 될 때, '나도 바다가 되어 간다'의 바다와 나와의 간격이 없는 경지는 '깊이 젖어 갈수록'이라는 심연을 방문했을 때, 새로운 변화의 모멘트가 성립된다. 이는 스미듯 동화하는 물의 속성에서 시인의 의식을 그리움 혹은 사랑이라는 빛의 경지로 이동하는 메신저로서의 충실성을 파악하게 된다.

홀로 걸으면
물결의 부딪치는 파란 목소리

그리워 고갤 들면
발 밑으로 다가오는 바다

네가 그리워
네가 그리워
모래톱으로 걸으면
바다는 가슴으로 와
온통 출렁이며 파도 되어 흩어지고

때 지난 너의 숨결도
갈매기의 날개짓으로
여기에서
푸른 바다가 되었다.

— 「네가 그리운 바다」

사랑의 목적은 일체화라는 목표에 도달하여 빛의 의미에 이른다. '홀로'의 시적 화자가 그리움을 대동한 공간인 바다에서 동화된다. 이는 미지의 대상에 대한 그리움을 만나기 위한 방황의 모습에서 바다의 공간이 스스로 다가와 — '바다는 가슴으로'와 '푸른 바다가 되었다'의 대상과 주체를 구분할 수 없는 절대경을 이루게 된다. 이는 '너'와 바다가 혼합하는 이미지에서 그리움의 농도를 부각하는 우회적인 언어의 암시성으로만 보인다. 이처럼 박시인의 바다는 시인의 의식을 상승의 공간으로 옮겨주는 메신저의 기능을 수행하면서 시인의 중심의식인 그리움 혹은 사랑을 확장하는 상승의 임무를 다하고 있다.

2) 별

하늘의 별은 고귀함과 찬란한 빛으로 인간의 가슴을 설레이게 붙잡는다. 그러나 창공의 별은 고독한 이름의 의미도 공유할 때, 천상의 이미지를 나타낸다. 하늘은 높이에서 인간의 꿈이 예정된 공간이면서 시에서는 항상 빛과 사랑의 이중성을 내포한다. 아울러 시인의 정신깊이를 암시하는 문이 열리는 곳이다.

바람에 쓸려 온 파도 끝에 머물 듯
그대의 그 향내나는 숨결은
아직도
내 입가에 서성이는데
그대는 별이 되어
밤마다
내 가슴속에서
하나 둘
살아납니다

그리고
그리움이
그 위를 덮습니다
끝간데 없을 그리움이
끝간데 없을 그리움이 말입니다

—「등대 속의 별」에서

박화배의 별은 그리움과 동등의 가치를 갖고—개인적인 상징— 가슴에 저장된 공간에서부터 길떠나는 여행이 시발된다. 그러나 바람의 힘에 이끌려 '그대'의 구체적인 이미지는 점차 커져오는 이름이 되면서 가슴속에서 살아나는 이름으로 고착되기를 열망한다. 이는 사랑이라는 암시에 이르기 위한 별—높이에서 모두에게 빛으로 다가가는 그리움의 표상이 등대의 불빛 그리고 별이라는 높이의 고귀한 상징으로 나타난다.

어느 하늘 한 쪽에 떠 있다가
여명의 빛에 사그라든다 해도
너는 나에게 있어서 별이다
… 중략 …
매일같이 가슴속에서
그리움으로 피어나
어두운 심연의 숲 속 그 너머에서
머무는 별은
아무 표정 없이 그렇게 서 있기만 해도
내가 살아야 하는 의미를
찬란한 푸르름으로 키워
무성한 인생의 나무로 서 있게 했다

가슴이 시려온다
그리움의 껍질을 깨고
또 하나의 별이
오늘밤 하늘 어느 한 쪽에 피어나려나 보다

—「별」에서

별은 기다림의 공간에서 고귀한 빛을 기대하는 심리적인 간격이 매우 넓게 작용하기 때문에 그리움이라는 말에 정감이 묻어난다. 물론 '또 하나의 별' 때문에 가슴이 '시려'오는 아픔을 감추려 한다. 박화배의 정서는 드러나는 것보다는 안으로 감추는 속성을 갖고있기 때문에 안으로 목표를 다지는 긴 시간의 기다림이 필요하다. 그러나 '너'는 나에게 '별'의 의미를 강조할 때, 살아야 하는 의미의 모두가 되고 인생을 지탱하는 무성한 나무의 비유를 갖게 된다.

3) 꽃

박화배의 시는 화려한 이미지를 장식으로 사용한다. 별이 천상으로의 이미지이면서 고귀함을 꾸미는 시어라면 꽃은 지상의 아름다움을 표상하고 향기로 상승의 길을 내는 의미가 부여된다. 꽃은 인간에게 행복을 줄뿐만 아니라 삶의 활력을 주는 대상이라면 박시인의 시에서는 사랑의 대상을 지칭하는 비유로 나타난다. 이 같은 예는 「이제, 그대 이름을 부를 수 있는 것은」에서는 단계적으로 '그대'의 형태를 추리할 수 있는 과정을 보여준다. '그러나/이 저녁/그대 창가에 머무는 바람처럼/내가 살아갈 수 있는 것은/가슴속에서 키워 온/내 작은 씨앗이/아름다운 한 송이 꽃을 피웠기 때문이오/내 가슴속에/가득 향기를/퍼지게 하기 때문이오/내가/ 그 향기에 취해/그대 이름을/부를 수 있기 때문입니다'처럼 박시인이 그대를 찾고 그리워하고 또 사랑이라는 시어를 표백하는 이유가 나타난다. 바람이라는 메신저에 의해 시인의 마음속에 '씨앗'이 저장될 때 그리움이라는 요건은 더욱 기승을 높이는 안타까움이 된다. 씨앗은 기다림이라는 시간을 먹어야 한다. 종자가 발아發芽하기 위해 기다림의 시간은 절대적인 요건이 되면서 '꽃'(그대)은 환상적인 행복을 줄뿐만 아니라 꽃의 향기는 취함을 전달하게 된다. 이런 절차를 거치면서 '그리움'은 '나무'이거나 '꽃'으로 변용의 미감

美感을 생산한다.

> 당신의 눈빛으로
> 내 가슴속에 자라는 나무는
> 푸르름이 가득
> 그 빛으로 온 마음을 덮어버리고
> 가지에 깃 든 어린 새들조차
> 당신의 눈빛에 평화롭습니다
>
> —「내게 당신은」에서

'당신'의 존재가 있기 때문에 내 가슴에서는 '나무'가 자라는 조건이 만들어진다. 더구나 푸른 색채의 안도감을 주면서 삶의 활력 혹은 싱싱한 에너지를 보급 받을 수 있는 절대의 이유는 당신이라는 존재로부터 시발된다. 이런 현상은 나무에 깃드는 새와 동등한 당신의 '있음'에서 생의 이유가 명확해진다. 이런 현상은 나만의 사고가 아닌 더불어 함께 하려는 의식 때문에 대상과 가까워지려는 그리움의 발동이 시작된다. 이때 비유의 가장 고급한 경지가 별과 꽃이 된다. 그 꽃은 '당신'이라는 이름으로 좁아진다. 그리고 초점이 명확해지면서 꽃이 소리로 변형한다.

> 신록이
> 꽃보다 아름답다는 것을
> 당신이
> 내게 오신 날
> 알았습니다
> 그러나
> 당신의 목소리를 듣는 순간
> 신록보다 더 아름다운 꽃이
> 내 가슴에

피었습니다.

— 「당신의 목소리」

시는 의식이나 대상을 변용하는 데서 창조라는 말이 어울린다. 다시 말해서 이질적인 이미지가 결합하여 또 다른 아름다움을 이룰 때, 변용의 결과는 감동을 잉태할 수 있게 된다. '당신'의 아름다움은 외형적인 의미가 아니라 내면의 깊이를 방문하고 얻은 결과로 보인다. 이런 아름다움은 꽃 이외의 어떤 비유도 적절성을 갖지 못할 만큼 향기로 상승한다. '신록보다 더 아름다운' 당신을 만나는 황홀함이 '내 가슴에 피었습니다'의 절정을 맞는 것은 결국 행복을 얻었다는 환희의 노래가 된다. 박화배의 의식은 내면으로 꽃을 키우면서 그 꽃의 개화 혹은 향기를 발산하는 기다림의 긴 시간을 경과하는 공간을 만들면서 시간의 환희를 불러들이는 기법을 구사하고있기 때문에 기다림조차 기대치를 높이는 효과를 극대화한다.

4) 나무

의식의 중심을 나무로 세우면 굳고 단단한 신념의 의지를 세운다. 나무는 홀로 서있어야 하고 이런 상태를 유지하기 위해서는 햇살과 비를 기다리는 보살핌을 갖추었을 때, 소기의 목표—꽃이거나 열매를 맺을 수 있는 나무로의 특징을 갖게 된다. 그러나 동적이기보다는 소극적이고 정적인 나무의 이미지는 시혜施惠적인 면—그늘과 열매와 인간에 소용이 되는 재질을 나누어줌으로써 나무의 역할은 받는 것만이 아닌 '주는' 역할을 수행한다.

이제 당신이 부른 사랑의 이름이
따뜻한 수액으로

모자란 내 혈관에 차 오르고
힘차게 뻗어보는 물오른 가지를
바람으로 흔들며 부르는 노래
이 저녁숲에 다 퍼지도록
두고두고 부르는 당신의 노래는
어둠이 깃들어도 환한
나의 등불입니다

—「나무」에서

나무가 신념과 의지만을 암시한다면 삭막하다. 그러나 푸른 녹음과 꽃과 열매는 나무에서 느끼는 인간의 지고한 행복이기에 시인의 뇌리엔 아름다움을 연상하는 중심 소재로 다가온다. '사랑'의 궁극에 이르기 위해 나무의 수액은 사랑의 에너지를 충족하는 역할, 그리고 흔들리는 바람의 노래가 사랑하는 당신의 노래로 들려오고, 환한 등불로 불을 켜는 나무의 이미지는 결국 생동감과 지순至純함 그리고 낭만적인 연상미를 자극하는 안온한 풍경을 연출한다. 박시인의 시가 정적靜的인 이유는 주로 이미지의 선택인 꽃이나 나무 등의 정적인 대상을 선택하는 심리적인 현상과 시의 나이브함에 증거가 꽃과 나무일 것이다.

내 가슴 속에 키우는
푸른 나무 하나

그리워서
더욱
푸른
아름다운 나무 하나

—「연인」

그리움을 먹고 자라는 나무의 시다. 30자로 된 짧은 소품에서 그리움과 나무가 '내 가슴 속에 키우는'의 소임을 무리없이 달성하고 있다. 물론 그 메시지는 그리움의 대상이 시의 이면에 숨어있기 때문에 파스텔톤의 은근미를 자극하는 기교가 돋보인다. 어떻든 나무는 그대라는 대상을 더욱 미화하는 중심의 역할을 감당하는 중심소재로 시인의 의식을 나타낸다. 「나무 그늘 아래서」 '마음 속에 /지워지지 않는/그리움으로 앉아 있다가//나무 그늘/녹빛 공간에서/유영하듯/흐르는 잠자리 떼 꽁지에//다시/닿지 못할 마음을/매달아/날려 보내봅니다'처럼 나무그늘아래 충전된 그리움을 미지의 대상에게 날려보내는 행동—다소 소극적인 이유는 '보내 봅니다'의 '잠자리 떼 꽁지에' 의탁하는 태도는 적극적인 행동이 유예된 현상—시인의 심성이 내성적이고 소극적인 느낌을 시에 투영하고 있다.

3. 시의 집을 나오면서

박화배의 시는 설정된 대상을 찾아가기 위해 피흘리는 전사의 태도가 아니라 바라보고 손짓하는 안타까움의 정서를 시로 환치하는 의식으로 시의 창작에 임한다. 이런 태도의 일차성은 '그리움'으로 용해되고 그리움의 내면엔 사랑의 순수가 포함된다. 이런 시적 기교는 안온한 정서 혹은 따스함을 자아내는 이미지의 종착점이 꽃과 향기 그리고 나무로 형태화 된다. 물론 이를 달성하기 위한 정신 에너지에 도달하는 방법은 바람이나 물의 이미지에 의해 시인의 의도가 달성되고 그 결과는 정적靜的인 감수성으로 시화詩化된다.

서정시는 외적 사건보다는 체험의 요소 곧 내적 경험의 순간적인 통일성에 의존하는 특성을 감안하면 박화배의 시는 사랑이나 그리움을 달성하기 위해 안으로 다지는 형태 혹은 기다림의 길을 내면서 끊임없이 소망의 노래를 부르는 감성의 시인이다. 노드롭 프라이의 분류에 의하면 봄의 시인 즉 로맨스의 시인이다. ◉

체험과 정서의 용해

— 김춘선의 시

1. 시의 성격

인간은 자기를 말하는 방법을 찾는 여행을 삶이라는 이름으로 표현한다. 다시 말해서 화가는 선과 색채로 의식을 표현하고 음악가는 리듬으로 고백한다. 물론 표현의 도구는 다를지라도 심리학적인 본질에서는 「자기」를 나타내는 일로 일관한다. 시인은 자기를 말하는 방법이 상징과 은유 혹은 알레고리나 비유 등의 고급한 언어장치를 동원하여 의식의 깊이를 나타내지만 궁극으로는 심리적인 카타르시스이면서, 이 같은 배설은 삶의 희열과 자기만족의 방편으로 선택될 때, 만족도를 갖게 된다. 시인이 끝없이 절망하면서도 지속적으로 시를 창작하는 이유가 탄생에의 만족이라는 말로 정리되는 이유가 만족을 찾아 헤매는 갈증의 역설적 표현이 적절할 것이기 때문이다. 물론 시인은 살아있는 인간의 도정道程을 겪으면서 그 경험의 농도를 시의 대상으로 만들게 된다. 삶에의 통찰 혹은 진지한 생활은 시에 도움을 될 수 있을지라도 절대조건에 이르지는 않을 것이지만 소재의 확충과 시의 진지성을 보완하는 역할을 수행하게 된다. 여기서 시인과 시와의 상관—시인이 시를 창작한 주체일지라도 시가 창작된 뒤에는 시와 시인의 관계는 대등 관계로 설정된다.

김춘선의 시를 일별하고 난 후의 검토는 삶과 시와의 연관이 체험으로 용해되었다는 점이 먼저 떠오른다. 이런 현상은 시인의 성격과 삶을 특징지우는 요소로 인식된다. 물론 윤곽이 뚜렷한 이미지는 아닐지라도 파스텔톤과 같은 느낌—때로는 추상적인 윤곽을 만나기도 하고 때로는 생활의 깊이를 방문하는 진솔성을 발견하기도 한다.

2. 길찾기

1) 순수와 동화

순수라는 의미에는 잡스런 것이 섞여있지 않다는 암시가 우선한다. 그러나 순수를 느끼는 것은 마음의 안정감에서 오는 평안한 상태—주로 정적靜的인 무드를 느낄 것이다. 이미지와 이미지의 결합에서 대상은 전혀 다른 미감으로 장식될 때, 시의 감동은 통합된 감수성으로 남게 된다. 이때 마음의 안정을 가져오는 것은 대상과 합치하려는 일체감에서 나오는 동화同化의 경지일 것이다. 우선 시로 대답을 마련한다.

맑은 날에는
당신을 쳐다보기가
더 눈물겨워집니다

당신을 보는

시간이 길어지면
눈물은 소리내어 떨어집니다

—「하늘」

하늘의 색채명을 Cyan이라 한다. 푸른 색채는 인간에게 심리적인 안정감을 주는 것 때문에 인간과 동화하는 친근한 이미지로 정착되었다. 이는 구원의 의미를 갖고 있고, 평화와 안락감을 주는 이미지로 작용한다. 억울할 때도 하늘을 보고 위안을 삼았고, 정서적인 안도감을 가질 수 있는 유일한 대상이 하늘이다. 다시 말해서 인간사의 모순과 슬픔을 위로 받을 수 있는 색채가 하늘색이라는 의미이다.'맑은 날'은 하늘의 색채가 진면목으로 드러난다는 암시이고 여기에 동화되면 '눈물'이라는 감동의 결과를 만나게 된다.

이는 시인이 대상에 일체화된다는 점에서 시인의 자질을 가장 극명하게 나타내는 암시이다. 시인은 대상과 일체화(Identity)가 감동을 자극하는 요소가 된다. 이 때문에 '맑은 날' '당신'을 쳐다보기가 '눈물'이라는 일체화를 이룰 수 있게 된다. 이런 현상이 지속되면 '눈물이 떨어지는' 감동의 극치에 이르게 된다. 이런 일은 다음 단계로 옮아진다.

마음을 가다듬고
하늘을 쳐다봅니다
하얗게 노니는 양떼구름
저들은 무슨 생각을 하며 노는 걸까
알 수 없는 그리움이
구름 위에 앉았습니다
오늘은 내가 구름입니다

—「양떼구름」

김춘선의 시에는 색채감이 2차색으로 표현되어있다. 구름의 이미지는 흰색 그리고 하늘은 푸른색 혹은 은행나무는 노란색과 같은 이미지를 전달하는 색채—이를 2차색이라 말한다. 여름날 「양떼구름」은 흰색의 이미지가 다가오고 청색의 하늘과의 대조에서 순수성을 강조하는 화면은 '그리움'을 필연적으로 결부시킨다. 흰색과 청색은 순수와 무구성을 갖고 그리움의 대상은 보이지 않지만 청색과 백색의 이미지가 대상에 포장됨으로써 미지에 있는 그리움의 수렁에 빠지게 된다. 바로 '오늘은 내가 구름입니다'의 동화에서 구름과 시적 화자의 일체화는 아름다움을 연상하는 종착지에 이른다. 순수와 순수가 만나면 지고至高함을 연상한다면 김춘선의 시는 그런 함량이 독자의 뇌리를 자극한다.

2) 바람의 메신저

어디로 갈까를 망설이는 것은 인간만의 일은 아니다. 하늘을 떠도는 바람도 계곡에 이르면 급한 물살과 같이 달려가고, 평지에 이르면 암연黯然히 어딘가로 떠날 길을 느리게 모색한다. 바람이 강에 이르면 삽상颯爽함으로 둔갑하고, 눈 위에 이르면 바람의 날은 매서운 이름으로 변모한다. 천사와 악마의 소리가 구분되는 것은 속성의 본질에서가 아니라 여건 혹은 환경이 만들어주는 상황에 따라 결정된다.

시인들마다 시를 옮기는 편법이 있다. 다시 말해서 의식을 이동하는 방법이 각기 다르다는 점이다. 어떤 시인은 꽃이거나 햇살일 수도 있고 또 바람에 의해 자신의 의도를 의탁하는 기법이 있다. 김춘선의 시에는 바람이 일정한 역할을 수행하고 있는 특징을 만난다.

훈풍이 불면 사라질

응달 속의 눈 같은 사랑이었네
겨울이 되면 내리는 눈처럼
봄이 오면 녹는 눈처럼
내 나이쯤이면
누구나 한 번 정도는 건너가거나
건너고 싶어하는
마음 속
감정의 개울에 놓여 있는
징검다리였네

—「바람」

바람은 보이지 않는다. 그러나 존재를 부인하지 못하는 것은 바람의 특성이면서 일정한 임무를 부여받을 수 있는 대상으로 감지된다.「바람」에는 훈풍을 이동시켜주는 임무와 눈보라를 이동시키는 두 기능이 있다. '훈풍'이 불면 눈 같은「사랑」을 만나게 된다. 더불어 봄을 불러오는 것도 바람의 임무에서 시인이 염원하는 '누구나 한 번 정도는 건너가거나/건너고 싶어하는' 뜻을 이루고 싶어한다. 그렇다면 어딜 가는가? 시인의 의식을 이쪽에서 피안으로 연결하는 것은 바람의 의도에 있지만 이를 직접 보여주지 않는 퍼소나—칼 융의 이론을 대입하면 외부세계와 관계를 가지는 자아의 기능으로 작용한다. 개인적인 세계와 외부세계의 결합을 위해서 어떤 태도를 갖는가는 전적으로 시인의 비밀스런 의식으로 묻히게 된다. 언어유희(Pun)나 이중성 등의 기교가 있지만 김춘선의 경우는 직설적인 표현으로 단순화하기 때문에 시적 테마의 단순성이 의식의 명료함을 부추기게 된다. 바람과 바램이라는 이중적인 기교를 통해 개울을 넘어가는 방향이 사랑이라는 암시에 도달하게 되기 때문이다.

바람은 다양한 변신으로 인간을 향한다. 또 다른 변화의 여행을 옮긴다.

산이 막혀 골짝에
맴돌던 바람
되돌아
산허리 좁은 평지
자리잡은 산골동네
찾아 들어
양철지붕 발랑발랑
뒤집어 놓고
여름 내내 애써 가꾼
동네 어귀에 있는 꽃밭에
소담하니 곱게 피어 있는
희고 노란 소국 모가지
달랑 꺾어 놓고
신이 난 듯
낙엽 모아 강강수월래

— 「산골 바람에 심술」에서

심술의 바람을 연상한다. '산이 막혀'를 돌파하는 방법에서 돌출의 행동이 '양철지붕'발랑 뒤집는 행동이나 '소국의 모가지를 꺾어'의 행위이후에 즐거워하는 행동은 악역을 감당하는 바람의 훼방이 1연을 이루고 있지만 도덕적인 결함보다는 '신이 난 듯'과 '강강수월래'의 흥을 돋구는 유아적인 장난으로 드러난다. 이 같은 기교는 시인이 시의 진행을 간섭하는 것이 아니라 보여주는 것으로 객관화의 의미를 시의 형식으로 삼고 있어 악의적인 인식을 해소하는 인상을 준다. 이런 인식은 바람이라는 매개체를 통해 별개의 느낌을 전달하고 있는 김춘선의 시적 기교이면서 특징이 된다.

3) 생명의 인식—물

시는 살아있음을 노래라는 물활적인 방법을 영감으로 나타낼 때, 신과의 접속을 갖기도 하고 노래하는 예지의 영역을 갖기도 한다. 접신接神의 경지— 엑스터시 —과학이라는 이름으로 설명할 수 없는 초자연의 경지를 다녀오는 사람이 시인이기 때문에 진부한 설명을 필요로 하지 않는다. 바위를 살아나게 하고 식물에 화려한 의상을 입히고, 강물에 신비의 노래를 부르게 하는 시적인 영감은 생명을 갖게 하는 것—대상을 살아나게 하는 창조주가 시인이다.

김춘선의 시에는 생명에 대한 느낌을 갖게 하는 특색이 있다. 이는 비 혹은 물이라는 유동성을 동원하여 정서를 노래로 바꾼다.

> 죽은 듯 잠자던 나무에 수액이 오른다
> 거칠고 모진 겨울잠 이겨 낸 가지는
> 응혈(凝血)을 쏟아내듯 눈을 뜬다
> 대자연의 품에 또 하나의 탯줄이 잘린다
>
> —「봄의 전경」에서

잠을 깨우는 것은 '수액'이다. 겨울의 삭막하고 처절한 생명의 단절현상을 이어주는 것은 '수액'이라는 생명촉진의 원형이 있기 때문에 '거칠고 모진 겨울잠'을 이겨내는 에너지를 보급 받게 된다. '눈을 뜬다'와 대자연으로 나가는 '탯줄'을 끊고 새 생명으로의 길을 확보하는 원천이 수액에서 비롯되는 셈이다. 이는 시인의 정서에 남아있는 물의 원천이 사랑을 깨우치는 이름이 되는 것과 같기 때문이다. 다시 말해서 봄의 환희를 불러오고 삶의 희열을 불러들이는 시인의 의식을 충만으로 채우는 원형이 모성의식과 연계를 상상할 수 있을 것 같다는 이치이다.

창문을 열어 손을 내밀어 본다
떨어지는 빗방울과 바람이
내 손을 간지럽게 잡힌다

쌩한 찬기가 도는 바람이
메슥거리는 속을 달래주 듯
톡톡 가슴을 두드려준다

입을 벌려 바람을 마신다
코끝이 싸-한 바람의 맛
곁들어지는 5월의 빗방울

—「비오는 날의 풍경」에서

5월의 찬란함이 빗방울에 의해 눈을 뜬다. 이는 자연의 현상이 화려함으로 옷을 갈아입는 정점頂點의식을 뜻하면서 정지태靜止態에서 동적動的인 양상으로 변하는 것이다. '간지럽게 잡힌다' 와 '가슴을 두드려 준다'와 '바람을 마신다' 등은 모두 움직임을 나타내는 시어들이면서 한편으로는 시인의 정서를 나타내는 상징일 수도 있다. 시적인 표현과 시인의 삶과 등가等價를 이루는 심리적인 상관을 떠날 수 없기 때문이다. 왜냐하면 시는 시인과 같은 의식을 언어로 표현하면서 심리적인 저변에 일치점을 갖는 이유—다만 상징이나 응축이라는 절차만을 제거하면 시는 시인과 같은 상표가 된다. 고백을 언어장치로 표현하는 것이 문학이고 시이기 때문이다.

생명을 만나는 일은 환희이지만 생명을 키우는 모습은 아름답다. 풀 한 포기를 키우는 것이나 씨앗으로 미래를 예상하는 일은 생명을 만나는 기쁨이기 때문이다.

태어나 처음으로
씨앗을 심기 위해
땅을 갈았네
… 중략 …
육신의 고단함에서
단맛이 나네

—「나만의 행복」에서

노동의 결과—씨앗을 심고 기다림을 위해 '수돗물'을 주면서 삶의 아름다움을 예상하는 시인의 자세가 노동의 결과이면서 고단함이 '단맛'으로 연결된다. 그렇다면 단맛의 의미를 알기 위해서는 땀을 흘리는 노동 뒤에 비로소 참된 생명의 가치와 의미를 터득할 수 있게 된다. 비록 평범한 예일지라도 노동의 의미와 생명을 키우는 상관은 고귀한 의미를 갖게 됨은 고금의 이치일 것이다. '태어나 처음으로' 씨앗을 심었다는 시발始發에서 자각의 문이 넓어졌고 여기서 생명의 고귀성을 일깨우는 보편성을 만나게 되기 때문이다. 김춘선의 노동은 곧 시의 윤기를 더하는 빌미가 되는 이유—전원에서 땅과 생명의 소중함에 눈이 떠있기 때문인 것 같다.

돌이 무성한 밭을 일구어
씨앗의 씨앗을 볼 때까지
매일 한결같은 정성을 쏟으리라

수돗물을 끌어다
마른 흙을 적셔주고
이끼만큼 자란 싹 언제 꽃피우리라

부엌 창문으로
텃밭을 내려다보며

꽃피고 열매 맺은 모습을 그린다

—「텃밭 가꾸기」에서

미래를 바라보는 것은 현실을 투자한 이후에 가능한 일이다. 기다림만의 미래는 현실을 무기력하게 만들 수밖에 없지만, 씨앗을 뿌리고 물을 주고 그리고 애정을 투자하면 싹은 생명의 이름을 달고 얼굴을 내민다. 「텃밭 가꾸기」는 돌이 무성한 밭에서 땀을 흘리면서 애정을 심노라면 '언제'의 언덕을 넘어 꽃을 만나는 소득이 행복해질 수 있다. 시 또한 인간의 삶을 교훈으로 삼는 기능을 예외로 할 수 없을 때, 보편성을 획득하게 된다. 이는 시가 객관성을 갖는 이유를 부여하는 조건이 되지만 얼마나 감동을 남길 것 인가도 이런 조건의 합치에 있어, 시의 자리가 넓어지는 이유도 될 것이다.

김춘선의 시는 생명을 키우기 위해 모성의 물을 잇대이는 노력을 갖기 때문에 땀과 열성 그리고 노력만큼 기다림을 심을 수 있고 여기서 화려한 개화의 날을 기다릴 명분이 축적되는 시를 쓴다.

4) 사랑

어머니의 안온한 사랑에서는 꿈을 꿀 수 있고, 신의 자비에서는 인간의 체온을 감지하게 될 것이다. 그러나 이성간의 사랑에서는 존경과 적개심이 교차하는 두 길이 있다. 또한 결합된 이성에서 의무감으로 혹은 절실성으로 결합된 가정의 사랑은 끝없는 인종忍從의 마디 속에 사랑의 참된 의미를 발견해야 한다. 가정은 그런 의미가 승화의 길을 찾고 터벅여야하는 삶의 공간이다. 시인은 그런 도정의 평화와 안온함을 찾아 방황의 촉수를 두리번거린다.

「님에게1~7」과 「사랑」 등 많은 분량의 시에서는 불빛을 밝히려는 사랑의 이름이 용해된 시들이다. 우선 사랑의 아픔으로 시작된다.

너를 위해
네 곁에 머물 수 없어
아픔이 되어버린 내 사랑
혼자 남은 깊은 밤 지옥에 앉아
한 잔의 술로 달래며 밤을 지샌다

— 「아픈 사랑」에서

두 개의 상반된 의미가 평행을 이루면 아픔이 잉태되고 하나로 결합하면 빛을 발한다. 사랑은 그런 두 가지의 경우에서 하나를 선택하는 일이 여백으로 남고, 이별이 '너를 위해'서라는 조건에 아픔이 선택된다. 망각의 이름을 빌리기 위해 「술」이라는 깊이에 잠길 때, 아픔을 넘어가는 길이 만들어지지만 사랑의 아픔은 항상 매듭을 이루면서 또 다른 노래를 부르게 된다. 사랑은 고정된 것이 아니라 유동적이고 새로운 이름으로 찾아가는 길이 항상 열리기 때문이다. 이별이 시간의 언덕을 넘어가면 결국 망각의 무덤에 들어갈 수밖에 없는 일도 될 수 있다.

떠나가면 무엇해
그리움 가득한 사랑이 남아 있는데
잊으려 눈감아도 떠오르는 모습

— 「잊혀지지 않는 사랑」에서

여백은 애달픔을 자극하고 그 자극이 상처로 남을 때, 그리움의 농도는 더욱 깊어질 수 있다. '잊으려 눈을 감아도'는 쉽게 잊혀지지 않는 것만큼 짙은 사랑의 추억이 간절해지는 이유가 된다. 물론 사랑의 기억은 실제의 이름이기보다는 상상의 「부풀음」이거나 관념적인 이름으로 포장되는 경우가 다분하다. 일정한 대상을 사랑으로 포장하는 경우는 얼마든지 가능하기 때문일 뿐만 아니라 시는 상상력의 극대화를 의미화하는 예술이기 때문이다. 그러나 김춘선의 사랑의 또 다른 상상여행은 현실과 밀접성을 갖고 있는 것 같다.

> 삶과 미움으로
> 앓고있는 내 가슴을
> 실바람이 되어 달래주는
> 그대는 내 인생의 덫이 되었네
>
> 실개천이 강이 되고
> 강이 바다가 되듯이
> 우리의 짧은 순간들이
> 그리움 가득한 사랑이 되었네
>
> —「흔들리는 마음1」에서

'그대'라는 구체적인 대상이 구원의 이름으로 다가선다. '덫'이라는 구속의 이름이면서 사랑의 원천을 이루는 '그리움'이 사랑으로 변하는 대상이 된다. 작은 것이 점차 커지면서 짧은 것이 더욱 확대되는 이름으로 각인刻印되고, 다시 덫은 사랑의 중심을 이루는 대상화로 변모된다. 결국 '바다가 된 그리운 사람'으로 절대경을 만나는 일이 시인의 숙명으로 남는 것 같다.

거리距離의 조정은 삶의 관계설정이다. 너무 가까울 때와 너무 멀리 있을 때를 벗어나 적당한 거리를 조정할 때 실상을 접하게 된다. 실상은 진실을 접하는 이유가 될 수 있고 진실은 삶을 의미있게 채우는 일이 된다.

> 이정표에 당신이 있는 곳이 적혀있습니다

마음 따라 당신 있는 곳으로 가고 싶지만
당신을 보는 순간
걷잡을 수 없어 질 것 같은 감정을
추스릴 자신 없어
아쉬움만 안고 당신 있는 곳을
그냥 지나갑니다
당신 있는 곳은 점점 멀어지고 있는데
마음은 아직도 그 곳을 맴돌고 있습니다

— 「흔들리는 마음 2」에서

시적인 흐름에는 동반의 의미보다는 거리를 갖고 애달픔을 수용하면서 바라보는 암시가 시의 중심을 이룬다. '걷잡을 수 없을 것' 같은 '염려와 멀어지는 거리를 받아들이는 자세를 견지하면서 그 곳을 맴돌고 있습니다'의 안타까움이 시적 긴장을 유발한다. 올드리치는 심리적인 거리를 관찰(observation)과 간파(prehension)라는 두 가지의 경우로 의식작용을 대비했 전자를 공간적인 성질에 대한 최초의 인식인 반면 후자는 미적 지각 양태라는 뜻을 갖는다. 시에 미적 지각은 거리가 안타까움과 비례할 때 더욱 애조를 갖게 될 것이다. 다시 말해서 대상의 극대화는 거리의 멀어짐과 비례하면서 가까워지려는 마음과의 간격이 현저할 때, 사랑의 마음이 그리움으로 간절해진다. 이런 사랑의 마음은 보다 적극적인 충동에서 균형을 갖지 못하는 의미를 나타낼 수도 있다.

보약보다 더 나은 약인 것을
숙명적인 만남으로 인해 핀 사랑인 것을
함께 하여 기쁘고 편안하여 행복한데
객꾼들의 쉰 소리가 무슨 상관이 있으랴
죽는 날까지 그 사랑으로 행복하여라

— 「님에게. 5」에서

사랑의 결합은 영원을 꿈꾸고 소망한다. 김춘선의 사랑의 노래는 이쯤에서 프롤로그로 들어가는 영원성의 희구를 갈망하는 자세를 갖는다. 객꾼들의 말이나 쉰소리 등을 물리치고 자기만의 영역을 유지하려는 뜻을 가질 때, 자칫 독선적인 상황을 연출 할 수도 있고, 맹목적인 처신으로 전락할 수도 있다. 그러나 하나의 공간으로 끌어들인 사랑의 의미는 결국 지켜야할 숙명적인 과제를 부여받고 용감한 전사의 자세를 갖는 것은 사랑의 의미를 더욱 지고하게 만드는 방법일 일 것이다. '죽는 날까지 그 사랑으로 행복하여라'의 타령조에서 행복의 성 쌓기는 마무리된다.

3. 에필로그

인간의 체험은 주체와 객체의 상호작용이면서 대상과 일체화를 지향하는 의도로 진행된다면 시는 그런 일을 노래하는데 헌신하게 된다. 그러나 체험을 절제하고 지적으로 응축하는 것은 언어의 각별한 기교를 필요로 한다는 데서 시는 함축적인 상징을 요망한다.

김춘선의 시는 있었던 것과 있을 수 있는 체험을 통합하는 시를 제작한다. 여기에 언어를 공그릴 수 있는 고도의 기술이 삽입되어야 한다면 대상을 순수의 눈으로 포착하는 아름다움은 김춘선만의 특징— 전원적인 정서가 중심을 이루면서 체험을 용해하는 방편으로 시를 제작한다. 여기서 정감의 노출이 유려함으로 노래를 만들고, 생명의 지고至高함을 인식하는 시선이 확보된다. 그만큼 따스한 모성애의 정서가 시의 맥을 형성하고 있다는 의미가 될 것 같다. ◉

제 3 부

마음의 풍경화

푸른 슬픔의 깊이에서

— 제정자의 시

1. 시의 신전에서 받는 위안

시는 어디서 누구를 위해 손짓을 하는가? 대답은 없고 바람소리만 횡행하는 벌판에서 시의 이름을 부른들 소식은 묘연할 수밖에 없을 것이다. 왜냐하면 시는 애시당초 인간의 가슴에서 나올 줄 모르는 이름이었고 또 지금도 그런 형태를 유지하고있기 때문이다. 물론 시의 얼굴을 대면하는 사람은 일상적으로 시와의 이야기를 나눌 수 있지만 거개가 장식이나 관념의 성城에 갇힌 포로의 초라함이기 때문이다. 왜냐하면 시는 불러서 나오는 이름이 아니고 고귀한 의상으로 고독을 즐기는 고고함이 전부이기 때문이다. 그렇다면 누가 보는가? 천진하고 유아적인 욕심이 없는 사람에게 시는 항상 문을 열어놓고 기다리지만 야욕과 명리名利에 취한 사람에게는 결코 다가가지 않는 오만의 주인일 수밖에 없다.

시의 신전은 항상 열려있고 또 참배객을 기다린다. 다만 순수와 아름다움을 마음에 간직한 사람에게만 허락의 열쇠를 주는 신이라는 사실이다.

가슴을 열고 눈을 뜨고 순수의 이름표를 붙이고 다가갈 때, 시는 노래와 아름다움을 전달하기 위해 신전의 문은 열려있다. 임금님은 벌거 벗었네를 말하는 것처럼……

슬프고 괴롭고 아픔이 절었을지라도 진실과 투명한 고백에서는 감동의 누선淚腺을 자극하는 이름들을 흐릿한 윤곽으로 만나게 된다. 제정자의 시에서는 그런 비유를 접하게 된다.

2. 고백들의 얼굴

1) 창

인간은 누구나 자기의 창을 갖고 있고 문을 열어야 하는 일들이 쌓여있기 마련이다. 현실의 창백함을 위로 받기를 원하는 생각에서나, 명예名譽의 빛을 받아들이기를 바라는 뜻에서, 혹은 악착한 현실에서 탈출하려는 열망에서, 또는 그리움이나 사랑 혹은 행복의 추구를 위해서, 또는 지나버린 슬픔의 덫에서 벗어나려는 생각 등등 많은 이유가 위안으로의 창窓의 필요를 절감하데 된다.

인간은 창을 향하여 소망의 편지를 쓴다. 편지는 배달 될 수도 있고 또 영원히 도착하지 않는 방황의 이름이 될 수도 있다. 창은 인간에게 자유를 구가하고 추구하는 도달점이면서 삶의 일정부분인 것이기 때문이다. 만약 자유로 나아갈 수 있는 문을 발견하지 못한 삶이라면…… 이 같은 가정의 삶은 얼마든지 있다. 시인은 이런 현상에 노래로 자유의 길을 만들려는 사람이다.

겨자씨 하나가 떡잎 문을 열고

바깥 세상을 보았을 때
온통 산과 들은 봄물에 젖어 있었습니다
하늘을 향해 환호하며 꿈을 꿀 때
바람 한줄기가 지나가며 말했습니다
구름과 태양 안에는 천둥 번개도 있다고
그런데 그날 밤 폭풍우가 몰아쳤습니다
엎드려 떨고 있는 나에게
남은 바람 한 줄기가 달래었습니다
폭풍우 속에는 무지개가 들어 있다

큰 나무가 되었습니다
그 그늘 아래 쉬고 있는 이들을 껴안습니다
발가벗고 기도하는 裸木을 사랑합니다
나목은 바람 속에 묵묵합니다

—「바람 속에 있는 것」

'겨자씨'라는 작은 창문이 열리면—시적 화자는 드러나지 않았지만—화려한 봄물의 세상을 바라보게 된다. 거기엔 꿈을 말하는 바람 한 줄기가 지나가는가 하면 천둥과 번개의 고통스런 일들이 보이면서, 시적 화자인 「나」는 바람 한 줄기에 매달리며 슬픔을 감내하는 시간 속에 '무지개'를 보려는 두리번거림을 갖는다. 악착한 현실에서 구원을 의미하는 무지개는 「나」를 이끌고 세상의 슬픔을 돌파하는 의미를 나타내면서 그 꿈을 좇아 '큰 나무'로 성장할 것을 예비한다. 더불어 훼방의 바람 속에서도 '묵묵'한 의미의 창문을 여는 마음은 '바깥 세상을 보았을 때'라는 순간적인 깨달음의 창문을 통해서 가능성이 열릴 수 있다. 이는 삶에 대한 통찰과 시련의 늪을 통과한 연후에 터득된 창문으로— 세상보기를 뜻함과 아울러 미래를 연상하는 또다른 인생의 길이 상정想定된다는 뜻이다.

생나무 가지에 불붙인 듯
사납고 아프게 타오르는 가슴 속
터지려는 불 가슴을 내리 낮추고
깨어진 무릎, 무르팍으로 기어
이 세상 끝까지 쫓기는 날
아무도 모르는 음습한 그 곳에 웅덩이를
깊이 파고 따라오는 별빛도 몰래
내 슬픔의 피를 모두 쏟아 묻는다
그 땅 속 깊이에서 내 슬픔은
한 몇 년쯤 썩고 썩어 삭히어져 뿌리내리고
피눈물 꽉 삼킨 매듭 매듭으로 온몸 뒤틀면서
언젠가 빛나는 대나무 숲을 이루리라

그 숲에 입을 대고 목놓아 울고 싶다

—「따라오는 별빛도 몰래」

의미상으로는 3연— '사납고 아프고'와 '깨어진 무릎', 그리고 무릎으로 기어와 끝까지 쫓기는 날까지의 엄정한 현실, 이 현실의 슬픔에 밝은 이미지인 「별」조차 몰래 웅덩이에 파묻으려는 인종忍從의 자세와 전환을 가져오는 '언젠가 빛나는 대나무 숲을 이루리라'의 미래로 통하는 2번째 연에서 정점을 맞게 된다. 이런 현상은 3연에서 '목놓아 울고 싶다'의 소망에 시인의 정서는 응축된다. 「바람 속에 있는 것」이 겨자씨라는 작은 창문을 마련하는 일이었다면, 「따라오는 별빛도 몰래」에서는 고통의 현실을 대나무 숲이라는 공간을 통해서 '빛나는'의미를 쟁취하려 하면서 '목놓아 울고 싶다'의 위안을 받으려는 소망—가난한 소망을 심는다. 물론 그 토운은 다소 유약하고 주저스런 느낌은 시인의 심성으로 돌릴 부분일 것 같다.

2) 고달픔 그리고 아픔

제정자의 정서는 한 편의 시를 끌고 가기에도 힘겨운 느낌이 있다. 명료하지는 않지만 현실의 중압감 혹은 탄식의 고통과 더불어 살고 있다는 인상을 지울 수 없는 느낌 때문이다. 이 같은 현실에서 제정자의 시적 토운은 길찾기를 모색하는 시들이 대부분을 장악한다. 이는 서러움에, 쓸쓸함에, 슬픔에, 애달픔으로, 갈증으로 등 다섯 가지로 의식을 모색하게 된다.

> 한 쪽은 피나고 다른 쪽은 상처 눌리고
> 일회용 반창고 입으로 뗄 수 없고
> 열흘, 보름 집밖을 몰랐드니
> 언제 건달 한 놈 옆집에 세 들었나보다
> 뭐가 궁금한 지 어슬렁거린다
> 숫처녀인 줄 착각 속에 사는 나는
> 270문 백고무신 한 켤레 전시해 뒀다
> 눈물만 쏟아지고 눈을 뜰 수 없는 증세가 왔다
> 더듬어 눌린 번호로 병원차 오고
> 앞을 볼 수 없는 것은 뇌의 충격이라고
> 보호자 오라는데
> 홀로라는 것 들킬까봐
> 의학전공자 실험용으로 나를 쓰라 하니
> 그 일도 홀로는 어렵다네
> "이 모습 이대로 받아주소서"
>
> —「홀로 산다는 것」에서

시는 상상력의 포장을 거쳐 표현하기 때문에 현실을 가늠하는 상징이나 비유의 이름을 벗기는 작업을 거치면 시인이 겪은 현실의 농도를 파악하게 된다. 「홀로 산다는 것」은 서럽게 살아온 이야기가 내장된 아픔에 '눈물만 쏟아지고 눈을 뜰 수 없는 증세'라는 처절한 현상을 더욱 가중시키는— '실험용으로 나를 쓰라'는 슬픔의 고백이다. 그러나 그 일도 어려운 현실과 참담한 체념 끝에 "이대로 받아주소서"의 헌신의 마음을 갖는 고백이 눈물겨운 시인의 내면이다. 더불어 슬픔을 함께 공유할 수 없는 '홀로'라는 것 때문에 안으로 삼키는 피눈물의 흐름과, 세상사 체념이외에 다른 방도가 없는 노래를 유장하게 뽑아내는 가락은 비극적 고백으로 드러났다.

하나의 아름다움이 익어가기 위해서는
하나의 슬픔과 고독도 깊어져야 한다고 믿는
사람이 되겠습니다
그래 그렇게 살다가 하늘 길로 떠나거든

시인의 관 위에 꽃 대신
연시 한 편 올려주시고

—「눈 마을에서의 이야기−3월」에서

쓸쓸함은 고독이라는 사치함과는 다르다. 외롭고 처절한 상황을 넘어설 수 없을 때, 망연한 '슬픔과 고독'의 깊이에서 생애 모두를 잠기게 하는 현실— 좌초의 노래이기보다는 미래를 바라보는 서러움이 쓸쓸함의 풍경화로 보인다. 누구도 간섭할 수 없는 그리고 누구도 함께 동반의 이름으로 선택할 수 없는 가슴 저리는 서글픈 가락만이 하늘을 배회하는 아픔의 고백이 3월을 채색하기 때문이다.

슬픔은 인간의 본질인지 모른다. 행복의 반대편에 있으리라 믿는 슬픔은 항상 다가올 채비를 갖추고 있지만 누구도 반겨줄 리도 없는 모습으로, 어느 날 예고 없이 찾아오는 그림자일 때, 제정자에 시는 이런 슬픔의 바닥에서 출발한다.

한 땀 한 땀
연비를 새긴다
어려운 시간 속 눈물 많던 여인이
세상 끝날까지 부르고 싶은 노래를 십자수로 새긴다
남아 있는 모진 나이를
모진 나이에 품은 열락을
보리심으로 새긴다
무거운 일생을 군말없이 업어 넘긴
무쇠솥 같은 항아리 같은
흙담은 질그릇 같은
여자의 일생을 보리심으로 연비로 새긴다

—「십자수를 놓으며」

시련의 언덕을 넘으면 슬픔은 다시 큰 그림자를 끌고 함락의 기세를 갖춘다. '눈물 많던 여인'의 모진 아픔의 사연을 십자수로 새기는 한 땀 한 땀의 행보, 눈물로 새기는 보리심의 흔적이 행복에 대한 추구이기보다는 직면한 현실의 언덕을 넘어가기 위한 작은 목표일뿐이다. '모진 나이'에 대한 구체적인 증거는 겉으로 보이지 않지만 내면으로 흐르는 비극적인 인식은 십자수에 새겨지는 인생의 그림—눈물 짙은 슬픔으로 다가온다. 이 같은 슬픔을 재촉하는 원인은 아마도 '지금도 살갗 어딘가에 아픈 침으로 박혀있는/당신과의 사랑 망각의 강 레테를 건너고 싶다'「눈마을에서의 이야기–8월」에서 '아픈 침'이 가슴 저미는 슬픔의 생산지가 되는 게 아닐까.

제정자의 시는 다시 애달픔의 현실을 맞는다. 물론 슬픔이나 애달픔 혹은 서러움 등은 모두 현실의 벌판에서 외롭게 맞아야하는 일들이지만 그 색깔은 동일한 뉘앙스로 젖어있음도 사실이다.

여름 한 낮 같았던 사랑
붉은 색 옷을 입고 불새처럼 울던

이름만 대면 알만한
누구누구가 되고도 싶었다

도착점이 보인다
생의 만가를 불러야 할 때마다

다 담지 못했던 사랑을 위해
슬픈 열정 소나타를 부른다

지난날은 울음 섞인 한판의 춤
두 번 출 수 없는 그런 춤

—「종부성사. 4—지금은 비(雨)가」

종부終傅—임종이 가까운 사람이 받는 성사라는 어의로 미루어 볼 때, 마지막을 고하는 이별의 아픔을 떠올리는 시인의 개인사가 클로즈업된다. 체험의 변형이 시의 형태임을 차치且置하고라도 인생을 회고하는 인식에서 맞는 당혹이나 아픔은 형언을 넘어서는 절룩이는 운명의 시어가 된 것이다. 제정자는 이런 아픔을 현실로 맞았고 이를 시의 이름으로 표백된다. 꿈과 희망과 사랑의 이름들이 모두 달아나는 공허이면서 또 몰려오는 두려움의 파도를 넘기엔 유약한 시인의 정서가 오히려 아픔을 부추긴다. '두 번 출 수 없는 그런 춤'의 애달픔이 제정자의 정서에 이입된 파도에서 운명의 신은 무자비하다는 느낌만 남는다.

갈증은 부족함을 보충하려는 심리적인 현상이다. 이에는 욕망을 부추기는 원인도 내장될 수 있지만 삶의 가파름과 고달픈 사연이 추억의 촉수를 자극하는 데서 갈증은 아픔이 되기도 한다.

간밤
동이 틀 때까지
질펀한 사랑 나누드니
온몸이 다 열렸네
꽃웃음
비가 되어
하얗게 춤을 추는 매화
밤새도록 넌 참 좋겠다

—「매화」

감정이입感情移入은 시를 쓰는 대상을 육화하는 기교의 하나다. 다시 말해서 표현대상과 하나가되는 심리적인 갈망이면서 표현미의 확산을 가져오는 돌파의 미학이 될 수 있기 때문이다. 매화라는 꽃의 아름다움을 통해 자기의 감정을 의탁하는 꽃— 웃음의 매화가 '비가 되어' 하얗게 춤을 추는 부러운 모습을 '밤새도록 넌 참 좋았겠다'의 간접화법을 동원하여 사랑의 갈증 그리고 '질펀한 사랑'의 추억을 되살리는 미련을 회상하는 고백으로 남는다. 여기서 제정자는 감추면서 드러내는 시적 기교를 은근미로 장식하게 된다. 이는 절제의 삶 혹은 뛰어넘을 수 없는 기력의 한계를 절감하는 체념 혹은 다른 변형으로 보일 때 미련의 그림자는 다시 슬퍼진다.

3) 그리움

인간은 그리움으로 산다. 멀리 있는 사람이거나 아니면 영원을 고한 이별이거나 추억의 이름에 매달린 사연들 모두는 때로 아련한 그리움의 이름표를 쓰게 된다. 사는 일은 이 같이 그리움의 줄기를 어떻게 해결하면서 살 수 있는가의 길 찾기가 될 것이다.

사랑하는 이가
없는 곳에서는
"그리움"이라는
말 하나만으로도
눈물이 난다

—「사랑, 하는 동안」에서

사랑이라는 어휘에는 설레임이 차오르는 이름으로 행복과 감사의 마음 등이 일렁이게 된다. 그러나 대상이 거리를 가질 때, 안타까움이 발동된다. 이런 마음의 유로流露가 설레임으로 둔갑하면서 애조를 띄우거나 설명할 수 없는 마음의 공백 상태가 된다. 제정자는 그리움이라는 단어에 '눈물이 난다'처럼 예민한 감수성을 발동한다. 이는 시인이 겪은 사랑의 추억이거나 삶의 애환이 안타까움에서 파생되는 애절함 때문일 것이다. 그러나 제정자의 그리움은 이별 혹은 사랑의 상태가 단절된 여백에서 느끼는 거리감의 문제인 것 같다.

많은 슬픔은 다 떨구어 주고
사랑 하나만을 곱게 심어준 사람
미루나무 아래 고고하게 서 있는
보랏빛 붓꽃같은 그리운 사람

—「꽃이 바람에게」에서

'사랑 하나만을 곱게 심어준 사람'에 대한 연연戀戀의 마음이 줄기를 이어갈 때, 마음의 안타까움은 그리움을 잉태한다. 그러나 그런 사람은 미루나무 아래 고고하게 서있는 것 같은 착각이 '붓꽃'같은 보랏빛 그리움으로 상상력을 확대한다.

제정사의 시적 정서는 정적靜的이다. 이는 「눈마을에서의 이야기」 연작시나 「사랑을 위하여」 등 많은 시의 구성에서는 다이내믹하기보다는 스태틱한 정서가 주조를 이루어 있다. 이는 그의 시적 표현미가 「드러냄」보다는 안으로 감추는 특성에서 그리움의 형태가 「암시」의 형태를 나타낸다. 제정자의 시가 애조를 띄고 감상적인 페이셔스가 넘치는 것도 과거와 현실의 간격이 넓다는 그리움의 이미지와 연관이 있다는 점 때문이다.

4) 어머니 그리고

어머니는 태초의 안식처요 고향이면서 인간의 본성이 깃든 원형이다. 아울러 사랑의 진원이기 때문에 심성의 모두를 바치려는 발심發心을 갖는 공간으로 남게 된다. 제정자의 어머니에 대한 소회는 절절하고 또 현실의 고달픔에 기대려는 마음이 복합적으로 작용한다. 나이브 하고 또 순정醇正한 함량으로 다가온다. 어머니의 품에 안기고 싶은 시인의 마음은 여린 자식으로 돌아간다. 그리고 그가 살아온 아픈 상처의 흔적도 어머니에 고하는 말속에 들어있다.

무릎 마주하고 드릴 말 있어
먼 나라 계신 어머니
잠깐 다녀가시게 할 수는 없나

… 중략 …

살아서 당신의 영예였던 딸은
부서지고 무너지며
과果의 모습으로 살아가고
내가 바뀌면

숙명이 사명으로 바뀌어질까
무릎으로 기어도
한 사람만은 지금도 나를 짓밟고 짓이깁니다
묻고 싶은 것은 하나
혼내 줄 사람 하나
어머니, 잠깐 다녀가세요
인과응보因果應報 마무리도
같이 해주세요

보릿대 국화 한 다발 안고 마중 갑니다

— 「어머니」에서

제정자의 정서에 슬픔의 요소가 어머니를 향해 고백된다. '무릎으로 기어도/한 사람만은 지금도 나를 짓밟고 짓이깁니다'에서 슬픔과 고통의 진원이 어디에서 비롯되었는가를 추정할 수 있게 된다. 살아 계신다면 호통으로 대상을 꾸짖을 수도 있고 또 딸의 외로운 처지를 위로해줄 수 없는 오늘, 어머니에 대한 그리움은 차라리 애통스럽다. 그러나 '먼 나라 계신 어머니'를 향한— 피안으로 여행을 떠난 그리움을 채색하는 호소는 절절하다. 그러나 담담하게 어머니를 마중하려는 '보릿대 국화 한 다발'로 딸의 고독과 아픔은 사무치는 그리움을 우회적으로 정서화했을 뿐이다.

시의 토운이 슬픔이라면 그 슬픔을 좌우하는 인자因子가 있기 마련이다. 다음 시에는 시인의 딸과 연관된 아픔이 묻어 있다

딸아이 미소
하얀 제비꽃이
나를 멈추게 한다

하늘을 선회하는

까치 두 마리가
나를 멈추게 한다

버스 정류장 한 켠에
웅크리고 앉아 고개 떨군
노인의 옆모습이
나를 멈추게 한다

언제나 나를 멈추게 한
모시 빛 같은 길을 따라
다시 걷는다

―「나를 멈추게 하는 것들」

어머니에 의대고 싶은 마음이라면 자식에 대한 염念은 또 다른 슬픔의 한 축을 이루고 있다. '제비꽃'과 '딸아이 미소'와 '웅크린 노인'과 하늘을 '선회하는' 상징에서 제정자의 슬픔을 부추기는 원인을 제공하고 있기 때문이다. '더 깊이 숨고 싶었고/더 깊이 들어앉고 싶었다/계속, 쓸쓸해하고 흐느끼다가/어느 날 흔적도 없이 사라지리라 다짐했다'「육십의 나이에 정월 초하루」와 같이 절망의 심연深淵에서 '다시 걷는다'의 결의를 다지는 것은 약한 심성에서 초연함을 찾으려는 정신의 에너지로 보인다. 이는 어디서 연유하는 것인가?

어머니에 향하는 그리움은 현실과 과거를 단절하는 착각의 길을 회상하게 된다. 이는 구분의 필요조차 무의미한 모성에 대한 사랑의 염원인 점이다.

그 길 따라 그냥 갔어
맨날 맨날 가던 길
집에서 택시 타고

터미널 가서 고속버스 타고
내려서 또 택시 타고
계단에 올라가 그 집 가니
엄마만 없데
어데 갔었노
밥 먹고 나도 커피 주는 사람 없고
뚱땡이 왔다고 나 배 두드려 주는 사람 없데
이 세상에서 우리 딸이 제일 예쁘다던
마지막 한 사람
어데 갔는지 없데
엄마! 언제 오는데
기다리다 그냥 여덟시 막차 타고
서울 왔뿟다
궁금하다 또 가께

—「엄마만 없데」

사투리의 친근미는 엄마와 딸의 관계를 아득한 추억으로 돌아가게 한다. 물론 회상의 구조로 시를 엮어간 「엄마만 없데」는 홀로 이 세상에 외톨이가 된 슬픔과 참담함을 담담하게 표현된 수작秀作의 만남이다. 항상 다녔던 어머니의 방문에서 부재不在의 공터에 어머니의 추상追想은 애설운 아픔을 준다. 딸을 사랑했던 어머니를 찾았어도 어머니의 자리가 없을 때 '엄마! 언제 오는데'의 표현은 처절한 뉘앙스를 남긴다. 그리고 기다리다 기다리다 끝내는 그냥 '왔뿟다'의 사투리는 다정한 어머니에 대한 관계가 얼마나 깊은 애정으로 남는가를 환기한다. 넓은 세상에서 홀로 떠도는 편주片舟와 같은 위기의 흔들림 속에서 어머니는 등불이었고 심지心地였는데 허무와 공허空虛가 가득한 세상에서 외로움을 감내하는 딸의 서러운 모습이 가슴을 헤집는 노래이다.

3. 길이 끝나는 길에서

제정자의 시는 슬픔의 뱃전에서 내려올 줄 모르는 항해를 하는 것 같다. 지나온 날들의 아픔이 슬픔의 바다를 이루었고, 어두운 현실은 그의 시에 눈물 짙은 정서를 복합적으로 생산하게 된다. 고통과 아픔에서 겨자씨같은 창문을 만들고 세상의 따스함을 받아들이려는 의지를 갖는 것은 시가 주는 위안일 것 같다. 또한 세상의 의미를 잃고 방황하는 마음에서도 사랑의 추억을 바라보는 강물은 슬프게 흐르지만 그리움이나 무소유 혹은 보시의 마음이 시의 표정을 그리고 있는 깊이가 있다.

어머니는 돌아가 쉬고 싶은 시인의 마음이 절절한 공간이지만 부재의 먼 거리 때문에 애달픈 노래가 파문을 이어가면서 가락이 된다. 이는 제정자의 시에 「젖음」의 원인이 위안 받고싶은 이미지이지만 다시 허무로 돌아가는 것 때문에 안타까움을 조정할 수 있는 길이 망연하게 열려있는 시를 만나게 된다. 결국 슬픔의 일상조차 수용하는 자세로 시의 밭을 일구는 일은 제정자의 삶의 위안이면서 의미를 찾아가는 목적인 것은 분명하다.

자연과 일상에서 나온 시

— 장순금의 시

1. 자연과 인간

시는 자연인가? 이런 물음에 대답은 매우 광범한 철학의 문제로 접근 될 것이다. 철학은 인간의 문제에서 그가 살고 있는 현상과 뗄 수 없는 상관을 말하지만 인간이 존재하는 공간—자연과 환경을 거론하지는 않는다. 그러나 시는 자연과 인간을 분리하지 않고 하나의 영역에서 인간을 바라보는 관점—여기서 시의 포용력은 철학보다 우선하는 특성을 갖고 있다. 적어도 한 편의 시에는 인간의 숨소리와 자연을 떠도는 바람 혹은 햇살의 모습들이 투명하게 살아나는 풍경화를 접할 수 있기 때문이다. 그러나 철학은 배경 없이 인간의 모습만을 거론하는 현상에서 다름이 있다.

장순금의 시를 말하는 앞자리에 자연과 시를 거론하는 것은 그의 시가 대부분 자연현상을 재료로 해서 시적 모티브를 마련했기 때문이다. 특히 꽃들을 거의 모든 시에 등장시키는 일면 시인자신을 투영시키는 기법을 동원하고 있다. 물론 시적 긴장감이나 언어의 정제성 등보다는 소재적인 측면에서는 다양한 흥미를 유발하고 있다. 특히 꽃말과 이에 엉킨 전설을 부기附記한 것은 독자를 향해 문을 열어놓은 효과를 기대할만하다.

2. 조화의 표정들

1) 자연 그리고 공존

인간에게 자연은 생명의 근원이다. 다시 말해서 모태의 원형이면서 삶의 전개를 위해 끊임없이 자연과 맞서는 이중적인 의미를 갖고있기 때문에 인간은 자연에 경외敬畏하는 일면 자연을 정복하려는 발상으로 맞선다. 물론 동양이나 서양의 자연관의 차이는 익히 거론된 문제이다. 결국 자연은 인간의 생명을 보지保持하고 전개하는 공간이라는 점에서는 일치점을 갖는다. 모든 시인은 자연을 바탕으로 노래를 펼칠 때, 개성은 곧 자연관을 어떻게 해석하는가로 귀결된다. 장순금의 자연은 결합보다는 나열이 주요 관심사이지만 시적 깊이에 따라서는 명상적인 길이 들어있기도 한다.

눈 많은 날
혼자서 가는 길
수북히 쌓인
하얀 언덕을
잃어버린 꿈으로는
오를 수가 없단다

보이지 않는
아득한 봄날에
후회하지 않을
고독을 위하여

눈보다 더 허연 바람은
조릿대 사이에서
옷을 벗나 보다

그리운 눈빛 뒤로
발왕산이 숨고
계방산도 숨고
황병산마저 숨어버린 날
등산화 속 눈은 봄눈 녹듯
발가락을 간질이고
"어마나" 감탄사는
하얀 융단 같은 눈발을
떼굴 떼굴 떼구르르

—「선자령에서」

감각적 인상은 "어마나"가 '떼굴 떼굴 떼구르르'로 마친 시어의 약동성에 있다. 꿈을 가져야만 높이에 이를 수 있다는 에피그람은 인간사에서 보편적인 진리이다. 더구나 눈이 많이 내린 날의 상황은 어려움과 고난의 상징이면서 삶의 아픔과 연결되는 맥락이기 때문에 꿈을 꾸는 이유가 내장될 수 있다. 물론 2연에서는 1연과 다소 동떨어진 이질성을 3연으로 접속하면서 의성어와 꿈의 연관 그리고 선자령—자연의 아름다움이 조화미를 연상하게 한다. 이처럼 장순금의 자연은 생명의 소리가 들리고 또 삶의 교훈이 앞장서는 이미지를 생성生成하고 있어 다감하다.

장순금의 모든 시는 식물정서로 시의 행로를 결정한다. 다시 말해서 모든 시에 식물정서가 필수적으로 등장하고 있어 부드러움을 연상하는 효과를 노린다는 점이다.

지난 해 받아놓은 채송화 씨앗

화단에 아무렇게나 뿌렸는데도
질서 있는 듯
후두두 피어났다
끈덕지게 따라 붙는 향기
불볕 더위도 잠시 잊게 하는 꽃
활짝 웃는 그들 앞에서
오라
요사이 내 마음 꽉 붙잡고
우울 삶아내는 게 바로 너희들이였구나

—「함박 웃음」

자연과 동화의 경지를 뜻한다. 채송화가 시인의 우울한 삶에 웃음을 만들어내는 것은 자연과 시인의 육화된 조화의 경지를 뜻하기 때문이다. 다시 말해서 채송화—시인에 의해 뿌려진 존재물이 그 나름으로 꽃을 피웠고 이를 바라본 시인은 채송화의 아름다움의 웃음에 '내 마음을 꽉 붙잡고'의 일체화를 이룰 수 있음은 열려진 시인의 마음과 채송화라는 자연현상과 조우遭遇하는 Identity의 이름으로 남게 된다. 이런 시의 기교는 항상 긴장미를 유발한다. 시는 응축에서 긴장미를 가져야하는 조건을 충족하는 점이다.

2) 사랑과 그리움

사랑과 그리움은 분리할 수 없는 속성이 있다. 사랑했기 때문에 그리워한다거나 아니면 그리워하기 때문에 사랑으로 연결되는 일은 구분하기 어려운 일이다. 그러니 그리움과 사랑은 같은 속성에서 나온 애틋함일 것이다. 시인은 이런 정서의 결합에서 시적 의도를 표현미로 승화한다.

목련 나뭇가지에
초라이 달린 이파리
홀로 찬바람에
속살 후벼내는 아픔이
불룩하게 부풀어 오른
칩칩한 밤이면
나보다 웃자란 갈대 숲 속을
마냥 거닐고 싶어진다
잔인한 전설이 되살아나는
암울한 밤이면
한 사람의 관객 앞에서
아둔한 삶의 연기 풀어내는
고독한 질주로 눈꺼풀이 무거운
촌스런 행색의 그녀가
보고 싶어진다

—「그리워서」 중

아마도 목련의 형상을—첫봄에 피는 목련의 모습에서 장순금은 연민의 정서를 동원하여 암울한 밤을 벗어나는 개화—목련의 화려하고 고담枯淡한 자태의 꽃에 시심詩心을 의탁하고 싶은 정서가 드러난다. 이같은 정서 감염의 심리적인 현상은 '아둔한 삶'이나 '고독한 질주'의 맹목성에서 '촌스런 행색'의 순수함과 목련을 접합함으로써 그리움의 공간을 확보하려는 의도를 읽게 된다. 목련은 겨울의 무거움과 아픔 혹은 삶의 고달픔을 목련의 기다림으로 상쇄하려는 발상에서 기다림의 그리움과 같은 이미지를 대면하게 된다.

오색 물감 풀어놓은 듯
금잔화 같은 당신을
하늘 가득 담고서도 모자라

가슴마저 적신다

한적한 숲 속에 난
작은 나무다리 위로
울긋불긋 그리움이
채색된 낙엽
하나 둘 쌓여 갈 때
연자방아 돌려
한사코 빛을 거부하고
안개더미 속에서만 쉼 쉬려
밤새 쌓은 사랑 탑

금잔화와 같은 당신은
밤마다 탑 하나씩
허리춤에서 훔쳐내다

―「사랑 탑」

사랑은 훔칠 수 있는가? 이 말에 대한 대답은 정답이 없을 것이다. 그만큼 많은 가능성을 가진 의미가 함축되었기 때문이다. 다만 사랑은 그리움이라는 소극성과는 달리 좀더 적극성을 가진다는 점에서 차이가 있지만 본질에서는 유사하다.

사랑이 어둠에서 빛을 찾아 나서는 점에서는 은근미를 갖게 되지만, 사랑을 성취하는 방도에서는 저마다 다른 방법론을 취할 뿐이다. 장순금은 '하늘 가득 담고서도 모자라'의 갈증을 갖고 있다. 아울러 가슴을 적시는 정서에서 젖어드는 감성을 느끼게 할 뿐, 보다 구체적인 방도는 보이지 않는다. 더불어 '밤마다 탑 하나씩/허리춤에서 훔쳐낸다'와 같은 적극성은 곧 사랑을 이룩하려는 발심發心의 깊이를 느끼게 하는 장순금만의 사랑법이 은근함과 향기를 공유하려는 뜻을 발견하게 된다.

3) 서민의식

시장은 백화점과는 다른 이미지를 준다. 땀이라거나 아우성 그리고 악머구리에서 나오는 절망의 혼합은 시장의 이미지와 상통한다. 또한 백화점이나 편의점은 질서정연하고 비싼 혹은 고급이라는 이미지가 우선하기 때문에 시장의 서민과 백화점의 개념은 구분된다. 장시인의 시는 시장이 주요 거점을 형성한다. 이는 인간미가 지향하는 것과 같은 길을 만든다. 「상도동 골목길 아침」이나 「남대문시장」, 「소래어시장」 등의 작품은 서민의 땀과 소리가 뒤엉킨 공간을 시로 포착한다.

바글바글
우글우글

내 어줍잖은 발걸음도
바삐 몰고 가는 시장 바람
"골라 골라 이쁜이도 골라
못난이도 골라"
그 누가 귀담아 들어주랴
목청 높이는 아저씨
눈길 긁어모으는
삶의 뿌리 소리

과잉.과욕으로 더렵혀졌다가
허물 벗은
참 삶이
살아 숨쉬는 시장에서
피어나고
허상 좇던 허구 버리고

살고 싶다는
욕망이 꿈틀거린다

—「남대문시장」

시장은 허세와 위선의 욕망이 없는 공간으로 정직한 삶의 광장이다. 다시 말해서 포장된 백화점과는 달리 내용물만 있는 곳이기에 위선이 없는 공간이다. '우글우글'이나 '바글바글'의 형태 속에서 삶의 아픔 혹은 진실의 뿌리가 드러나는 곳이고 '허상'과 '허구'가 삶의 욕망과 손을 잡는 곳이 된다. 즉 '살아 숨쉬는' 곳의 의미는 거짓이 없다는 —포장이 중요한 곳이 아니라 진실만이 생의 존재를 확인하는 지점이 된다는 뜻이다. 거짓의 껍질을 벗고 새로운 욕망의 이름을 달고 나오는 곳이기에 친근미와 희망을 아우성 속에서 발견할 수 있는 의미의 시장이 다가온다. '파도 소리 담아와 /끊임없이 노래하는 소라'의 어시장은 곧 사람들의 목소리가 변형된 의미로 서민의식의 깊이는 장순금의 생의 표정과 일치하는 의식을 뜻한다. 시는 곧 시인자신을 나타내는 고백의 또 다른 이름이기 때문이다.

4) 가족

가족은 나를 제외한 최소 단위이자 나를 다시 확인하는 공간이다. 아버지와 어머니는 생의 원형을 찾아가는 길이고 또 원형의 최종 종착지라는 점에서 고향의 다른 이름이 된다. 모든 시에는 원형이 저장된 공간이 있다. 이는 시인마다 자기만의 고향 —실제의 고향이거나 부모형제이거나 사랑의 대상일 수 있는 표상이 있기 마련이다. 장순금의 시에는 부모 그리고 막연하지만 사랑이라는 추상적인 상징물이 출몰한다. 이는 부모의 구체성에서 사랑의 막연성이 결합하는 매듭에서 시의 자리는 밝음을 지향하는 촉수를 갖고 있다.

가을 추수가 끝나자
이엉 올린
당신의 따스한
오막살이 집
내 유년의 뜰에서만
보이던 당신의 집에
눈이 내리고 있군요

당신이 한 다발 한 다발
엮어 놓은 우거지 꾸러미가
처마 밑에서
행복에 겨운 날 기다리고
뒤뜰
아카시아 나뭇가지에
둥지 튼 까치들의
속살거림이
하얀 꽃으로 피어날 때
당신의 천식 · 해소 소리
잠잠해지겠지요

—「겨울 풍경—아버지의 집」에서

아버지는 의식의 중심을 형성하는 뼈대를 이루는 정점이다. 시인은 추억의 문을 열고 아버지에 대한 추상追想의 길을 넓히는 —유년의 추억이 과거의 공간으로 초점을 옮긴다. '보이던 당신의 집에 /눈이 내리고 있군요'로 1연의 정서가 오막살이집의 따스함을 연상한다. 오막살이의 가난과 겹치는 눈은 추위와는 무관한 정서로 그리움을 우회하는 대상이면서 오막살이와 아버지의 이미지는 오버랩된다. 따스함 그리고 중심을 세우는 아버지의 추상은 하얀꽃으로 피어날 때 '천식과 해소'를 염려하는 딸의 마음이 아름답게 겹쳐지는 풍경화가 전개된다.

무명치마 저고리 입으시고
장날이면
낡은 면경 앞에서
흩어진 머리카락
동백기름으로 단장하시고
솟을대문 밖
눈깔사탕, 뻥튀기, 짜장면
맛난 세상 나가시던
어제의 곱던 어머니

— 「어머니」에서

완료형의 추억이 회상하는 형태로 시심詩心을 애절함에 결부시킨다. 이는 간절함이 시인의 가슴에 베어있는 그리움의 정서와 밀착된 정서를 유발하는 기교이다. 아마도 어머니의 사랑은 항상 적극적이기보다는 소극성을 가질지라도 끈질긴 사랑의 이름이 따라붙는 이유—어머니의 이미지가 사랑 그 자체라는 뜻을 함축하는 점에서 자극적이지 않고 정적靜的인 인상을 파생한다. 장시인의 시적 토운으로는 상당히 긴 호흡—5연의 많은 말을 곧 어머니의 인식이 깊고 넓다는 것을 뜻하고 있다.

아버지는 의식의 중추의식이었고 어머니는 사랑의 에너지로 작용했다는 뜻으로 파악하면 두 분의 자애慈愛는 곧 오늘을 있게 한 동력으로의 대상이라는 뜻을 만들게 되는 부모의 시이다.

5) 절

시적 내용만으로는 종교적인 특징을 추출할 수는 없을지라도 흔적으로는 많은 시가 드러난다. 「승가사 뒷골목」, 「통도사 법회」, 「마애석가여래상」, 「상운사」, 「송광사 가는 길」, 「통도사의 백운암에서」, 「칠장사」, 「생불」 등 내용은 차치且置하고라도 절—불교와 상관을 갖는 이미지들을 동원했다. 이는 시인과 밀착된 정서의 형태가 겉으로 드러난 것을 뜻한다. 이로 보면 장순금은 종교적인 정서를 생활화하는 신자라는 인식을 준다. 물론 드러난 확실성보다는 시의 내용이거나 제목에서 명확성을 갖는다해도 시인의 의식에 깊은 영향을 주었기 때문에 나타난 심리적인 현상으로 보이기 때문이다.

> 먹빛 절망이 작은 가슴 조여들 때
> 당신 사랑 받고 싶어
> 죽을 힘을 다해
> 당신만을 사랑했습니다
> 밤새운 고뇌로 흰머리만 키웠어도
> 당신 눈빛만 붙잡을 수 있다면
> 어제 흘렸던 눈물자국
> 그대로 남아 있어도 좋다고 생각했습니다
>
> —「통도사 법회」에서

절망은 희망의 아버지일 수 있다. 절망과 희망은 항상 반대가 아니라 절망을 곧게 펴면 희망의 땅에 닿게 되는 점에서 절망은 부정이 아니고 희망으로 향하는 또 다른 길일 뿐이다. 절망에서 당신—미지의 대상을 향하는 애매성은 곧 불심으로 절대의 경지를 찾아가는 방황의 고백이지만 고통을 지불하고서야 도달하는 이름— 절대의 경지를 방문할 수 있는 이유를 만들게 된다. '당신의 눈빛'이 어제의 눈물을 상쇄하는 가치로 남기 때문에 불심은 곧 깨달음의 경지를 만들게 되면서 먼 길을 찾아가는 신심信心의 이유로 작용할 수 있게 된다.

약수 한 모금 먹고 나니
어라
미련덩이 시린 가슴
슬슬 녹아 내리고
더없이 보잘 것 없는 인생으로
망연히 오르던 발걸음 가볍네

—「통도사 백운암에서」 중

약수라는 말은 진리의 물을 마신다는 뜻과 같아진다. 약수를 마시고—"어라"의 깨달음을 얻었기 때문에 미련덩이의 가슴을 안도감이나 기쁨의 희열로 환치하게 된다. 이런 결말은 발걸음이 '가볍네'의 신선한 스스로를 느끼는 경지에 도달하게 된다. 장순금의 정서는 3연에서 '솟아오르는 태양' '벅차는 감동'을 받고 정점頂點의 기쁨이 불가佛家의 곁에 다가감으로써 삶의 의미를 더욱 확고하게 정립하는 인상을 준다.

3. 마무리

시에서 시인을 찾는 일은 시의 내용으로 파악된다. 이런 심리적인 추적은 항상 상징이나 비유 혹은 알레고리 등의 도움을 청하지 않고는 길을 만들 수 없게 된다면 장순금의 시에는 비교적 평이한 시적 장치들이 다가든다.

자연의 의미는 인간과 조화를 이루는 방도로 결합하면서 시의 맥을 짚어 나간다. 이런 정서는 꽃이나 나무 혹은 계절 속에서도 긴밀성을 유지하면서 시의 표정을 만들면서 대부분의 시를 제작했다.

사랑의 포괄적인 표현미는 상상의 언저리를 회상의 토운으로 채색하고 암시적인 느낌으로 나타난다. 이런 정서는 시인의 삶을 반영하는 점에서 막연한 이름을 앞세울 수밖에 없다. 사랑의 역동성은 나이와 연관이 있기 때문이다.

부모의 정서는 아버지에서 삶의 중심의식을 기둥으로 세웠고, 어머니는 사랑의 방도를 어떻게 이어갈 수 있을까라는 숙제를 남기지만 그리움의 회상은 항상 애절한 이름으로 남았다. 서민의식의 따스하고 안온한 마음을 시의 숲으로 채우려는 장순금의 시는 그만큼 사람 내음을 중심으로 삼는 시인으로 이해된다

정서의 교직交織 혹은 무늬

— 백운순의 시

1. 시와 사람

시는 사람을 나타내는 방편으로 자연과 우주의 모든 현상을 배경으로 한다. 그렇다고 인간만의 드러냄이 아니라 자연과 인간을 대상으로 하여 통합하는 사고에서 예술은 보다 높은 지고성至高性을 확보한다. 여기엔 이념을 배제하는 순수성을 더 많이 내포하는 정서의 균형을 유지할 수 있는 관건을 어떻게 시인의 기교로 확보할 것인가는 시적으로 해결할 일이다.

백운순의 시에는 자연현상과 시인의 정서가 교직交織하는 무늬를 만난다. 강의 이미지를 위시해서 바다, 호수 혹은 낙엽, 달빛, 별, 숲과 세월 등의 시어들이 출몰한다. 주로 여성적인 이미지가 부드러움을 채우고 있지만, 정서의 과잉을 염려할 필요는 없다. 적절한 자제력으로 섬세함을 입히면—시는 여성적인 순수와 투명성이 옷을 입고 있는 인상이다. 이제 이미지에서 나오는 향기를 추적하면 백운순의 세계를 바라보는 풍경에 담담하게 젖게 된다.

2. 이미지의 숲을 찾아서

1) 물 혹은 강물

시는 대상을 변용變容하는 기교에 의해 새로운 물상을 만나는 일로 시의 숲은 형성된다. 물론 꾸미는 기교라기보다는 천의무봉天衣無縫의 경지로 변용하는 점에서 화학적인 변화를 만나는 것과 같다. 햇살과 물을 만나면 씨앗에서는 꽃이 된다.

물은 생명의 원소이면서 이동의 매개적인 역할을 다할 때, 새로운 경지를 불러들이는 임무를 수행한다. 「장마비」, 「강가에서」, 「비 갠 날의 오후」, 「겨울비」, 「금강 하구둑에서」, 「봄비에 젖어」, 「빗줄기 지나간 뒤에」, 「바다」, 「여우 비」, 「호수의 아침」 등 상당히 많은 작품이 물의 이미지로 채워져 있다. 이런 현상은 모성적인 느낌을 줄뿐만 아니라 변화를 추구하는 길의 이미지로 시의 호흡을 이어간다는 암시로 해석된다. 유동성의 이미지는 시인의 정신과 삶이 통합되어 나타나는 정서라면 물의 이동성은 환경적인 요소와 밀접할 수도 있다. 시와 체험은 상관이 있고 또 표현의 집중성을 가질 수 있기 때문이다. 이로 보면 백운순의 시에서 가장 많은 빈도로 출몰하는 물의 현상은 그의 생활 환경과 같은 동일성이라는 판단의 증거를 제시한다.

> 아스팔트의 칙칙한 거리에
> 나른한 먼지도 앉아 있었는데
> 빗줄기 세차게 거두어 간 뒤엔가,
> 잎새마저 파르라니 돋고

오후의 햇살은 산뜻한 향기를 뿌리어,
청산이여,
햇빛 부서지는 노래를 부른다.

거두어들일 것 없는
텅 빈 들녘에도
바람결에 실려온 희망은
작은 들길 차 오르게 한다.

—「비 갠 날의 오후」

'칙칙한 거리'에 비가 내리면 '잎새마저 파르라니 돋고'의 두 번째 변화를 마치면 '햇살은 향기를' 공중으로 올려보내는 상승의 이미지를 부추기는 단계에서 '노래'로 다가온다. 마지막 연에서 노래가 다시 '희망'으로—길에 차오는 이미지로 시의 단계는 마감한다. 백운순의 시에 비는 현실의 어둠을 제거하면서 마지막에 희망의 길을 찾아가는 절차에서 희망의 싹을 아름다움으로 채우는 역할을 한다. 이 같은 시의 변화는 곧 시인의 삶을 반영하는 것과 같기 때문에 안정감과 감수성의 편함을 갖게 된다. 시는 정서의 혼란을 부추기는 것이 아니라 안정감 혹은 편안함의 길을 독자에게 제시하는 임무가 시의 성공이라는 뜻과 결합하기 때문이다.

겨울밤이 흔적으로 얼룩져 올 때
하늘은 별빛 젖어 울고 있다
… 중략 …
그리움으로 출렁이는 강물에 띄워보랴
영롱한 빛깔 향기 흘리면
은은한 미소로 강가 수놓으랴

빛속으로 달려오는 하얀 별을 주우면서

하나 가득 가슴에 안고
뒷모습으로 묻어오는
한 줄기 바람에 취하고 있다.

―「금강 하구둑에서」 중

물의 이미지는 백운순의 정서를 순화하고 길을 만든다. '겨울밤' 어둠의 이미지가 '가뭄'을 만나면 '향기'로 변하고, 다시 천상의 아름다움인 '별'로 빛이 탄생한다. 이런 절차에서 바람을 만나면 시인의 마음은 '취하고 있다'의 현재형에 만족감이 드러난다. 희망과 향기 혹은 별은 고귀성을 남기는 시어詩語이면서 지상의 아픔을 위로하거나 위안의 장소로 이동하는 역할이 물의 느낌이다. 이는 삶의 갈증을 삭여주는 의미이자 생명의 진행을 도와주는 본질이지만, 물의 깊이를 확인할 방도는 없고 또 그럴 필요가 없다.

시는 논리가 아니다. 다만 막연하고 추상적인 점도 있지만 그의 정서를 나타내는 본질이라는 사실은 정확한 것 같다. 물은 바람의 도움을 받고 이 현상은 향기 혹은 별이라는 공간을 지향志向할 때, 시인의 마음이 반영된 풍경화는 정적靜的으로 시화된다. 이는 시인의 개성과 밀접하다. 다시 말해서 내성적인 심성에서는 필연적으로 조용한 호소력의 음성이 나올 수밖에 없다는 현상— 조용하고 그리고 먼 길을 암시하는 물은 생명의 원형의식을 간직한 여성적인 본향일 것 같다.

2) 사랑의 빛

사랑은 인간이 선택한 덕목 중에 가장 고귀한 삶의 목표일 것이다. 완전完全에서 벗어난 부족不足을 메우는 일이나 고난과 역경을 헤치고 결합되는 상징은 더 많은 에너지를 갖고 인간의 땅을 밝은 빛으로 채운다. 삶의 목표에는 다양한 갈래가 있을지라도 본질에는 사랑이라는 공간을 찾아 한곳으로 스팩트럼은 모아진다. 부족을 메우는 요소 혹은 체온과 체온을 합치함으로써 더 많은 사람의 심성은 평안과 행복을 소유하는 길이 사랑의 실현에 있기 때문이다. 물론 이성적인 관계만이 아니라 높은 지고성— 아가페적인 사랑은 인간의 모습을 변화시키는 힘을 갖고있기에 인류는 사랑의 실현에 목표를 두고 지속적인 설법을 한다.

사랑은 승화의 다리로 옮겨갈 때, 고귀한 느낌을 생성한다면 백시인의 시에는 그런 조짐을 간직하고 변화의 단계를 거친다.

먼발치에 서서 그대를 본다

믿음은 소리 없는 눈물이 되고
눈물은 뿌리깊은 강물이 되고

바람같은 세월,
부둥켜 안아주던
영원의 입맞춤이여

더없이 사무쳐서
사랑으로 움트는 축복,
풀빛 젖어 나직이 불러보나니

짙은 안개 서서히 거두어 가면
하얀 꽃잎 피워 오르고
침묵으로 미소 띄우는
사랑아,
우리의 사랑아.
먼발치에서 그대를 본다.

—「사랑이여」

사랑은 언제나 가슴 설레이는 상상력의 깊이와 높이를 동등하게 상승하는 점에서 환상적인 이름에 헌증된다. 1연에서 대상을 바라보는 실체—'그대를 본다'의 시발로부터 2연에 '눈물'이나 '강물'로의 전환은 백시인에 물의 이미지가 그대를 향하는 지극한 염원을 간직하게 된다. 이런 흐름이 유동성으로 다시 3연에 오면 풀빛의 푸른 이미지를 더하여 '불러 보나니'의 소리로 변화되어 그대의 형상이 다시 변용된다. 이런 전제는 5연에 안개를 거두고 '하얀 꽃잎'으로 그대가 환생還生되면서 미소 그리고 사랑의 연결성으로 정점에 이르게 된다. 그러나 백운순의 사랑은 밀착된 의미이기보다는 '먼발치'에서 그대를 바라보는 일정의 거리距離를 갖고있어 안타까움을 간직한다. 사랑이 최종적으로 꽃잎에 도달했다면 다음 작품은 사랑이 빛으로 변화한다.

외출에서 돌아오면
습관 되어 손이 가는 인터넷을 켠다

넓은 하늘을 날아
깊은 바다를 건너
높은 산을 얼마나 넘어
다정한 소리되어 울리는 목소리,
들어설 것 같은
애틋한 그리움을 걸러 낸다.

마음을 다독거려도
생기 있는 언어가
어쩔 수 없는 염려는
푸른 파도를 탄다

젊음을 부딪히면

그때
고독을 사르는 열정은
사랑으로 여며오는
환한 빛이 된다.

—「너의 목소리 귓가에 들리어」

인터넷이라는 도구를 통해 사랑의 길이 열리는 절차를 마련하는 것도 바다 혹은 물의 이미지와 통로를 함께 한다. 넓은 '하늘' 혹은 깊은 '하늘'을 지나는 목소리가 시인의 영감으로 다가오는가 하면, 목소리가 '그리움'을 낳았고 푸른 '파도'의 힘으로 이동하는 길을 떠난다. 아울러 고독의 터널을 지나 '사랑'으로 여며오는 길에 '환한 빛이 된다'의 상승과 따스한 상징을 빛에서 발산하는 경지를 만나게 된다.

백운순의 사랑은 두 가지의 구분으로 표현미를 갖는다. 「사랑이여」에서는 일정한 그리움의 거리를 갖고 있어 안타까움이 생성하지만 「너의 목소리 귓가에 들리어」에서는 사랑이 빛으로 상승하는 고귀함을 상징한다. 이는 상상에서 자유로움을 갖고 있다는 의미로 해석된다.

3) 창窓 의식

인간은 항상 현실의 공간을 넓히려는 의식을 갖고 일정한 지향의 창을 만드는 방향을 지정한다. 다시 말해서 창문을 통해 미지未知의 공간으로 나아가려는 일념을 갖고 있다는 뜻이다. 이런 현상은 변화를 갈망하는 인간의 본성이면서 밝음을 향하는 특성과 같다. 어둠에서 빛으로 향하는 속성은 모든 생명체의 본성이기 때문에 인간도 항상 창문을 통해서 삶의 에너지를 수용하는 성격을 갖는다.

눈이 부시게 햇살 안아지는
내 작은 창가에는
아름다운 평화가 있어야 한다

갈증나는 사랑의 윤기를 잃어가도
투명하게 엮어오는 사랑 있다면
우리 마주보고 건배해야 한다.

남루한 삶이어도
하나뿐인 길이 있다면
아직도 많은 날을 걸어가야 한다.

스스로 상처 입었던 자신을 두드려
이성을 나지막이 깨우고
사랑과 희망 어우러져 솟아오를 때까지
우리
마주보고 있어야 한다.

—「창가에서」

창은 빛과 같은 이미지를 나타내면서 밝음을 향해 탈출하려는 의미를 나타낸다. '눈이 부시는 햇살'을 받아들이는 길을 만들기 위해 창은 열려진다. 햇살은 평화로 징검다리를 만들고, 다시 2연에 이르면 '사랑'의 목표를 설정하고, 마지막엔 '사랑과 평화'를 달성하는 시인의 의도가 창을 통해서 집약하게 된다.

인간은 밝음을 향하는 희망을 위해 목숨을 건다. 이는 감정으로의 작업이 아니라 이성이라는 헤아림에서 나오는 것 때문에 본능으로 찾아가는 밝음 지향의 동물이나 식물들과는 다르다. 절망과 겨울과 아픔을 어둠으로 설정하고 이를 벗어나는 것은 창을 통해 염원을 발동하기 때문에 창을 갖는 것은 단순 상징이 아니라 희망과 사랑을 획득하려는 인간만의 고귀한 의미로 아름다움을 더할 수 있는 요인이 된다. 어둠이나 겨울 혹은 고통에서는 탈출을 꿈꾼다. 백 시인의 정서는 이런 상황을 벗어나는 변용의 미학을 다음 시에서는 더욱 명징明澄한 표현미를 나타낸다.

들녘을 흔드는 신음소리에
귀 기울이니
흙속에서 새어 나오는
그것은
살아 숨쉬는 함성이었다.

쟁기질하는
농부의 부지런한 손끝에서
물안개 휘감는 봄은 여물어 오고
솟구치는 황톳빛 흙으로
빚은 생명은 논다

잔숨결 머무른 자리에 서서
아지랑이 살포시 보듬어 보라
햇살 받아 깨어나는
녹색 융단 앞에 서라

향긋한 꽃바람으로 놀라 한다
파란 나비되어 날으라 한다

빈 들녘을 감싸는 훈풍의 입김은
쌓이는 포근한 들녘,
뭉게구름 달려온다.

—「들녘에서 봄의 소리가 들리네」

봄은 겨울의 어둠을 통해서 창을 내는 일이다. 흙의 어둠을 뚫고 함성을 지르면 이내 봄의 이름은 살아있는 호흡을 지속하게 된다. 다시 생명의 소리를 듣고 햇살을 받고 녹색의 파란 싹들이 전개되면 세상은 아름다운 꽃들을 피우는 분주한 작업을 바라보는 인간의 눈에 행복이 찾아온다. 이런 정경이 가속되면 향긋한 꽃바람이 불고 '파란 나비'는 행복의 상징을 나타낸다. 백시인은 겨울의 암담함에서 문을 열고 생명의 소리를 듣고 다시 싹을 바라보는 모성의 마음으로 나비의 날개짓을 눈여기게 된다. 이런 정서는 필연적으로 시인의 정서에 간직된 마음의 표백이기 때문에 문을 열고 바람을 받아들이면서 꽃과 나비를 날아오게 하는 정서의 일부가 시심을 자극하는 요소로 인식된다.

4) 길과 세월

길은 숙명의 의미와 선택의 의미를 갖게 된다. 전자는 필연적인 현상의 삶을 뜻할 때 쓰인다면 후자에서는 생활의 지혜를 필요로 한다. 물론 둘은 어느 때나 피할 수 없는 현상이기 때문에 삶의 방편이면서 벗어 날 길 없는 자기운명의 거울이 되기도 한다.

오늘은
또
길을 잃어버렸다.
황당한 마음으로 기억을 들춰내어도
아무 것도 잡히지 않는다
… 중략 …
번민의 늪에서
삭막한 거리의
꿈꾸는 길목에 서서

잃어버린 길을 찾는다

— 「잃어버린 길」에서

길을 찾기 때문에 길을 잃어버리는 결과를 맞는다. 그렇다면 길이란 유형의 의미이기보다는 무형의 상징성이 강할 때, 방황의 이름을 갖게 된다. '또/길을 잃어버렸다'라는 점에서 반복되는 실패가 삶의 도정道程을 뜻한다. 아울러 '번민의 늪'이나 '삭막한 거리', 혹은 '꿈꾸는 길'에서 선택의 길을 상실했다는 것은 살아있는 자, 혹은 오늘을 살고있는 자의 의미가 되기 때문에 악착한 현실공간을 배회 혹은 살려는 노력의 이름을 뜻하게 된다. 잃어버린 길은 곧 찾아야 할 필연의 의미이기 때문에 오늘을 성실하게 살고 있는 인간에게 다가온 고민이란 느낌을 준다.

나는 찾았니라
소리 없는 강으로
윤기 흐르는 숲의 길을

때로는
막혀진 길이 보이고
갈림길에 서성이며
어둠이 가로막아
절망의 순간이 다가와도
서로의 티끌 보듬어
깨어 가야하는 길을 끝내 보리라

— 「길」에서

길은 인간을 시험하는 무대이면서 신념의 농도를 알아보는 상징을 갖는다. 그리고 미답未踏의 길을 헤쳐 나아가는 인간의 위대성을 나타내기 위해 높은 산은 항상 의지를 요망한다. 아울러 정상을 확보하는 것은 유리함 혹은 승리의 관건으로 길은 만들어진다. '나는 찾았니라'의 확신은 시인이 생을 이어가는 신념의 발성이기 때문에 방해를 제거하고 앞으로 나아가는 승리의 의미를 암시한다. 막혀진 길과 갈림길 혹은 절망의 순간이 다가 온다해도 서로가 어울리면서 앞으로 길을 만들어가는 의지 앞에서 '길을 끝내 보리라'라는 확신으로 나타난다. 이는 성실 그리고 지혜를 갖춘 인간의 내면에서 나오는 소리이기에 울림을 주는 요소가 된다.

길은 삶의 이름을 다양하게 혹은 잘못된 선택에서는 비극을 가져오는 점에서는 선택일지라도, 지혜와 성실로 이같은 애로를 말짱하게 벗어나는 일은 승리자로서의 빛을 받아들이는 이미지로 승화된다. 백시인의 시에는 이런 내밀한 약속이 의식의 내면을 장악한 의지가 드러나는 것도 시적 신념과 삶의 길이 하나로 결합된 인상을 주기 때문에 부드러움 속에서 강인한 정서를 만날 수 있게 된다. 그만큼 시적詩的으로 단단한 패각貝殼을 갖추면서 그 속에 상징을 담고있다는 뜻이 된다.

세월은 누구에게나 동등하게 무게를 내려놓고 떠나는 이름이다. 이 공간을 벗어날 수 있는 방법은 없다. 마치 하인릿겐슈타트의 「파리잡는 항아리」와 같이 벗어날 수 없는 세계내 존재라는 사실이다.

허름한 자갈밭 엮어
깊게 뿌리내린 작은 영혼을 보네
건너온 길 뒤돌아보니
또 다른 간이역 기다리고 있었네
… 중략 …
따뜻한 봄날 아지랑이
망각의 나래에 세월을 묻고
진한 향기 흘리는
오늘이 가네

— 「세월」에서

가야하는 길에서 세월에서 내려놓을 간이역은 없다. 그러나 어딘가에서 스스로를 돌아보아야 하는 마음에는 초조함도 없이 세월은 마냥 지나간다. 그러나 여기에 반응하는 인간은 저마다 다른 행동 양식을 보여줄 뿐이다. 길과 세월의 결합은 상처를 남기기도 하고 또 행복한 행운을 전달해 줄 수도 있다. 그러나 시인은 봄날의 따스함에서 망각의 이름을 앞세워 '진한 향기'의 오늘을 가지려는 작심作心을 갖는다.

> 세월을 타고 바람을 만나
> 상실의 아픔은
> 망각의 길목에서 흘러가게 하자
>
> —「그대에게」 중

세월에서 낡아지는 것은 인간만이 아니다. 세상만사는 결국 세월의 숲을 지날 때, 자기를 잃어버리는 망각의 이름을 사용한다. 누구나 승선의 기쁨을 누리는 사람도 있고 세월의 함정에서 헤어 나오지 못하는 불행의 옷을 입기도 한다. 이런 현상은 인간의 선택에 따라 다른 운명을 만들게 될 때 행과 불행의 길에 서야한다.

목마른 삶이 있는가 하면 득의得意로운 삶의 표정을 만들 수 있는 기회는 자기운명의 주인인가 아니면 끌려가는 의타적인 삶을 누릴 수 있는가는 전적으로 자기운명을 개척하는 의지와 세월이 항상 궤를 같이하는 바퀴일 뿐이다. 백운순의 시에는 그런 운명의 길이 들어있기 때문에 세월의 무게가 아니라 사랑의 표정이 감지된다. 그만큼 편안한 뉴앙스를 전달하는 시를 창조한다.

5) 새

새는 자유의 날개를 달고 천상天上을 나는 것 때문에 고귀함을 잉태한다. 인간이 도달 할 수 없는 높이에서 하늘은 또 다른 공간이기 때문이다. 그리고 인간이 도달할 길 없는 미지의 세계를 구경하는 새는 경외敬畏의 대상이었다. 이같은 꿈을 위해 인간은 하늘을 날 수 있는 기구를 발명했고, 더 높은 곳으로 여행을 떠난다. 새는 항상 꿈과 행운을 전달하는 메신저로 상징되는 것도 궁극에는 인간의 꿈을 실현하려는 의도일 뿐이다.

추운 가슴을 열어보네

때로는
시름 속에 흔들리고
세찬 비바람에 부서지어
흔적의 상처가 남기어져도

새벽 날개를 저어
잿빛 하늘 힘차게 깨어보는
한 마리 새가 되어 날아가리니

빛으로 오라
고통을 보듬어주는
따뜻한 두 손으로 오라네

고뇌의 숨결로 마음을 비워 보네

—「기도하는 마음」

새는 창공을 날고있지만 창공은 항상 두려움으로 허방을 형성한다. 어디로 갈 것인가에의 좌표의 무한과 높이에서 바라보는 아득한 도달의 거리에서 오는 공포는 두려움의 키를 높일 것이다. 그리고 언젠가 내려야할 지상은 항상 헤아림을 염려하는 하늘에의 고뇌가 있을 것이다. 그러나 새는 홀로의 고독을 외면하지 않고 날아야 한다. 겨울의 공간을 날아가고 있는 새들의 외로움은 땅위 인간의 고독과 다름이 아닐 것이다. 시름과 세찬 바람 속에서 길을 찾는 아픔은 '상처'를 남길 수도 있고, 여명의 창공을 헤집어야하는 비상은 꿈의 이름일 수도 있을 것이다. 그러나 꿈은 실현의 의지를 가질 때 가능해진다. '빛으로 오라'는 염원을 발성發聲하는 시인의 호소는 '고통을 보듬어주는' 따뜻한 두 손을 편다. 고뇌와 번뇌를 감싸려는 새의 비상은 곧 시인의 마음을 투영한 호소인 셈이다.

3. 마무리

백운순의 시에는 작은 목소리가 독자의 뇌리를 지나면 큰 목소리로 감동을 준다. 이는 시어詩語의 평이함에서 단물이 베어 나오는 담담함이 그렇고 이미지의 결합에서 친근미를 만나는 이유에서 다감하다. 특히 물 이미지의 다양한 변형은 메신저의 역할을 하면서 시적 목적을 달성한다.

물은 길과 동일한 의미일 때, 세월의 이미지와 통합되고 있다. 더불어 어둠에서 창을 내려는 본능은 백운순의 시가 밝음을 지향하는 생동감을 시의 행로로 설정한 의도는 그만큼 성숙된 미래를 기대할 조건이 될 것 같다. ◉

의식의 풍경화 혹은 변용의 미학

— 조항숙의 시

1. 머릿글

시를 쓰는 사람이라는 의미는 언어를 운용하는 사람만의 한정된 정의는 아닐 것이다. 시를 쓰기 위해서는 도덕성과 품성이 녹여 있을 때, 그가 쓰는 시는 감동을 잉태하는 요건이 될 것이기 때문이다. 그처럼 시는 세상을 정화淨化 혹은 정서의 고양高揚을 위해 영감을 동원하는 작업이 우선된다. 도덕성이 삶의 가치를 생각하는 일이라면 후자는 개인의 성품에서 파생되는 정서의 이름으로 이 둘은 서로 상보적인 관계를 형성해야 균형을 갖추게 된다.

시인이 세상을 보는 눈은 개인의 정서-정서는 그의 삶의 요소인 환경과 밀접한 연관을 갖는다. 산의 소재가 시로 형상화되었다면 산에 대한 체험이 있어야 하는 것처럼 경험의 시화詩化는 개인의 삶에 정신지도를 그리는 일이라는 증명이 될 수 있게 된다. 다시 말해서 개인의 경험을 바탕으로 세상을 바라보는 눈이 형성된다면, 여기엔 그만의 개성을 갖고 있는가 아닌가는 시에 대한 소양 혹은 시를 소화하는 능력을 거론하게 될 것이다.

시인이 시를 쓰는 것은 지식과는 상관이 없을 때 영감을 혹은 천분의 재능을 갖추어야 한다. 해서 시인은 만들어지는 생산품이 아니라 태어나는 것이다. 시인은 영감의 안테나를 여느 사람과는 다른 촉수를 갖고 있음이 틀림없기 때문이다.

조항숙의 시는 그렇게 태어난다. 다소 투박한 토장맛이 있는가하면 날카로운 통찰력으로 사물을 포착하는 예리한 비판의 안목이 있기 때문이다. 이제 그의 시를 만나는 길을 재촉한다.

2. 시의 모습

1) 봄의식

봄은 노드롭 프라이의 말을 빌리면 로맨스에 해당하고 방위로는 봄이 될 것이다. 이때가 되면 겨울의 냉혹한 지표를 뚫고 신비한 생명의 만남을 기대하게 된다. 생명은 언제나 탈출구를 노리는 빛을 찾아 움직이기 때문에 겨울조차 안으로 생명을 다독이는 호흡을 가다듬는다. 이런 징후는 시인의 가슴에 상징이나 비유의 껍질을 벗고 생명의 신비를 나타낸다.

> 죽은 줄만 알았던 가지에
> 핏빛 손가락이 꿈틀인다
>
> 죽은 줄만 알았던 산기슭에
> 갓낳은 아지랑이 피어난다
>
> 죽은 줄만 알았던

거북 등짝같던 땅속
기지개켜던 풀꽃
삐죽이 창을 연다

봄바람 물결 간지럽히면
색바랜 강기슭은
알을 품고

햇살부심에
창문 밖 매달린
죽은 줄만 알았던 영혼이
되살아난다.

—「환생」

'사월은 잔인한 달'이라는 비유가 적용되는 위대의 봄은 다시 살아나는 환생의 이름을 얻기 때문이다. 이는 '죽은 줄만 알았던'의 체념과 묻어둠의 현상을 깨우치는 일이면서 이와 더불어 자연이 깨어나는 눈부심을 감각으로 느끼는 변화에서 시인은 마지막 연에 인간의 환생을 느끼게 된다. 이런 감각의 착시현상은 윤회 혹은 인연因緣의 줄기를 잊지 못하는 내면의 정서를 느끼게 한다. '손가락이 꿈틀인다'의 1연이나 2연에 '아지랑이 피어난다' '삐죽이 창을 연다' '알을 품고' 마지막 연에 '되살아난다' 등의 동적動的인 시어에서 활동 혹은 약동躍動하는 에너지를 예비한 시심詩心을 확인한다. 시어는 곧 시인의 정서를 의탁하는 일이기에 시적 마무리는 '햇살부심'과 '되살아난다'는 일체감을 약속하고 있기 때문이다.

꿈꾸는 것은 아름답다. 조항숙의 정서는 동적이면서 정서의 내면에서 무언가를 찾아 헤매는 느낌을 갖는다. 이는 꿈을 찾는 일도 될 수 있고 심성의 상태를 나타내는 일 일수도 있다. 두 번째 봄의 표정을 바라본다.

길섶 노랑 민들레
잿빛 자락 심술 아랑곳 않고
목울대 높이높이
별을 찾는다

먼지속 뽀얀 풀꽃
흔들어 털며 세월 저편
어떤 기억 속의
맑은 눈동자를 꿈꾼다

—「불청객」에서

기다리지 않아도 오는 것은 온다. 계절의 이치도 혹은 꽃이 봄을 알아차리는 것도 자연의 이치를 깨우치는 몫이라는 점에서 인간의 간섭을 허락하지 않는다. 다만 인간이 느끼는 정서의 양상은 누구에게나 다른 표정을 나타낸다면 조항숙의 봄의식은 유다르다. 적극적이고 약동적이고 생명의식을 높이는 에너지를 내포하고 있으면서 「꿈과 별」을 헤아리는 아름다움이 심성을 장악하고 있기 때문에 안정감을 주는 이유가 있다. 다시 말해서 어둠에서 빛으로 나가는 창문을 찾고 또 희망의 나래를 하늘로 날려보내는 시심을 발견할 때, 미감美感을 충족하게 된다. '개나리, 진달래/벚꽃, 산수유,/단장하고 저마다 우쭐대지만/여길 좀 봐!/거북 등같은 땅위/납짝붙은 민들레//민들레꽃이 피었습니다' 「민들레꽃이 피었습니다」에서 봄날의 분주함은 곧 시인의 삶을 나타내는 적극성을 뜻하기에 다양한 시선의 확보를 감지하게 된다. 생동감 혹은 약동성은 조항숙의 봄의식이 건져 올린 생의 표정이라는 확인이다.

2) 비 그리고 변화

비가 내리면 생명의 환희는 기운을 얻는다. 반면에 폭우는 생명의 위축을 가져오는 이중적인 암시를 나타낸다. 전자에서 비는 정화淨化 또는 이 세상을 비옥하게 생명을 키우는가하면 비는 천상에서 인간의 땅으로 내려오는 신의 선물 혹은 메신저라는 기능을 수행한다. 그러나 후자에서 비는 슬픔과 눈물을 나타내는 상징일 때, 비극적인 유랑流浪 혹은 휩쓸려 사라지는 상징을 갖는다. 조항숙의 비는 가을의식과 봄의식의 두 가지 상반된 개념을 갖고 표현된다.

노오란 들꽃이 피어있다
가을 비 적신 오후에

제일 다 못한
침울한 미소로
계절을
간직하려는 이와
맞이하려는 이의
갈등이
색바랜 하늘위로
차고 오른다
가을 비 적신 오후에.

—「가을비 오후」

우선 가을비라는 이미지는 후줄근하거나 조락凋落의 마지막을 재촉하는 느낌을 배제할 수 없다. 그러나 조항숙의 가을비는 이런 이미지와는 전혀 다른 상상력을 발동한다. 가을비와 들꽃의 등식이 갈등葛藤을 겪으면서 '하늘 위로 /차고 오른다'라는 표현은 인식을 뒤엎는 암시가 되기 때문이다.

이같은 현상은 가을비의 쓸쓸함 또는 아픔을 감내하는 정서와는 판이한 발상으로 푸른 가을의 하늘과 맞잡는 정서로 보인다. '색바랜' 현실의 아픔을 '차고 오른다'라는 발상에서 가을의 비는 절망의 에스프리이기보다는 재생력을 희원希願하는 상징으로 다가온다.

추적이는 봄비에
울타리 나무들
후다닥 후다닥
수선스럽다

이 비에 웬
창밖 이삿집
수선스런 봄비
같이 왔나봐

—「봄비 내음」에서

비와 더불어 거처居處를 정하려는 인간의 모습과 '후다닥 후다닥/수선스럽다'는 2연의 대비는 시적 생동감을 부추긴다. 나무들의 생동감과 인간의 이동은 곧 삶의 흥겨움을 나타내는 그리고 생의 아름다움을 준비하려는 꿈의 예비가 될 수 있기 때문이다. 이는 시인의 후각에서 발동되는 생명의식의 발로發露이면서 삶을 살아가는 의미를 식물들의 부산한 동작과 인간의 대비로 봄날의 풍경화를 생동감으로 바라보게 된다.

님 마중한 민들레
훈풍 어깨 너머로
아지랑이와 노닥이다
노닥이다
심술 볼 부은

봄비가 내린다

— 「봄비」에서

민들레가 임을 마중할 리야 없지만 시인의 통찰력은 사물이 이면을 통해 인간의 의미를 발견한다. 봄비에서 '심술'을 바라보는 시인의 눈은 아이러니의 기교를 고조한 상징이다. 더불어 아지랑이와 '노닥이다/노닥이다'의 천진스런 발상은 시의 무게를 산뜻하게 작용시킨다. 시는 투명과 천진스런 상상의 여유를 가질 수 있기 때문이다. 봄비가 있음으로 조항숙의 의식은 깨어나는 혹은 천진스러움조차 마음의 그림으로 표현하는 기쁨을 만날 수 있게 된다.

3) 가을의식

심심상인心心相印 혹은 이심전심以心傳心을 불가에서 자연스런 깨우침을 나타내는 비유이다. 봄이 우리에게 찾아오거나 또는 가을이 오거나 아니면 모두 흔적 없이 가버린다해도 그것은 자연의 질서일 뿐, 인간의 손짓에 의해 오고가는 것이 아니다. 이런 사실은 삶의 현장에서도 흔한 경험을 할 수 있다. 순리를 따른다는 것은 곧 삶의 원리이면서 스스로를 지킬 수 있는 자연의 이법理法을 따르는 일이기 때문이다. 조항숙의 의식은 순리와 자연의 원리를 수용하는 자세가 있다. 이는 도시적인 사고이기보다는 오히려 풍성한 자연의 변화를 겪으면서 체험의 성城을 쌓은 결과로 보인다.

가을이 왔다고
편지를 띄웁니다
내 무어라 적지 않아도
그네들은

다 압니다

가을이 왔다고
손짓을 보냅니다
내 무어라 부르지 않아도
그네들은
다 압니다

보고싶다 그립다
말하지 않아도
그네들은
다
압니다

—「낙엽편지」

가을의 분위기에서는 변화를 쉽게 감지하게 된다. 그러나 이를 알아차리는 것은 주역周易에 '天行健 君子自彊不息이나, 공자가 余欲無言'이라는 말로 자연 조화의 이법理法을 설법한 말과 같고 소크라테스가 daimonion이라 탄식한 것과 다를 바 없다. 자기 내심의 소리를 듣는다는 것은 삶의 달관에서 얻을 수 있는 조화인 것이기 때문이다. 조향숙은 가을의 소리를 듣는 예민한 촉수를 시로 환치換置한다. 이는 '그네들은'의 미지칭에서 '다 압니다'라는 말로 자신과 대상의 조화를 기정사실로 확인할 수 있는 감성이 예비되어 있다. 이는 가을의 상황이 이미 입증하고있기 때문에 말의 필요성을 갖지 않는 이심전심의 깨달음을 강조하는 기법인 것이다. 굳이 가을이 왔다고 소리치지 않아도 이미 가을은 다 알고 찾아와 있기 때문이다. 이런 처지에 말은 무엇이고 손짓은 무엇이고 등등의 필요는 군더더기가 되기 때문에 은밀한 편지를 띄우는 통로를 갖게 된다.

졸음 베인 창문
하늘 비추니
오늘은
가을 하늘

그
쪽빛은 온통
토라져 있었다

—「처서」

한 폭의 풍경화를 대면한다. 시적으로 응축되었고 여기서 탄력감이 상상력을 자극하면서 더욱 굳은 이미지로 다가온다. '졸음 베인 창문'으로는 푸른 하늘이 얼굴을 보일 것이고, 그 쪽빛의 푸름은 '토라져 있었다'의 감각성에서 시의 묘미는 환상적인 가을의 무드를 자극한다. '토라져 있었다'의 뉘앙스는 싱싱하고 투명함이 전달하는 시어의 압축미를 말하는 극명한 예가 될 수 있기 때문이다. 가을은 조항숙에 정서에 의미를 건져 올리는 수확의 암시가 된다는 점이다.

3) 삶 그리고 그리움

산다는 것에 대한 해답을 마련하면 그 정답은 인간사를 뒤바꿀 수 있는 가치가 있다. 인간에 대한 구원이면서 신의 역할을 대신 할 수 있기 때문에 고달픈 삶의 길을 방황할 필요가 없는 일이 된다는 점이다. 그러나 철학의 물음은 여기에 매달렸어도 언저리에 이르지 못한 채 질문만 던지는 것이 인간사이다. 해답이 없다해도 끝없는 질문을 던지는 것이 곧 사는 일이기에 시인은 다시 질문에 해답을 찾아 길을 떠난다.

때론
오색 풍선
부풀어

때론
깡통처럼
달그락거리며

그렇게 그렇게
사는 거다

—「산다는 것은」

부풀고 축소되고 혹은 작아지는 일을 반복하면서 살아야하는 숙명이 삶의 대답일 것이다. 그러나 희망의 이름을 앞에 놓고 다시 길을 재촉하는 것이 산자의 의무라면 시인은 이런 노래를 불러야 한다. 풍선과 깡통의 왕래는 '그렇게 그렇게'에서 절망과 희망의 길을 반복해야 한다는 시인의 의도가 압축된다.

사는 일에 길은 없지만, 인간은 스스로 길을 만들어 가는 점에서 순리의 생을 선택해야 한다. 그 선택은 도시적인 면도 있고 전원적인 정서를 불러들이는 자연정서도 있을 것이다. 어느 것이든 시인의 경험에서 우러나온 삶의 표정이라는 점이 된다.

마당가 민들레꽃 가득 심고
찔레꽃 울타리에 목련 한그루
지붕에 박넝쿨 드리우고
마당 복판에 두레우물 더위식히며
작은 텃밭 고랑고랑
갖은 채소

툇마루에 나란이 옥수수 먹으며
그렇게
살고 싶다 했습니다

—「소박한 이의 하얀 꿈」에서

전형적인 시골의 삶을 풍경화로 옮겼다. 민들레는 지천으로 피는 꽃이고 찔레 또한 질긴 생명으로 피는 꽃이다. 목련이나 박 넝쿨이 회고의 정감을 자아내는 이미지라면 조항숙의 삶은 도시적인 칼칼함이 아니라 순박하고 소박한 시골정서가 몸에 벤 느낌을 주는 정서가 시의 색채를 이루고 있다. 텃밭의 채소며 옥수수를 먹는 정감은 우리네 시골 풍경의 전형성이고 소박한 사람의 소박한 일상이라면 조 시인의 시 속에는 다소 투박하더라도 구수한 정을 담고 있는 삶의 표정으로 시를 이룬다.

쑥부쟁이 같은 여자가
등걸같은 남자와
봄잔디 포근한 꿈을 꾸며
버스럭거리는
가을 낙엽처럼 그렇게
버스럭거리며
살아가고 있다

—「사노라면」에서

담담하고 소박함을 자아낸다. 살벌하고 앙칼진 세상에서 영악함을 접고 순리의 길을 가려는 사람들의 표정이 나타난 시이다. 꾸미는 것보다는 있음 그대로 보이는 것은 자연의 원리 혹은 운명을 거역하면서 사는 것이 아니라는 질박함이다. '버스럭거리며'의 의성어擬聲語에서 때로는 충돌이 있을지라도 결국은 하모니를 이루는 생의 길을 가는 작고 햇살 바른 삶을 이어가는 전원풍경이 이채롭게 다가온다. 이것이 조항숙의 일상을 나타내는 또 다른 발언인 점이다.

오늘에서 내일을 바라보면 절망과 희망의 두 길이 교차한다. 어느 것이 더 많은가는 시의 건강성과 밀착된다. 먼 미지를 향하는 그리움은 시인의 심성을 나타내는 거리를 만들게 된다. 다음 시는 그런 예가 된다.

바람에
달리는 이별처럼
쉼없는
그리움이
팝콘처럼 내린다

—「그리움」에서

그리움이 다소 먼 거리에 소재所在한다. 이런 거리감이 애타는 심성을 자극하고 또 그리움이 사랑의 따스함을 불러오는 인자因子가 될 수 있을 때 시적 감동으로 이어진다. 그리움이 '팝콘처럼'에서 부풀어오르는 혹은 더 많아지는 이미지로 생성하면서 재치를 유발한다.

어제는
흐르는 강물이 되라더니

오늘은
무지개빛 소용돌이

자작거리는
그리움 속으로
오늘이 저문다

석류빛 사연
떡갈나무 숲으로
그리움이 자작인다

—「저무는 추억」

크거나 우람하지 않고 알맞을 수 있다는 것—'자작인다'에 있다. 이는 그리움의 농도가 폭발력을 갖게 하는 질축함도 아니고 비극적인 아픔을 나타내는 것도 아닌 적당함에서 나오는 알맞은 미각을 자극하는 예가 된다. 이는 삶의 깊이에서 달관된 정서를 뜻한다. 욕심에서 넘침보다 오히려 절제節制하는 부족함이 더 친근미를 갖는 것과 다름이 없는 표현이기에 다정감을 발생한다. 욕심 없이 산다는 것—여기서 나오는 시적 토운이기에 친근함을 더하는 길이 열린다면 조항숙의 그리움의 색깔은 짙은 도취도 아니고 아늑함을 더하는 파스텔톤의 따스함이라는 표현이 어울린다.

3. 마무리에서

조항숙의 시에는 봄과 물의 이미지가 바탕을 형성했고, 계절감이 유난히 두드러진다.

생명의 약동을 느끼는 시심詩心은 시인의 삶에 대한 인식이 봄으로 다양한 표정을 감지하게 된다. 정서는 우람하게 크거나 또 작은 것이 아니라 한적閑寂하고 여유로운 전원 정서가 바닥을 채우면서 자연스럽게 시인의 심성을 이미지화한다. 이런 체취는 조항숙의 시에 관류貫流하는 이미지이자 시적 구성 요소들이면서 독자에게 감동을 전달하는 요체가 된다. 삶의 모습은 소박하고 투명함을 연상시키고 희망의 이름이 그리움으로 다가든 봄의 시인이고 다이나믹한 이미지를 구사하는 생동감의 시인이다. ◉

정신의 풍경과 의식의 그림

— 임종권의 시

1. 정신의 문법

모든 예술은 창작자의 의도를 담고 있을 뿐만 아니라 삶의 공식이 담겨져 있다. 여기엔 환경과 교육 혹은 깊은 영향을 남긴 삶의 흔적들이 모두 상흔傷痕의 모습으로 드러나기 마련이다. 다시 말해서 가족사나 종교 혹은 삶의 배경을 이룬 모든 체험이 용해되어 문자화할 때, 작품의 특성을 이루게 된다. 이런 정신의 문법은 시에서도 일정한 의도를 독자에게 전달하는 기능을 수행하게 된다. 어둠에서 길을 찾아 나서는 방법은 다양하다. 눈을 감고 더듬거리면서 갈 것인가 아니면 뛰어서 무작정 갈 것인가 아니면 차근차근 운명을 소요하면서 갈 것인가의 여부에 따라 작품의 호소력은 다를 수 있다.

임종권의 문법은 어둠에서 빛 혹은 사랑— 희망의 메시지를 전달하는 특성이 가장 두드러진다. 이런 현상을 해석하는 일은 결국 총체적인 느낌을 증명하는 작품집에서는 확연하게 드러난다. 작품을 예로 하면서 가설에 대한 출구를 마련할 것이다.

바람이 불어 올 때
마른 나뭇잎 같이 흐느끼듯
노래를 부르던 강의 음성을 들었느냐.

참새 떼들이 하늘에 닦아 논
신작로는 가도가도 끝이 없고
텅빈 들녘 끝 저만큼
뻗어 있는 희망이
귀가 시립도록 내려 앉고있다

가로수 마른 가지들의
긴 휘파람 소리
가슴속으로 파고드는
황량한 겨울의 외로운 가락
산 능선 외딴 집에서 울려나오는
서글픈 외침이 한 마리 새가 되어
하늘로 날아 오른다.

— 「서도(西道)의 노래」에서

어둠에서 빛을 추구하는 임종권의 시창작 공식이다. 이는 건강성이고 의식의 상태가 매우 안정감을 주는 근거를 제시하는 시이다.

어둠에서 아침을 맞는 이치나 고생에서 행복을 찾아가는 일상의 일들은 인간이 생존하는 도정道程에서 필연적인 선택이 될 것이다. 어떤 방향으로 길을 갈 것인가는 존재하고 있는 당사자의 몫이기 때문이다. '바람이 불어 오듯'과 '흐느끼는'의 1연에 중심 시어는 부정적인 현상을 나타낸다. 이런 기조는 2연에서 새의 비상飛翔—'가도 가도 끝이 없고'의 고통스런 여정旅程이 '뻗어있는 희망'의 길을 발견하면서 3연의 '황량한 겨울의 외로운 가락'이 다시 '한 마리 새가 되어/하늘로 날아오른다'의 비상을 실현한다. 절망에서 희망 그리고 겨울에서 하늘로의 상승이미지 구사는 임종권의 시에 선택된 공식으로 시와 생활의 일치를 보여주는 의식의 형태이다.

인간의 생활에는 절망에 괴로워하면서 희망을 찾아가는 길이 있는가하면 절망에 허우적이는 모습도 보인다. 이런 두 가지 현상은 살아있는 인간의 호흡을 암시한다면, 「종로거리」는 희망에서 절망을 바라보는 시간이 된다.

바람은 나뭇가지에 앉아
스잔한 가을 노래하던 도시의
구부러진 거리에서
낯선 얼굴들의 숨찬 웃음소리 들으며
종로거리는 걷는다

퇴색한 가로수 나뭇잎이
내 발길에 떨어질 때마다
허망한 인생이 생각난다

꿈을 실은 자동차는
끊임없이 내 옆을 스쳐가고
하늘은
마냥 검기만 하구나

—「종로거리」

「서도의 노래」와는 다른 각도에서 출발한다. 1연에 '웃음소리 들으며'의 밝은 이미지에서 2연에 오면 '허망한 인생이 생각난다'의 허무로 바뀌고 다시 3연에서 '하늘은 마냥 검기만 하구나'의 절망적인 표현이 된다. 이런 정서는 살아있기 때문에 맞게 되는 인간을 뜻한다. 「옛이야기」, 「언어와 시간」, 「하늘 끝으로 가는 해에게」, 「초생달을 보며」, 「종로거리」, 「나의 신부여」 등은 임종권의 시창작 문법의 두 경우를 보여주는 예가 된다.

2. 삶의 중심과 해석

인간은 살아있는 스스로를 보존하는 방법을 강구한다. 이는 본능일 수도 있고 지혜일 수도 있다. 이 둘의 적절한 조화는 삶의 형태 혹은 평가와 연될 때, 생의 향기를 발산하게 된다.

온갖 어려움을 이기고 생의 이름을 펼쳐나간다는 것은 신산辛酸한 아픔과 수반되는 일이다. 강과 산을 넘어 건널 때 다가오는 아픔은 개인적인 생의 풍경화가 되기 때문이다.

나의 눈물이 매일 흐르는 것은
세상이 나를 속이기 때문입니다

모든 것을 감추고 헛것만 내 보이며
내 인생을 조롱했던
그 사람들의 매서운 눈초리를 받으며
내 몸을 갉아먹고 살아온
공허함

그것이 녹아 내려
주름진 얼굴로 흘러내리는
핏물이다

―「내가 올 때」

허무는 인간에게 다가온 피할 수 없는 함정이다. 이 함정에서 어떻게 자기를 관리하고 살피는가는 개인의 개성으로 드러난다. 왜냐하면 시련을 극복하는 것은 전적으로 개인적이며 여기서 개성의 표출은 운명적이기 때문이다. 그러나 다가오는 시련을 극복하는 방법에서는 다른 양상을 나타낼 수밖에 없다. 삶의 조건 혹은 생의 환경이나 지혜에 따라 그 표정은 천차만별이기에 삶의 대응에서 현저한 차이를 나타낸다.

임시인은 세상과 나와의 관계에서 세상을 원망하는 느낌을 1연에서 감지한다. '세상이 나를 속이기 때문이다'라는 발언에서 세상과 나와의 사이에 거짓과 공허함을 인지하면서 존재의 허망을 결론으로 내세우게 된다. 이런 발성發聲은 세상의 냉기와 자기와의 상관을 불편함으로 인식하는 결론으로 보인다. 다음 시에서 더욱 명료한 표정이 보이기 때문이다.

> 내가 얼마큼 살았는지 모르게
> 숱한 설움들이 어둠에 나리어
> 적막한 시간이 가슴속으로 스쳐 가는데
> … 중략 …
> 나를 기억하는 사람들의 모습들이
> 허공에 떠다니는 은하수
> 잃어버린 약속들이 유령의 얼굴로
> 내 눈앞에 서서
> 얘기를 한다.
>
> —「밤 안개」에서

사는 일은 슬픔과 아픔 그리고 때로 순간에 나타나는 햇살을 마주보면서 갈증과 그리움이 교차하는 것이 일상이다. 임종권의 삶의 풍경화—슬픔과 서러움이 교직交織되는 그림을 마주한다. 「홀로」의 운명을 감지하면서 외로움 혹은 고독의 진한 향수에 젖게 된다. '숱한 설움' 혹은 '적막한 시간' '잃어버린 약속'들의 뉘앙스는 가을의식을 느끼게 한다. 쓸쓸하고 고독한 옷자락을 펄럭이면서 배회하는 모습을 연상하기 때문이다.

인간에게 의지라는 것은 삶의 자세와 연관이 있을 것이다. 어떻게 살아가는가의 방법론은 결국 당사자의 몫으로 남지만 어떻게 선택할 것인가의 모습은 생활의 모습으로 남게 된다.

임종권의 시에 중심은 나무로 형상화된다. 나무는 곧게 하늘을 지향志向하는 뜻으로 산다. 시는 어쩔 수 없이 자신을 드러내는 우회적인 방법이기에 직설법을 피하고 낯설게 하는 방도로 시적 장치를 마련해야 한다. 이런 일은 종교적인 신념이 될 수도 있고 또 사상을 이루는 가지로 변형될 수도 있다.

> 이렇게 차가울 수가
> 소나무 가지에 매달린
> 겨울 눈물,
> 내 마음 속에 응어리진
> 사랑의 기억같이
> 우수수 바람결에 떨어져
> 오랜 세월 멍든
> 가슴을 때리며
> 그 아픔의 긴 잠을 자야하는
> 이 겨울,
> 아, 너무 춥구나
>
> —「겨울 나무」에서

마치 운명의 찬바람을 극복하는 독목禿木의 모습을 연상하게 된다. 더구나 겨울의 깊이에서 맞아야하는 슬픔의 표정은 인내와 신념의 줄기를 감추고 살아야만 하는 의지를 내장한 느낌도 준다. 그러나 허무와 공허 그리고 삶의 아픔은 운명적인 필연을 강조한다. 삶이 춥다는 결론은 누구나 갖는 대답이지만 이를 헤쳐나가는 것은 각자의 선택이라면 임시인의 의지는 겨울의 추위를 견디면서 봄을 기다리는 종자를 감추고 있다.

살아야 하기 때문이다. 산 자의 의무는 어떻게 살아야 하는가를 숙고하면서 내일의 의미를 키우는 것이 오늘의 소명이다. '아, 너무 춥구나'를 넘어 봄을 기다리고 맞아야 하는 숙제는 오늘을 견디는 역설적인 상징이 될 수 있기 때문이다.

나는 왜 해마다 긴 잠을 자는가
소슬한 찬바람에
꿈을 잃었는가

따가운 햇빛으로
녹색 옷을 벗어버리고
앙상한 나뭇가지 보다
더 춥게 떠는 너

왜 초라하게
다시 깨어나
엷은 화장으로 몸치장을 하고
따스한 햇볕에 술렁이며
신기루처럼 나타나는가

이제 냉정한 세월 속에서
해방된
너의 생기 찬 향 내음
들과 산 속에 핀
현기증 나는 얼굴들
지나는 바람결에

햇빛들을 불러 모아놓으면
그게
꿈틀거리는 생명이 아닌가

—「봄이 오는 길목에서」

겨울과 아픔 그리고 고통의 늪에서 봄을 기다리는 인내의 꿈틀거림을 본다. 겨울의 깊이에서 절망의 허우적임과 꿈을 상실한 좌절감 그리고 추위로 다가드는 슬픔을 안으로 다독이면서 내일의 길을 생각하는 점에서 안도감을 주는 시인의 모습이 있다. 3연에 이르러서 겨울의 임무는 끝을 내리고 봄으로 가는 길을 재촉한다. '신기루처럼 나타나는가'와 '너의 생기찬 향내음'이 길을 만들면서 '꿈틀거리는 생명이 아닌가'에 이르면 봄의 생동감은 화려한 표정을 연출하기 때문에 안도감을 준다. 이런 정서는 곧 시인의 정신을 시어로 포착한 이미지이기에 교훈적인 에피그람으로 환치되면서, 고생과 행복 혹은 아름다움을 맞아들이는 방법이 교과서적인 도식을 나타낸다.

3. 사랑의 이름 앞에서

시는 시인의 정신을 변용하면서 시적인 의도를 나타내는 방법이다. 다시 말해서 시를 쓰는 목적이 드러나고 또 미래를 예견하는 암시를 갖는—총체적인 설명이 내장된다. 한 권의 시집 속에는 시인의 가족사 혹은 과거 또는 오늘의 표정과 미래를 찾아가는 길이 보이는 것은 심리적인 총체성을 확인하는 것과 같다. 때문에 시는 곧 시인의 모습이라는 등식을 만나게 되는 이유가 있다. 「꽃」엔 비와 그리움이 내장되었고, 「들꽃」엔 허무에서 사랑의 만남을 그렸고, 「꽃들의 사랑」엔 정적靜的인 사랑의 뉘앙스를 꽃에 비유했고, 「기다리는 사람에겐 영원한 헤어짐은 없다」에 사랑과 휴머니티를, 「여인. 1」, 「애증」에서의 부드러움의 추구, 「사랑한다면」에 사랑의 미래, 「그리움」에 담겨진 신선한 아침의 여유는 사랑의 또다른 변형의 얼굴들이다. 이처럼 임종권의 시가 사랑의 정서를 내포한 것은 그의 시적 사고가 어디로 또 무엇을 지향하는가를 예견하는 흔적들이다.

비가 내리고 나면
저 멀리 그리움으로
눈물을 흘리는 사람

바람이 불고 지나가면
아,
추억이
낙엽처럼 흩날리는구나

지금은 아직 세월에 묻혀 있는
꽃,
하늘에 새가 날고 구름이 흘러가도
나는 그리운 사람이 있어
이 자리에 남아
꽃을 피우고 있다

— 「꽃」에서

비가 꽃으로 연결될 때, 많은 이야기를 만들게 된다. 이때 비는 그리움을 불러오는 촉매제가 되고 또 화려한 미래를 연상하는 통로를 만들게 된다. 꽃을 피우기 위해서는 눈물같은 이미지의 혹심한 과정을 거쳐야하는 비유가 개입된다. 바람 혹은 낙엽처럼 흩날리는 이미지는 결국 봄을 맞아들이기 위한 전조前兆를 뜻하고, 이로부터 그리움은 봄을 위한 꽃을 준비하게 된다. 시인은 이런 의식의 논리화를 위해 그리움이 눈물의 길을 지나 꽃의 사랑에 이르게 된다. 이에 비는 사랑을 이룩하게 만드는 중요한 모티브가 되면서 시인의 의도를 성취하게 된다.

> 정든 사람이여
> 사랑으로 살아가자
> 인생이 남기는 것은 깊고 깊은 정뿐
> 서로 섭섭함이 있어도
> 서로 미운 것들이 있어도
> 살아오면서 새겨진 흠이 있어도
> 그런 것들은 사랑으로 녹여 버리고
> 그저 사랑만으로 살아가자
>
> ―「정든 사람에게」에서

사랑에 화해와 따스함을 이루기 위해 지불하는 것들이 개입된다. 미움, 섭섭함 혹은 증오 등을 거치면 사랑의 이름은 빛을 발한다. 그러나 빛과 아름다움을 얻기 위해서는 '깊은 정뿐'이라는 믿음의 심지心志를 가질 때 비로소 길을 열게 된다. 그러나 사랑은 고통의 요소나 방해의 일들을 모두 용해하면서 화해와 평화를 가져오는 ―녹여버리는 결과를 가져온다. 여기서 사랑의 힘은 무한의 에너지를 발산하는 이름을 갖는다.

4. 창窓과 자유의식

인간의 심성은 자유를 구가하려는 정신이 발동한다. 제한에서는 창을 내려하고 구속에서는 자유를 찾아 방황한다. 창은 생명을 연장하는 일이면서 삶의 에너지를 충전하기 위해 창문을 만든다. 바람을 불러들이고 외부와의 소식을 전달하고 또 소식을 받아들이는 길을 만드는 것이 창문이다. 임 시인은 창을 통해서 외부세계와의 소통을 생각한다.

외로울 때 창문을 바라본다

새털같은 구름이
보고픈 얼굴이 되고
하늘은
지난 내 과거의 거울이 된다

슬플 때 먼 산을 본다

산 끝에 내 꿈이 있고
산 위로 내 미래가 지나간다

내가 머물고 이 시간에서
창문과 산은
나의 현재와 미래

그래서 살다 보면
창문을 닫을 때도 있고
걸어서 산 위로 올라가기도 한다

—「창문과 산」

창문을 통해서 세상과 만나고 또 새로운 길을 발견하는 것은 자유정신의 발현이다. 그러나 시인은 '외로울 때'라는 단서를 붙여 창문의 프리즘을 통해서 세상을 바라본다. 그곳엔 파노라마의 세계—구름이 보고싶은 얼굴을 불러오기도 하고 지난날들의 자잘한 이름들이 회상되는 공간이 된다. 의미상 두 번째 연에서 '슬플 때'라는 가정을 앞세워 산은 꿈과 미래를 상상하는 또 다른 공간으로 탈바꿈한다.

창은 현재와 미래를 연결하는 고리역할을 다할 뿐만 아니라 오늘에서 내일로 왕래할 길을 만들게 된다. 자유를 구가하는 일이고 삶의 이름을 윤택하게 만드는 통로의 기능을 확보하는 구체적인 공간이다.

> 나는 비로소 자유로운 홀로가 되어
> 오래 간직한 약속을 잊어버린
> 야릇한 모두가 그런 것
> 나 또한 내가 자유인이 되었다는 것이
> 무슨 상관이란 말인가
>
> —「배반의 길」에서

시는 응축의 기교를 나타내기 위해 역설이나 알레고리 혹은 상징의 숲을 이용하는 언어의 작업이다. 이런 일은 시인의 정신적인 방향—의도를 나타내는 방법을 강구한다. 자유란 말은 「더불어」가 아니라 자기만의 성취를 위한 외로운 선택이기 때문에 타인이 점검할 길 없는 속성을 갖고 있다. 임시인의 경우도 나만의 한계 속에서 나래를 퍼덕이는 길을 찾고 있다. 물론 명료한 의도를 가늠하는 방법이 없는 것도 사실이다. 자유란 길이 없고 또 길을 스스로 만들어 선택하는 점에서 인간만의 소유—정신의 탈출로인 점이다.

5. 비

비는 하늘에서 내리고 다시 증발하여 하늘로 오르고 구름이 되어 다시 땅을 적실 때, 불가의 윤회사상을 나타내기도 하고, 생명을 키우고 생명의 연장을 위해서 생명의 본질을 다할 때, 무한의 상징을 이룩하게 된다.「비와 눈물」이나 「장마」 그리고 「비가 내리는 밤」, 「오월의 비」 등은 임시인의 정서에 윤기와 활력을 주는 역할을 한다. 인용으로 확인한다.

> 한낮에 쏟아진 빗물은 참으로 무심도 하다. 높은 고층에 화려한 침실을 꾸미고 사는 사람들에겐 낭만의 즐거움, 산비탈 아래 누추한 사람에겐 걱정에 찬 눈물
>
> — 「장마」에서

산문시의 일부분이다. 요지는 두 가지의 상반된 암시를 작용한다. 똑같은 비라도 어떤 계층에는 즐김의 대상이 되고 반대의 경우가 될 때 슬픔으로 돌아온다. 사물에는 이같은 두 가지의 상반된 입장이 있어 존재의 양면성을 갖게 된다. 결국 인간은 이 두 개의 상반성에서 왕래하는 행과 불행의 와중을 경험하게 된다.

비가 내리는 밤
검은 하늘에 감추어진
그리움이
밤새 물이 되어 흐른다

우리가 서로
만나지 못한 아픔이
빗줄기 타고
땅에 떨어질 때
내 몸을 적시는 빗줄기가
고요한 음성으로
사랑을 얘기한다

멀리 와
닿지 못하고 있는 정

내게,
너에게 물로 다가온다

—「비가 내리는 밤」

비는 그리움을 가져오는 길을 만든다. 사랑의 성취는 스미듯 다가오는 이름이라면 비는 침투와 삼투에 의해 젖어지는 상황을 만들면 목표는 달성된다. 비로 땅을 적시고 다시 물의 흐름으로 만남을 이룩하면서 사랑의 궁극성은 이루어진다. 여기서 비는 대상과 대상을 맺어주는 촉매의 역할이면서 고요한 음성으로 대상을 묶는 역할을 하게 된다. 그리움과 사랑은 하나의 고리이다. 이질성을 결합하는 일과 부드러움으로 결합시키는 일은 비의 속성이면서 결국 이런 현상이 사랑의 생명력을 이룩할 수 있는 방도가 된다. 여기에는 휴머니즘으로 요약되는 시정신이 내재한다는 결론에 이른다. 사랑의 도달점은 인간을 사랑하는 최종점을 갖는다. 시가 이르고자하는 목표도 여기에 있을 뿐이라면 임종권의 시에는 명료하지는 않지만 인간애를 어떻게 실현할 것인가에 목표는 있어도 그 길을 찾아가는 구체적인 방법은 보이지 않는다. 그러나 이는 정답을 갖지 않는다. 다만 개성에 따라 실현의 방법은 저마다 다른 방도로 사랑의 실천을 이루는 길이 따로 있기 때문이다.

6. 종점에서 되돌아보기

임종권의 시에는 목소리가 몇 갈래로 구분된다. 그의 시창작 문법은 어둠에서 빛을 찾거나 아니면 그 반대의 경우도 나타난다. 그러나 희망과 사랑을 찾아 방랑의 여정을 재촉하는 밝음 지향은 명백한 것 같다.

사랑의 실현을 이루는 방도는 길이 없다. 그러나 임종권의 시에서 사랑을 휴머니즘의 본질로 길을 찾아가는 여정을 재촉하는 특성을 갖고있을 뿐만 아니라 삶의 아픔을 위무慰撫하고 새로운 활력을 충전하는 이미지로 충만하다.

창을 갖는다는 것은 미래와 아픈 현실을 연결하는 고리가 될 수 있고, 상상력의 무한 여행을 재촉하는 특성을 뜻한다.

비 또한 임시인의 정신을 윤택하게 혹은 생명의 에너지를 충전하는 본질이 되면서 신념의 인간성으로 도달하는 상징이 된다.

임시인의 시에는 광범한 인간의 관념이 들어있고 또 삶의 모습들이 스펙타클의 풍경화가 연출되는 공간에 주인공으로 인식되는 시인이다. ◉

숙성의 이미지와 성숙한 삶의 표현

— 이상규의 시

1. 시의 얼굴과 시인

시는 곧 시인의 품성과 성정性情을 포함하는 점에서 시인의 인격을 포용한다. 아울러 그가 살고 있는 현재의 삶에 대한 축도와 미래를 가늠하는 예상의 그림을 그릴 수 있다는 점에서 심리적인 상관을 유추할 수 있다. 다시 말해서 시인이 살아왔고 또 살고 있는 현재의 모습이 시에 투영될 때 시의 특성과 연결된다.

이상규의 시—도시적인 감각성보다는 전원적인 정서가 주류를 이루고 있고, —의식의 풍경은 정적靜的이고 나이브한 감각이 표정을 관리한다. 「귀향」이나 「늘품」, 「보리밥」, 「방목장」, 「화전놀이」, 「냉이꽃」, 「호박꽃」 등은 시인이 살고 있는 자연환경과 정서가 자연스레 교감한 작품이라면 「원효암 가는 길」, 「어느 관음도」, 「마애사」, 「부처 같다」 등은 이상규의 정신 줄기를 가늠할 수 있는 의식들이 주류를 이룬 시이고, 순리적 삶을 다룬 「저마다 길은 있다」, 「무애」, 「오후 세시」, 「제자리」라면 「삶의 무게」,

「아무 일도 없었다」, 「부처 같다」 등은 삶의 깊이를 다루고 있는 작품들이다.

이상규의 정서는 동적이기보다는 부드러움 그리고 관용의 폭이 넓은 감성을 중심으로 시적 깊이를 간직한 특성이 있다. 이는 그가 살아온 삶의 진지한 표정— 아침의 약동적인 느낌보다는 황혼의 아름다움에서 심성心性을 보여주는 시의 특성과 연결된다.

2. 정서와 시적 의도

1) 정신의 문법

시인은 자기의 의도를 시라는 언어에 포장하는 방법을 강구하기 위해 온갖 기교를 언어 장치로 마련한다. 역설이나 비유 혹은 은유의 기교들은 시가 발언하는 의도를 포장하는 재료들이기 때문에 시인은 항상 언어의 탄력이나 생동감을 부추기는 언어조종의 기교를 가져야 한다. 이는 정신의 문법이면서 시를 차별화하는 구체적인 방법이 될 것이다. 몰개성의 이론— 시는 특수한 개성을 용해하는 화학반응을 가져야 한다— 즉 대상과 대상의 결합에서 전혀 다른 사물을 잉태하는 사물을 형상화할 때, 신선감이나 생동감의 이미지를 창출할 수 있게 된다. 이상규의 시에는 사물을 변용하여 창작하는 문법이 일정한 절차를 갖고 있음에서 정치精緻한 구조를 갖는다. 다음 인용의 세 가지 경우는 이상규의 정신문법을 구조화한 경우가 된다.

살아 있는 유산균은
절여 삭은 배추에서 생겨난다

동충하초의 효험도
하늘에 오르기를 거부한
넉잠누에 몸에서 되살아나고
서옹스님의 오도송이
두 번 죽어 사리로
찬연히 빛나듯이

내가 죽어 나로하여
다시 사는 것은 무엇일까

—「죽어서 사는 것」

시의 창작문법을 인용할 좋은 작품으로써— 창작에는 그만의 법칙이 적용되어야 한다. 다시 말해서 시에 창작이라는 용어를 헌증할 수 있는 것은 사물과 사물 혹은 대상과 대상을 결합하여 전혀 다른 이질성의 사물로 변형하는 결과—응축에서 신선감과 감각성— 새로운 물질을 발견하는 창조자의 임무를 달성하게 된다. 배추에서 '유산균', 그리고 넉잠누에에서 '동충하초', 서옹스님의 깨달음이 '사리'로 —이런 예증은 이질성에서 유산균, 동충하초 그리고 사리로 변환하면서 빛나는 전환을 경험하는 것이 시의 경우이다. 이런 창조문법을 바탕으로 다음 시에서 건강한 표정을 관리하게 된다.

살다가 욕망이 내 키를 넘을 때
밤길을 걸어보자
장마비가 말갛게 씻고 간
여름 밤길을 걸어보자

쏟아질듯 별들은 어찌 저리도 많은지
반기듯 울어대는 풀벌레들의 저 울음소리

가슴을 열고
귀를 열고 걸어가면
모두 내게로 오는 저 수 많은 것들

저 많은 별들을 내 안마당에 다 불러들인들
풀벌레들의 울음소리로
나만을 위한 음악회를 연들
누가 나더러 욕심이라 할 것인가

—「욕망이 내 키를 넘을 때」에서

모든 문학—시는 건강성을 요구한다. 절망을 부추기는 일보다는 희망과 꿈을, 죽음의 어둠보다는 삶의 빛을, 이별의 아픔보다는 사랑의 열락悅樂을 향해 문을 열어놓은 것이 문학의 소임이다. 가령 '욕망'이나 '밤길' '장마비'를 부정적인 이미지로 치면 그 반대의 경우는 '별들'— 꿈과 희망 그리고 사랑의 상징이 된다. 밝음으로 가는 길을 조건으로 제시하는 것이 '가슴을 열고'와 '귀를 열고'의 이유를 충족하면 별빛을 만나는 길이 열린다는 시의 문법이다. 이런 소망이 이루어지는 것은 결코 욕심이 아니라는 점에서 시인의 욕망은 키를 넘어도 좋다. 다음 시는 감각성을 특이하게 수용한 경우가 된다.

시를 이루는 요소는 언어의 결합에서 독특함을 수용하게 된다. 물론 시의 언어와 일상의 언어는 다르다. 그러나 일상의 언어에서 시의 언어를 발견하는 일은 시인의 감각이고 독특한 임무이기에 언어감각은 곧 시의 특성에 포괄된다.

대륙 쪽에선 황사바람이 몰려온다는데
들은 척도 않고 골짜기는 붉게 탄다

바람난 진달래는
온 동네 발칵 뒤집어 놓고
솥뚜경 발갛게 달구어
화전놀이에 제정신이 아니다
이 산에서
저 산으로
자지러지는 비명소리
신열앓은 암술마다
고만큼 달뜬 수술머리 달겨 들고
골짜기를 쓰다듬어 흐르는
개울마다 왼 꽃잎뿐이다

—「화전놀이」

화전놀이의 주체는 인간이 아니라 산이다. 다시 말해서 시적 화자를 감추어 놓고 산이 시인의 모습을 보여주는(showing) 탄력적인 감각성을 발휘한다. 시인이 시 속에 개입하는 편집자적인 서술이 아니라 등장하는 사물이 시인의 말을 대신하는 기법은 시창조의 고급기교이다. '불게 탄다'나 온동네 '발칵 뒤집어놓고' '비명소리'의 총체적인 결합이 마치 솥뚜겅에 꽃을 달구는 화전놀이의 형상을 바라보는 듯 시야가 넓게 펼쳐진다. 여기엔 시인의 주관이 개입할 여지를 갖지 않았기에 시의 탄력감이 싱싱하게 다가온다. 다시 말해서 객관적인 자세로 거리距離를 유지하는 것 때문에 신선미를 수반하는 감각성이 살아나는 이유가 된다.

3) 순리의 사고

자연의 이법은 물이 흐르는 노자의 경우를 닮아간다. 위에서 아래로 거스르는 법이 없는 자세는 자연의 질서를 따르는 화해의 이념일 것이다. 끊고 절단하고 가로막는 정복의 서양식 사고는 이미 처절한 전쟁과 자연과 인간이 분리되는 비극을 경험하고 있다. 그렇다면 순리를 따르는 것은 질서를 따르는 말에 다름이 아니고, 질서는 곧 자연의 이법을 수용하면서 생존을 이어가는 절차를 뜻한다. 이상규의 시는 유독 질서의 개념이 분명하고 이는 순리를 좇아가는 정신의 가치에 접맥된다는 뜻과 같을 것이다.

약속한 장소에 나갔을 때
그대가 없다면 얼마나 슬퍼질까
있을 자리에 있는 것의 고마움은
있어야 할 곳에 없을 때의
비어 있음으로 비로소 안다
있어야 할 것이
제자리에 있어야 아름답다

— 「제자리」에서

'얼마나 슬퍼질까'의 이유가 제자리에 있어야 할 존재 때문이며, '비어 있음을 깨달을 때' '제자리의 소중함'을 안다는 발성發聲은 제자리의 역할이 곧 순리의 모습이면서 삶의 질서를 거역하지 않고 자연의 이법으로 수용하는 겸손의 의미를 뜻한다. 큰 나무가 정원에 버티고 있을 수 없는 이치나, 바위가 방안에 있어서는 안 되는 경우처럼 '제자리'의 역할이 아름다움으로 확대된다. 이는 의식의 균형이고 질서의 평균이다. 이상규의 시에는 이런 질서의 균형이 시의 상징과 연결된다.

봄이 오는 길이 있고
꽃이 지는 길이 있듯이
아무리 더디어도
오는 길이 있고

가는 길이 있다
… 중략 …
흐르는 물도
그냥 흐르는 게 아니다
바람도 구름도
저마다
오고 가는 제 길이 있다

—「저마다 길이 있다」에서

길은 길을 만들고 다시 길이 인간을 불러들인다. 그러나 하늘을 나는 새에게도 제 갈 길이 있고 흐르는 물에도 제 길이 있다. 하물며 인간의 길도 이런 이치에서 벗어나는 것이 아니다. 이같은 질서를 거역할 때 비극이라는 상황이 전개된다. 봄의 길이나 꽃이 지는 길, 오가는 질서를 받아들일 때, 인간은 순리의 삶을 살아갈 수 있게 된다. 이 같은 순리를 통찰한 시인의 안목은 자연의 맥박을 체득한 듯한 느낌을 준다. 다시 말해서 관념으로 바라보는 자연이 아니라 자연에 동화 혹은 순화된 호흡을 갖기 때문에 자연의 흐름에 민감한 통찰력을 나타낼 수 있다는 점이다.

아, 모를 일이다
사람들은 왜 산꼭대기에 올라
내려올 줄 모르는가를

단풍잎이
쉬 지는 까닭을
오후 세시가 되어서야 알 것 같다

—「오후 세시」

1연은 무지에서 빚은 비극의식을, 2연에서는 1연의 무지를 오후 세시의 무렵에 깨달음을 갖게 되었다는 발성— 오름에서는 내려와야 하지만 이를 모르는 것은 비극의 잉태를 뜻한다. 물론 '알 것 같다'의 겸손에서 단언적인 오만이 아니라 여백을 남기는 방법의 예의; —주역周易에 '天行健 君子以 自彊不息'을 말했고, 공자도 '天何言哉 四時行焉 百物生焉 天何言哉'라는 말로 거스름 없는 자연의 질서를 말했다. 오르는 것과 내려가는 것은 결국 삶의 이치를 수용하는 질서에 순응하는 길을 가고 있다는 뜻이 된다. 그만큼 달관達觀된 생의 길을 시의 깊이로 표출한다는 증거일 것이다.

4) 삶의 해석

시인은 살아있기 때문에 시를 만나는 절차를 갖는다. 이는 현재라는 생의 시간을 수용하면서 어떻게 또 무엇을 언어로 표현 할 것인가를 고민하는 인간의 이름이다. 현재의 상황은 보는 각도와 입장에 따라 다르고 시인의 개성에 용해되는 절차에 의해서도 다른 표정을 관리한다. 칼칼한 도시인의 냉혹한 표정, 어둠의 깊이에 빠져있는 슬픈 표정, 절망의 심연深淵을 방문한 지식인의 표정 등이 도시인의 모습이라면 순박하고 여백이 있는 유순한 표정의 삶은 그 나름의 환경적인 요소와 상관을 갖는다. 탄광에서는 검은 얼굴이 되고 농부는 검게 그을린 태양의 손짓을 이해한다. 이상규의 시는 후자이면서 부드럽다는 이유가 그가 생활하고 있는 농촌의 자연정서와 유관하다.

삶의 무게를 다는 저울이 있다면
지하철에 빠져드는 아이를 밀쳐내고
찢겨진, 찢겨져서 아름다운
역무원의 무게를 달아보고 싶다
살려달라고 자식들의 손을 끌고

십 삼층 아파트에서 뛰어내린
누덕누덕 기운 여인의 벼랑 끝 삶과
여동생을 건져 올린 열두 살 오라비의
물속에 가라앉은 무게도 달아보고 싶다
지하도에 웅크린 노숙자들의
내일 없는 삶의 무게도 모두 달아보고
눈금 끝이 갈 곳 없는 그 무게에
짓눌리는 나의 무게도 달아보고 싶다

—「삶의 무게」

삶의 무게라는 말은 시적 표현이다. 그러나 살아가는 길에는 방향과 무게가 있다. 어떤 사람의 무게는 천박하게 무거울 수도 있고 또 어떤 사람의 무게에는 한량없이 가벼울 수도 있다. 그러나 정작 '무게가 없다'는 말은 희생과 의로운 일로 삶의 길을 간 사람에 무게는 무게가 아닌 감동의 깊이만 있게 된다는 점이다. 이때 생의 무게는 이미 무게라는 일상적인 개념을 뛰어 초월超越된다. '역무원'의 희생의 가치와 '오라비'의 절절한 생의 희생과 시인의 삶을 대비해보고 싶은 소망은 곧 역무원 그리고 오라비의 생에서 진한 감동을 전달한—정서감염情緖感染의 충격을 뜻한다. 이런 삶을 살겠다는 우회적인 의미에서 시인의 정서가 지향하는 길을 간파할 수 있게 된다. 물론 '짓눌리는 나의 무게도 달아보고 싶다'는 대비에서 희생으로 고귀한 삶의 의미를 승화하는 의도를 간직하면서 살아가겠다는 우회적인 발언이다.

부처와 아귀는 상황에 따라 달라진다. 극락 또한 마음에 있음이지 실재로 어디에 따로 차린 공간이 아니다. 다음 시는 그런 이미지를 생성한다.

이른 새벽에
돼지를 가득 실은 트럭이 지나간다

분명 도살장에 가는데도
눕고 서고 도무지 태평이다
좋은 세상 가나보다. 부처 같다

아침 텔레비전에선
통통하게 살이 오른 청기와집 아들들이
두억시니처럼 게걸스레 먹고 있다
먹을 만큼 먹었을 텐데
아직도 배가 고픈가 보다. 아귀 같다.

—「부처 같다」

대조 장면을 보여주는 시로써 「원효암 가는 길」 등 몇 편의 시에 나타난다. 이 같은 대비의 시적 구조는 간명하고 쉽지만 자칫 언어유희에 떨어질 가능성이 있을지라도 이 시인에게서는 오히려 시적 모티브를 선명하게 작용하는 것 같고 절제미를 발휘한데서 시적 긴장미를 수반하는 특성이 내장되어 있다. 잘사는 청기와집 아이들은 오히려 아귀같은 절망에 허덕이고 주검으로 길을 재촉하는 줄도 모르는 돼지들의 천진스런 표정에서 깨달음을 획득할 수 있는— 삶의 방법을 우회적으로 묻는 시인의 의도는 어떻게 살아야 하는가를 묻는 질문이다. 물론 부처와 아귀는 한 줄기에 있다는 교훈은 이미 새로운 해석은 아니다. 그러나 시는 낡고 퇴락한 공간에서 신선함을 건져 올리는 것이 비유라는 장치다. 미상불 돼지와 부잣집 아이들과의 유사점은 없다. 그러나 비유라는 장치를 동원하여 아귀의 세상과 극락을 발견하는 것은 시의 이면에 담겨진 시인의 고도한 의도를 내장하고 있어 쉽게 파악되는 정서이다.

살아있는 사람은 현실에 감각을 나타낸다, 비평이라는 이름이 곧 그런 절차이다. 「늘품」에서는 문명의 비정성을, 「어느 시인의 아포리즘」에서는 말과 행동이 다른 시인의 경우를 비판의 시각으로 바라본다. 경귀라는 짧은 멘트로 감동—인간의 폐부를 자극하는 기법의 글을 쓴 어느 시인이 글과 행동의 괴리乖離에 비평의 안목이 발동된다.

> 그런 그가 중앙무슨협회의 간부에 출마하였다며 잘 부탁한다고 할 때는 내가 하면 로맨스고 남이 하면 불륜이라는 시쳇말이 차라리 시 같데요 자가당착(自家撞着)을 경구(警句)삼아 모순을 팔러 행상을 나선 그 시인 대신 나는 어디서 이 시집을 태울 화장장을 찾을까요
>
> —「어느 시인의 아포리즘」에서

현실에 대한 불합리를 비판의 눈으로 바라본 풍자의 작품이다. 이른바 문단의 불합리와 모순을 적시한 중앙의 시인이 정작 그 모순의 중심에 자기의 행동을 보이는데서 표리가 부동한 글과 행동의 일탈逸脫에서 시인의 의식을 자극한다. 자기의 행동에 모순을 확인하는 일은 어렵다 그러나 타인의 모순을 말하기 전에 자기를 아는 일은 참된 시인의 모습일 것이다. 왜냐하면 시인은 단순히 언어만의 결합으로 시를 제작하는 것이 아니라 행동과 깨달음이 앞서는 지혜의 소유자요 또는 인도자 혹은 시대의 예언자로서의 임무를 수행하는 사람이기 때문이다. 타인의 모순— 아포리즘을 발동하기 전에 일관된 자기의 모습을 바라보는 안목의 부재는 우리를 슬프게 하는 일이 되기 때문이다.

5) 황혼의식

아침 햇살에서는 용기를 느낄 수 있다면 황혼에서는 조용한 삶의 통찰과 느린 아름다움을 발견하게 된다. 아름다움은 조화에서 온다. 아울러 헛된 욕심이 없는, 무욕의 경지에 이를 때 여유를 갖는 이치— 단순하고 투명한 모습은 아름다운 풍경이 된다. 이상규의 의식에는 천연 단순하고 범

박하고 순박하기 때문에 꾸밈없이 친근미를 유발하는 안도감이 있다.

시의 소용은 투쟁이거나 무슨 거창한 목적을 위한 도구가 아니다. 다만 인간의 슬픔을 위무慰撫하기도 하고 꿈을 부풀리는 안도감을 주는 작은 행복에 있다면 이상규의 황혼에는 따스한 인간미가 깃들어 있다.

주먹으로 허리를 툭툭 쳐주며
서로서로 힘들었다고
허리가 끊어졌는지
꼬집어도 아픈 줄 모르겠다며
이렇게 사는 대로 살다가
자는 잠에 갔으면 좋겠다고
내일 또 끌고 나올
헌 상여 같은 육신을 발갛게 물들이며
열무단 묶으던 손 털고 일어서는
사리알 같이 투명한 할머니 서넛

—「할머니 – 노을」

할머니와 노을은 깊어진 시간의 이미지에서 동류항으로 정리된다. 이는 원숙함이 깃들여지는 여지를 갖고 있을 뿐만 아니라 여백에 또다른 상상의 그림을 그릴 수 있을 공간에 행복이 찾아올 수 있다. '서로서로 힘들었다고' 격려해 주는 인정미와 노을은 따스하다. 이런 이미지의 상관성은 시인의 마음을 나타내는 기교이면서, 이는 이 시인의 정서 곧 마음을 뜻한다.

우리 닮았다고 공허한 웃음 웃다가 갑자기 시려오는 가슴 내보여도 전혀 쑥스럽지 않는 그런 친구와 서산으로 가는 햇살 손바닥에 받아 비워낸 빈 잔에 부끄럽게 남아있는 순수 같은 석양 부어 권하고 못다한 시(詩)이야기 띄엄띄엄 나누는 그런 시간을 갖고 싶다

—「석양」에서

친구—나누어 가져도 아깝지 않는 그런 친구와 서산으로 지는 해를 배경으로 순수같은 석양을 부어 마시는 한잔 —시를 교감하는 정감이 따스하고 깊다. 이런 행복은 부유富裕해서도 아니고 권력을 갖고 있어서도 이룰 수 없다. 오로지 인간미를 갖는 사람에 의해 마음에서 마음이 열려지는 작은 행복을 만날 수 있을 뿐이다. 즉 소박하고 질박하고 평범에서 만나는 아늑함이고 깊음이다. 이런 행복을 느낄 수 있다는 것은 그런 마음을 소유한 사람에 의해 실현될 수 있는 여지가 있게 된다. 이처럼 이상규의 시는 그냥 따스하고 안온한 노을빛 마음이 담담한 수채화로 가슴을 울린다.

6) 정의 깊이

정을 가졌다는 것은 감정의 변화를 의식하는 전제가 있다. 또한 호오好惡의 감정이 기복을 가질 때, 감정은 항상 이성의 도움을 받아야 한다. 이성과 감정의 균형은 지식이 아니고 지혜를 앞세워야 한다면 이상규의 정서는 균형의 감수성이 시를 창조하는 빌미가 된다. 사랑에서도 깊이를 가진 사랑을 요란하지 않고 묵묵한 표정을 감지 할 수 있게 된다.

가슴에
너덜경 같은 묵정밭을 그냥 두고
어찌 아리도록 저린 사랑을 하랴
사랑도 농사일 같아
마음밭을 푸실푸실 가꾸어야지
거기다 풋풋한 그리움 하나 심고
에돌다 오는 마음 불러 덥히면
곱다시 자라 사랑이 되리
묵정밭 일구듯

사랑은 그렇게 가꾸는 것을

—「사랑 가꾸기」

사랑과 농사일이 같다는 비유는 이질적이 비유의 강제결합이다. 그러나 비유의 간격이 멀수록 시는 신선함을 자극한다. 마치 사랑이라는 달콤함도 농사일처럼 가꾸지 않으면 묵정밭이고 잡초만 무성할 뿐이라는, 사랑은 헌신이고 애정을 바치는 희생이다. 보호하고 바라보는 헌신이 없으면 한 포기의 식물은 인간에게 아무런 쓸모를 제공하지 않는다. 정을 줄수록 싱싱하고 탐스런 열매를 수확할 수 있는 이치—이상규의 시는 그런 비유에 적합한 옷을 입고 있다.

인간의 의식에는 전경前景과 후경後景을 가질 수 있다. 결국 둘의 결합은 완전한 조화를 획득할 수 있기에 두 가지의 결합은 하나의 풍경화를 만들게 된다.

네 눈을 가만히 들여다보면
거기, 더욱 깊어진 가을이
고여 있네

하늘을 닮아
이리도 가슴 저리게 하는
쪽빛 호수

부르면 이내 달려올 듯
건드리면 금방 울어버릴 듯
그리움의 눈물
그렁그렁 담고

내내 못잊을 한사람

가슴에만 오롯이 남아
빨간 단풍잎 하나
띄우고 있네

—「戀歌.2－네 눈은」

1연과 2연을 의식의 전경前景으로 3연 4연을 후경後景으로 배치하면 정치精緻한 시적 구성을 가지고 있다. 1연에 '가을'의 투명성이 2연에서 하늘과 '호수'와 댓구를 이루면서 투명하고 맑은 이미지를 건져 올린다. 이런 전경은 자연경관의 배경을 이미지로 생성했고 다시 후경—3연에 '그리움의 눈물'이 그렁그렁의 절박함이 4연에서는 잊지 못하는 이미지인 '빨간 단풍잎'의 의식이 열정으로 나타난다. 아울러 가을과 호수에 청색 이미지가 그리움이라는 추상적인 과정을 거쳐서 적색의 색감으로 마무리될 때, 사랑의 깊이를 상징하는 의식이 된다. 1연의 투명성이 3연의 순수로 이어지면서 시인이 생각하는 사랑은 아름다운 꿈의 도정道程을 드러내는 은근미의 기법이다.

3. 에필로그

'위대한 도道는 말로 표현하지 않으며, 위대한 이론은 말로써 나타나지 않으며, 위대한 사랑은 사랑하지 않은 듯하다'는 장자의 말은 이상규의 시에 적합한 비유 같다. 요란하게 드러나지 않으면서 뚜렷한 목소리를 담고 있으며, 현란하지 않으면서도 겸손한 질서를 내장한 시의 묘미는 시인의 성품을 나타내는 내면의 풍경화와 일치하기 때문이다. 그만큼 시의 성숙이 깊어졌다는 의미이면서 삶의 숙성이 시의 숙성과 연결되는 증거를 제시하는 뜻이 된다.

순리를 찾아가는 사고의 질박質朴성이나 삶의 진솔성을 추구하는 소박함은 이상규의 시적 묘미에 깊이가 있음을 뜻한다. 작금에 시가 요란스레 몸짓으로 에피소드를 남발하는 풍토에서는 드문 안도감의 예가 될 것이다. 햇살과 비바람과 봄과 여름의 긴 시간을 견디면서 스스로 성숙된 삶의 이력이 시에 전이轉移된 농익음을 맛보는 즐거움이 이상규의 시에는 가득한 인상을 준다. 그만큼 시적 성공을 이루었다는 증거가 될 것이다.

감춤의 정서와 미적 인식

— 이정홍의 시

1. 시와 신명神明의식

시를 쓰는 일은 설명으로 이해되는 일이 아니라는 점에서 때로 접신이라는 용어를 사용하기도 한다. 다시 말해서 시는 일상의 산문과는 달리 창조의 비법이 쉽게 설명되지 않는 특성을 갖는다. 개아의 성취를 위해 시인은 자신의 정서를 도취시키는 방법을 갖지 않으면 시의 모습을 포착하기 어려운 상태가 된다. 즉 시를 신명神明이라는 이름에 접속시키는 일은 일상의 정서가 아닌 투명한 의식의 환각상태 혹은 원초적인 공간을 확보하는 상태를 맞아들이는 정신의 특징이 있어야만 한다. 즉 상상력의 확대 혹은 증폭에 쉽게 도달하는 길을 알고 있을 때 시를 쓰는 일이 범인凡人들과는 다른 정서공간을 확보해야 한다는 뜻이다. 물론 시인의 정서에는 정치精緻하고 치밀한 과학적인 단초를 논리로 배열했을 때, 시적 표현은 의미로 되살아난다. 다시 말해서 시인이 시를 창조하는 비법에서는 불가사의하더라도 그가 쓴 시는 쉽게 이해되는 장치를 마련해야한다. 이 경우 난해와 무질서는 구별이 될 수밖에 없을 것이다. 역설이나 알레고리 또는 아이러니 등의 시적 장치를 사용하는 것은 의미를 확장하고 정서에 질서를 부여하는 방법이기 때문에 시의 언어는 항상 긴장감을 갖고 시어詩語을 맞아들이기 위해— 여기서 시인의 정서는 여느 사람들의 의식과는 다른 세계를 확보하게 된다.

신명을 받아들이는 정서는 열린 마음의 상태라야 한다. 이는 순수와 투명이 빚어지는 또다른 무의식의 공간으로 들어가지 않으면 대면의 기회를 잃게 된다. 창조의 공간에는 일상의 논리와 일상의 정서가 아닌 개별 시인만의 개성이 시의 용어로 포착하게 된다. 다시 말해서 시인은 저마다 시를 쓰는 방법이 시인의 경험과 분리할 수 없는 일체화(identity)속에서 창조된다. 그의 의식이 소용돌이로 나타나는 시는 「시가 있는 書架」에서 정서의 자리를 쉽게 통찰할 수 있다.

> 바람 찬 광화문 빌딩 숲에 낙엽은 활자 모양
> 글 속에 진다.
>
> 책 속에 길이 있다. 사람들 사이에 책이 웃고 있어
> 모든 책들이 웃는다.
>
> 나는 떨고 있다.
>
> 시치미를 떼고 서가에 기댄 체 운명의 種처럼 꽂힌
> 책 하나를 가방에 훔치고 싶다.
>
> 문득 살아있음이 아름다울 것이라는 생각이 든다.
>
> 낮이 없는, 불빛에 시집 고르기에 열심인
> 여인의 머리카락이 자꾸만 하늘로 솟아오르다

갑자기 내 머리카락이 자꾸만 잡아당기기 시작한다.

허약한 내 등줄기에 식은땀이 흥건히 젖는다.

건너편, 계산대 여인의 손바닥에
불빛에 가린 내 얼굴이 숫자로 계산되고

—「詩가 있는 書架」

시는 자유를 구가하는 정신의 작업이다. 무한에서 영원으로 그리고 막힘이 없는 자유에의 지향志向에서 시의 이름을 신성하게 한다면, '광화문 빌딩 숲 낙엽'이 활자모양으로 시인의 의식을 자극한다. 이는 활자로 점철된 책과 시인의 의식이 하나의 공간으로 지향하는 수로를 설정했기 때문에 책과 웃음— 결국 진리라는 길을 암시하면서 '웃는다'에 안도감을 갖는 시인의 내면이 드러난다. 이같은 시인의 열망은 '훔치고 싶다'의 의도에서 다시 이성의 견제를 받아 '아름다움'을 활자 속으로 끌어들이는 명료한 불빛이 켜진다. 시인과 시와는 하나 속에서 다시 하나로 보이게 하는 액자額子의식이 정신문법으로 구성되는 순간이다

이정홍의 의식은 개방적이고 섬세하다. 관념적인 그물이 널려있어 세상을 바라보는 시야에 다양한 이름들이 출몰하고, 삶의 이름에는 순수가 거점을 확보하고 있다. 이제 그의 의식의 그림을 바라보는 길로 나아간다.

2. 무엇을과 어떻게

시인은 인간의 삶에 대한 말을 하는 고백이다. 물론 자기의 이야기로 출발해서 타인 혹은 사물에 이르면 그의 사상의 폭은 넓어지고 깊이를 갖는다. 이 경우 '어떻게'라는 방법론의 등장은 삶의 고민을 부추기는 일이 되

고 '무엇을' 선택할 것인가는 미망의 숲을 만들게 된다. 결국 어떻게와 무엇을은 존재의 질과 방법을 말하는 우회적인 일이지만 시인은 예지적으로 이 둘을 포괄하는 창작에 몰두하게 된다. 이 경우 경험이라는 일면과 상상력의 일면이 결합하여 명상의 길을 내기도하고 철학의 깊이를 축적하는 무게를 더할 수도 있게 된다.

이정홍의 시에서는 삶의 방법을 제시하는 것보다 오히려 삶의 표면을 노래하는 가락이 우선한 인상을 준다.

사라져 버린
시간을 살아 온
젊은
넋은
작은 잎새에 의미를 두고

이제
타오르는 불꽃으로
삶을
하늘 보듯 산다

—「自我」

하늘의 지표가 진실과 순수를 뜻한다면 '삶=하늘'이라는 공식이 된다. 하늘은 진리와 고향이라는 두 개의 이미지를 수반하면서 오늘의 인간에게 옳음을 강요하는 기준자로 작용한다면 이는 시인이 삶의 잣대로 설정한 심리적 암시가 된다.

인간은 억울하면 하늘을 보고, 즐거워도 눈을 맞추는 오랜 관습이 있었다. 여기서 하늘은 구원의 메시지를 받아오는 공간으로 설정된 암시 때문에 고귀하고 —돌아가고 싶은 이미지를 생성한다. 이런 설정에서 이정홍의 삶은 다음 시를 말하게 된다.

떠난 자리에
늘 남아 있는
바다 비린내
안개처럼 피어난다

아득히 수면을 나는
날개 짓이
파도를 가르고

바람 부는 날
하릴 없이 다가오는
삶의 가설들,

검붉은
팔뚝에 뚝뚝 떨어진다

질곡의 삶을 이겨낸
뱃소리에
살을 맞대고
바다를 깊게 포옹한다.

전신이
요동칠 때
어부는
생명의 펄떡임을
하늘에 알린다

저만치
바다는 하얀 비늘을 벗고

어부는, 그의 삶을 산다.

—「어부의 하루」

시는 사물이나 대상을 자기화하는 일체감을 갖기 위해 언어장치를 동원하는 것이다. 여기엔 시인의 경험이라는 요소가 작용하게 된다. 다시 말해서 경험의 일부는 시에 나타날 수밖에 없다.

이정홍의 시에는 바다의 함량이 많다. 「어부의 하루」와 「섬」 혹은 「9월의 바다」, 「바다」 등의 시는 어딘가 시인의 의식에 잠겨져있는 대상들로 보인다. 1연에 '바다'와 '안개'의 결합이 '피어난다'에서 상승의 이미지를 부추기고 2연에서는 다시 하강의 '바다'가 '파도를 가르고'로 변화한다. 아울러 3연은 바다와 삶의 가설이 설정되고 5연에 이르면 질곡의 삶이 '바다를 포옹한다'라는 화해의 의미를 앞세운다. 또한 6연에 이르면 생명의 펄떡임을 '하늘에 알린다'로 다시 상승하면서 고귀한 암시의 '고告한다'라는 설정으로 최종목적을 나타낸다. 즉 바다에서 어부는 '그의 삶을 산다'라는 광장의식을 나타낸다. 이런 상승과 하강의 반복에서 시인의 메시지는 바다에서 두려움이나 공포를 자극하는 상상보다는 화해와 평화 그리고 공존의 의미론적 변용을 시도한다.

어디로 갈까

바다가 만나는
하늘에
선을 긋고
작은 공간을 마련한다

—「바다」에서

시인이 갈 곳이 없다고 생각할 때, 의식의 문을 열어주는 창문이고 삶의 막힘에서 바다는 출구를 마련하는 이미지로 유동성과 이동의 인자因子가 된다. 다시 말해서 바다는 시인의 삶을 충전하고 출발하는 동적인 에너지로 작용하는 상징이 된다. 특히 물의 이미지는 생성과 유동 혹은 다이나믹한 속성을 시적 대상과 결합한다.

3. 자연 그리고 변화

자연은 시의 터전이지만 정지된 암시를 주어서는 안된다. 만물은 끝없이 유전하는 변화의 와중渦中에서 길을 찾아나서는 것이 존재한 것들의 소명이기 때문이다. 별, 바다, 불꽃, 산들의 시어는 이정홍의 시에 들어있는 목록들이다. 처절한 존재의 피흘림이나 갈등의 대결에서 나오는 증오같은 관념들이 배제된 시의 표정들이고 그 모습은 단정하기를 소망하는 이미지들로 채워진 느낌이다. 현실에 대결의식의 탈이나 비인간적인 정조情調, 혹은 세계상실의 호소 등이 제거된 시의 표정이 자기표현의 도구로 이용되었기 때문에 「석등」 혹은 「도라지꽃」과 같은 정적靜的인 무드를 나타낸다.

함초롬이 젖은
풀 섶 위로

여인의 춤사위가
버선 끝에 피어나고

숨어드는
삽상(颯爽)한 바람처럼

무명의

고깔을 쓴 여인의
갓 피어난 미소
파아란
하늘에 순백의
나비처럼 내려앉은 꽃잎

잠시,
학이 되어 날아간다.

—「도라지꽃」

꽃은 정지와 균형의 아름다움을 준다. 꽃이 아름다운 것은 색채만의 이름이 아니다. 일정한 대칭을 이루면서 기하학적인 조화에서 미감을 자극할 뿐만 아니라 색채와 조화가—종합적 안정감을 유도한다. 「도라지꽃」은 '고깔 쓴 여인의/ 갓 피어난 미소'에 응집된다. 그것도 이름이 없는 무명의 여인과 도라지꽃과는 순수함에서 어울리고 —도라지꽃이 2연에서 '피어나고'의 상승과 '바람처럼'의 이동 그리고 4연에 미소 5연에 꽃잎의 지상적인 이미지가 마지막에 학鶴이 되어 날아가는 공간이동이 요란스럽지 않고 조용한 것이 시인의 품성을 혼합한 것 같다.

올라온 길
보려고
나는
고개를 돌리지 않는다

실낱같이 이어진
황토(黃土)길
여기
내 작은 걸음마다
땀의 끈적함이 묻어난

자취가 있다

체액(體液)이 흐른 길 위에
동그마니 선
빛 바랜 초상(肖像)들,
산 위에서 하늘을 향해
소리쳐 뿌려본다

—「산 위에서」

하늘을 받들어 사는 산은 물상들을 키우면서 삶의 도정道程을 비유로 포장하는 의미에 가깝다. 흔히 '산'을 '오른다'에서는 삶의 이념이 내재했고, 내려다보면 존재했던 일들이 파노라마로 펼쳐지는 그림을 일목요연하게 바라볼 수 있는 걸음들이 보이게 된다. 이런 비유는 시의 진로에 역경의 의미보다는 바라보려는 의도에서 시적 깊이를 더할 수 있게 된다. '빛바랜 초상'들을 객관화할 수 있는 거리距離에서 새로운 일— '산 위에서' 또 다른 공간인 하늘을 향해 소리칠 수 있는 거점으로의 산은 그만큼 시인과 밀착된 상징인 셈이다.

4. 계절과 시심

흔히 자연을 항구적인 불변성 혹은 영원한 불멸성을 첨가할 때 자연적인 대상이 친화력을 갖게 된다. 더불어 인간이 의지할 수 있고 정신적으로 안주할 수 있는 대상화로서의 자연은 항상 시의 근처에서 떠날 줄을 모른다. 여기엔 시간의 단위설정과 변화에 대응하는 인간의 지혜가 다양한 대응논리를 구축했다. 삶의 방식은 곧 시간의 분배 혹은 관리라는 점에서 계절은 시의 한 축이 될 수 있다. 여기엔 삶이라는 도정이 결국 계절의 변화를 수용하면서 자기화하는 방편이 되고 있다.

꿈은 길을 떠나고

어린애 같은
미소로 피어나는
작은 생명을
가슴으로 받는다.

—「봄비」

물은 생명체의 본질이고 고향이다. 겨우내 움츠렸던 생명에 봄비는 소생의 이미지뿐만 아니라 삶의 동력으로 작용한다. 이정홍의 봄은 비로 다가오고 여기서 신선한 생명의 부추김이 드러난다. '작은 생명'을 상정想定하는 일로 어린애의 상념이 나타나고 다시 미소와 같은 행복이 꿈을 잉태할 수 있게 된다. 꿈이 봄과 더불어 환생하는 이미지이면서 시인의 마음과 결부되는 인상을 봄에서 가져온다.

구름 사이로
가을 단풍은

쪽빛 하늘에
여인의 미소처럼 남는다.
… 중략 …
낙엽 지듯
창 밖은
어둠이 내리고

낡은 의자
빈자리에

모딜리아니의 여인처럼
나의 가을은
긴 기다림이 시작된다

—「우이동에서」

열매로 돌아서는 가을은 기다림의 의미와 결부된다. 그러나 이런 전제는 여인의 미소처럼 단아함을 주는 은근미와 사랑 그리고 조용하게 스며오는 표정에서 가을의 깊이는 무한의 암시를 포장한다. '나의 가을은/긴 기다림이 시작된다'에서 열매의식이 포장되고 다시 기다림은 계절의 순환을 예비하면서 서성이는 자세로 다가온다. 이런 정서는 항상 조용한 발걸음으로 다가오기 때문에 미소와 함께 암시된다. 이 같은 현상은 시의 어조—제재와 독자 그리고 화자 자신에 대한 태도—라 말한다. 화자인 시인에서 독자에 이르는 회로가 규범적인 태도— 수평적인 형태로 진행된다는 점에서 가을이 준비와 예비가 함께 진행되는 인상이다.

5. 고독

고독은 인간을 성장시키는 요소일 뿐 아니라 삶의 성숙을 가져오는 태도와 직결된다. 하여 고독은 인간 자신을 깨우치는 일면 더 높은 지혜의 숲으로 인도하는 역할을 하게 된다. 고독은 그만큼 사고의 넓이와 깊이를 방문하는 첩경을 제시하면서 심원한 자아로 돌아가는 길을 깨닫게 한다는 뜻이다.

섬 그늘에 그을린
바닷가 한쪽

여름이 스쳐간 뒤
남은 외로움
해질 녘
파도소리에 묻히고

달은
바람에 흔들려
바다 밑
외진 사연과 만난다.

9월의 바다
파도 사이사이
모래를 토해내고

늙은 어부의 어린 눈빛에
노을이 남긴
비릿한 외로움이 짙게 묻어난다

—「9월의 바다」

흥성거리는 여름이 떠나간 9월의 바다에 쓸쓸함은 자명한 일이다. 여름이 남기고 간 아우성과 소란에서 자취를 감추고 파도소리에 묻히는 기억들은 아픔과 고독을 불러올 뿐 '외진 사연'과 만나는 현상과 친근미를 갖게 된다. 결국 '소리에 묻히고' 3연에 '외진 사연과 만난다' 또는 마지막 연에 '비릿한 외로움이 짙게 묻어난다'라는 축약된 정서가 고독의 그늘을 형성하게 된다. 이는 의사감염 즉 시인의 정서와 계절의 친근미가 교접된 형태로 시화되었음을 뜻할 때, 시인의 심성과 연결 될 것이다. 왜냐하면 시는 결국 시인 자신의 모든 것을 상징과 비유 혹은 은유의 그릇으로 담아야 하기 때문이다. 설혹 변장하고 위장한다하더라도 시의 깊이에서는 결국 시인의 모든 것을 드러내는 것으로 감동을 줄 수 있게 되는 또다른 심리현상의 표현이기 때문이다.

> 망연(茫然)히 등짐을 지고
> 혼자
> 말없이 다가온
> 영혼은
>
> 아픈 다리를 쉬며
> 아직
> 떠날 곳을 찾지 못해.
>
> 어디로 갈까
> 긴
> 방황이 날을 점치고 있다.
>
> —「보이지 않는 강」

보이는 것보다 보이지 않는 공간에 담긴 사연이 시의 중심축을 이루고 있다. 방황의 이미지가 강을 이루는 고독과 손을 잡고 삶의 언저리를 배회하는 인상을 주기 때문이다. 물론 '혼자'라는 고독의 이름은 '아픈 다리'와 떠날 곳이 일치하지 않는 속성으로 인해 '어디로 갈까'의 망연함이 더욱 처절함을 남긴다. 이런 상징은 시인의 내면에 간직된 정서의 부분들이고 또 이런 정서는 의미있는 일을 찾아가려는 발심發心과 고독이 궤를 함께 하는 인상을 준다.

6. 기억의 숲에서 들리는 소리 —마무리에서

이정홍의 시는 자유를 구가하려는 마음에 여백을 갖고 있다. '나는 /자유를 향해/가슴을 열고/새처럼 크게 하늘을 날고 싶다' 「뫼비우스의 띠」와 같이 이동의 공간을 찾아 시심을 발동한다. 이는 이상의 공간을 찾아가려는 이미지이지만 구체적인 자세는 보이지 않는다. 이런 태도는 처절함이 아닌 순명의 자세에서 안온한 삶을 찾아가는 인상을 남긴다.

자연정서는 이정홍의 시에 가장 많은 함량이면서 시의 원천을 이루는 요소일 뿐만 아니라 산과 바다에서 천상의 별로 상승하고 빛을 발하는 꿈과 연결된다. 상승의 이미지는 고귀한 정서를 유발하고 미지를 향하는 유동성과 결합되었다는 점이 특징으로 생각된다.

고독은 시인에게 창조의 침실일 수 있다면 이정홍의 외로움은 칙칙하지 않고 밝음을 남기는 특성을 갖고있다. 아울러 귀향을 생각하는 「귀로」에서는 나이의 깊음에서 오는 사념이지만 조급하지 않고 담담한 깊이를 바라보는 인상을 남기는 여유가 있다.

이정홍의 시는 조급하지 않고 감추는 은근함이 정적靜的이며 유동적인 이미지로 구성된 다감한 표정의 인상을 남긴다. 이는 그의 성품에서 오는 정서의 미감이라는 뜻이다. ◉

꽃들과의 대화록

— 윤연모의 시

1. 시와 개성

시는 개성의 산물이다. 이 간명한 명제는 기실 평이하면서도 만나기 어려운 경우에 속한다. 개성이란 차별화 내지는 독특한 자기만의 방식을 도출하는 지혜가 내포되어야 하기 때문이다. 이런 조건을 충족하기 위해서는 시적 완성도와 시인의 창조기교가 원만하게 결합한데서 개성의 이름을 내세울 수 있게 된다. 세상에 시인이 필요한 이유도 여기에 있다. 저마다의 다른 표정에서 아름다움을 만나는 조화의 미감을 얻기 위해 시인은 자기만의 세계—시적 개성은 보편성의 원리에서 독특한 목청을 필요로 한다. 이는 난해라는 그물을 피하는 구체성이면서 감동을 독자에게 전달하는 통로를 확보할 때 가능한 의미일 것이다.

윤연모의 시는 확연하게 자기 색깔을 드러내는 특성이 있다. 중언부언하지 않는 명료성과 직핍성 그리고 사물을 통합하는 단언적인 시어의 특징은 곧 시인의 개성에서 드러나는 시적 현상으로 보인다. 다시 말해서 대상을 제재로 처리하는 태도는 다양하고 간곡하다. 여기서 시인의 진정한 목소리가 울림을 줄 수 있다면 이는 정신의 자유를 구가하는 이유일 것이다. 물론 제재를 다루는 형태는 비교적 일정하고 단순명료하다. 이는 삶의 이력과 상관을 유추할 수 있을 것이다. 이런 현상은 체험과 경험의 요소들이 시에 용해되어 화학적 반응을 유도할 때 신선미와 감각성을 발휘할 수 있는 요인이기도 하다. 그만큼 시적 기교를 수용하여 상징적인 숲을 이루는 표정을 만나는 근거를 제공하고 있음이다.

2. 이미지 숲으로 가는 길

1) 동화

대상을 바라보는 시인은 항상 일체화를 꿈꾸는 일을 감행한다. 이는 시의 표현에 도달하는 최초의 영감획득에서 언어기교를 사용하는 표현미에 이르기까지 대상을 선택하여 다양한 이름으로 변용하게 된다. 물론 비유를 사용하여 사물을 의미론적으로 탄생시키는 이미지화는 항상 개방된 정서이면서— 상상과 지적 추리를 동반하여 정서의 강물을 이루게 된다. 이때 시인은 조물주의 임무를 수행하는 절차에서 남모르게 고민과 잉태의 고통을 감내한다. 시인 자신의 경험을 상상력과 조합하는 일을 진행할 때 만나는 고통— 완성의 무렵에는 희열의 경지를 만나는 걸로 고통을 상쇄한다. 사물을 일체화시키는 동화는 시인의 정서가 정점으로 지향하는 동일성의 원리에 근거한다.

수업시간에 날아든
춤추는 노란 나비

아이들 모두 나비, 나비 되다

선생도 바람에 향기 부리는 꽃
나비 잡아 어깨위에 살포시
파르르르 날개짓

꽃찾은 나비
온 세상
가냘픈 날개 위에 싣다
정지된 행복

—「나비의 연가」

매우 간명한 구조의 시이다. 학생과 선생의 관계가 행복이라는 정점에 이를 때 맛보는 아름다움을 동화의 이름으로 느껴진다. 가령 남녀의 아름다운 결합은 새로운 세계로 나아가는 의미일 뿐만 아니라 생의 의미를 정점으로 치솟게 하는 결합일 때—여기서 절제와 긴장이 따르게 된다. 방종이 아닌 절제는 결국 원만한 결합을 위한 변용이면서 진정한 가치를 획득하게 된다. 수업을 매개로 학생과 선생의 커뮤니케이션은 궁극적으로 동화—하나의 정점으로 모아드는 사제관계의 형성에 가치를 둔다. '노랑나비'의 학생과 '바람에 향기를 부리를 꽃'의 결합은 서로 원만한 관계를 나타내는 비유가 된다. 이 둘의 결합은 정지된 '행복'에 이를 때 동화의 정점이 순수한 풍경화를 연출하게 된다.

푸른 오월
아이들도 파랗다
수업 중에
마음 속의 악마를 꺼내도
천진난만한 눈동자만 굴린다

선생님이 이야기꽃을 피우면
개구쟁이들 눈과 허리가 곧추 선다
대승이는 수수한 미소로
붉은 여드름꽃 해죽해죽 피운다

하얀 구름 아래
축구와 농구로 운동장에
서라벌의 에너지가 날아다닌다
시멘트벽에 갇혔던 새들
리처드 바크를 꿈꾸며 난다

땀 냄새가 싱그러운 아이들 향기
푸른 오월 바람 타고
오층 관찰자에게 온다
푸른 아이들이

—「오월의 아이들」

정서감염이란 말이 있다. 서로가 개방적일 때 그리고 받아들이려는 적극적 의지를 갖추고 있을 때 개방된 상태와 또다른 개방이 하나의 공간으로 통합하면서 동화된다. 이 경우 너도 아니고 나도 아닌 화학반응의 결과는 신세계를 만나는 감동에 이른다. 오월과 '파랗다'의 비유는 곧 아이들에서 희망과 아름다움을 발견한 시인의 마음과 일체화된 경지를 암시한다. 시인은 오월에서 가장 높은 가치를 부여했고 이런 절차는 학생들에 이동하는 의미의 확산이 된다. 1연에 '파랗다'와 천진난만한 눈동자의 상관은 곧 시인 자신에 정서의 눈을 의미하면서 2연에 이르면 '선생님의 이야기꽃'에 '곧추 선다', '해죽해죽 피운다'의 아이들의 행동을 유머러스하게 반응할 뿐만 아니라 운동장에 '날아 다닌다'와 자유를 '꿈꾸며 난다'의 무한 상상을 만나게 된다, 이런 아이들의 모습은 '향기'가 되어 관찰자에로 다가오는 푸른 이미지의 아이들이다. 결국 선생님의 열려진 눈에서 아이들의 꿈과 아름다움이 생성하는 것은— 대상과 대상이 하나로 결합하는 향기— 감동을 잉태하는 요소가 된다.

2) 육친의 정

어머니라는 이름에서는 사랑의 깊이를 느끼고 아버지에서는 키가 작아지는 인식을 갖는다. 결국 사랑이라는 깊이에서 두 사람은 생의 에너지이면서 항상 돌아가 의지하고 싶은 언덕이기에 떨어진 상태에서는 그리움이 있고 가까이서는 안도감이 포근하다. 윤 시인의 어머니는 생의 관리인 혹은 별과 같은 이미지로 정을 느낀다.

젊은 날에
아버지 온실의 꽃 되어
온갖 보살핌 받더니
지금은 딸 입 속의 혀

보호자용 소파에 누워
딸의 폭풍 치는 가슴
잔잔한 호수로
바람 재우는데

당신은
살짝 지우고 다시 그려도
용서하는
하늘같은 낙서장

— 「어머니 7」에서

아가페적인 사랑은 신의 전유물은 아니다. 신은 모든 인간을 위한 헌신이고 어머니는 자식을 위한 한계적인 점에서 다르지만 사랑의 본질에서는 다름이 없다. 오히려 어머니의 사랑은 무한의 진수로 다가오는 파도와 같은 지속성으로 헌신에 매달리면서 땀을 흘리는 리얼리티를 갖는다. 눈에 보이는 확인이라는 점에서 감동의 차원은 체온을 갖는다. 지우고 다시 쓰고 지우고 다시 쓰는 낙서장의 비유는 신선하다. 젊은 날에는 아버지와의 사랑 그리고 나이 들어서는 자식을 위한 헌신에 그 임무는 한계를 갖지 않았다. 딸의 입 속의 '혀' 그리고 폭풍 치는 자식의 가슴을 잔잔하게 호수로 재우는 아름다움에는 깊은 자애의 물살이 출렁이는 어머니의 사랑이다.

꽃보고 어머니 대신하라고
흰 이태리 봉선화
붉은 가랑고아
빨간 아마존
자색 풀꽃에 어머니 마음 걸어놓고
그 꽃잎 속에 쉬게 하는 어머니
내 마음밭 관리인

—「어머니. 8」에서

나이를 먹어도 어머니에 사랑의 갈증을 느끼는 자식이다. 이런 처지는 스스로를 이끌어가는 것이 아니라, 의타적으로 어머니에 기댐으로써 행복을 얻는 시인의 심성이 지극한 어머니의 사랑에 감동하는 '내 마음 밭 관리인'이라는 비유가 진솔하다. 인간관계에는 서로간에 거리가 있다. 가장 가까운 사이의 거리가 15~30센티 미터라 했고 그 다음이 60~120, 담벼락을 사이하고 말하는 거리를 280이라 했다. 그러나 어머니와의 거리距離는 없다. 이는 절대의 관계이기 때문에 거리의 소멸—현상학에서는 멸각이라

했다. 어머니와 자식의 거리는 절대무의 순수상태를 뜻하는 것이다. '칠순 노모/오늘도 깊디깊은 새벽을/열어주는 새벽 별/눈떴느냐고/밤새 문안하는 어미 별' 「어머니 Ⅸ」처럼 어머니는 자식에게 영원한 별로 다가드는 무한의 빛인 셈이다.

부재에서는 애절함이 다가든다. 언덕이요 기둥이었던 분이 안 계시면 그 공간은 넓고 허전할 뿐이다. '하얀 목련꽃 열세 번'이 경과한 시간 뒷자락에 매달린 추회追悔의 마음이 있다.

> 그 날 이후
> 아버지에게
> '아 목동아' 노래를 들려드릴 수 없다
> '물안개' 시를 낭송해 드릴 수 없다
> 참새처럼 재잘대고
> 투정을 부릴 수도 없다
> 아버지는 해바라기 미소 지으며
> 아무 말 없이
> 딸년 가슴에 계신다
>
> — 「그 날 이후」에서

딸의 가슴에 여운으로 남아있는 아버지와의 추억이 애달프다. 누구나 그렇듯 지난날을 추상追想하는 것은 상심과 시름의 그림자에 끌려가기 마련이다. 시인도 13년 전에 떠나신 아버지의 환상에서 벗어나지 못하고 가슴 깊은 곳에 산으로 자리 잡아 그리움을 부추기는 인상이다. 좋아하는 노래를 불러볼 수 없는 안타까움과 첫 작품을 자랑스레 암송할 수 없는 부재의 넓은 공간에서 시름겨운 모습이 역력하다. 이는 부녀간에 지극한 정이 깊었음에 대한 발성이고 그 추억에 가슴 아린 모습이 차라리 정겹다.

당신의 크신 자리
하늘만큼 땅만큼

머리가 깨어지며
방안 가득히
아리아리한 상념

—「아버지의 자리」에서

아릿한 상념이 다가들 때, 하늘만큼과 땅과의 무한 거리에 대한 추상이 나타난다. 더구나 시인이 나이를 먹었거나 아니거나 아버지에 대한 자리는 계산할 수 없는 공백으로 남았다는 전율에 깨달음이다. 이는 '머리가 깨어지며'와 '방안 가득히'에서 '깨어지는' 일과 '가득히'에서 메울 길 없는 현재에 대한 아픔이 시인만의 탄식은 아닐 것이지만 공감의 영역을 확장하는 의미만은 분명하다. 그만큼 보편성의 표현미를 획득했다는 증거일 것 같다.

3) 사랑

사랑이라는 말에서는 무한의 상상력이 부유한다. 물론 이성간의 사랑에서는 창조의 이름이 앞서고 휴머니즘의 인간애에서는 따스한 인간의 체온을 그리워하게 된다. 다만 사랑이란 말은 특정한 전유의 개념이 아니라 일반적일 때, 설레는 마음을 갖는 이성간에 집중된다. 이성간의 사랑에서는 변용의 이름을 남기는—별이 되거나 꽃 혹은 둘이 하나로 결합하는 변화가 된다.

그는 푸른 어둠을 캐고
여인은 연두빛 밝음을 줍네

그가 에너지로 다가가니
그녀도 그 영혼에 물이 드네
또 하나의 시작에
가슴 뛰고 두려워
운명을 생각하네

—「사랑.1」

시에 역설은 의미의 강조 혹은 증폭을 위한 장치가 된다. '푸른 어둠을 캐면' 연두빛 밝음을 줍는 여인이 환상을 자극한다. 하면 '그가'와 '그녀' 사이에는 무언인가 생명의 잉태가 '운명'이라는 이름으로 시작한다. 영혼에 이미 물이 들었기 때문에 바꾸어지지 않는 상태—이를 시인은 운명이라 생각하면서 두려움을 느낀다. 두려움은 공포가 아니라 새로운 미지未知에 대한 설레임일 것이다.

하늘이 땅을
빛으로 애무하다
밤 하얗게 지새는 소리
여명은 하늘의 고통의 미소
절망 속에서 헤어 나오는
환희의 몸부림
하늘이 정갈하게 마음 다듬는 소리
검은 하늘이 나의 밤에 다가오니
투명한 잉크 빛 되다
하늘 우물에 ·빠져
바닥이 보이지 않는 사랑
그 여명의 빛깔

—「사랑. Ⅱ」

빛이 미소 다시 환희 그리고 잉크 빛으로 변하고 또 여명의 햇살이 터오는 빛깔로 나타난다. 사랑의 이름이 이렇듯 다양한 변용의 과정에서 '고통의 미소'에 이어 환희의 만남과 밤이 우물이 되고— 이내 사랑은 바닥이 보이지 않는 우물로 변해 새로운 여명의 아침을 반기는 환희와 열락悅樂을 예비한다. 사랑은 이성이 아니고 감정이 지배하는 요소가 자칫 이성을 배제할 때 우울한 사랑이 될 수 있다. 그러나 매듭이나 무늬 없이 결합한 사랑은 일체감을 나타내는 행복에 이를 수 있기 때문에 「사랑. V」에서는 하늘이나 바다로 동화되었고 「사랑. VI」에서는 타버릴 것 같은 두려움이 이성을 깨운다.

그대 마음의 밤바다에
격랑이 일고
내가 다 타버릴까 두려워
그대 곁에 다가가지 못하고
핏빛 노을 되어
거친 바다를 방황하네
고요한 새벽을 맞이하고 싶네

—「사랑 VI.」

이성이 잠자는 밤바다에서 두려움으로 —너무 가까이 가면 타버릴 것 같은 초조로 인해 적당한 거리를 유지하면서 생각한다. 결국 노을이 되어 격랑의 밤바다를 방황하면서 차분하게, 새벽의 황홀함을 맞고 싶은 속내를 표백한다. '고요한'의 의미에서 스스로를 돌아보는 절제의 미덕이 아름다움으로 환치되는 순간 사랑이 안정감을 획득하는 기회를 갖게 되는 것이다.

털갈이 하는 나무들
앙상한 갈비뼈 드러내고

동산에 가을 시체들
부지런한 바람이 살살 건드린다
부끄러워 말아요
변화는 두렵지 않아요
꾸미지 말고
알몸으로
희망의 봄을 기다려요

—「사랑 10」

사랑이 희망으로 바뀐다. 희망은 기다림이고 이런 현상은 인내를 요구한다. 나무로 의인화된 시인의 마음은 이미 속으로 봄날의 화려한 꿈을 예비하기 때문에 '부끄러워 말아요'와 '변화는 두렵지 않아요'의 자신감을 나타낼 수 있게 된다. 다만 그 조건은 '꾸밈이 없는'과 알몸—진실이라는 도구로 사랑을 예상할 때, 희망의 나무는 봄날의 기다림을 앞세울 수 있다는 생각이다.

4) 삶 그리고 고독

사는 일은 고독과의 대면에서 성숙을 만나게 된다. 적어도 자기를 깨달으면서 삶의 방향을 설정한 사람에게서는 인생의 품위와 깊이가 사색의 함량에 따라 인품의 향기를 갖게 된다. 누구에게나 인생의 맛을 쓰다고 한다. 그러나 그 쓴 맛을 어떻게 용해하여 자가화의 성城을 구축하는가의 여부에 따라 고독은 성숙의 길잡이가 될 수도 있고 또 무료한 소비목록에 편입될 수도 있다.

몸이 아프니
슬픈 생각이 더하다

무얼 남기고
떠날 수 있을까
… 중략 …
칼날이
그대 심장을 스쳤는데
아물었는지
통증은 얼마나 나왔는지
온몸이 쑤시는 감기보다
뼈아픈 인생살이

— 「상처」에서

병이 찾아왔을 때, 슬픈 자화상을 대면하게 된다. 떠나버린 자기를 만난다는 것은 고통이거나 아픔일 때 돌아보는 시간이 더욱 역역해진다. 이는 아픔에서 깨달음을 만나는 일이 되기 때문이다. '뼈아픈 인생살이'라는 고달픔이 얼마나 절실한 뉘앙스인가는 '감기보다'의 비교에서 추리된다. 고해苦海라는 뜻이 주는 아픔은 곧 인생살이가 즐거움으로 가득한 판도가 아니라 아픔 속에서 스스로를 발견하고 깨우치는 운명적인 존재라는 인식을 갖게 한다. 「상처」는 삶의 본질이 어떤 병명病名보다 아픔일 수 있다는 현상에 시선을 돌릴 때 발견되는 자아회복일 것 같다. 다시 말해서 아픔을 겪고 나면 성숙된다는 것은 인간에 지워진 자각현상과 밀접하기 때문이다.

탁주같은 세상에서
소주같은 눈물을
흘린 적도 있다네

— 「소주 석잔」에서

소주는 맑은 이미지라면 탁주는 흐린 느낌을 주는 이유로 탁주에서는 혼탁하고 험한 세상을 떠올린다. 그러나 맑은 소주같은 눈물은 투명하고 깨끗함을 유추할 때, 소주와 같이 맑은 삶을 지향하고 싶어한다. 결국 탁주 같은 세상에 비틀거리면서 아픔을 참는 모습이 맑음에 빠져 눈물을 흘리는 상황— 순수로 전환한다. 이는 생의 선택에 따른 방법론을 떠올린다. 삶에는 투쟁하는 투사같은 외향형의 모습이 있는가하면 겸손을 앞세운 내면 지향형의 모습—윤연모는 후자에 자기 삶에 초점을 맞춘 인상을 준다.

고독은 자기정화의 몫을 한다. 왜냐하면 자기를 발견하는 길을 찾아가는 방법을 발견하기 위해 내면으로 파고드는 운명과 대화를 나누는 시간이기 때문이다. 물론 고독의 옷은 화려한 것만은 아니다. 자기발견의 몫에서는 화려한 성주城主가 될 수 있지만, 질척이는 슬픔에 빠질 때는 나락奈落의 초라한 궁상을 면하지 못하는 이유에서이다.

깊은 밤
컴퓨터 자판을 두드리고
인터넷 편지를 열어봅니다
우리 모두가
너무나 고독하기 때문입니다
깊은 밤 홀로 빛나는 별이기보다
혹여 외롭게 우는 별을 찾으면
덜 외롭기 때문입니다
왜 고독한지
왜 밤을 꼬박 지새우는지
참으로 원하는 것이 무엇인지 깨달을 때
많은 것들이
가슴에서 가볍게 일어섭니다
미풍이 대지를 적시는 검은빛 우주초원에서
자연의 노래에 흠뻑 젖어드는 것도
고독이 찾아와 숨바꼭질하기 때문입니다

밤이 활짝 피었습니다

—「고독」

'깊은 밤'에 먼 곳의 소식을 듣거나 전달되는 인터넷—고독을 위무하기 위해 밤을 지새우며 사연을 주고받는 것은 '홀로의식'을 면하려는 방책이다. 울고 있는 별을 찾아 서로의 체온을 교감함으로써 고독의 깊이에서 '무엇인지 깨달을 수 있을 때' '일어서는 노래'를 부를 수 있고 '밤이 활짝 피었습니다'라는 꽃의 이미지에 도달하게 된다.「고독」에서 별을 마중하고 다시 노래를 부르면 꽃이 피는 길을 만드는 내면 여행은 고독이 불러들인 의식의 확장현상인 셈이다.

5) 식물정서

시인의 성품—삶의 이력에 따라 시의 제재에는 일정한 특징이 있다. 가령 바닷가에서 살아온 시인이라면 자연 바닷내음이 들어있고 농촌에서의 생활이 주요 무대였다면 농촌의 정경이 풍경화로 열려진다. 이는 체험의 한계가 작용하는 일이 상상력과 손을 잡고 표면으로 나타나는 현상일 것이다. 윤연모의 시에서는 식물정서가 많은 빈도를 점하고 있는 것도 섬세한 여성의 체취에서 그의 성품을 상징하는 것 같다.「왕관 꽃」,「벚꽃놀이」,「수련」,「백목련」,「장미」,「군자란」,「오동꽃나무」,「호접란」,「은행나무」 등 주로 꽃에 관심이 집중되는 인상이다. 물론 주요 계절감은 봄에 보이는 꽃들이 대상— 봄에 특별한 애착을 갖는 시인만의 정서가 있는 것 같다.

나를 부르는 소리
꽃바람 고요 속의 그대

구름 속 써핑하는 봄여인

푸른 밤하늘에
화답하며 펼치는
고귀한 꿈

앙고라 한 풀
털스웨터 또 한 풀 벗으니
흰 속살에 놀란 봄바람
막무가내로 몰고 가는 구름

심지 터뜨리는 절정
환희에 접속하다
봄이 농익는 소리

—「백목련」

시적 화자는 봄날의 화사한 여인—목련이 의인법의 기교로 나타난다. 나를 부르는 환청에서 고귀한 꿈을 이어받고 다시 꿈이 구름으로 이동하는 생동감이 소리로 전달된다. 물론 마지막에서 꽃의 절정이 울림의 소리로 다가든다. 다시 말해서 '나를 부르는 소리'로 시작해서 '봄이 농익는 소리'로 마무리된다. 꽃에서 소리를 듣는 시인의 귀는 그만큼 예민한 통찰의 상상력이 돋보인다는 인식이다. 시인은 소리를 만들기도 하고 이질적인 표현미에서 진리를 설파하기도 한다. 이런 창조의 문법은 시가 갖는 특권에 속하고, 이 같은 시의 권리를 충분히 활용하는 점에서 시의 풍성함을 수확할 수 있다.

톡 쏘는 장미보다
여린 풀꽃으로

살자

—「왕관 꽃」에서

시는 비유에서 시인의 의도를 포장한다. 장미보다 '여린 풀 꽃'에 마음을 두고 있는 시심詩心은 곧 시인의 삶에 대한 성찰이다. 아울러 당당함을 갖고 있기에 여린 풀꽃에 애정을 표하는 연민의 자세를 만나게 된다. 이는 시혜施惠가 아닌 동반자적인 위치에서 자기를 보여주는 것이며 삶의 지혜에 속하는 일이 될 것이기에 생의 여백이 넓어진다. 작은 풀꽃에는 우주가 들어있다. 대칭의 오묘함과 화려함 그리고 색채의 현란 등은 큰 꽃과 하등에 다름이 없지만 인간의 편견의 시선—맹목의 이름 때문에 작은 풀꽃의 세계를 바로 보지 못하는 우둔함이 있을 뿐이다. 윤연모의 시선이 다른 이유는 여기에 있다. 떼 몰려가는 우둔한 무리에서 벗어 나와 작은 왕국을 화려하게 방문하는 성과는 충분하기 때문이다.

3. 에필로그

시의 숲에는 화려함만을 찾아서는 안된다. 가슴을 울리는 바람소리이거나 눈을 자극하는 채색의 현란함을 좇아가노라면 필연적으로 함정을 방문하게 된다. 시는 소박에서 진솔성을, 낮춤에서 고귀함을 찾아야하고 무료에서 자유정신의 무한성을 획득해야 한다. 이를 위해서는 유다른 시선, 유다른 청각 그리고 삶의 농익은 체험이 용해될 때 읽을 만한 시의 맛을 창조할 수 있다. 시인이 여느 사람과 다른 것도 이런 조건에 합치했을 때 누선淚腺을 자극하는 감동의 시를 잉태하게 된다.

윤연모의 시에는 순수함이 젖어있어 동화에서 받아들이는 평화의 세계를 방문할 수 있고, 부모를 향하는 정감은 따스한 양지쪽에 옛이야기

같이 포근하다. 그가 읊은 사람의 노래는 다소 관념적이긴 해도 편해서 좋다는 인상을 남긴다. 고독은 누구나 방문할 수 있는 허무의 빈 공간이지만 윤연모에게서는 삶의 숙성과 체험의 용해처로서 어둠이 포장된다. 다시 말해서 원초적인 장소이기 때문에 두려움이 없다는 특성을 갖고있다.

겨울의 혹독함이나 여름의 작열하는 의식이 없고 봄의 생기 그리고 가을의 평안이 계절감으로 작용하는 것은 그의 성품에 소산이 아닐까? ◉

마음의 풍경화 그리기

— 박순자의 시

1. 시를 위한 팡세

시의 이름은 항상 가면 뒤에서 의미의 손짓을 지속하지만 독자가 이를 쉽게 알아차리는 일은 어렵다. 물론 시적 장치에서 시인의 능력을 보일 때, 비로소 독자는 감동의 이름과 만나게 된다. 시의 가장 큰 임무는 응축凝縮이라는 특성에서 애매성으로 포장된— 의미의 일관성을 가져야 한다. 산문의 세계와는 달리 시는 항상 긴장과 절제 또는 탄력을 갖추어야 하는 언어 속성에서 가장 지고至高한 정서를 지향하는 의식—정제된 정서를 위해 비시적인 요소를 걸러내는 필터를 갖추고 고급한 경지로 끌어올리는 기교가 시인의 임무가 된다. 인간의 땅에서 천상으로 향하는 메신저의 임무를 수행하면서, 고급한 언어에 리듬을 부가하는 일이 시인의 주된 역할이 된다. 다시 말해서 시인은 천상의 언어를 전달하는 역할이 아니라 지상에서 부대끼는 인간의 삶을 체험하고 느끼면서 이를 고양된 정서의 경지로 유도하는 임무—시인은 결코 인간 세상과 분리된 존재가 아니라 오히려 인간의 생에 깊이 그리고 피흘리는 삶의 현장과 대결하면서 생의 향기를 전달하는 존재로 사는 시인의 임무는 오늘을 살고 있는데서 비롯된다. 노래하는 매미가 아니고 땀흘리면서 생의 깊이를 찾아가는 개미의 존재로 살고 있을 때 그가 노래하는 가락에는 감명의 물살이 흐르게 된다는 뜻이다.

박순자의 시에는 삶의 소리가 내재했고 사랑의 정감과 순수한 여백의 미가 들어있다. 이런 시들은 변용의 과정을 거치면서 새로운 표정으로 나타나는 절차를 보인다.

2. 살아있는 정서의 표정들

1) 변용의 이미지

시는 대상을 융합하여 새로운 형태로 변환하는 기교일 것이다. 이는 시인만의 독특한 언어 결합의 방법이 있겠지만 시인만의 융합의 방법을 갖게 된다. 박순자의 시에는 변용의 정서가 유다르게 출몰하면서 이미지군을 풍성하게 치장하는 시를 제작한다.

시는 이미지와 이미지의 결합을 원만하게 이끌면서 새로운 이미지로 생성될 때 화려한 개화의 경지를 만날 수도 있고, 시인 자신이 방문한 삶의 고찰에서 향기로 승화하는 맛을 붙들기도 한다. 이런 일은 결국 시의 화원花園을 다채롭게 장식하는 역할을 뜻한다.

잔뜩 물오른 그리움
툭, 속살 열어 놓은 찰나
코 끝 맴도는 보고픔
한 송이 꽃으로 피어난 날

불꽃 열정에 어지럽다
어디서 왔을까
빛나도록 눈부신 별 하나
품속으로 숨어 들어와
가슴은 어느새 하늘이 되어
별의 반짝임으로 가득해
시리도록 눈부시다
두 눈감아도 떠오르는
투명한 별 하나

—「별 하나 품고」

그리움은 미지未知를 지향하는 정서이면서 변화를 찾아 새로운 길을 만들기 위해 사용된 추상어이다. '물오른 그리움'이 중심 시어가 되면서 '보고픔'이라는 체온의 갈망을 생각하고 이 그리움의 정서가 '꽃'으로 바뀌면서 열정의 어지럼을 가져올 때, 이를 전환하는 언어가 '별 하나'로 상승한다. 이런 원형의 이미지는 지상의 '꽃'을 매개로 하여 향기를 유추할 수 있고 또 고귀함의 '별'로 떠오를 때, 지고지순한 그리움으로 포장하게 된다. 물론 시의 후반부에는 별이 가슴으로 스며들고 다시 반짝임을 대동할 때 눈부심—대상을 향하는 아름다운 정감으로 전환한다. 간명한 그리움의 구조가 지상의 이미지에서 천상의 이미지로 탄력을 갖게 된다는 점이다.

어둠을 밝히려는 등불들이여
두 손을 높이 들자
가난한 영혼, 빈 마음으로
더 버릴 것 없음으로 행복한
순결한 그대들이여
희미한 등잔 심지 일구고
불 밝혀 길을 비추자

길 잃고 헤매는
그대 어디 서 있는가
갈래 길 앞에 놓인 걸음마다
빛을 따라오시오

제 몸 살라 등불 되신
그 빛을 따라

그대 위해 기도하는
그 음성 따라

—「길을 찾아서」

시적詩的 Alazon인 어둠이 등불에 의해 숨게 된다. 물론 등불은 Eiron의 역할을 암시하고 빈 마음의 행복을 무심無心으로 엮어 그대가 선택한 길을 비추는 절대의 명제로 어둠을 물리친다. 이런 정서는 빈 마음에서 받아들이는 순수성 때문에 길을 잃고 있는 대상— '그대'를 향해 등불을 켜는 발심發心이 동하게 된다. 지향의 대상이 등불을 따라가면 목적지에 이를 수 있는 안도감을 가질 수 있어 '헌신'하는 마음으로 시의 이면세계를 장악하고 있다. 이는 기도와 등불이 동등한 이미지로 시적 깊이를 왕성하게 부추길 수 있는 동질성이 그대만을 향하는 일념에서 생동감을 남기고 있는 이유에서이다. 어둠의 불안을 등불로 위안하면서 그대를 향하는 희생의 등잔불이 됨으로써 잃었던 길을 찾아 무난한 여정을 소화할 수 있는 것은 시적 변용의 장치로 안정감을 남길 뿐만 아니라, 시적 화자는 임무를 다한 안도감을 갖는 것 같다. 「별을 찾아서」와 「길을 찾아서」가 다소 추상적인 이미지의 숙성이었다면 「청소하기」는 현실성의 구체적인 이미지로 변용된다.

햇빛 쏟아져 내리는 날
방안을 뒤집어 청소를 한다
비좁은 틈새는 아무도 모르리라
자리잡고 앉은 책장 속까지
얌전히 쌓인 먼지들을 털어내고
머리 속 뇌세포 단층들 사이
필요 없는 암세포까지
박박 뜯어내 버리고
느긋해진 신경 마디마디로
가을의 향기를 힘껏 들이 마신다

털어버린 이별의식으로
가벼워진 신경세포에
세상이 밝다

—「청소하기」

시의 의미구조는 청소하기—가을 향기— '세상이 밝아진다'로 매우 간명하게 전개된다. 청소는 자기를 수양하는 의미를 갖는다. 그러나 청소는 현실에서 가장 극명한 정화장치요 삶의 의미를 새롭게 전환하는 행동이기 때문에 '청소하기'는 곧 수양하기라는 등식과 연결된다. 이 같은 깨끗한 비단 공간—방안의 암시에 그치지 않고 삶의 어둠을 제거하는 상징을 갖는다. 이런 의미는 가을의 향기가 최종적으로 도달하는 지점에 '세상이 밝다'라는 낙원의 암시에서 밝음과 순수를 유추하는 길에 도달할 수 있기 때문이다.

2) 삶의 변주

시는 사는 일에 흥미와 의미를 고취하는 일이 된다. 밝음과 아름다움 그리고 인간이 지향하는 긍정적인 면을 찾아 노래하는 것이 시인의 의무이기 때문이다. 그러나 시인은 항상 자유를 향해 나래를 펴지만 항상 은신의 자리를 넓게 향유하면서 또다른 의미를 찾아 방랑의 여정을 노래한다. 이때 삶이란 요소는 절대의 에너지가 있어야 하고—생에 충실한자라야만 상상의 무한 여행을 재촉할 수 있기 때문이다. 다시 말해서 시인은 살아있는 자 그리고 살아있기 때문에 시를 만나는 여행을 즐길 수 있다는 뜻이다. 물론 여기에 어떻게 사는가라는 명제가 따라붙을 수 있다. 「낙타」에서는 사막의 길이 인생의 길과 같다는 암시를, 「전쟁」엔 삶이 순간에 마치는 것이라는 의미—생의 고귀함을 우회했고, 「어둠 속에서」와 「현실에 충실하기」 등은 삶의 길이 얼마나 고달픈 여행인가를 느끼고 있다. 다시 말해서 사는 일에 최선을 다하는 길이 생의 의미와 어떤 연결이 되는 가를 숙고한다.

고층빌딩 위로 걸터앉은 달
청명하기도 하다
그도 잠을 이루지 못하는가보다
삶이 힘겨운 인생들에게
하고 싶은 말이 있는 걸까
성급한 차가운 바람
숨어드는데
아스팔트위로 달리는 불빛들
무엇을 향해 돌진하는지.
사랑이라든가 믿음 혹은 우정
흔적조차 남기지 않고
모두 떠나 빈자리
어둠을 지키고 홀로 앉아있는
새파랗게 빛나는 달 하나

—「어둠 속에서」

어둠이 부정否定의 이미지라면 어둠에서 무언가를 찾는 것은 삶의 길이 된다. 생명을 가진 사람에게는 빛을 찾아가는 향일성의 더듬이가 있다. 이 본능은 인간만의 것은 아니지만 인간에게는 어둠을 돌파하려는 지혜가 여타 동물과는 다르다. 다시 말해서 불을 켜고 어둠을 지나가는 것은 인간만의 지혜가 된다. 도시의 힘겨운 생활을 빌딩과 대조하면서 고달픔을 암시한다. 이런 처지는 인간 누구나 갖는 현상이지만 달은 빌딩 높이에서 인간에게 희망과 위안을 주는 모습 그러나 차가운 달은 곧 삶에 지친 인간을 대비한다. '사랑' 혹은 '우정' 들이 떠나간 자리에 '새파랗게 빛나는 달'이 지키는 공허는 생의 아픔이 지속적이고 연속성을 갖고 있다는 말로 환치換置된다.

남편의 발바닥에는
굵고 단단한 살점이 뭉쳐있다
잘라낼 수없이 단단한
세월의 훈장
내 엄지 발가락 두 배의 길이
커다란 남편의 발가락들은
힘들다고 말하지 않는다
언제나 조용하다
말없이 희생하는 숨겨진 사랑
거친 울타리 걷어 버리고
길을 만드는 두 발에는
오늘도 두께가 더하여지는
굵고 단단한 살점이
뭉쳐져 있다

—「남편의 발바닥」

다소 직설적이라는 흠이 있으나 삶의 패각貝殼을 이루는 상징의 발바닥에서 충실한 생을 살고 있는 가를 느끼게 한다. 세상을 얼마나 열심히 일했고 또 걸었으면 발바닥에 굳은 두께가 앉을 수 있는가는 성실성—가족을 보살피는 헌신의 의미와 두께와는 상관을 갖는다. 물론 두께와 가족의 행복과는 같은 의미이면서 가족을 보호하고 사랑하려는 또 다른 의미가 자리 잡고 있기 때문에 발바닥의 두께가 말없는 사랑으로 바꾸어지는 여백이 있게 된다.

3) 사랑의 이름 찾기

사랑이 넓이와 높이를 말할 수 없는 무한의 의미일 때, 희생에 가까워진다. 물론 이성간의 사랑이기 전에 휴머니즘의 숭고한 뜻을 함축한 사랑은 인간애의 극치를 이루는 체온나누기—이는 부풀어지는 의미이고 높이로 지향하는 숭고한 뜻이 내장되었음을 의미한다

나이를 먹을수록
더하기 빼기를 못하는 걸까
마음에서 빼야할 것들을
자꾸 채워 넣고
채워야 할 것을 더하지 못하네
사랑을 곱하기로 늘일 수 있다면
차고 넘치는 사랑만 채워서
아무 이유도 필요없이
기대어 줄 수 있는 그런 사람

사랑은 희미한 모습으로
늘 자신을 감추고
미움은 언제나 소란스럽게
서로를 흔들어내니

깊은 가슴 속 조용한 사랑
흔들어 깨워 곱하기하기

—「계산」

사랑은 계산이 아닐 때, 진정한 사랑이 될 것이다. 그러나 시인은 사랑을 곱하기로 늘이기 위한 방안을 열심히 찾고 있지만 그 방안을 애매하다. 다만 곱하는 것은 빼기와 더하기 보다 더 숫자를 부풀린다는 헤아림 때문에 사랑을 흔들어 곱하기하려는 의도가 미덥게 인상을 남긴다. '나이를 먹을수록'에서 사랑의 갈증은 더욱 심해지는— 이는 넓은 의미의 인간애를 알고 갈망하기 때문이다. 여기서 미움이거나 증오는 버려야할 무의미이지만 인간은 이런 일에 오히려 더욱 기승을 부리는 안타까움을 나이가 들면 헤아리게 된다.

사랑이라는 이름으로
가슴을 열고 볼 때
설레는 따뜻한 애정의 호수
찰나의 순간
거슬리는 마음으로 볼 때
날 선 날카로운 빙하의 표현

삶은 결코 가볍지 않으나
마음조차 무거울 수 없으리
사랑으로 바라보는 눈빛만으로
삶은 의미 있으리라
눈, 마음의 창이여
그 영혼의 파수꾼이여

—「눈빛」

사랑의 문을 열고 세상을 바라보면 모든 것이 따뜻하다. 증오와 시기를 걷고 애정의 눈으로 바라볼 때, 세상은 더욱 아름다워진다. 시인은 이런 현상을 알고 '눈'으로 설레이는 애정의 호수를 발견하는 즐거움을 알고 있다. 그러나 강요하는 것이 아니라 터득되는 의미 즉 사랑으로 바라보는 눈빛에서 삶은 의미가 풍성하고 영혼의 순수를 발견하는 행복을 느끼게 되기 때문이다. 물론 사랑의 느낌은 자의적이기 때문에 강요되는 것이 아니다. 오로지 심성의 내부에서 솟아오르는 열망에 의해 그 힘은 무한의 에너지를 발산하고 행복을 전달하는 기능을 갖는다. 박순자의 시에 사랑은 은근하고 내면으로 향하는 것이기 때문에 요란스럽지 않고 조용한 인상을 전달한다. 이는 품성에서 나오는 현상—사랑의 정감인 것이다. 시인의 품성을 말하는 시는 「사람」에서 더욱 뚜렷해진다.

한 송이 꽃이 되자
스스로 아름다움을 지닌
자생할 수 있는 꽃으로
지지 않는 꽃으로
피어나자

짙은 향기 말고 은은함으로
뾰족한 가시 키우지 말고
누구를 위한 생명이 아닌
저 홀로 아름다운
꽃으로 살자

—「사람」

사람이 꽃이 되자는 청유에서 시인의 정서가 압축된다. 지지 않는 꽃—

영원함을 갖는 ―그리고 은은한 꽃 그리고 가시가 없는 '아름다운 꽃이 되자'는 시어에서 '꽃'으로 살자로 아름다운 상징의 옷을 입고 있다. 꽃은 곧 시인 자신을 뜻하는 우회적인 표현이기 때문이다.

4) 순수지향 그리고 거리

시인은 사물을 의인화하여 바라본다. 물론 알레고리나 아이러니 혹은 비유의 장치들은 문맥 그대로가 아닌 우회적인 표현의 옷을 입기 때문에 시는 가장 고급한 언어의 비호를 받아야 한다. 장미를 그대라 했을 때는 아름다움을 유추할 수 있는 것처럼 시적 표현 장치는 항상 모호의 옷을 입으려한다. 이는 시가 응축이라는 장치를 마련하기 때문에 산문과는 다른 각도에서 존재를 과시하게 된다. 시인은 항상 순수를 포장하는 방법을 강구하기 위해 표현의 방도를 궁리한다면 다음 시는 그런 예를 헌증한다.

그대 마음이 거울과 같다면
입술의 말은 투명한 물방울로
똑똑 떨어지면 좋겠네

그대 생각이 푸른 숲과 같다면
솔 향기 그윽한 싱그러움으로
나를 불러주면 좋겠네

그대 뜻 비단 실타래와 같다면
무명실 섞이지 않는 삶으로
곱게 짜여지면 좋겠네

택해야 하는 하나의 길이 있다면
손해 보아도 돌아서지 않는

그대라면 좋겠네

— 「그대는 내게」

'좋겠네'라는 미지의 현상이 현실로 이루어지면 시인의 마음을 기쁘게 할 대상들—'거울', '푸른 숲', '비단 실타래'의 조건을 합치시켜주면서 '투명한 물방울'의 아름다움과 순수한 시각, 그리고 '솔 향기 그윽한 싱그러움'을 가져오는 후각의 행복, '투명한 삶'을 조건으로 해서 '뚝뚝 떨어지면'과 '나를 불러주면' 그리고 '곱게 짜여지면'의 여러 조건들이 합치될 때 '그대'를 만나는 행복의 가능을 기대하고 있다. 이런 마음은 투명성을 고취하는 방안이다. 시각과 청각과 후각을 동원한 이미지들은 저마다 이질적인 길에서 투명과 순수라는 곳으로 집중되면서 시적 의미를 증폭하는 역할이 유기적으로 상관을 맺고 있다. 이는 시인의 마음을 나타내는 상징작용들이다.

그대라는 이름
입안 가득 넣어 삼키니
가슴에는 꽃향기 가득하고
보랏빛 꿈 키우던 소녀
내 앞에 서있네

— 「그대에게」에서

'그대'라는 미지의 대상이 시인에게로 와서 '꽃향기'로 승화한다. 이는 기쁨을 넘어선 환희의 대상이기 때문에 다시 '보랏빛 꿈'의 소녀로 돌아가고 이내 내 앞에 환상으로 나타나 행복을 준다. 다시 말해서 그대가 꽃으로 꿈과 연결되고 다시 나를 훈훈하게 만드는 위력을 갖고 있으며 아름다움으로 승화하려는 절차를 수행한다. 이런 현상은 대상을 일체화시키는 화학적

반응과 같은 이치에서의 시적 아름다움을 낳고 있다. 입안 가득과 같은 용해는 최상의 희열을 가져오는 것과 같은 이치이기 때문이다.

사물에는 나와의 거리가 존재한다. 아내와 혹은 자식과 타인 등은 나를 중심으로 형성되는 거리는 살아있음을 확인하는 증거로 남게 된다. 모든 대상과는 일정한 거리를 갖는 것은 존재의 근거와 밀접하게 된다.

너무 멀리 서 있지도 말고
바짝 가까이 다가서지도 말게
고개 돌려 바라보면
그대 눈빛 무얼 말하는지
알 수 있을만한 거리를 두고
넘어질 듯 휘청 일 때
붙들어 줄 수 있는
그만한 거리에서 걸어가세

너무 많은 이야기
쏟아놓지 말고
색깔이 분명한 자기 자리에서
격려의 말은 아끼지 말게
밝음 시기하는 궂음 찾아와도
낮의 해와 밤의 달이
깨끗함 증명하는
솔바람 닮은 사람 되어보세

—「친구」

여백은 예의이며 가능성의 거리를 갖는다. 이런 거리감은 교양과 지혜를 수반하는 것 때문에 지적인 견제를 받아야한다. 가령 너무 가까이 대상에 다가가면 불쾌감이나 침범의 경우가 되고 너무 멀어지면 소원疎遠한 관계로 인간미를 상실하게 된다. 인간은 서로간의 관계이기 때문에 시인은 친구에게 '너무 멀리'와 '너무 가까이'가 아닌 걸맞는 거리를 요구한다. 다시 말해서 넘어질 때 붙들어 줄 수 있는 거리감—서로에 도움을 주는 관계로 체온을 나누고 싶어하는 갈증현상이다. '솔바람 닮은 사람'이 되기를 바라는 청량감은 삽상颯爽하고 유쾌한 거리를 갖고 싶은 애정의 투명성이라는 생각이다.

> 슬픔도 조금은 남겨놓아라
> 그 슬픔의 이유가 먼 훗날 웃음으로
> 내 품에 돌아올지도 모르는 일
>
> —「즐거운 기다림」에서

기다림은 초조와 동반되는 안타까움이 있지만 박순자의 기다림은 여유 혹은 여백의 공간이 넓다. 이런 현상은 그의 정서에서 나오는 성품이기 때문에 시와 밀접한 상관을 갖게 된다. 기다림을 여유롭게 처리할 수 있다는 것은 분명 초조와는 다른 이름이기 때문이다. 박순자의 시는 이런 정서 때문에 생각하면서 기다림을 심는 푸른 이유가 내재한다. 이는 시의 건강과 같은 이유가 될 것이다.

3. 에필로그

박순자의 시에서 가장 인상 깊은 창조문법은 변용의 기교를 보이는 점이다. 이는 사물에 생명을 투사投射하여 새로운 이름으로 탄생되는 창조의 문법과 같다. 가령 봄의 이미지가 미소로 나타나거나, 사랑이 봄으로 변하여 뿌리로 하강하는 시적 기교를 보이기도하고, 꽃이 꿈으로 변하여 아름다움을 부추기는 이름으로 나타나기도 한다. 또는 어둠이 등불로 변하고 헌신의 인간사로 돌아올 때, 위안을 준다.

다시 말해서 박순자의 시는 다양한 이름의 시들이 그의 정원을 채색하고 있어 흥미로울 뿐만 아니라— 삶을 바라보는 시선은 건강하고 현실적이며 성실함을 모티프로 한다. 이런 발상에서 사랑의 이름은 감각적인 인간애를 지향하는 한편 갈급한 휴머니즘의 언저리를 배회한다. 박순자의 시는 자연의 이법에 순응하려는 정서를 투명하게 만나는 안도감이 확실한 풍경화의 시인이다. ◉

깊이와 넓이에서 만나는 정서

— 박일동의 시

1. 시가 가슴에 있는 이유

문학의 다섯 장르에서 시는 문학의 바탕을 이루는 기본요소가 된다. 셰익스피어나 타골 그리고 빅톨 유고 등은 모두 시를 알았고 시에서 그들만의 독특한 문체를 형성했음은 주지의 사실이다. 문학의 가슴에 시는 본질이고 시는 문학의 에너지를 이끌고 가는 원소이기 때문에 시— 유연성과 여백과 함축미를 포괄하는 기능은 문학에 필수요소로 작용한다.

시는 가슴에 있기 때문에 눈물과 사랑 그리고 생의 다양한 표정이 노래로 엮어진다. 그렇다면 노래의 필요는 무엇인가? 인간의 신체에는 일정한 리듬이 있어 이 순환의 리듬에 의해 생의 싸이클이 결정된다면 시는 만들어지는 것이 아니고 생래적으로 나오는 점에서 알 수 없는 미지의 대상이다. 다만 시에 관심을 갖느냐 아니냐에 따라 문학의 명칭이 달라질 뿐이다.

박일동의 시를 접하면, 시가 만들어지는 것이 아니라 가슴에서 우러나오는 가락을 느끼게 된다. 이는 비록 투박하고 질박質朴스런 모습일지라도 진솔하고 다감한 그리고 명상적인 깊이를 만나게 되는 즐거움이 있다.

2. 명상의 변형들

1) 현실인식의 흔적

시인은 현실을 살고 있을 뿐만 아니라 과거까지 내포될 때, 정신의 흔적을 표출하게 된다. 가령 추위를 느끼는 표현에서는 지난날들의 슬픔이 스며있고 봄날의 화려함에서는 행복했던 기억들을 유추할 수 있게 된다. 왜냐하면 시는 인간 심정의 깊이를 문자로 표현하는 것이기 때문이다. 물론 시적 표현은 직접적인 표현이 아니라 상징이나 비유의 장치를 통해서 애매성(ambiguity)—다양한 함축미로 나타난다. 시가 산문과 다른 이유는 표현의 직핍성이 아니라 우회적인 여백을 갖고 있어 고정된 의미에 집착하지 않고 다양한 의미를 공유하려 한다. 시의 매력은 여기서 발원한다.

이 가슴 던지어
정한 펼쳐 놓으면
저 바다만 하리

눈보라 속 파도
휩쓸어 와도
뜨거운 가슴
다 식히지 못하리니

그리움 쌓여
까만 숯덩이 된
이 속을 누가 알랴

차가운 눈위에
떨어져 눕는
까닭을 이제 알겠는가

—「雪冬柏」

감정을 절제하고 있지만 춥고 고독한 인상을 남긴다. 이는 살고 있는 현실의 어떤 부분이 시로 나타났을 뿐 깊이에 간직된 슬픔의 구체성을 물론 알 길이 없는 비극의식—'정한을 펼쳐 놓으면'이라는 가정에서 '바다만 하리'의 넓이가 지난날의 어떤 일이 내면의 심리와 연결된다. 시는 고백이고 그 고백을 비유적인 수법으로 처리하기 때문에 문맥의 깊이로 들어가서 아픔의 진원을 느낄 수밖에 없다. '눈보라 속'에 가슴을 식힐 수 없는 처절성이나 '그리움 쌓여' '까만 숯덩이 된' '이 속을 누가 알랴'에서 숯덩이의 진원을 막연하게 파악하게 된다. 그리움의 대상이 부재不在한데서 오는 슬픔을 '누구도 모른다'는 데서 과거의 어떤 일들과 슬픔의 이름은 함께 하고 있다. 이 같은 추위의식은 박일동이 체험한 아픔이고 이 아픔은 계속적이라는 점에서 우울한 내면의 아픈 풍경이 된다.

그 해
겨울에 와서
여름 내내 계속된
한파
그것은 눈물이었다

바람 불어도
바람 불어도
시린 오늘을 참고
내일을 기다렸지

봄이 그리워
무심히 보낸 봄이
그리워서
소슬바람 너머로
작은 몸짓 하나
여기 비탈에 섰다

—「철쭉이 입동 때 피어도」에서

'IMF의 기억'이라는 부제가 붙어 있는 시로 의식과 현실이 결합된 내면의 풍경화처럼 보인다. 겨울과 눈물 그리고 바람이 불어오는 것은 고통과 시련 혹은 비극인식으로써 봄을 그리워하는 열망이 내재한다. 다시 말해서 현재의 겨울에서 봄을 그리워하는 몸짓으로 '여기 비탈에 섰다'의 위태로운 상황을 견디는 느낌을 준다. 결국 박일동의 시에 겨울은 시련 혹은 고통의 시간이고 이는 진행형이라는 의식으로 나타난다.

2) 길 찾기 혹은 방황

길은 세상에 존재하는 것이 아니라 만들어진다. 한 번 가고 두 번 가면 벌써 길은 흔적을 남기면서 존재하게 된다. 그러나 잠시 외면하면 있었던 길은 사라지고 이내 숲이 된다. 하늘에서나 땅에서 이런 현상은 쉬이 볼 수 있는 예증이다. 노자에 도道라는 말 또한 길의 추상적인 의미를 말하고 있다. 물론 마음에 생긴 길일 경우는 추상적인 의미를 갖지만 사람이 왕래 혹은 강원도니 전라도라는 어휘에서는 일정 지역의 개념까지 포괄한다. 물론 박일동의 의식은 철학적 물음을 던진다.

길과 도(道)는
매한가지지 아니하고

무엇이 다르단 말인가

눈앞에 있는 것으로
볼 수 있는 길과
그렇지 아니한 길이 있는
까닭이라 하니

자신을 되돌아보는
길도 있고
삶의 의미를 찾는
길도 있을 터이니
갈 수 있는 길은 끝없음을

—「길. 1」

행동이 깊은 사람을 도인道人이라 하고 경상도 전라도의 지역명칭의 구분에서 혹은 생의 길이라는 의미를 가질 때는 삼차원을 넘어 사차원의 세계로 지향하는 의미가 된다. '길과 도'를 명료하게 구분할 수는 없는 마음이지만 이는 비단 박일동만의 판단은 아니다. 인간은 항상 길에서 방황하는 나그네이고 길을 찾아 일생을 헤매는 존재가 인간의 숙명—. 운명을 예언하는 것이나 점을 치는 것도 결국은 삶의 길을 알고 싶어하는 인간의 초조한 발상—어디로 가는 가를 알고 싶은 이치이기 때문이다. 다만 '눈앞에 볼 수 있는' 의미의 길과 보이지 않는 길의 차이가 혼란스런 의미로 다가든다. 그러나 결론은 생의 길이 곧 현상의 길과 겹쳐지게 된다는 점이다. 물론 눈에 보이는 길이라 해서 금시 갈 수 있는 것은 아니다. 길을 묻는 존재가 곧 삶의 길이기 때문이다. 여기서 '갈 수 있는 길은 끝없음을' 무한에 연결시킬 때, 길은 중단되는 것이 아니고 길에서 길로 이어지는 —시작과 끝이 없는 길이 된다. 박일동의 길은 현상적인 길에서가 아니라 보이지 않는 차원의 길에서 명상의 숲을 이룬 느낌으로 관조자의 위치를 확보한다. 이점에서 Robert Prost의 The Road not taken과는 다른 철학이 깃들어 있는 개념이다.

길은 나만의 길이 아니면서 공유의 의미를 갖지만 심중으로 받아들일 때의 길은 자기를 찾는 의미를 터득하게 된다.

> 문이 열린 길은
> 누구에게나
> 똑같게 보이는 것이 아니며
> 시작과 끝이 없는 것을
>
> — 「길. 2」에서

현상적인 길이 아니고 추상적인 길이다. 시작과 끝이 없이 다만 연결된 운명의 순환고리를 형성하면서 길은 열려져 있다. '똑같게 보이는 것이 아니며'에서 인간마다 다른 길에 대한 선택이 강요된다. 설사 자기만의 길을 확보했다하더라도 방랑의 여정을 터벅이면서 길을 가야 한다. 이같이 마음의 길 찾기는 결국 자기의 존재가 무엇인가라는 숙명적인 물음에 귀착하게 된다.

> 저문 날
> 저 깊은 산속에서
> 길을 찾아 보았는가
>
> 깜깜한 밤
> 짓눌러대는 고독에 지쳐
> 한낱 가슴에 트여오는
> 길을 보지 않았는가

도시에서 잃은 길
저 산속에서
찾아보지 않겠는가

—「길. 4」

'저문 날' '깜깜한 밤'은 오만과 강자의 모습을 갖춘 Alazon의 역할을 한다. 이는 인간에게 길을 찾지 못하거나 또는 길을 잃어버리는 나그네의 슬픔을 환기한다. 어둠은 곧 어려운 삶의 변형이고 길을 잃었다는 것은 생의 길이 순탄한 것이 아니라 고난의 연속이거나 아니면 불행을 뜻한다. '도시에서 잃은 길'을 오히려 깊은 산 속에서 찾아야 한다는 박일동의 권고는 짧은 시선으로 길을 바라보는 태도가 아니라 먼 시선을 확보할 것을 주문하는 의미가 된다. 멀리 바라보는 일은 길의 진로를 쉽게 파악할 수 있지만 가까이서의 길은 인간이 함락 당하는 단견에 떨어질 것을 염려하는 박일동의 생각—체험을 시로 용해한 느낌을 준다. 결국 알라존의 방황에서 멀리 눈을 들어볼 때, 길을 찾는 시적 화자의 모습—Eiron의 모습이 투영되면서, 추상의 길을 찾아 방황하는 행동이 보인다.

3) 색채로 의식 감싸기

색채는 마음에 작용한다고 한다. 다시 말해서 일정한 색채는 정신적인 특성을 함축하고 있기 때문에 심리적일 수 있다. 이는 정신의 지향에 영향을 끼칠 뿐만 아니라 생활에도 일정한 취향으로 나타난다. 「함박눈」, 「고향들꽃」, 「눈 오는 날」 등엔 흰색이 드러나고 「유월」에는 청색이 「꽃자주 목련아」엔 자주색이 등장한다. 주로 백색이 박일동의 의식을 표출하는 색감으로 작용하고 있다.

푸른 꿈
모두 나눠 주고
그대
뜰에 내려와도
푸르름 가득합니다.

천야만야 수심 깊이
마지막 남은
심지 하나로 솟아
가없는 광야 밝혀 줄
등불
시인의 푸른 향기여

오늘
눈부신 햇별 아래
무성한 푸르름입니다

—「유월」에서

5연 중에 푸르름—청색이 6번 등장한다. 그리고 '푸르름'이 '등불'과 등가等價를 이루면서 밝음을 불러온다. 아울러 청색이 시의 의식을 고양시키는 것뿐만 아니라 지향점으로 받아들이는 느낌을 준다. 이는 '푸른 꿈'이 '그대의 뜰'에서 '등불'로 전환하여 밝아지는 의식을 만들려는 의도를 갖고 있어 평안함을 불러온다. '푸른 향기'와 '눈부신 햇볕'들이 등불과 유대를 가지면서 가볍고 산뜻한 목표점으로 작용하는 것 때문에 색채감은 꿈의 이름을 불러오는 손짓이 되고 세상을 밝히려는 의도를 암시하고 있다.

시인마다 색채의 일정한 선호도가 있다. 신석정의 시에는 노란색이 정신의 요소를 나타냈고, 이육사나 한용운은 청색으로 그들의 정신지향을 표현했다. 아무래도 박일동은 백색에 자신의 정서를 의탁하는 것 같다.

이 겨울은 함박눈이
펑펑 내리는
그러한 겨울이었으면 좋겠습니다

티없이 빛나는
순백의 세계
하늘에서 내리는 눈은
목화송이처럼 훈훈합니다

세모의 바쁜 거리
서로가
모르는 사람들이지만
빙그레 웃는 얼굴과 얼굴들

이 겨울은 함박눈이
펑펑 내리는
춥지 않는 겨울이었으면 좋겠습니다

—「함박눈」

겨울은 시련과 고통의 이미지를 갖는다. 이 겨울을 하얀 눈으로 감싸기를 염원하는 시적 화자의 희망이 따스함을 원한다. 다가오는 시련과 아픔을 정면에서 소화하는 것이 아니라 다소 소극적인 자세로 현실을 정리하려는 느낌이 있다. 이는 '좋겠습니다'라는 표현이 2연에 오면 '목화송이처럼 훈훈합니다'의 따스함을 갈망하는 자세 때문이다. 결국 1연의 백색(함박눈)이 2연에 오면 '훈훈합니다'의 온기를 갈망하고 3연에 '빙그레 웃은 얼굴과 얼굴들'이라는 행복한 표정을 4연에서 '춥지 않는 겨울이었으면 좋겠습니다'로 마무리된다. 결국 추위를 백색의 함박눈으로 포장함으로써 안온함을 갈망하는 것 때문에 현재가 춥다는 우회적 심리를 보이는 부분이다. 박일동의 시에 눈(백색)은 냉기 혹은 춥다는 의식이 아니라 오히려 냉혹함을 감싸는 인상을 준다.

이월
웬
함박눈이
대지를 덮는 하오

무명
이불자락
쳐들고
봄을 손짓하는
동
백

그
옛날
그 사람 생각
그향같은 것, 향수가
하
늘에 가득
하
다.

—「눈오는 날」

눈은 박일동의 의식을 따스하게 감싸는 어머니의 역할을 하는 것 같다. 다시 말해서 보호받고 싶어하고 의지하고 싶은— 체온을 녹이는 의식이 갈망으로 변형되어 나타났다. 함박눈이 대지를 덮음으로써 동백이 손짓하는 기쁨을 얻게 되고 다시 고향의 안온함과 향수를 불러오는 심리적인 안도감을 갖는 체온 녹이기 혹은 기대고 싶은 표정을 감지하게 된다.

인생의 싸움에서 지친 자 혹은 전의戰意를 상실한 사람의 소극성이 드러났지만 결국 백색은 시적 화자의 의식을 보여주는 심리적인 흔적임이 분명하다.

고향 떠나있어도
몸에 스민 꽃물
오래 오래 지워지지 않는
삶의 향기 남아있다네

지금도 어릴 적
하얀 꿈 아련하고
그림 떠오르는 초록빛 언덕
찔레꽃, 하얗게 하얗게 피네

―「고향 들꽃」에서

역시 흰색을 찾아가려는 의식―어릴 적 꿈을 찾아가는 방황의 종착점이 찔레꽃 피는 고향―그 색채는 '하얗게 하얗게'의 반복에서 갈망의 농도를 짐작하게 된다. 다시 말해서 고향의 정서가 흰색으로 보호받고 싶어하는 의식을 나타내기 때문이다. 꿈의 색채이면서 고향과 등가等價를 이루는 백색은 박일동의 정서에 위안 혹은 안도감을 주는 색채로 작용하고 있다.

4) 있고 없음의 공허

가령 물방울이 땅에 떨어지면 이내 물방울은 증발하여 땅위에 물기가 없어진다. 그렇다면 그 물방울은 어디로 갔는가? 물방울이 없다라는 표현은 옳은 말인가? 사물의 표면만을 보면 물방울은 없어졌다. 그러나 물방울은 없어진 것이 아니라 수증기로 증발하여 하늘의 구름을 형성하는 인자因子가 되었고 다시 구름이 모여 비가 되어 어딘가에 다시 땅을 적시게 된다. 물론 이 예는 현대물리학에 질량불변의 법칙—한 방울의 물이 순환의 원리 속에 하나의 구성물이 된다. 이처럼 '있다'나 '없다'라는 의미는 우주의 원리에 비추면 무의미한 말장난에 불과하다.

> 있음과 없음을
> 따지고 보면
> 없음도 있음이라
>
> 있음과 없음이
> 끝없이 이어지는
> 부조리
>
> 그래서 성철스님도
> 산은 산이요
> 물은 물이라 했던가
>
> —「있음과 없음」

있다와 없다를 판단하는 것은 주관적인 사고일 뿐 사물을 객관적으로 판단한 것은 아니다. 이런 구분은 하등에 무의미한 것이기 때문이다. 불가에서 '色卽是空, 空卽是色'이라는 반야심경般若心經의 말에는 끝없는 윤회의 원리가 들어있다. 이는 우주자연의 원리에 순응하면서 살아야 하는 인간에겐 가늠할 수없이 거대한 원리를 객관화할 수는 없어 영원한 숙제일 것이다. 다만 '끝없이 이어지는/부조리'에 '부조리'가 아니라 '원리'라는 표현이 정확할 것이라면 있다와 없다를 구분하는 것은 인간의 소견이지 우주의 원리와는 같을 수가 없는 일이 된다. 공자는 이런 현상 앞에 여욕무언余欲無言이라는 말로 세상사를 간섭할 필요가 없다는 생각을 가졌다.

있다
없다
시비하고 뜻 모른다 하니
다시 물어
존재, 무엇인가

— 「존재, 무엇인가」에서

존재라는 말에는 꼬리 있기의 원리가 들어있을 뿐 정답을 확인할 방도가 없는 공허와 만나게 된다. 왜냐하면 물음만 있지 대답은 어디에서도 찾을 길이 없기 때문이다. 철학은 인간의 존재를 규명하려 해도 그 답안은 미궁迷宮의 깊이만 찾아가는 일—도로徒勞의 길만 넓히고 있을 뿐이다. 그러나 허망과 또 절망에 빠질지라도 존재의 물음을 끝없이 이어지는 것이 인간의 존재방식이다. '다시 물어'를 반복하면서 인간은 자기찾기의 숙제를 해야하기 때문이다.

5) 세태

세상은 변하고 또 변화의 와중에서 고민하고 갈등하는 것이 생의 일부이자 모습일 것이다. 고정된 것은 없고 무너지는 일이 인간관계이기 때문에 붙잡으려는 측면과 허무는 측면이 언제나 대립하면서 역사를 만든다. 세상의 모양은 항상 한탄스럽고 경망한 모습에 우려하는 목소리가 높은 것은 어른들의 마음이었다. 이런 진행형은 지금도 여전히 갈등을 부추긴다.

깎고 늘이고
덧붙이는 꾸밈이

새삼 짱으로 몰려와
본디말과 나를 바꾸는
얼빠진 세상이련가
겉만 있고 속이 텅 빈
그것은
가랑잎이었네

—「가랑잎」에서

세태를 알레고리하고 있다. 변화의 심각성이 눈살을 찌푸리게 하는 일은 얼마든지 발견된다. '짱'이라는 원인 모르는 말이 횡행— 마치 바람에 불려가는 것처럼 가벼운 문화현상이 정서를 오염시키는 불안이다. 질서가 무너지고 그 자리에 알 수 없는 이름들이 자리 잡을 때 그 고통은 부메랑이 되어 돌아오는 모순의 일들— 세상을 장악하고 있기 때문에 어른의 눈으로는 불안과 고통이 한탄으로 바뀐다.

이 산간에 마을버스 다니고
도회지 사람 자가용차 넘나들면서부터
반딧불이는 떠나고 오지 않는다더군

—「반딧불이, 돌아오지 않네」에서

기계메커니즘이 인간의 체온을 앗아가는 일은 현대사회의 비정한 특성이다. 버스와 자동차가 왕래하면 온갖 물상들이 이동하게 되고 다시 오염의 정도는 문명의 이름을 일그러지게 만든다. 이런 일들은 이미 위험하다는 신호를 보낸 지가 오래지만 탐욕에 짓눌린 인간의 욕망은 끝을 보이지 않는다. 박일동은 이런 현상에 개탄하지만 달리 방도를 발견할 수 없는 현실 앞에 그의 노래는 서글픔을 자아낸다. 문명이라는 이름을 이해하지 못하면 폭력이 되지만 이해할 경우는 편리와 행복을 줄 수 있다는 점에서 인간의 지혜를 강구하는 일이 우선되어야 할 발언일 것이다.

3. 나가는 길에서

인간의 가슴속에 시의 물은 고여있다. 얼마나 정제된 시를 퍼 올리는가는 끝없는 시와의 대면에서 가능한 일이다. 다만 시와 어떻게 조우遭遇할 것인가는 정서의 훈련 그리고 생활 속에서 사물을 바라보는 시심詩心이 있어야 한다면 박일동은 시심을 퍼올리는 마음이 고웁다. 그의 성품은 용맹과 투사적인 것보다는 한발 물러나 관조하고 성찰하는 조용한 성격 때문에 유약한 것 같은 인상을 주지만 내면은 단단한 패각貝殼을 갖추고 삶의 언덕을 넘어간다.

길과 겨울의식에는 사고의 폭이 얼마나 깊은가를 보여주는 시들이라면 색채감은 주로 백색에서 안정감을 찾는 이미지들이 대부분이다. 물론 추위를 느끼는 상징은 그의 삶에 어떤 부분들이 충격을 주었다는 일종의 두려움의 이미지와 상통하고 있다. ◉

소설에서 얼굴찾기

— 김진주

1.

리얼리티로 포장하는 인간의 이야기를 소설이라는 이름으로 불리지만 사실성은 항상 미추美醜의 양면을 왕래하면서 인간의 모순과 합리를 찾아나서는 방도를 강구한다. 물론 미와 추 사이의 이야기는 사랑이라는 색소가 있어 아름다움을 그려낼 수 있는 재료가 된다. 인간을 해석하기 위해서는 인간의 체험을 통달해야만 한다. 소설은 그만큼 사실성과 상상력의 결합이 치밀해야 하기 때문이다. 김진주의 소설은 그런 조건을 충족하는 길을 확보하면서 섬세한 문체의 묘미를 구사하는 작가이다. 이제 그의 체취와 음성을 작품으로 접할 계제階梯이다.

2.

인간에게 기억은 상상의 길을 넓힐 수도 있고 또 제한적인 현실로 안주할 수도 있다. 그러나 깊게 각인刻印된 기억의 상처는 지울 수 없는 흔적으로 이름을 새긴다. 물론 주인공의 이야기를 작가의 의식으로 환치換置하여 전개할 때, 그 환기력은 작가의 상상력과 결부되어 또 다른 리얼리티를 제조하게 된다. 「거울 속의 바이올렛」은 먼 과거의 기억에 묶여있는 정신대 할머니의 방황을 그리고 있다. 과거의 상처가 현실을 지배하는 경우는 비극이다. 그러나 비극을 비극처럼 인식하지 않고 현실의 질서를 헝클어트림으로써 김진주의 소설은 길 찾기를 시도한다.

> '내 이름은 김귀녀지라. 팔십도 훨씬 넘어 보이는 할머니는 그렇게 말했다. 그런데 영은의 눈엔 귀녀처럼 보이지 않았다. 헝클어진 머리엔 금방이라도 까막까치가 날아와 제 집인 줄 알고 알을 품을 것 같은 형상을 하고 있었고, 손엔 구정물이 먹물처럼 번져 며칠을 닦지 않았는지 짐작할 수도 없을 만큼 지저분하고 냄새가 날 것 같았다.

소설의 도입부분을 옮겼다. 팔십을 넘겨 보이는 할머니의 방황은 —정신대의 비극의 중심에서 과거 흔적에 묻혀 오늘을 망각한 무질서의 현상과 사진작가 정은과의 조우가 시작되는 부분이다. 물론 정은의 과거가 할머니와의 비교 속에서 불행과 방랑이 겹쳐지는 상황을 오버랩의 기교로 접속된다. 그러나 소설의 중심은 할머니의 이야기가 대부분의 묘사로 전개된다. 오래된 흑백사진의 암시—일본 군인과 일본 지폐와 42명의 여자들이 세 줄로 서서 찍은 사진—44년 나고야 공원이라는 기록에서 할머니의 과거여행은 비극의 정신대를 벗어나지 못하는 아픔과 민족사의 비극과 접속될 때, 영은과의 여행은 그 비극에 감염되면서 폐가 좋지 않아 수술비로 등록금을 써버린 영은의 고달픈 삶과 그의 어머니와 정신대 할머니와의 겹치는 상상은 —순수작가 주원과의 어울릴 수 없는 상처로 갈등을 유발한다.

여기서 순수작가란 의미와 현실의 갭을 좁힐 수 없다는 영은의 사고 속에는 귀녀貴女라는 이름과는 달리 비극이 겹치는 기법으로 처리하면서 — 슬픔의 대열을 이루게 된다. 물론 이야기의 중심은 할머니가 된다. 그러나 아직도 다나까의 떡으로 착각한 공포의 암시에서 과거는 치유될 수 없는 아픔으로 할머니의 방황을 부추기게 될 때, 영은은 할머니의 표현처럼 "징한 년 개도 안 물어 갈 년"과는 다른 휴머니티를 실천하는—사랑만이 세상을 따스함으로 감쌀 수 있다는 해답으로 다가온다. 그러나 사랑에 순수라는 함량을 얼마나 필요로 하는가는 다음의 대화로 대치된다. "진짜 순수문학을 하는 작가가 될 꺼야. 상업적인 글을 써야만 살아남는 현실에 안주하는 기성세대는 안 될 꺼야"를 주장하는 주원의 의견에 "순수문학이라고? 웃겨 지금 당장 난 배가 고프고 목이 마른 데"라 말하는 영은과 주원의 대립각은 결국 삶의 조건이 순수의 꿈을 선택하는 주장보다는 현실과의 타협을 선택하는 주인공의 사고— 약간 궤도를 벗어난 주제의 문제가 된다.

추한 형색의 할머니와 영은이 여관에 함께 들어감으로써 운명의 선택이 과거를 위안하는 임무 쪽에 작가의 이념을 투영시킨다. 할머니의 어투를 따르는—"나는 김영은이라고 하지라"의 동화同化는 타인의 비극에 동질성으로 결합하는 뜻— 일면 어둠의 파출소에서 할머니의 안주처를 확인하는 순간 "그때 번뜩 전깃불이 들어왔다"라는 암시로 해피엔딩의 결말이 예고된다. 결국 과거의 비극이 현실의 휴머니티에 동화될 때 "내 이름은 김귀녀지라"의 암시는 현실과 겹치는 향긋한 바람으로 인상을 마무리한다.

부부가 행복을 누린다는 것은 서로의 개성을 버리고 하나로 결합하려는 발상에서 행복이라는 어의語義는 빛을 발한다. 어느 한쪽이 강한 흡인력을 갖거나 혹은 서로가 개성의 날을 새우면 깨지는 소리에 잠길 뿐이다. 「이

슬거미」는 그런 의미에서 상징적인 뉘앙스를 전달한다. 주인공 인경의 남편은—억세고 강한 그리고 폭력적이면서 새디스트와 같은 성격의 남편 앞에 주눅이 들어 사는 주인공은 삶의 창문을 갖지 못한 처지에 끌려가는 인상을 준다. 다시 말해서 자극을 기다리는 인경의 눈에 805호 남자와 606호 여자와의 밀회를 목도目睹하면서 자기의 처지를 비교할 때, 탈출로를 생각하면서 805호의 남자에 끌려가려는 의식을 상상하지만 남편의 성城에서 벗어 나오지 못하는 무기력한 현상을 자각한다.

> 언제 어떻게 든 보고 있을지 모를 일이었다. 보이지 않는 눈에 대한 두려움은 그녀를 수시로 목 졸랐다. 남편에게 맞아야 할 매가 무섭진 않았다. 단지 맞는 동안 그 이유를 대야 하는 게 고통이었다. 누굴 만났어? 왜 전화는 안 받는 거야? 쓰레기 버리는데 5분이면 되는데 25분은 뭐 했어? 전화벨이 10번 이상 울렸는데도 못 들었단 말야? 누구야 어떤 놈이냐구?

탈출을 꿈꾸는 것은 인간 내면에 간직된 심리적인 공통성이다. 억압으로의 탈출—일상을 벗어나려는 것은 공통된 의식이다. 폭력과 의심 많은 남편으로부터 벗어나려는—805호 남자와의 연상은 인간이 갖는 탈출의 또 다른 심리를 뜻하는 상징이다. 그러나 인경은 남편으로부터 벗어나려는 구체적인 암시를 차단 당한다. 이와 결부하여 어머니가 아버지의 제사에 올 것을 당부하는 부탁에도 가지 않는 것은 "나는 봤어. 그 날 …베란다에 서 있는 아버지를 밀어 버린걸"에 대한 동조의 거부—그러면서 남편을 같은 방법으로 밀어버릴 수 있는 기회 앞에 포기하는 것으로 불행한 거미의 상징은 이어진다.

「이슬거미」는 곧 인경 자신을 상징—남편은 한사코 거미의 형체를 없애버리는 화염방사의 폭력행위에 저항하는 구체성은 없다. 그러나 씨를 말리려는 남편의 의도와는 달리 거미의 모습은 다시 환생의 이름으로 나타난다. 거미의 꿈—805호 남자에 사랑의 체온을 전달하지 못한 안타까움을 대신하면서 다시 살아나는 거미는 주인공에 환희로 느끼면서 인경의 마음은 거미의 춤을 기대하게 된다.

소설은 구조의 예술이다. 그러나 인간의 일을 구조로만 바라보는 일은 단순하다. 심리적인 현상은 구조가 아닌 방법으로 전개할 수도 있다. 묘사와 설명만으로도 소설의 특징은 살아날 수 있다면 김진주의 소설은 그런 원숙함을 위해 달려가는 인상이 「세 폭 치마 금붕어」이다. 줄거리로 이해되는 것이 아니라 유장하게 전개되는 언어의 숲에서 느끼는 현란함이기 때문이다. 이런 문체는 소설의 진경眞境을 찾아가는 작가의 능력일 것이다. 세 폭 치마 금붕어와 의식을 맞추는 전개는 능숙이 아니면 진부할 것이고 지루할 것이지만 그런 기색은 없고 긴장감으로 이야기를 끌고 가는 점이 이채롭다.

> 어머니의 비밀은 그렇게 힘없이 창자를 드러내고 있었지만 순대처럼 어머니의 비밀들이 당면과 돼지 피, 찹쌀들로 버물려져 있었다. 그 베개에 어머니의 얼룩진 사랑이 모자이크되어 있었다니. 어머닌 평생 아버질 웬수라고 부르면서 속으로 긴 세월 혼자만의 그리움을 그렇게 숨기고 있었던 것일까. 니 애빈 죽었어. 니 애빈 죽었어!! 살아있었던 순간에도 아버진 그렇게 자신의 가슴에서 철저하게 도려내어 졌었다. 이미 자신의 기억 안에 죽은 사람이었는데도 아버진 가슴에서 벌떡 이러나 자신의 존재를 알리고 싶은 듯 등을 곧추세운다.

소설은 복합적인 미학이다. 이는 구조와 문체 혹은 총체적인 인상이 인간사의 진면목을 어떤 방법으로 엮어지는가에 따른 방법이 다를 뿐이다. 김진주의 소설미학은 점차 유려한 문체와 간결함으로 생략되는 호흡의 길을 확보한 인상이다. 이는 종합 속에서 인간의 특징을 열거해나가는 치밀성을 가질 때, 더욱 높은 가치를 창출할 수 있을 것 같다. 다시 말해서 갈수록 소설의 맛이 깊어지고 인생을 바라보는 눈빛이 다정해지는 감성을 발휘할 것 같은 인상이다. ◉

제 4 부

시의 신전을 찾는 나그네들

시와 행복의 조건

1. 시와 행복의 조건

사전에서 정의한 말과 실제의 느낌과는 다른 경우가 많이 있다. 가령 "자기를 낳은 모친"을 「어머니」라고 하거나 물의 경우 "산소 1과 수소 2와의 화합물"이라 되어있어 상식적인 느낌과 동떨어진 인식을 준다. 갈증이 났을 때의 물은 행복을 주는 이미지이고 홍수의 물은 고통과 아픔을 주는 인식으로 다가온다. 비단 물뿐이 아니라 행복이라는 말도 "복된 좋은 운수"라 풀이되어 이질적인 느낌을 주는 경우도 같다. 사랑하는 사람과 만나면 행복해진다고 할 때, 복된 좋은 운수라는 말에서는 가슴에 가득한 행복의 느낌을 전달할 수 없는 공소한 의미일 것 가다. 이런 경우는 학문 혹은 과학적인 인식이 얼마나 이질적인 뉘앙스를 풍기는가를 느끼게 한다. 인간의 실제인식과 객관성 혹은 과학적이라는 말에는 그만큼 먼 거리가 항상 내재할 수 있다. 시의 자리는 결코 과학의 흔적과는 다른 자리에서 그 손짓을 보내고 있기 때문이다. 시는 인간의 감정으로 체감할 수 있는 그리고 가장 가까이 다가와서 위무慰撫하는 임무를 갖고있기 때문에 가슴속에 들어있는 가장 친근한 손길이지만 이를 과학적인 메스로 접근하면 시의 얼굴은 일그러진 추한 모습의 이름이 된다. 어머니나 행복이라는 말에서는 따스하고 아늑한 위안을 받을 수 있는 포근함이 있다. 시 또한 그런 자리를 차지하고있기 때문에 행복을 주는 손길이 있다. 시는 행복을 주는 '어머니' 혹은 '행복'을 주는 '사랑'의 이름처럼 다가가고 싶은—선택적이지만—대상이다. 좋아하는 것은 행복해질 수 있다면 시는 그런 자리에 있기 때문이다.

2. 김재분 「라일락 필 때면」

추억이라는 말에는 넓은 공간을 차지하는 그리움이 있다. 물론 붙잡을 수 없는 기억만의 이름이기 때문에 상상의 여지는 넓게 자리잡고 감수성을 불러들이는 역할을 다하게 된다. 이는 인간의 마음을 위호衛護하는 역할 때문에 간절성을 더하게 된다. 이런 갈증현상은 곧 더욱 넓게 공간을 차지하는 일로 부풀어오르는 상상의 숲을 이루게 된다. 이런 경우가 되면 시의 숲엔 향기가 난다.

> 내 가슴에 파란/바람을 밀어 넣는/그대//울렁이며/울렁이며/다시 찾은/빛깔//흐르는 결에/마음 녹으면/꽃송이 매달리는/보랏빛 추상//꽃 물든 속내/눈길 충만한/기쁨//들리 듯/촘촘해지는 마음/하염없이 붐비는데/어느덧 지는 라일락//라일락 필 때면/내 영혼/언제나 마드모아젤
>
> — 김재분 「라일락 필 때면」

기억을 풍성하게 하는 것은 상상력의 도움을 받았을 때, 더욱 윤기 나는

이름을 얻을 수 있다면 시는 그런 이름에 걸맞는 소임을 다할 수 있을 것이다. 한 편의 시에 내면으로 솟구치는 향기가 있어야 한다면, 간결한 언어의 탄력과 긴장감, 비유 속에서 나타난 함축미, 시인의 의식을 확장하는 언어장치의 화려한 표현미는 라일락 꽃 향기에 취하게 하는 묘미를 준다. '라일락 필 때면'이라는 과거회상의 구조 속에서 대상과 시인의 사이에 흐르는 오랜 시간의 간격을 다시 접합하는 시적 묘미는 김재분 시인의 '내 영혼/언제나 마드모아젤'의 팽팽한 의식에서 향기의 진원지를 갖고 있는 느낌이다.

3. 송문정 「과속 방지 턱」

「어떻게 사는가」는 「왜, 사는가」라는 물음보다는 향상된 철학이다. '왜'는 물음의 시작이고 '어떻게'는 물음을 해결하고 구체적인 방법을 찾는 행위와 직결되기 때문이다. 인간이 산다는 일—산다는 일에 정답을 찾는다는 것은 어리석은 일이지만 이 일을 되풀이하면서 인간의 역사를 써오고 있다. 난해한 철학의 내용은 결국 「어떻게」라는 방법의 길찾기를 시도하는 일에 다름이 아니기 때문이다. 목표를 향해 달려가기를 강요하면서도 과속을 방지하는 모순은 결국 인간의 삶을 지탱하는 도리에 포괄되는 상징인 셈이다.

> 무참히 밟히는 고통을 버텨온 뚝심/가던 길 잠깐 멈추라 한다/늘상 스스럼없이 넘나들었는데, 오늘은/삶의 무게가 가라앉는다/칼 같은 발톱을 날 새운 마음/달려갈 길의 끝은 어딘가/위선이 채색된 상처는 언제 머물 수 있을까/드문드문 멍이든 세월의 문신은 어찌해야 하나/시끄러운 골목에서/골고다의 예수처럼 육신을 내주고/안전을 목청껏 외치는 기도문을 본다/마음의 몸살로/턱턱 부딪히며 서두르던/내 안의

과속 방지 턱/길바닥 그 알몸에서 겸손을 만나고/다시 늦었지만 살며
시 넘어 간다

— 송문정 「과속 방지 턱」

자기만을 위해서 사는 삶을 쾌락주의 —Epicurean이라는 말로 부른다. 그러나 자타공존의 에로스를 지나 헌신의 아가페적인 상황으로 삶의 목표를 설정하고 있는 시의 상징이다. 자기만을 위해 달려가는 경쟁의 피울음은 항상 살벌한 광장을 만들었기에 송문정의 시는 누구를 위해 과속을 일삼는가라는 본질에서 삶의 태도를 형상적으로 생각하게 한다. '잠깐 멈추라 한다'의 내면은 과속에서 빚어지는 비극을 방지하기 위함이고, 이를 삶의 문제로 환치換置한 송 시인의 시는 철학적인 깊이와, 희생의 삶을 가르친 예수의 비유에서 알몸의 겸손을 따르려는 시인의 의도가 명료해진다. 이는 누구에게나 적용되어야 할 필연이기에 호소력 깊은 시로 다가온다.

4. 김상화 「봄」

언어는 발신자에서 수신자로 도착할 때, 내용을 이루는 메시지는 비단 지시적인 기능뿐만 아니라 정감적인 역할도 내포될 수밖에 없다. 언어의 기능은 이점에서 복합적인 기능을 갖고 저마다의 독특한 뉘앙스를 갖는가의 여부는 언어 운용의 독자적인 기교와 경험의 총체성에서 분석해야할 항목일 것이다. 시인은 언제나 대상을 하나로 묶어야 하는 통일에 열망을 갖는다. 다시 말해서 인간과 세계의 동일화를 위한 상상력—N. Frye도 신화원형의 체계를 원용할 이유도 없다. 시인은 언제나 자유정신의 열망을 세계 속에 투사하는 존재를 꿈꾼다면 자연은 가장 좋은 시험대일 것이다.

> 계곡/지느러미로/초록은 일어서는데//산수유/진달래/손 흔들어/싱그럽게 일어서는/꽃들의 동요//햇살과 미소
>
> — 김상화 「봄」

봄의 이미지는 생명의 일어섬 혹은 새롭게 출발하는 상징의 옷을 입고 발걸음을 내딛는다. 김상화의 「봄」은 환희와 열락悅樂 그리고 작고 귀여운 세계의 일면을 보여주는 기법을 구사하고 있다. 다시 말해서 원경遠景의 산과 계곡이 초록으로 옷을 갈아입는 전경前景을 앞에 놓고 근경으로 온갖 꽃들이 다투어 핀 키다툼을 보여주면서, 이어 렌즈에 꽃들의 '동요'라는 화려한 모습으로 초점을 맞출 때, '햇살의 미소'에서 또 다른 장면의 밝음이 화려한 자연의 연출로 마무리된다. 여기서 비단 계절감의 의미만 아니라 인간사의 따스한 행복의 의미로 증폭되는 상상력의 확산을 눈 여기게 된다.

5. 배선미 「타인」

시는 언어예술에서도 가장 정치精緻한 압축의 기능을 갖기 때문에 항상 현재시제의 방도를 취하고 또 어조語調의 다양한 형태를 장치로 갖추어야 한다. 어조란 제재와 독자 그리고 화자 자신에 대한 태도로 볼 때, 시인의 의식이 어디로 지향할 것인가의 차이에 따라 시의 형태는 다른 방향의 호소력을 갖게 된다. 배선미의 시는 제재의 객관적 시선으로 청자의 반응을 요망하는 형태를 취하고 있다.

> 지하철 문이 열리자 한 사내가 시선을 감추며/차가운 바람 몇 겹을 두르고 있다/혼자서 솟구치는 눈물 보다 외롭게 앉아 있는/옆엔 옷 보

따리와 텅 빈 다람쥐 집이 웅크리고/있다 어디서부터 시작되었는지 모를 사내의/웅얼거림이 공간 속에 퍼져 나가고 지칠 대로/지친 옷 밑에 은빛 가득한 운동화엔 지나간/흔적들이 남루하게 매달려 있고 몇 계단의 주름이/이마 위에서 반짝거릴 때 불현듯 생이 부끄러워/지기 시작했다/순간 엄－마－웅얼거림을 헤치고 터져 나온 한 마디/저 사내를 낳고 미역국에 몸 감았을 여인이 멀리서/그를 부르고 있는 걸까/시간은 잠시도 흐트러지지 않고 우리들은 한강을/건너야 한다 창 밖에는 햇살이 부조리하게 투명/하지만 어느 곳에서도 위안 받지 못한 사내의 얼굴이/서늘하게 흔들리고만 있다/봄기운에 말려들지 않는 눅눅한 기억들처럼.

— 배선미 「타인」

시의 행이 다음 행으로 이어지는 작시법의 기교를 Enjambement라 한다면 4행과 5행의 경우는 이런 낯설게 하기의 전형이다. 쓸쓸한 사내의 등장—그리고 외롭다와 옷 보따리 그리고 다람쥐의 집을 연결하면 이 낯선 사내의 행방은 굳이 설명이 불필요하다. '부끄러워/지기 시작했다'의 상황과 원초적인 어머니의 이미지에 손짓이 있을 때, 「우리들은 한강을 건넜다」에서 '부조리하게'라는 시어에 맞닿게 된다. 존재한 자는 결국 불합리의 시간을 건너야할 필연적인 연속이 있기 마련이다. 피할 수 없는 운명의 상황을 극복할 수 있는 해답을 갈구하는 것보다는 보여주는(Showing)의 풍경의 대면에서 삶의 쓸쓸함 그리고 연민의 자화상으로 돌아오는 메아리를 접할 때 시적 묘미는 상상력을 풍부하게 만든다.

6. 이분자 「산불」

시인의 상상력은 언제나 분방한 자유정신을 가질 때라야 시의 이미지를 자유자재로 운용하는 기교를 발휘할 수 있다. 시는 인간의 정신에 새로운 활력소와 의미를 부가하는 역할을 기대할 수 있는 의식의 산물이다. 의식이란 항상 떠남과 돌아옴을 반복하는 정처 없음의 특성이 있지만 신기한 것이나 혹은 새로운 땅을 기웃거리는 자유정신을 배태하는 임무가 주어진다. 시인의 의식은 언제나 방랑의 여정을 어슬렁거리다 시의 신神과 만날 때 안주의 작품을 탄생할 수 있게 된다. 단순한 소품의 시일지라도 결코 우연의 손짓에 끌려가지 않고 시인의 운명과 조우하기 때문이다.

> 이럴수가/어찌 이럴수가/능선이 불 바다다/용광로가 엎질러진 순간/걷잡을수 없는 바람을 따라/산불은 죽자코 꼬리를 뒤틀며/천지가 뒤흔들리는/용 트림을 하고 있으니/아/아
>
> — 이분자 「산불」

능선이 '불바다'와 '바람따라'와 '천지가 용트림'하는 불의 이미지로 시의 형상화를 진행한다. 불과 산 그리고 바람이라는 매개체에 의해 하나로 변하는 이미지의 확산은 인생의 열정인 경우에도 상통하는 느낌을 준다. 이는 '이럴수가'의 반복에서 비단 불과 산이라는 고정된 관념에만 머물 수는 없기 때문이다. 불이라는 이미지는 언제나 번지는 것과 상통하면서 프로메테우스적인 은혜로 다가오지만 '아 아'의 감탄사에서 시적 무드는 산불과 인간사의 경우가 맞물리는 이미지로 확산된다.

7. 최금녀 「일회용」

시적 대상은 작은 일상사에서 철학 혹은 우주의 섭리에 이르기까지 넓

은 영역을 갖고 있다. 비단 짧은 글이라는 개념에 매달려 시를 바라보는 시선이 어리석은 이유는 여기에 있다. 시는 단순한 언어의 창조가 아니고 시인의 의식을 통해서 자연과 사물 혹은 우주와 인간사를 함께 아우를 수 있는 기능에 있다. 여기서 시인의 임무는 단순한 언어의 운용자가 아니라 신의 임무를 수행하는 깨달음이 있어야 한다.

> 야무진 입/투명한 몸/닦고 조이고 구워/깨질세라 보듬어/지문 아직 살아있는 일회용 유리병//숨쉬는 손가락/발가락/목을 조여/잘라낸다// 말간 몸 속/여린 실핏줄/심장이 달삭거린다
>
> — 최금녀 「일회용」

아마도 '유리병'이라는 사물에서 얻어진 에스프리가 —의인적인 변모로 대상을 포착한 인상이다. 이는 '아직'이라는 부사를 더하여 비워져있는 병의 임무가 끝난 사물의 또다른 소용의 사고에 미치면 이는 인간의 비유와 겹쳐진다. 인간도 결국은 일회용—술병이나 우유병처럼 모두 하나의 임무가 끝나면 결국은 버려져야하는 운명적인 존재와 다름이 없다는 사실이다. 여기서 시인은 사물과 인간의 문제를 철학으로 묶는 소임을 수행하는 사람이라는 뜻에 접근된다. ◉

잡초밭 문단

1. 잡초밭 —한국 시단

농부는 농작물을 키우기 위해 온갖 정성을 다한다. 잡초를 뽑아주고, 바르게 세워주고 땀과 노력으로 농작물을 보호한다. 그렇더라도 비가 한 번 내리면 잡초는 어느 새 숨었던 모습을 내세우면서 농부의 선량한 목적에 일격을 가한다. 다시 말해서 방심하면 농작물을 모조리 휘감아버리는 순발력과 위력으로 농부를 비웃는 대상이 잡초이다. 세상사도 잡초와 농부의 경우처럼 일이관지一以貫之의 이치가 될 것이다. 문학의 경우도 땀과 노력이 배가되지 않는다면 소기의 목적을 달성할 수 없는 문제와 같아진다. 한 편의 시에서도 땅에 뿌리를 내리고 햇빛을 받기도 하고 또는 비바람의 모진 고통을 감내하면서 성장했을 때, 작품은 시인의 삶과 동일한 의미를 획득하게 될 것이다.

각설하고, 여름이 오는 길에 친목단체장의 선거가 있었다. 총회의 의견에 따라 전형위원 9명을 뽑아 그 중 6명이 모씨를 회장으로 결정했으나 그를 싫어하는 외고집의 한 사람 원로에 의해 뒤집히는 망령— 이성이라거나 지성이라는 존경을 스스로 묻어버리는 촌극에서 참담한 갈등의 요소가 난무했다.(나는 한때 그의 학문적 자세를 존경했었다) 친목단체조차 「내 것」이라는 아집과 독선에서 절망을 맛보는 쓰디쓴 문단 현상이었다.

한국 시단은 비 온 뒤에 잡초밭처럼 무성한—어디서 정화작업을 시작해야 할 것인가를 총체적으로 망설이는 지경이다. 버릴 것과 유용조차 구분하기 어려운 지경의 풍경이 연출되고 —이런 현상은 매월 발표되는 문예잡지의 작품을 읽을 때 공허해지는 일에서도 대답은 마찬가지— 갈증의 시대요 기다림의 시대라는 말로 위안을 삼을 일이다.

1. 김민성 — 자기고백의 그림 그리기

인간은 머물러 있기보다는 떠나는 길을 자꾸 재촉함으로써 문제를 만들고 또 해답을 찾아 나서는 모순의 행로가 삶이라는 이름일 것이다. 물론 개성에 따라 머물고 떠나는 빈도 혹은 여파는 각기 다를 수밖에 없다. 어떤 사람은 정적이고 조용한 반면 어떤 사람은 요란하고 저돌적이고 활동적일 수 있다. 이 둘의 모델은 어느 것에 손을 들어 줄 수 없는 나름이 개성에 한하는 문제일 것이다. 시 역시 바로 시인의 개성을 어떻게 소화하여 나타내는가—마치 손의 지문처럼 자기만의 특성을 갖고 표현된다.

> 따난다는 것은/바람을 타는/낙엽이 되는 것인가//가슴을 베이며/속절없이 떨어져/훌훌 떠나는 걸음//지금 더욱 비 맞고/돌아갈 수 없는 길을/바삐 나서는 방황//매 맞듯 비를 맞고/흐느끼며 찾아가는 도정(道程)이/노을 속에 외롭기만 하다
>
> — 김민성 「떠나는 길」

'떠난 다는 것은'에서 '노을 속에 외롭기만 하다'의 시어 사이에 '바람'과 '낙엽' 그리고 '떨어져' '떠나는 걸음' '비 맞고' '길을' '방황' '비' 등의 주요 시어를 조립하면 한 사람의 인간의 경우— 젊어서 노년의 마지막 길에 나타난 외로움으로 연상을 추스린다. 1연에 '낙엽' 그리고 2연에 '걸음' 다시 3연에 '방황'과 마지막 4연에 '외롭기만 하다'의 이야기와 연결되는 줄거리가 떠나고 있는 진행형으로 이동적이면서 정적인 특성을 갖는 자기 고백— 노년의 모습을 쓸쓸하게 그리고있는 형상의 그림이다.

2. 김순아 —변화와 질서

변화하는 것은 우주의 섭리이면서 질서의 재편을 재촉하는 운동원리일 것이다. 만약 변화가 「없다면」의 가설은 질서라는 개념이 도출될 수 없을 뿐만 아니라 인간의 개념 모두가 아무런 쓸모가 없어지는 경지에 이를 것이다. 아울러 인간의 지혜로 축적된 문화조차 의미를 상실하는 지경이 될 것이다. 결국 인간이 생로병사의 과정은 우주의 질서 속에서 저마다의 의미를 획득하는 또다른 절차가 될 것이라는 뜻이다.

> 가슴에 빗금을 긋지 마라/이슬이/바람에 떠올라 구름이 되는 것도/외로움 때문이고/나무가/잎들의 비를 내리는 것도/외로움 때문이다/한 자리에 서서/그토록/오랜 세월을 견디어 왔는데/오늘 특별히 아파야 할 까닭이 있겠는가/말없는 기다림이 얼마나 큰 형벌인지/아무도말 해주지 않았지만/예정된 시간이 오면/새잎이 다시 온다는 것/노을을 받으며 드러눕는/산 그림자도 아는 일이다/혼자 그렇게/번민의 촉들을 기르지 마라
>
> — 김순아 「가시나무에게」

시인에게서 시를 운용하는 태도에는 여러 갈래가 있을 것이다. 사물과의 대면에 청유로 접근하는 태도가 있는가하면, 명령의 태도 혹은 애원 등등의 시적 표현이 있다면 김순아의 태도는 고압적인 명령의 자세로 시에 접근한다. '마라'와 '이다' '이다' '마라'의 4문장으로 이루어진 형태가 확신과 명령이라는 뜻이다. 시에 접근하는 내면 구조는 '외로움'과 '외로움'의 강조를 연결하여 세월을 견디는 자세가 아픔을 수반하면서 '기다림'이라는 순리적인 해석에 이른다. 비록 나무를 통해 인간의 경우를 유추하는 자세— 명상적이고 철학적인 접근에 사고의 층을 이루고 있는 시인이다.

3. 송미정 — 존재라는 이름의 모습

살아있기 때문에 고민이 있고, 고민은 다시 길을 만들어 표정을 연출하면서 —누군가에게 보일 수도 또 그럴 대상이 없다는 점에서 고독이라는 말은 편의상의 용어일 것이다. 인간의 생을 단순한 몇 마디의 언어로 정리한다는 것은 모순이고 또 정확한 것도 아니다. 하기사 살아있는 것 자체가 정리할 수 없는 이름—살아있기 때문이다. 송미정의 시는 대상을 객관적인 이름으로 설정하고 주관적인 판단을 내리는 형태를 취하고 있다.

> 산기슭 모퉁이를 돌아 온 햇살에/소박한 얼굴 들고 반기던 너는/바람이 흩뿌리는 아카시아 향기 속에/몸 섞어 은은하게 흐르고 있다//말없이 앉아 있는 어느 길손은/속내를 흐르는 따뜻한 눈물로/가녀린 너의 체취를 고르고 있다//은밀하게 안겨오는 너의 흔적은/가슴 가득 그리움만 살며시 담아놓고/홀로 서 있던 하얀 꽃자리로 쓸쓸히 돌아간다//바람에 살포시 고개 흔드는 너는/다가갈 수 없는 먼 기억 속에도/

초여름 무거운 별을 이고/날마다 그렇게 고독했었다

— 송미정 「찔레꽃2」

시인은 언어를 절약할 줄 알아야하고 또 반복되는 언어의 경우 의미가 있어야한다. 1연에 '너는'이 '찔레꽃'임은 누구나 아는 암시이다. 그러나 2연에 '너의' 3연에 '너의' 4연에 '너는'의 반복은 췌사贅辭일 것 같다. 아울러 종결어미 역시 '있다'와 '간다' '했었다'의 확신을 주는 서술형어미도 의미를 수반하는 것이어야 한다.

물론 시의 의미는 찔레꽃에 감동된 정서— '몸 섞어 은은하게'와 '가녀린 너의 체위'의 2연까지는 가녀린 찔레에 동화되는 암시라면 3연에서는 그리움만 남겨놓고 '쓸쓸히 돌아간다'와 '그렇게 고독했었다'의 외로움으로 상징을 삼는다. 이는 인간의 경우에 결합하면 찔레의 일생이나 인간의 일생이 공히 쓸쓸하고 고독하다는 뜻이 시인의 표현 의도로 보인다.

4. 양아림 — 공간의식의 철학

문학의 화두는 항상 인간을 바라보는 태도에 있다. 평범과 특수와의 대립을 어떻게 일반성의 원리로 표현하고 결합하는가에서 작가는 모든 생명혼을 투척한다. 여기에는 자기철학의 중심이 있어야하고 또 삶의 문제를 바라보는 통찰의 확고한 시선이 있어야 한다. 물론 인간의 문제를 성립한 이후에 표현의 길찾기는 이루어질 수 있게 된다. 이는 인간으로의 가치를 획득한 이후에 글에의 사상은 깃들게 된다는 의미이다.

바람이었을까/제대로/맞지 않는 그 대문을/삐끔이/밀고 손짓한 것은//허기진/ 호기심은/그만의/ 영토를 잠식해갔다//적막에/ 드리운 한낮의 표류//문 밖 공간이/문안 공간을/휘청,뜨락에 밀어댄다//잡초,/피어 있는 저 혼자의 꽃//햇살은/투명한 시간의/슬픔을 핥는다

— 양아림 「빈집」

시는 산문과는 달리 리듬을 갖고 있다. 리듬은 행과 연의 구분에서 나온다면 시에 행의 의미를 깨우치는 예가 한하운의 「개구리」이다. '가갸 거겨/고교 구규/그기 가//라랴 러려/로료 루류/르리 라'는 우리말의 가와 라의 연결이지만 여기에 행과 연으로 나누고 제목을 붙임으로써 시로서 살아나는 이치를 대입하면 양아림의 「빈집」에 행과 연의 문제는 숙고할 필요가 있을 것 같다.

'문 밖 공간'과 '문 안 공간'의 대립에서 밖이라는 의미와 안이라는 의미가 본질에서 '슬픔'이라는 해석으로 시인의 의식을 충전한다. 이는 '저 혼자'라는 꽃을 대입함으로써 고독한 인간의 운명이 어디에서도 위안 받을 수 없는 슬픈 공간적 존재로서의 「나」를 확인하는 시이다

시를 찾는 일과 정신가치

1. 시의 얼굴

시를 쓰는 일에는 뾰족한 방법이 없다는데 이론이 없을 것이다. 그러나 기교를 갖추는 일은 있다. 가령 시의 처음을 어떻게 시작하는 가의 여부에 따라 시 전체의 분위기를 좌우하는 경우는 허다하기 때문이다. 첫 인상이라는 것도 전체를 좌우하는 요소가 되는 이치처럼 처음의 시어가 얼마나 성공적인 매력을 가질 수 있을 것인가의 여부에 따라 시의 맛을 결정하게 되는 것은 오랜 경험에 의해 축적된 창작의 기교이다. 물론 복잡한 현대의 특성을 시로 담는다는 것은 지난至難한 일일 줄 모른다. 그러나 오히려 산문적인 정확도를 추구하는 것이 아닌 상징이나 이미지로 작업하는 시에서는 포괄적 표현미를 구축할 수 있는 여지는 오히려 넓을 수도 있다.

작금에 시단은 두 가지의 다른 평행을 느낄 수 있을 것이다. 우아하고 곱다를 추구하는 경향의 일면과 시와 산문의 경계를 무너뜨리는 적나라한 경우로 나타난다. 전자에서는 주로 전통적인 것을 추구하는 휴머니즘의 면이 강하고 후자에서는 생경生硬하고 앤티휴머니즘적이지만 아직도 더 많은 여지를 기다려야 할 것 같다. 어떻든 두 가지의 구분이 본질적으로 아름다움이나 우아함을 벗어날 수 없는 시의 한계는 표현의 영역을 얼마나 확대할 수 있을 것인가에 초점이 있게 된다. 한가지 분명한 것은 추상적이면서 모든 경계가 애매한 모습으로 소용돌이의 와중渦中에 있다는 점이다. 어떤 모습, 어떤 경향 등의 예단은 「아직」이라는 말이 적당할 것 같다.

2. 문도채의 삶의 여백 채우기

시는 영감의 조력을 받는다는 점에서 정서의 액스터시를 어떻게 경험할 수 있을 것인가의 여부에서 시의 얼굴을 대면할 수 있을 것이다. 아무리 좋은 시를 기다린들 시는 결코 모습을 나타내지 않을 뿐만 아니라 어느 순간에 바람처럼 사라지는 모습을 어떻게 포착하여 문자화할 수 있을까? 여기서 시인의 고민은 항상 현실적인 문제로 대두된다.

> 마땅히 해야 할 그런 말 한 마디 없이/비석으로 총총 들어박힌 숲속/불빛 희미한 암자에 돌부처로 앉아서 또 하루를 보낸다//노수 한 푼 없이 셔틀버슨가 하는 공수레를 타고 나간/아낙네를 기다리다 지친 시간의 아까움만큼/백화점인가 하는 그런 강도같은 괴물이 미워진다//여섯 쌍의 아들 딸 내외들과/손자 손녀들이 아무리 많은들 무슨 소용/일자리 지탱하랴. 과외공부시간 아니 놓치랴/어미 아비 챙겨 살필, 그런 겨를은커녕/그물로 얽혀 한들거린 거미줄인들 보았으랴//끝내 숨기고 살아야 할 아픔이 고개를 들기 시작한다./나 지금껏 잘난 척 목에 힘주고 살아 왔어도/이제는 못된 녀석들 보고도 모른 척/연속극이나 보면서 눈시울이나 적시곤 하는/어쩌면 죽음과 뒤엉킨 그런 오기로 살아가는 몸부림이라 해둘까.//나 기껏 밀리고 또 떠밀리어 여기까지 왔노라/상을 찌푸리고 혀를 차야 할 그런 심술로/갚아야 할 빚

한 푼 없는 홀가분한 그대로의 멋.//그 어떤 도시의 아파트 숲 사이 어디서나/그런대로 재미 붙여 살아야 하듯/즐거움이 차라리 속편해서/나 이렇게 조용히 또 하루를 보내고 있음이 대견해진다.

— 문도채 「왜 이토록 지루할까 하루가」

요설스런 시이지만 그 구조는 매우 간단하다. 나이 들어 할 일이 없는, 그리고 종착지에서 후회없는 과거를 추상追想하는 모습이 매우 담담하다. 아울러 아내가 외출한 하루의 심심함을 홀로 보내는 일과 세상사를 간섭할 수 없는—세상의 중심으로부터 일정한 거리만큼 떨어져 있는 스스로의 고독을 느끼는—후회와 아픔이 없이 일생을 돌아본다는 것은 행복한 일이라면 그런 탈속의 모습이 인간미를 느끼게 한다.

인생은 지나는 것에 불과한 일이라면 노년의 느낌은 소외와 고독이 엄습하기 마련이지만 모든 것을 순리로 받아들이는 문도채의 정서는 고담枯淡하고 투명한 삶의 스펙트럼 같다. 어떻게 다가오는 시간과 조우遭遇할 수 있는가는 인간 누구나의 숙제이기 때문이다.

2. 김재분의 물기 젖은 의식

시가 감동을 줄 수 있는 것은 짧은 긴장미에서 함축적인 의미를 다양하게 내포했을 때 인간의 심금을 자극할 수 있게 된다. 이런 시적 장치를 마련하는 것은 시인의 재능으로 귀속되는 요소일 것이다. 김재분의 시에는 감칠맛과 비유에서 나오는 등가성의 원리와 은유형태의 조합(Combining) 등이 당돌하게 병치됨으로써 신선미를 자극한다. 아울러 미래적인 예언의 몫이기보다는 과거를 회상하는 풍경이 아름답게 채색된 경치를 만나는 시적 경향이 두드러진다.

> 세상을 지나가면서/가끔씩 흐르는 강물도/위안이 되었습니다 오늘은,/가슴의 불길 식히고싶어 조용히/강가에 앉았습니다/클로버 피는 5월 뛰는 가슴도/낙엽 지는 10월의 눈물도/부드러운 강물 속으로 흘려 보냅니다 이젠/먼 길 돌아 야윈 어깨 잡아 준다면/그리움의 얼레도 풀리고, 우리가/기억하는 시편들을 나지막히 노래하며/달려 온 세월 쉬게 할 수 있다면/그제서야 슬픔이 강물이었던 시절을 생각하며/너와 나 눈물 흘리겠지……/그랬으면 좋겠습니다
>
> — 김재분 「노을 타는 강가에서」

갈증이라는 말은 대상과 하나이기를 갈망하는 염원이 우세한 심리적인 현상일 것이다. 이런 일은 과거에서 건져 올리는 의식과 미래에서 찾으려는 의식의 구분이 있지만 김재분의 경우는 과거에서—대부분 상상으로 채우는 요소들이지만— 기억의 갈증현상을 가지고 있다. 이는 추억의 파편일 수도 있지만 주로 상상으로 맞아들이는 정서들인 것 같다.

김재분의 의식은 유동적인 현상—주로 흐름을 쫓아서 시상詩想을 포착하는 정서라는 점이다. 흐르는 물에서 미지의 대상을 회상하고 또 그리워하면서 모두 강물 속으로 흘려 보내려는 체념의 요소와 '야윈 어깨 잡아준다면'의 가상적인 현상이 이루어지기를 소망하지만 그 생각은 항상 아름다움으로 채색하는 '흘리겠지'의 소극적인 현상으로 마무리된다. 그러나 이런 소원이 '그랬으면 좋겠습니다'의 집념을 갖고 있기 때문에 새로운 갈증이 유동하는 요소를 나타낼 수 있는 정적靜的인 표현미로 다가온다.

3. 강미정의 소망찾기

산다는 일은 의도를 이루려는 과정에 불과할 것이다. 설사 목적을 이루

는 경우도 있을 것이고 좌절과 슬픔을 감내하는 처지도 있을 것이다. 승리와 패배 어느 것이든 중요한 삶의 가치일 것이다. 승리는 목표 달성의 의미를 가질 것이고 실패는 다음을 기약하는 계기로서 중요한 몫을 감당 할 수 있기 때문이다. 시의 소재를 이루는 것도 결국 삶을 해석하는 일에 불과하다. 비유와 상징의 장치를 통해서 인생을 해석하는 일—시적 언어장치를 갖추는 일이기 때문이다.

> 한 번쯤 풀리고 싶어/가늘고 질긴 줄기는 끝을 찾아/손을 뻗어 허공을 감아쥔다//손끝에 쥐어오는 끝도 없는/허무의 무게로 저 먼 하늘가/꽁꽁 묶어 놓았던 전생의 슬픔들/비로 쏟아져 가닥가닥 꼬여/굵고 튼실한 줄기로 엮인다.//내려앉지 못한 슬픔들/이른 아침/푸른 꽃무더기로 감추고 허공에/송이송이 맺히는데//풀어 풀리지 않는 /세상 속 우리의 인연도/세월 따라 가늠할 수도 없는/깊은 골을 만들며/오늘도 자꾸 꼬여만 간다.
>
> — 강미정 「등나무」

곧게 올라가기보다는 꼬여서 올라가는 등나무—삶의 방법이 꼬이는 속성을 갖고 있다. 물론 이를 좋고 그름이라는 가치로 판별할 수는 없다. 속성의 차이에 따라 등나무는 등나무로 살아야 하기 때문이다. 만약 등나무가 대나무처럼 곧게 살려고 고집한다면 이는 난센스가 될 것이다. 1연에 '감아쥔다'와 2연에 '줄기로 엮인다' 그리고 3연에 '송이송이 맺히는데'와 마지막 연에 '오늘도 자꾸 꼬여만 간다'에서 등나무의 삶이 서글픔을 유추하게 된다. 아울러 1연에서는 삶의 신념을 2연에 허무에서 신념의 줄기로 3연에 꽃이 피는 일과 4연에서 인연의 얽힘이 곧 삶의 방도라는 인생의 해석에서 강미정의 의식을 삶에 대입하고 있다.

4. 강준형의 꿈 그리기

살아있기 때문에 꿈을 그리고 또 꿈을 찾는 일상이 되풀이된다. 만약에 꿈이 없다면 바위와 강물 혹은 그런 무의미에 접근하게 될 것이다. 그러나 꿈은 쉽게 또는 명료하게 이루어지는 것이 아니고 기다림과 노력 그리고 땀의 결정에 의해 순간에 이루어질 수 있을 때 소중한 의미를 갖게 된다. 시인은 꿈을 그리는 사람이기 때문에 시의 엄숙성이 깃들 수 있게 된다.

> 꿈을 간직한/작은 동굴은/나뭇가지에 붙어서 산다/질긴 네 살갗/한 번 달라붙으면/떨어질 줄 모르고/연신 두 눈을 껌벅거린다/하늘에다/무릉도원의 그림을 그리며.
>
> — 강준형 「달팽이」

사는 방법은 항상 생물의 특성을 나타낸다. 달팽이는 '작은 동굴 속에서' 꿈을 펼치고 인간은 자유의 나래를 펄럭일 때 꿈의 의미를 나타낼 수 있게 된다. '산다'와 '껌벅거린다'의 서술형어미로 마무리되는 곳까지 달팽이의 속성을 나타내고 '하늘에다/무릉도원을 그리며'에서 달팽이의 삶이 지향하는 가치의 개념을 유도해낸다. 달팽이와 인간의 꿈이 다른 것이 아니라 꿈의 가치는 어느 것에나 고귀한 의미를 부여할 수 있다는 시인의 메시지는 보편적 가치로 환치될 때 강준형의 정서는 공고한 시적 의미를 담게 된다.

시인, 살아남기

1. 시인 살아남기?

시를 쓰면 시인이고 소설을 쓰면 소설가라는 명칭은 끝까지 계속된다. 그러나 이는 단순한 명칭에 불과하고 껍질일 뿐, 내용이 없는 이름을 가진들 무슨 만족을 줄 수 있을 것인가? 다달이 양산되는 문인의 숫자는 행렬을 이루고 있지만 눈에 띄는 작품의 이름은 희소한 현상이 한국 시단의 일그러진 오늘의 표정이 아닌가. 이는 잠시의 현상이 아니고 상당한 시간동안 이런 조짐이 해소될 경향이 없다는 징후에서 어둠의 행진이 계속되고 있다. 어떻게 해야 할까?

시는 흘러 넘치고 반면에 독자는 없고, 또 다시 반복되는 시의 홍수 속에서 살아남기를 꿈꾸는, 그러나 시인들의 무기력한 현상은 계속된다. 대한민국 시인들이 모조리 한강 물에 빠져 죽어버리면 혼자 살아남을 수 있지만 그런 행운은 일어날 수 없고 또 있을 가능성도 없다. 그렇다면 시인이 살아남을 수 있는 방법은 무엇일까? 이에 대한 답안을 모르는 시인은 없다. 좋은 작품 한 편이면…… 그렇다. 한 편이면 베스트셀러의 대박이 터지는 경우도 가능하다는데 이론을 제기할 누구도 없다. 그러나 한 편을 만들지 못하는 실정 때문에 답보와 정체의 시간이 길어지고 있다.

이런 원인은 사회적인 풍토도 있을 수 있고 시인 개인의 소양으로 볼 수도 있다. 전자의 경우는 크게 중요한 문제가 아니고 문제는 전적으로 후자의 문제－시대를 바라보는 안목과 의식의 치열성과 자기연마의 의식을 통합하는 재능의 부재 —개별적 자각증상의 문제로 돌리는데서 시간을 기다려야 한다.

한국시인의 문제는 자기가 없다는 것이다. 자기를 분석하고 자기를 아는데서 문학의 출발을 기점으로 삼아야하는데도 자기를 알지 못하고 타인을 먼저 알려는 데서 자기를 잊어버리는 문제—지혜의 결핍을 직시해야 한다. 자기를 알아야 타인이 보이지만 타인을 먼저 아는척하는데서 공동의 사회를 망각하게 되고 또 모두 잃어버리는 우愚를 범하고 있다. 자기자각의 문패를 걸고 시를 대면해야 한다. 시계視界의 안개를 걷는다면 한국 시는 다른 모습을 보일 수 있을 것이다.

2. 신애성 「고향」

고향이란 말을 들으면 젖어든다. 마음이 젖어들고 그리움 그리고 추억이 젖어든다. 아울러 모성으로 지향하는 순박한 마음도 예외가 아닐 것이다. 인간의 원형으로 돌아가는 길은 항상 깊은 가슴속에 저장되어 — 겉으로 드러나는 길을 모색하면서 활개를 펴는 날을 염원한다. 신애성의 「고향」은 과거지향의 추억을 고향의 이름에 저장하고 자주 꺼내보는 시간에서 행복을 반추한다.

그곳에선 진달래 향기가 난다/들꽃 지천으로 피어나는 동산/밭이랑 푸성귀는 풋풋하게 자라고/풀벌레 사운대는 소리에/내 꿈이 엎디어 살고 있는 곳//길섶에 핀 꽃향기 따라가는/시냇물 건너 굽은 시골길// 황사 바람 거센 들녘 지나/손마디 굵은 아버지의 보리밭 둔덕,/망초꽃 가득 피어나는데/맑은 물굽이 따라 나선 길엔/우우 자란 풀숲에 석간수가 숨어 있고//황소울음 소리 사라진 들녘/풍경에 기대어 개구리 울음소리 듣는데/ 이젠 아무도 집을 짓지 않는다//길거리 가득찬 행락객 자가용만/오며 가며 길을 내고/빈집 마당 한 켠에 핀 과꽃,/아프게 피어나는 꽃들만/기다림으로/그리운 이름 찾아/성큼 고향을 그린다.

— 신애성 「고향」

고향의 이미지가 향기로 바뀌고 벌레들의 소리로 다가올 때, 어린 날들의 추억도 함께 동반한다. 꽃이나 풀꽃들의 향기와 시냇물소리가 어른이 된 시간을 난타하는 것은 곧 아늑한 풍경에서 만나는 아버지의 모습이지만 이미 그런 고향의 모습은 어디로 사라지고 쓸쓸함을 자극하는 '황사'와 행락객들의 자동차로 붐비는 변화의 서글픔— 되돌릴 수 없는 이름 앞에 당황한 시인의 자세는 숙연해진다. 시인의 쓸쓸함을 대변해 주는 '빈집 한 켠에 핀 과꽃'이 시인의 마음을 나타내는 상징으로 '기다림' '그린다'의 심회에서 과거를 찾으려하지만 이는 실제로 상상의 아픔을 수반하는 추억찾기의 모습일 뿐으로 보인다.

3. 윤향기 「생각나는 사람」

사람과의 관계는 서로 체온을 나누는데서 삶의 켜層를 높이면서 지혜를 숙성시킨다. 이는 자기를 아는 일의 단초가 될 뿐만 아니라 인간사를 만드는 시작이 된다. 이같은 시작은 바로 그리움이나 사랑 혹은 애증의 관계를 만들면서 얽히고 설킨 사람과의 관계를 성립한다. 윤향기는 오감을 동원하여 인간의 관계를 이미지화하고 있다.

> 음악을 읽다가 옥수수 빵처럼 생각나는//그림을 듣다가 하얀 파도 소리처럼 생각나는//책장을 넘기다가 노란 은행잎처럼 생각나는//사. 람. 이. 되. 고. 싶. 다.
>
> — 윤향기 「생각나는 사람」

인간에게는 다양한 감각을 수반하는 일상 앞에 선다. 미각으로 맛이 있는 사람 혹은 청각으로 들리는 깨끗한 사람이나 시각으로 밀려오는 다정한 사람 등등 많은 이미지의 동원은 곧 대상을 친밀감으로 포장하는 언어 기법일 것이다. 윤향기는 언어를 뒤집어 충격을 준다. 음악을 듣다가 아닌 '읽다가'로 바꿀 때 독자의 당황은 곧 옥수수 빵에 대한 이미지를 강화할 수 있게 된다. 이런 기교는 그림을 본다가 아닌 '듣다가'로 청각과 시각은 바꾸는 묘미에서 빵의 구수한 후각이나 파도의 청각적 의미를 더욱 돋보이게 하는 직유 ~처럼으로 은행잎과 생각나는 '사람'이 고귀하고 친밀한 관계로 엮어진다. 그러나 빵과 파도의 싱싱함과 은행잎의 색채가 어울려진 '~되고 싶다'에서 스스로에 향하는 길을 만들면서 자기고백의 형태로 시의 결과가 마무리된다.

4. 이성남 「서울 예찬」

서울이란 말에는 심장의 의미와 다양성이 복합된 도시의 이름 등이 거대한 이미지로 다가온다. 이런 징후는 모든 길이 서울로 집중되는 것으로

도 그렇고 또 깊은 역사의 숨소리가 은근하게 다가오고 또 현대적 첨단 메카니즘이 무시로 자극하는 총체적인 도시의 이미지를 뛰어넘는 개념에서도 그렇다. 서울은 대한민국이고 대한민국은 서울이기 때문이다.

> 삼각산 서슬 퍼런 정기/아낙같은 남산 보듬고/고즈넉이 피운/문화의 꽃단지//나라 빼앗긴 설움에/더욱 담금질된/민족혼/켜켜히 배어있는 탑골 공원//먼 세월 속 선사시대/한강 굽어 살피시던/암사동 마을 어르신들께/자랑하고 싶어라
>
> — 이성남 「서울 예찬」

서울은 남산을 에워싸고 전통의 숨결을 가다듬는다. 그리고 한강이라는 곤곤滾滾한 줄기가 유장하게 흐르면서 과거와 오늘이 혼재하는 속에서 맥박을 돋군다. 물론 배산임수의 뒷배경인 삼각산의 위호衛護를 받으면서 남산과 한강의 형세는 천혜의 지세— 문화의 꽃을 피웠고 또 영욕의 설움을 지내면서 민족혼을 키워왔다. 백제의 혹은 고구려의 웅혼과 섬세가 교차하면서 깊은 역사를 면면이 이어온 과거에서 오늘의 찬란한 형상을 보여주고 싶은 시인의 마음은 과거에서 오늘 그리고 미래를 예지로 다듬은 안목이 유다르다.

5. 이중삼 「섬이 된 이유」

홀로 떨어져 있다는 것은 고독이라는 말도 되고 또 인간의 숙명적인 자기로 돌아가는 길을 만들기도 한다. 섬이라는 말에서는 더욱 진한 자기의 모습을 찾게 된다. 그러나 보는 각도에 따라 그 모습은 아름다울 수 있고 또 그리움을 부추기는 역할을 할 수도 있다. 시가 갖는 재미의 일단을 만

들 수도 있는 이유에서이다.

> 풍덩/해가 바다에 빠지자/해를 건지러/산들이 바다로 달려간다/풍덩/풍덩/하나/둘/섬이 생긴다/바다에 뛰어든 산마루들이다/붉은 해야지지 마라/붉은 해야지지 마라/너를 건지러/풍덩/풍덩/산들이 더 뛰어 들겠다.
>
> — 이중삼 「섬이 된 이유」

이중삼의 시적 이미지는 매우 참신하다. 물론 고독이라거나 외로움과는 아무런 상관이 없는 재치를 발견하는 시다. 그리고 그 풍경화는 낙조의 환상미에서 한 폭의 풍경화를 대면하는 걸로 만족하게 된다. 요컨대 심각성이 없는 제시(showing)의 이름이면 된다는 뜻이다. 바다에 빠진 산들의 그림자는 아름다움을 불러오고, 해가 지는 것을 '마라'로 막고 나서 시인의 심사는 산과 바다의 조화와 해의 가세로 열리는 정경을 더 보고 싶어하는 안타까움에 재치가 담겨진 황혼의 풍경화를 그리고있기에 아름답다.

6. 정이진 「파도」

파도 앞에서 모든 물상들은 흔들린다. 물이 그렇고 바라보는 인간의 심사가 그렇다. 이는 반복되는 리듬의 연속성이 인간의 심사를 자극하는 일이지만 변화를 수용하려는 시인의 심사를 암시한다. 오는 것과 가는 것의 교차가 파도의 연속성 속에 묻히고 또 출몰하는 일을 바라보는 인간의 마음에는 상상의 여행을 떠나는 자극이 시화詩化되었다.

> 아늑하게 둘러 쌓인 산밑에 자리잡은 바다가/꼬박꼬박 하루를 졸고 있다//까맣게 잊은 지난날의 찬 바람은/고인이 되어 눈을 감고/잊을 건

> 깨끗이 잊으라며/파도는 추억마저 이내 덮어 버린다//떠나는 사람은 떠나는 대로/남은 사람은 남은 대로/제각기 쓸쓸함을 이야기 하지만/파도는 아무런 이야기를 하지 않는다//그저 밤새도록 상처가 아물기를 바라며/덮어주고 또 덮어줄 뿐
>
> — 정이진 「파도」

'졸고 있다'는 파도의 이미지는 힘이 없음이 아닐 것이다. 시인의 눈에 자극의 요소가 빠지고 정관의 자세를 유지하기 위해 시인의 의도는 휴머니즘을 내장한다.

인간이 인간을 사랑하는 것은 삶의 본질이지만 시의 표현은 언제나 낯설게 하기라는 장치를 마련한다. 다가오고 또 다가오는 일의 반복은 새로운 것을 가져온다. 이를 탐내는 인간의 심사와는 달리 파도는 모든 것을 덮어버리는 임무에 충실한다. 그렇다면 무엇이 남을 것인가? 반복성은 허무를 수반하고 모든 것을 무의 상태로 전환하게 된다. 하여 시인은 '덮어주고 덮어주는' 모성의 발동으로 휴머니즘의 깊이를 방문하는 따스함이 남고 있다.

7. 황다연 「비 내리는 날의 정황」

고대 시조는 리듬만이 중요한 시의 장치였지만 현대의 시조는 리듬과 의미를 수반해야 하기 때문에 과거와는 달라졌다. 여기서 자유시와 시조는 정형과 자유격식이라는 언어구조만이 차이가 있을 뿐이다. 이런 현상에서 현대시조가 직면한 정체성의 원인이었고 또 전통과 어떻게 연계성을 가지면서 발전할 수 있을 것인가의 가정假定이 대두된다. 그러나 길항拮抗의 태도에서 새로운 이름이 탄생한다는 사실을 대입하면 시조의 운명은 전환의

시기가 아닐까?

> 세찬비가 독기도 없이 유리창을 계속 때린다/흰 레스 덮개를 한 피아노의 묵연함이/가슴에 무수한 얘기 삭혀온 너의 모습 닮았다// 굵은 감성의 빗방울 내면으로 이끌어/그 어느 한마음을 건반인 듯 두드리면/저녁새 날아오르는 갈대밭 부를 것 같은,//어진 슬픔을 형용한 삶의 몸살 어딘가에/미닫이 창문에 어리는 안개의 몸짓 실릴 때면/참으로 말할 수 없는 아픔 얘기할 수 없는 것일까//수묵빛 정서의 중심에 풀꽃으로 흔들리면서/고독도 알지 못하는 그런 곳에 머물러도/은은한 찻잔의 온도같은 이 그리움 무엇일까.
>
> —황다연 「비내리는 날의 정황」

비와 인간의 아픔이 유리창으로 다가든다. 그런 반복성 속에서 아픔을 감추고 일상을 지내는 파노라마가 안개 속으로 지나가고 그리움의 이름이 새롭게 빗방울 속에서 싹을 틔운다. 이런 감수성은 시인이 간직한 의도를 감추면서 드러내는 정서의 순수함으로 보일 때, 독자에 머무는 감동의 이름도 커진다. 황다연의 시조에는 물기가 있고, 깊이가 있기 때문에 둔중하면서도 산뜻한 묘미를 나타낸다. 이는 기교를 감추고 기교를 드러내는 비오는 날의 풍경화를 제작하는 데서도 그런 인상을 깊게 남기고 있다.

동일성과 시적 의도意圖 그리기

1. 시와 의도

시를 쓰는 이유가 무엇인가? 만약 시인에게 이런 질문을 던졌다면 그 대답은 무엇일까? 아마도 여러 대답이 도출되겠지만 본질적으로 시적 대상과 일체화를 위한 몫으로 돌아갈 것이다. 왜냐하면 시인에게 시를 쓸 수 있는 대상은 천지현황天地玄黃의 우주를 색채로 표현하는 일에서 인간사의 모든 것이 시로 환치할 수 있는 이름이기 때문이다. 하늘의 별과 시인이 하나가되거나, 지상의 작은 풀 한 포기와 시인이 하나가 되려는 표현의 일체성은 시인이 시를 쓰는 본질에 이르는 대답일 것이다. 결국 시인은 자연과 어떻게 동화될 수 있을까를 궁리하는 통합자의 임무를 수행하기 위해 시를 선택한 것이다. 그 방법은 시인의 삶이나 생각의 차이에 따라 다를 수 있지만 본질에서는 비슷한 의도를 갖는다.

시가 문학 장르의 앞자리에서 내려올 줄 모르는 것도 이런 광범위한 문제를 하나로 통합할 수 있는 표현의 대상이기 때문일 것이다. 시의 영역은 이점에서 철학을 위시해서 자잘한 일상사로 귀결이 될 것이다.

2. 송문정의 「달맞이꽃」

월견초, 금달맞이꽃, 월하향, 야래향, 산지마의 이름을 가진 남미의 칠레가 원산인 귀화식물— 달맞이꽃은 산과 들녘이나 길가의 풀숲에 노란 꽃의 자태를 나타내는 이름으로 달과 꽃의 두 개념이 부드럽고 가냘픈 이미지로 뇌리를 채운다. 달의 부드러움과 꽃의 순결함이 시적인 의도를 생산하게 된다. 이름은 그 이름에 맞는 속성이 자리잡는 이치는 이 경우에도 예외가 아닐 것이다.

송문정의 「달맞이 꽃」은 시인의 표현의도와 대상이 하나로 결합하여 아름다움은 연출하는 의식의 풍경화와 같다.

> 내 마음 넓이보다 더/생각하고/내 눈의 깊이 보다 더/사랑했지요, 그대를//노을 진 허공을 세워/추억을 송출하기 시작합니다/(주파수가 잡혀질지 잘 모르겠지만)/어차피, 나에겐 침묵의/언어밖에 없으니까요//조용히 눈물이고 싶을 때/마음 근처에/기척 없이 서성이는 나를/기억하세요, 그대
>
> — 송문정 「달맞이 꽃」

꽃과 달맞이라는 행위가 결합하여 고유명사로 나타난 달맞이꽃, 정적靜的이고 은근미를 자극하는 이미지를 남긴다. 이런 현상이 '그대'라는 미지의 그리움과 결합할 때. 환상미를 자극하는 감수성으로 다가온다. '더 생각하고' '사랑했지요'의 대상이 '그대'라는 이름으로 초점이 모아질 때—나는 적극적이기보다는 소극적인 상태로 그대가 찾아주기를 바라는 모습으로 나타난다. '침묵의 언어'나 '기척없이 서성이는'의 행위가 '달맞이꽃'=

'그대'에게로 향하는 상상이 먼 날의 추억이거나, 추억의 강을 사이에 둔 젊은 날의 이름에서 건져 올린 감춰진 이미지를 떠올리게 한다. 그만큼 시적으로 성공한 비유가 돋보이는 「달맞이 꽃」의 묘미이다.

3. 문혜숙의 「기다림」

시가 현실을 수용하면 상징의 옷을 입어야하고, 추상적인 감수성을 표현하려면 비유의 단단한 기교를 담아야 한다. 이 모든 일은 탄력을 언어에 내장했을 때, 의미의 여백은 넓이를 갖게 되기 때문이다.

기다림이란 생명체가 무언가 이루어지기를 소망하는 뜻을 담을 때, 안타까움을 남기면서 그리움의 거리를 좁히려는 의지를 담게 된다. 왜냐하면 살아있기 때문에 변화를 지향하는 의도의 일환으로 나타난 정서일 것이라면, 인간은 미지의 세계로 항상 문을 열어놓고 변화를 기다리는 심성을 내장하고 있기 때문이다.

> 봄이 왔으면 좋겠네/겨우내/숨소리만 남기고/죽은 듯이 누워있던 이들을 위하여/봄이 왔으면 좋겠네//험한 세상/서걱이는 영혼을 뒤척이며/하나씩 펼쳐보는 시린 기억들//지울 수 없는/상흔의 나이테를 세며/천근의 추를 달고/한 계절을 앓다가//내가 죽고/네가 죽어/새롭게 태어나는 삶이/연초록 달로 뜨는/봄이 오고//비단 바람으로/연분홍 꽃잎 날리며/까치 한 마리 울었으면 좋겠네
>
> — 문혜숙 「기다림」

미지의 세계로 통하는 문은 열려있지만 무엇을 지향하는 가는 인간의 특성에 따라 다르게 연상된다. 어떤 환경에서 살았는가 혹은 어떤 일을 하고 싶어하는가의 심성에 따라 기다림을 실현시키는 방도는 다르다. 사랑을

기다리는, 혹은 성공을 기다리는, 등등의 창문—시인의 경우는 '……좋겠네'를 1연에 두 번 반복하고 마지막에 다시 놓음으로 수미쌍관의 기법에 그 내용— 죽음에서 소생, 2연에는 '험한 세상'에서 소생을, 다시 3연에 계절에서 맞는 고달픔을, 이어 4연에 '봄이 오고' 마지막 5연에 꽃잎 날리는 봄에 '까치울음'으로 즐거움이 떠오르는 시의 구성요인들에서 봄에서 다시 살아나는 생명의 환희를 노래한다. 그러나 3연의 의미는 무슨 필요인지 —없어도 되는 부분을 과감히 삭제— 버리기 연습은 시인의 길에서 맞는 가장 중요한 언어운용일 것 같다.

4. 윤주은 「언약」

시인은 자신의 소망을 객관적으로 표현을 획득하는데서 보편성을 가져야 한다. 보편성이란 시간을 넘어가는 구체적인 뜻일 때, 작품의 성공을 위한 시의 전제가 된다. 그러나 추상적인 관념을 시의 소재로 할 경우 역시 무질서의 함정에 빠질 개연성은 충분하다. 이를 어떻게 극복하는가는 시의 성공에 지름길이 된다. 약속이나 사랑 혹은 그리움 등의 시어에서는 막연한 이미지를 부추기게되는 것은 이런 현상이다.

> 햇살이 모여드는 뜨락/선량한 미소처럼 펼쳐지는 꽃잎들/그 안에 빛의 속도로/스쳐가는 만남의 찰나/한 점 빛나는 보석으로 맺혀/그대의 어깨 위에 머무는 기품이 될지니/멈추지 않는 보석의 생명처럼
>
> — 윤주은 「언약」

시의 의미를 만들기 위해서는 우선 재료로서의 구성요소를 어떻게 배열하고 선택하는가는 분위기 조성에 매우 주요한 요소이다. 시는 분위기를

어떻게 조립하는가의 이미지 성향에 지대한 영향을 가질 수 있기 때문이다.

'햇살의 뜨락' 그리고 '미소', '꽃잎들', '빛', '보석' 등의 시어는 환경을 이루는 시어들로 '밝고' 꽃이 있는 공간에 「그대」라는 절대의 이미지를 놓으려 한다. 빛나는 보석과 생명이 그대에게로 향하는 의미로 모아들 때, 그대의 이름은 빛나는 기품의 그대로 집약된다.

5. 최창렬 「강」

자연은 곧 인간이고 인간은 다시 자연에서 생명을 연장하기 때문에 인간과 자연은 분리할 수 없는 상관으로 시의 대상이 된다. 시인마다 그 자신의 표현에 일정한 주요 관심을 보이는 부분이 있기 마련이라면, 추상적인 물상을 대상으로 삼는 시인도 있고 또 자연을 대상으로 삼는 관심이 표현의 중심을 이루는 경우 등등, 시인의 성품과 기질 등에 따라 수로를 달리한다. 최창렬은 자연을 인간의 이미지로 결합하는 특성이 있는 것 같다.

> 몇 천만년을 누운 채로/그리고/침묵으로 아픔 흘려 보내는/강이여//가슴이 답답할 때/原始의 너를 보고 있으면/미친 바람 몰아내고/푸른 바람 불어와/좋아라//너처럼/살고 싶어라//한강 고수부지를/혼자 걸으며/지는 저녁 해를/모처럼 보다/강을 보다/나를 보다/작은 바람에도/몸을 흔들어야 한다.
>
> — 최창렬 「강」

강은 오래 전이나 지금이나 말없는 무변화의 대상이지만, 살아있는 인간의 의식에 의해 생명을 얻어 살아나는 이름이 된다. 이는 동화同化하는 결합에서 강이 시인의 의식을 깨우는 역할—물활적인 생명체로 나타난다.

2연에서 푸른 바람에 의해 강이 '좋아라'의 상태로 3연에서 '너처럼'살고 싶은 교훈을 배우는 대상과의 일체감이 마지막에 오면 한강과 시인이 하나로 결합하여 흔들리는 이름으로 남는, 동일성의 범주 속에 만족을 이루게 된다. ◉

시의 나라의 주인을 위하여

1. 주인이기를 위해

시는 명예와 권력 혹은 돈이라는 이름과는 인연이 없다는 것은 특별한 말은 아니다. 그러나 무슨 이유로 시를 쓰고 좋아하는가를 젊은 날엔 모른다. 그것도 30대나 40대에서조차 잘은 모른다. 인생의 의미를 아는—황혼과 햇살의 의미를 아는 나이쯤이면 시의 필요는 다가온다. 물론 필요성과 시는 따로 존재하는 것은 아니다. 시는 필요가 있어 부르는 대상이 아니라 찾아 스미듯 심성의 내부로부터 발걸음을 옮겨 찾아가게 되는 이름이기 때문이다.

애매하다. 그처럼 시의 이름은 애매하다. 그러나 시는 결코 애매한 바람의 옷을 입고있는 예쁜 여인같은 비유만은 아니다. 때로 명료하고, 결단을 위해 고개를 들고, 앞으로 진격을 위해 냉철한 신념을 앞세운 다면성의 얼굴을 감추고 있으면서도, 사랑의 속삭임을 간직한 시는 인간의 모든 일을 간섭하지만 자유의 속성을 갖고 있다. 또한 주인이 없는 나라에 시는 미아가 아니다. 누구나의 가슴에 간직된 그리고 때로 찾아가 위로를 받을 수 있는 이름이 시의 나라의 특성이다. 담벼락이 없고 철조망이 없는— 어느 때나 어느 시간에서나 시의 이름은 산재한다. 필요를 갈망하는 인간에게는 항상 시의 이름은 남게 된다는 뜻이다. 주인이기를 원하는 것은 명확한 의식이 있어야한다. 의타적인 것이 아니라 자발성의 의도에 의해 시는 이름을 쓸 수 있기 때문이다.

2. 시의 나라를 찾는 길

1) 김경수의 「과로시대」

언어는 무엇인가? 국어사전에 어머니는 '나를 낳아준 여성'이라 되어있다. 어딘가 낯설다는 느낌을 준다. 그러나 시에 어머니의 모습은 사랑이거나 따스함 그리고 자애慈愛의 표상을 떠올리는 연상작용이 어머니의 뉘앙스다. 아마도 시의 표현과 사전적인 의미는 간격이 너무 넓다는 점에서 시의 특성을 짐작할 것이다. 그러나 시적 표현의 어머니에서 친근감을 줄 수 있다면 사전적인 정의는 체온이 없는 언어에 불과할 것이다.

> 가혹한 입이여/그대의 무정한 짓/이 사람에서 저 사람으로/이 말에서 저 말로 옮아가는/연민의 가슴에/흉터 없는 상처를 주고/네 진실한 양심마저 바꾸는/한구석이 모자라는/믿지 못할 거짓말투성이의/빈말들이여.
>
> —「과로시대」

언어는 인간의 영혼이 깃들어 있고 또 지시적인 기능을 다할 때, 인간만의 문화를 창출하는 동력이 되었다. 그러나 말의 홍수, 말의 파괴, 말의 피흘림 등 언어는 격식을 잃어버린 미아로 떠돌고 있다. 절제와 이성과 격식이 일탈逸脫된 방황을 '과로시대'라는 말에 합당성을 갖는다. 책임 없는 언어 그리고 버리듯 뱉아 내는 말의 폭포는 흉터와 상처를 주고 양식을 팔아먹는 도구일 뿐만 아니라 '거짓말투성이'의 얼룩진 오명에 언어는 피곤하다. 이런 증거는 인터넷에서 횡행하는 언어의 실상에서 더욱 참담한 현상으로 나타나고 있다. '상처', '흉터', '거짓말투성이' 그리고 '빈말'의 표현처럼……

2) 김병식 「나 이대로」

자연스럽다는 것에는 천의무봉天衣無縫의 꾸밈이 없을 때, 순수한 미적 가치를 생산한다. 하물며 길바닥에 돌멩이에 이르기까지 '그대로' 있을 때, 조화의 아름다움을 연상할 수 있다면 인공미는 결국 자연의 미를 파괴하는 일에 다름이 아닐 것이다. 예술의 세계는 인공미를 자연의 미로 환치換置할 때, 순수미를 생산할 수 있을 것이다. 김병식이 「나 이대로」의 강조는 꾸밈이 없을 때 삶의 가치를 연상할 수 있는 이미지로 다가든다.

> 내게 화려한 치장을 원하지 말게나/세상 온통 치장꺼리 뿐 이라선가/나 이대로가 좋으이//허물치도 말게나/이대로 왔으니 넉넉한 마음 하나 벗삼아/꾸밈없이 살다가/이대로 가려네
>
> — 「나 이대로」

꾸미는 것에의 부자연스러움과 이대로의 상태는 대립적인 연관을 갖는다. 화려한 치장의 아름다움을 벗고 순수를 찾아 나서는 김병식의 마음은 거추장스러운 꾸밈의 높이보다는 「있음」의 상태를 지속하려는 감정을 나타낸다. 이는 인간의 복잡한 제도의 틀보다는 자유라는 이념에서 삶의 가

치를 추구하려는 발상이고 포괄의 감수성을 보여준다. 순박성을 '꾸밈없이 살다가/이대로 가려네'는 시인의 순박한 마음을 표백한 이미지의 표현이다.

3) 김안나 「그리움은 사랑이라는 것을」

인간의 감정은 항상 유동적 현상 때문에 감정을 조절하는 이성과 감성의 대립이 남게 된다. 이런 현상은 기쁨과 즐거움 혹은 증오의 갈래를 만들면서 삶의 가로와 세로의 무늬를 직조織造하게 된다. 이런 와중에 인간을 사랑하고 또 그리워하는 일은 아름다움의 가치에 상승하는 인간의 인연을 만들게 될 것이다. 그리움은 부족을 찾아 메우고 싶은 인간의 마음이기에 감정의 문을 열고 미지未知의 공간으로 길을 만들게 된다.

> 미움을 꺼내 풀어놓으면/잊을 수 있을까/밤새워 풀어놓아도/고개 한끝 세우는 그리움//추억을 태우면/잊을 수 있을까/활활 흔적없이 태워도/재가 되어/달라붙는 그리움//사랑하기에 떠난다는 것이/말같이 쉬운 게 아니라는 것을/새파랗게 질식되어 가는 임종 앞에서/마지막 유언을 들었다//그리움은 사랑의 천형天刑이라는 것을
>
> —「그리움은 사랑이라는 것을」

그리움은 부족함이 있을 때, 문을 열어놓은 지향志向의 공간이기에 기다림과 애달픔을 수반하면서 채우려는 갈증이 따라붙는다. '잊을 수 있을까'로부터 '밤새워 풀어놓아도'의 감정은 깨끗하고 아름다운 정서의 개념이다. 더구나 이런 감정을 지속하기 위해 '태워도'와 '달라붙는'의 끈질김은 사랑의 감정으로의 전이를 뜻하기 때문에 잊을 수 없는 정서로 바꾸어진다. 이런 애절함은 '유언' '마지막' 과 '천형'의 극한적인 시어를 동원하여 사랑의 깊이

가 그리움과 어떻게 연결되었는가를 실감하는 이미지로 남는다.

4) 송미정 「철새」

떠나는 것과 다가오는 사이에는 미묘한 감정의 흐름이 있다. 삶이란 이름도 결국 떠남과 만남의 사이를 왕래하는 도정道程이고 또 그런 사이를 지나는 여행일 것이다. 물론 그 여행의 종착지는 어딘가 정해진 장소가 없다. 다만 현실을 살아가는 사람에 의해 내일의 길이 있다면 무작정 길을 가는 나그네의 서글픈 운명의 철새와 다름이 없다는 현상을 수용해야만 한다.

> 겨울이 흐르는 강물 위에/기다림을 안은/철새무리가 있습니다//무모한 날갯짓으로 노을을 흔든다/고개를 떨구며/하루를 접는//강 건너 붉어진 하늘에/돌아갈 길을 물어보지만/겨울은 아직 길어//강줄기를 거슬러 올 누구도 없는데/여울목에서 서성이던 바람이/철새의 시간을 밀며/스스로 강물이 됩니다
>
> —「철새」

시의 공간적인 배경은 쓸쓸한 겨울과 철새의 이미지가 아픔처럼 잔상殘像을 남긴다. 물론 이런 배경의 이면에는 시적 화자의 인생에 대한 태도—'고개를 떨구며'와 '돌아갈 길을 물어보지만' 또는 '누구도 없는데'가 철새와 인간의 상관을 오버랩할 때, '서성이던 바람'과 '철새'의 유동이미지가 '스스로 강물이 됩니다'의 처연한 정경으로 마무리된다.

시인은 인간을 해석한다. 물론 인간을 보여줌으로써 인간의 문제를 제기하는 절차를 설명하지 않고 장면을 보여줄 때, 독자의 뇌리엔 다양한 생각을 축적하고 해석하는 길을 열어주는 데 시인의 임무가 주어질 것이기

에—삶의 여백은 다양성을 확보하게 된다. 「철새」는 미흡하지만 그런 연상을 자극한다.

5) 임영봉 「산을 오른다는 일」

오르는 것과 내려가는 일은 다르다. 그러나 사람의 궤적軌跡에 오르고 내림은 아무런 의미를 갖지 않는다. 다만 삶의 가파른 길이 있고, 그 길을 결코 벗어나서는 안된다는 일이 있게 된다. 임영봉의 시에는 그런 전달이 번뜩인다. 삶과 죽음이라는 구분이나 산을 오르는 것과 내려가는 일의 구분은 언제나 슬픔과 고독 그리고 처절한 대결의 몸짓이 축적된 삶의 공간을 뜻하기 때문이다.

> 오, 그랬었구나,/한 걸음을 보태어 오르지만/내려올 일은 훨씬 더 어렵구나/오르다 죽는 일은 서럽지만/우리들 삶에서 귀하고/모든 죽음은 저 아래/깊은 곳에 가라앉아 죽는 것을/기다리고 있었구나,/그들은 단 한 번 볼 수 있었구나/누구도 안부를 묻지 못한 채/산을 오르다가 불현듯/하산의 길을 느낄 때/불쑥 주먹을 내밀어 눈앞에 오는/무서운 얼굴, 형식이 없는 얼굴
>
> —「산을 오른다는 일」

시의 모두冒頭에 감탄사를 동원하여 '그랬었구나'의 암시는 새삼스러운 발상이 아니라 오히려 다음 의미를 강조하기 위한 충격의 장치와 같다. '오르는 것'의 어려움을 접고 '내려올 일'도 어려운 일이지만 오히려 죽음의 깊은 곳은 항상 오르는 곳이 아니라 내려가는 길에 심연을 방문해야만 하기 때문이다. 시인은 이런 하강의 슬픔을 죽음과 교묘한 결합을 시도함으로써 산을 오르는 고통보다 더 깊은 의미의 죽음을 연상하는 더불 이미

지의 구사가 신선감을 장악할 때, 시가 이미지로 의미를 만든다는 원리에 충실함의 대답을 듣는 것 같다. ◉

할 말이 많은 시들

1.

문학의 언어는 일상의 언어와 다르다는 기본 상식은 시의 경우 가장 극명한 일이다. 더구나 언어로 그림을 그리는 일이 시의 중요한 덕목이라는 조건에서 언어 장치가 여타 산문과는 유다른 조건을 충족해야 하기 때문이다. 그러나 시의 이름 앞에 설명과 진술 그리고 지리한 자기표현의 함정에서 허우적이는 현상은 시가 아니라 넋두리라는 점에서 초라할 수밖에 없다면 대부분의 지면紙面을 채우고 있는 시들은 초라의 정도를 넘어 목불인견이다.

시는 이미지와 이미지의 결합에 의해 마음의 그림을 그리는 일이지 문자로 설명하는 것이 아니라는 말은 어느 시론서에서나 접할 수 있는 말들이다. 그러나 지난 ≪월간문학≫ 5월호에 실린 44명의 시인들이 쓴 80여 편의 작품에는 지리한 자기만의 고백이나 묘사 혹은 편집적인 설명의 행보가 왜 그리 많은가? 의식을 이미지로 건져 올린 시들이 아니라 오히려

의식을 풀어서 혼합한 아우성을 접하는 당혹감이 앞선다. 이런 원인은 두 가지의 문제를 내포하고 있는 것 같다. 첫째는 시의 속성을 모르고 비교적 짧은 분량의 글(시가 아닌)에 행과 연을 끊어서 시라는 이름으로 포장하는 요설饒舌이라면 이의 원인은 잡지자유화 이후 나타난 잡초시인들의 행렬과 무관하지 않고, 두 번째의 원인은 언어의 탄력감이나 응축적인 시의 장치를 외면하는 속성파악의 무지한 경우도 드러난다. 이런 현상이 만연한 것은 긴장감 없는 시에 대한 태도의 문제일 것이다. 자기투척의 고뇌와 긴장이 없는 시들의 시발始發은 일찍이 80년대의 대 사회적인 목청과 아우성에서 한국시는 한 발짝도 앞으로 나가지 못하는 나른한 표정들의 연출이 이어지고 있기 때문이다.

2.

인간이 살아가는 일에 해답을 찾는 일은 항상 도로徒勞에 머물지라도 해답을 찾아 새로운 가락을 새우는 것이 삶의 문제라면 시인은 이런 일에 헌신하는 것도 아름다움일 것이다. 정공채의 「그림자」엔 지나온 것들과 조우하려는 허망의 심사가 들어있다.

> 항구는 멀다 파도위에서//하얀 세월은 푸르지않고/뒤돌아 푸르지않고 하얗게 가고//갈대는 하도 그리움에 내내/손짓을 해도 하구를 못 떠나도//傳言은 멀다 포말위에서//하얀 세월은 푸르지않고/항구는 다시 멀다
>
> — 정공채 「그림자」

'그림자'라는 시어에서 실체와 현실에의 생동감을 발견하기보다는 과거

로의 길을 넓히는 상념이 지배적인 이유는 '파도 위에서' 흔들림의 이미지—안정감을 찾기 위한 의도가 유장한 내포의 '하얀 세월'의 이미지에 '푸르지 않고'와 대칭을 만들면서, '파도'의 의미가 고통 혹은 아픔의 삶이라는 암시로 돌출된다. 이런 형상은 마지막에 안식의 개념을 뜻하는 '항구'가 다시 멀다는 점에서 '파도 위에서'나 '푸르지 않고'와 '하구를 못 떠나도' 혹은 '다시 멀다'의 부정적인 이미지와 항구의 관계가 삶의 형태로 오버랩 될 때, '항구'를 찾아가는 고달픔의 현상이 드러난다. 나이의 깊음에서 오는 허무의 길이 넓다는 징후로 보인다.

한 시인의 족적을 추적하노라면 나이와 시적 토운과는 밀접한 상관성을 발견하게 된다. 가령 어둠이라는 의미조차도 젊은 날의 꿈을 잉태하는 개념과는 다른 상징을 뜻하게 된다. 상징의 폭이 넓어지는 이유가 내재한다는 점이다.

> 어둠은 젖어서/천천히 오지만//찾아오기 좋은/어둠이 따로 있다//죽기 전에/한 번만 만나자는//기다리기 좋은/어둠이//어딘가/어딘가//따로/있다
>
> — 박정희 「봄밤」

아마도 찾아오기 좋은 어둠은 천천히 그리고 매우 자연스레 찾아오는—물이 스미듯 시인의 의식을 적시는 그런 어둠 같다. 일상적인 어둠이기보다는 일생과 마주서는 마치 '죽기 전에 한 번 만나자는'의 암시는 미구에 도착할 손님을 기다리는 담담한 모습이 수채화처럼 선연한, 시인의 모습이 다가온다.

채우는 일과 비우는 일은 물리학의 예를 대입하면 같다. 마치 동그라미를 돌리는 일처럼 시작과 끝의 구분이라는 것도 궁극에 이르면 아무런 의미를 부여할 수 없는 일이기 때문이다. 그러나 인간사는 하찮은 일을 구분

하고 경계를 지우는 일로 의미를 삼으면서, 큰그릇에는 큰 것만큼의 용량이 담기고, 작은 것에는 작은 만큼의 변화가 남게 된다.

> 우리집 식탁에는/밥그릇이 하나 있다/밥을 담으면 밥그릇이 되고/국을 담으면 국그릇이 되는/아침에 먹으면 아침밥 그릇이 되고/아버지와 아들이 먹으면 … (중략) … 그런 그릇 저런 그릇 중에서/아하 큰 얼굴이 되고 싶다
>
> — 원영동 「큰 그릇」에서

작은 그릇이 큰그릇의 역할을 하면 그 그릇의 소용은 의미를 갖지 못한다. 그러나 그릇 자체는 그릇으로의 소용所用이 있지만 스스로를 알고 작은 것과 큰 것의 위치를 파악할 때 —이런 교훈은 결국 작은 것이 큰 흉내를 낼 때, 슬픔의 길을 열게 된다면 시인은 '아하 큰그릇이 되고 싶다'의 바램은 큰그릇의 상징, 큰 얼굴을 기다리는 속내를 시화詩化한 느낌이다.

동화한다는 것은 대상과 시인과 육화肉化되는 것을 뜻한다. 시인이 시를 쓰는 이유는 동화라는 점에서 일체화를 뜻한다. 감동이란 요소도 하나로 일체화할 때, 나타나는 정서의 일종일 것이다.

> 초록 여름 산이 깊다/구름 겹으로 푸른 강물/산발치에 노오란 원추리꽃/원추리 옆으로 다가설까 망설이는데/먼저 바람이 지나갔다/원추리꽃 머리위로 기웃거리는/산사나무 가지사이로/더 노오랗게 핀 원추리꽃/우리는 모두 노오랗게 물들었다
>
> — 양채영 「원추리꽃 핀 자리」

동화의 근거를 제공하는 시어는 '산이 깊다'와 '푸른 강물' 때문에 원추리꽃의 노오란 아름다움을 발견하는 빌미를 제공한다. 그러나 시적 화자는 '옆으로 다가설까 망설이는데'에서 의문과 주저가 '바람이 지나갔다'는 사실을 발견하고 주저없이 노란 원추리꽃의 발견에 희열을 감지하게 된다.

원추리와 시인의 동화를 이루는 극치의 경지— '우리는 모두 노오랗게'의 완만한 뉘앙스는 '노오랗게'의 긴 호흡에서 발견되는 생의 기쁨이 시인만의 발견이 아닌 것 같다.

가는 것과 오는 것 혹은 빈 것과 채우는 것, 아니면 큰 것이나 작은 것들의 구분은 인간만이 발견한 철학적인 의미일 것이다. 그러나 일상은 이런 작고 사소한 일에 가치를 부여하면서 삶을 이끌어 간다. 길을 가는 존재로서의 인간은 곧 내일의 또 다른 의미를 부여하기 때문에 그 이면에는 가치를 간직하게 된다.

> 꼭 그래야 한다면 가자./지향도 생각도 없이/꼭 그래야 한다면 가자/어디로 가는 것인지/어디를 왜 가는 것인지 알지 못한다./알지도 못하며 약속한 일도 없지만/꼭 그래야 한다면 가자/木果 나무보다 노란 달빛을 그리워하며/그래도 꼭 그래야 한다면/어디론가 가자
>
> — 채규판 「서둘러 가야 한다면」

가치의 문제는 상대적일 때 균형을 갖는다. 아마도 시인의 사고 속에는 자기만의 의식— 독선적인 기준자를 갖지 않고 상대적인 감각으로 사물을 바라보는 것 때문에 대상과 동화되려는 의식을 앞세워 '꼭 그래야 한다면'의 가정에 동의하는 사고의 폭에 일방성을 넘어 자유로워진다.

사는 일은 자기만의 길이 있고 또 숙명적인 길이 있다면 시인은 후자 쪽의 명령에 따르려는 생각을 갖고 있기 때문에 그런 순리의 길을 외면하지 않으려 한다. 운명이거나 숙명이라는 정해진 길을 외면하지 않고 순리의 길을 선택하는 자세는 달관의 삶이라야 한다면, 시인의 생각은 일상의 그리움을 동반하면서 숙명의 그림자와 동행하려는— 넓은 마음의 원숙한 생의 중심에 있는 느낌이다. 모든 것을 받아들이는 마음은 생의 의미를 터득한 자이어야 하기 때문이다. ◉

시를 쓰는 이유와 정신

1.

세상에는 이유가 있어 존재를 이끌어 가는 의미와, 그렇지 않는 무의미가 있다. 물론 의미와 무의미라는 말도 필요에 따른 하찮은 일이지만— 전자는 목표라는 말이고 후자는 추수追隨 혹은 무작정 따라가는 것과 같다면, 목적성과 앞사람만을 따라가는 무목적성의 차이로 나눌 수 있을 것이다.

시를 쓰는 일은 목적성—확고한 목적하에 글을 쓰는 일이고 이를 시적인 의도라는 말로 대치할 수 있을 것이다. 목적이란 일정한 길을 빈틈 없이 가기 위한 설계도를 필요로 한다. 만약에 설계없이 집을 짓는다면 그 예상은 매우 불안해질 것이다. 시는 이렇게 설계 혹은 의도와 주제를 가져야만 빛나는 이름이 될 수 있다. 그러나 대부분의 시들에는 뒷사람 따라가기 혹은 치열한 자기투척의 에너지가 없이 무사안일의 설교, 혹은 넋두리가 주류를 이루고있다는 점이다. 이는 습작의 준비기간이 없이 어느 날 시인이라는 모자를 쓰고 장인匠人 행세를 감행하는 모습과 다름이 없다. 요컨대 발표매체의 잡지에 시 같은 시가 아니라 넋두리요 잡담을 시로 읽어야 하는 현상을 감내해야 하기 때문이다. 한하운의 「개구리」에 '가갸거겨/고교구규/그기가//라랴러려/로료루류/르리라'를 평면으로 읽으면 가자줄과 라자줄이지만 행과 연을 끊으면 리듬이 생기고 「개구리」라 제목을 붙이면 시가 된다. 일상에서 시가 될 수 있는 것과 시가 안되는 이유를 아는 것은 어려운 일이 아니라 시에 대한 약간의 공부만으로도 최소한의 시인 자격을 얻을 수 있지만 —시에 대한 공부부족 그리고 습작이나 타인의 작품을 읽지 않는 현상이 한국시의 질 낮은 현상과 상관이 없을까?

2. 김성일 「입춘」

시는 외연과 내포의 두 가지 의미에서 외연은 일반적이고 사전적인 의미를 갖는다. 이는 고정적이고 한정된 의미로 시의 입장은 랑그(lange)가 아닌 파롤(parole)로 시인의 재능을 발휘—시인의 특별한 의미를 표현할 수 있는 창조성의 기회가 있다. 「입춘」의 24절기라는 사전적인 의미의 외연에서 내포(connotation)의 창조적인 의미는 시인의 재능이 된다는 뜻이다.

> 이제는 끄집어내야 한다/안에서만 놀았어/그래 밖으로, 밖으로/그리고 터뜨려야 해/터뜨려야만 돼//그래야만./어둡던 세상이/밝아지는 거야
>
> — 김성일 「입춘」

입춘의 외연은 겨울이 가고 봄이 오는 새로운 절기의 시작을 의미하는 지적 유추를 대입하면 입춘의 의미는 겨울의 어둠—모든 것이 내장된 어둠에서 놀았던 지리함을 벗고 봄날의 화려한 의미로 나와야 한다는 간명

한 암시를 내장하는 파롤의 여백을 갖고 있다. 또한 어둠이라는 절박한 상황에서 평화 혹은 행복의 날을 맞이하려는 의도의 또다른 여백을 뜻할 때 시의 손짓은 화려해진다.

3. 김진광 「소싸움」

시는 사물을 새로운 눈으로 바라보는 여백의 예술이다. 물론 있음이 실재가 아닌 방법으로 변용할 때 시인의 경험은 많은 상상력의 발상을 필요로 한다. 레비 스트로스의 "시는 언어를 초월한다"는 말도 일상언어에 가해진 조직적 폭력— 비유에서 이질성을 강조할 때, 비틀린 언어로서의 시어를 뜻한다. 왜곡이거나 의미의 변질이 아니라 의미의 확장을 위해서는 이질성의 폭력적인 비유가 시의 신선감을 준다는 뜻이다.

> 높은 곳에 올라 산맥을 보라/잘 생긴 황소들의 등이 보인다/주인이 소 고삐를 잡고 마주 서면/커다란 순한 두 눈이/갑자기 흰자위가 넓어진다/고개를 아래로 숙이고/뜨거운 콧김을 내뿜으며/앞발로 흙을 차올리며/머리를 맞대면/지구의 남극이나 북극/커다란 빙산이 부딪히는 소리/팽팽하다가 밀다가 밀리다가/소만 싸우는 게 아니다/소주인도 곁에서 싸우고/흰옷 입은 구경꾼 모두/왕뿔 세운 누런 황소가 되어/지구를 박차며 싸운다/이것은 싸움이 아니라 화합이다/서로 만나 막걸리도 나누며/웃으며 손을 잡으며 얼싸 안으며/산을 움직이는 산들이 모여/산맥을 이루는 일이다/오늘은 소싸움 하는 날/내노라하는 산들이 모여와/뜨거운 콧김을 내뿜으며/하루종일 산맥을 이루고 있다/높은 곳에 올라 산맥을 보라/잘 생긴 황소들의 등이 보인다
>
> —김진광 「소싸움」

멀리 산맥들을 조망眺望하면 소의 등이 산맥이라는 뜻을 금시 알 수 있

을 것이다. 이런 산맥의 풍경을 보고 이미지를 포착한 시인은 주인을 옆에 세우고 또 관중을 연상하면서 상상력의 여정을 마련하고있다. 마치 머리를 맞대고 소가 싸움을 하면— 이 같은 상상은 보여주는 시적 발상이기보다는 시인의 관념에서 비롯되는 상상력의 현상과 산맥이 갖는 환유성을 동원한 시인의 의도가 명료해진다. 그러나 '높은 곳에 올라 산맥을 보라'의 현상은 독자에게 강권하는 뜻이 보여주는 풍경화에서는 아쉬운 부분이다.

4) 김지향 「눈」

중의법은 지적인 구분을 필요로 한다. 눈인가 눈인가를 구분하는 것은 우리언어의 특징—장단으로 뜻을 구분하는 우리말의 특성이다. 눈〔眼〕에는 인간의 창이 열려있다. 보는 것으로 저장되는 지식이 있고 듣는 것으로 연상하는 지적 축적이 눈으로 비롯된다. 시각은 지적 인간의 기준을 설정하는 최초의 입구라는 뜻이다.

> 작은 제 몸 속에/몇 갑절의 큰 몸을 넣고 있다니!//작은 몸 속에 앉아 있는/우주의 볼에 돋은 사마귀 같은/내가 그려 넣은 종이비행기,/지금 마악 산 너머 하늘 길을 넘고 있음을/말문 막힌 나는 보고만 있다//큰 몸이 보지 못하는 작은 몸/그게 바로 내 눈동자라니!
>
> — 김지향 「눈」

눈을 통해 세상을 인지하는 것은 시각이 뇌를 통해 지식으로 남게된다. 물론 이런 단서의 구분은 지적인 성향에 따라 다르겠지만 최초의 세상과의 만남은 눈이라는 작은 창을 통해 시작된다. 우주를 담을 수 있음도 곧 눈을 통해서 의식을 움직이게 된다. '큰 몸이 보지 못하는 작은 몸'에서 눈의 가치는 곧 세계이면서 우주의 모든 장치를 뜻한다는 점이다.

5)임교순 「폐교」

존재했던 실재가 어느 날 사라진다면 마치 고향을 떠나온 회상의 아쉬움이 남을 것이다. 이는 인간의 회상 속에 오늘의 존재를 연결하려는 심성을 발견하는 일이고, 폐교라는 말에서는 아우성과 추억의 일들이 일어나는 것은 자연스러운 일이다.

> 햇살 어지럽게 널려있는/훈훈한 내 고향/도화꽃으로 불리는 백일홍 길 따라/고창군 백홍초등학교/텅 빈 운동장에 잡초가 키를 넘는다/한 때……
>
> — 임교순 「폐교」에서

추억이란 항상 넓이가 있다. 다시 말해서 추억을 찾는 일은 부드럽고 아늑하고 따스함으로 기억을 살찌게 한다. 이 때문에 추억이란 고향의 의미와 항상 연결고리를 형성하면서 돌아가고 싶은 마음을 발동한다. 운동장의 홍성스러운 추억, 그리고 낮은 책걸상의 추억, 바람만 소리지르는 황량함, 녹이 슨 수도꼭지, 빈 웃음소리의 추억들이 시인의 뇌리에서 파노라마를 그린다. 이런 현상을 과거 추수追隨라는 점에서 단순한 회상의 낡은 비유일 것이다. 추억을 찾아가는 것은 현실을 외면하려는 의도가 숨어있기 때문이다. 그리고 자기만의 폐쇄된 공간이 개인의 추억의 이름인 이유에서다.

시의 신전神殿을 찾는 나그네들

1. 시의 신전에는 무엇이 있는가

이 땅에서 시를 찾아 방황하는 행렬은 끝없이 무리지어 흐르고 있다. 시를 쓰는 시인과 시를 찾아 방황하는 독자 등등 헤아릴 수없이 많은 시의 행사나 저술들이 폭포를 이루면서 홍성한다. 그러나 내면으로 한발자국만 들어가면 표리가 불분명하다는 속내를 감지할 수 있음이 한국시단의 현실이다. 넘치는 시인의 이름으로 생산되는 양은 어지럽지만 정작 정곡을 혹은 실감을 자아내는 시에서 명료한 이론의 대면은 쓸쓸하다. 여전히 시의 신전으로 가는 길은 붐빌지라도 시의 신 앞에 보이는 제물은 당혹을 앞세운다는 뜻이다. 이에는 정신의 치열성이 거론될 것 같다. 나른한 감수성에만 매달리는 변화 없는 표정들의 시가 설혹 양산된다 해도 감동을 잉태하지 못하면 무슨 필요가 있겠는가? 문학은 감동을 얻기 위해 표정과 소리와 요란함을 조합하여 안으로 미소지을 수 있는 성과물을 생산해야할 일이지만, 현실에서는 미학의 빈곤성— 정신의 문제—여기엔 복잡한 구성요소가 내재해야 하지만, 시로서는 단순성을 지향하는 통로를 확보하는 시 쓰기의 경험이 녹아있어야 한다. 시의 신은 오늘도 열심히 미소의 대상을 찾지만, 정작 작품을 대면하면 무심으로 지날 수밖에 없는 현상 앞에 시인들은 눈을 떠야한다. 그리고 통렬한 자기성찰의 땀을 투척한 다음에 시의 제단을 방문해야 할 것이다. 정성과 겸손 그리고 시를 향한 진정한 열정을 혼합하여 표현된 시는 설혹 투박할지라도 미소를 자아낼 자격을 갖게 될 것이기 때문이다. 시의 신은 그런 시인을 끝없이 기다리고 있다.

2. 의식의 소리와 표정

'새로운' 혹은 '창조'라는 말엔 언제나 수식사가 따른다. 문학의 장르에서 시가 유독 다른 장르와 다른 이유는 창조라는 말에 있을 것이다. 소설이 '있음에'의 리얼리티만을 고집하는 실감의 길이라면 시는 있는 것이 아니라 '있음직한' 미래를 더욱 강조하는 점에서 예지의 촉수와 예언의 정신을 요구한다. 시는 항상 창조의 두리번거림이 결국 미래와 연결통로를 마련해야 하기 때문이다.

> 형, 그야 알지, 알아/이제 21세기에 표착한 걸/알아, 생각이 우선에, 느낌도 뒤따르고/또 봄인가 변하는/고층 건물의 로타리를//계절이 오가기야 언제는 아닌가?/인생은 결국 같은 건가 아니/새해는 해마다 오가는데/좀 새로운 이야기는 없을까//정신이 탄압 받던 일제 때가/뭐 대단한 것 남겼다고 그만들 해요/하기는 한 세상 가면 그만/문학 세대란 어느 나라도 새세대이다//좀 달라야지, 우리는 어저깨를 안산다/詩는 예술이거늘/시인은 예술가다 감상가가 아니고/청산리에 한거한 예사람은 물론 아니고
>
> — 박태진 「시인은.2」

시인이 시인인 이유는 정신—통찰의 안목과 예언의 촉수를 갖기 위해 통렬한 자기해부와 비판의 기저 위에서 새로운 의미의 안목이 나온다면, 박 시인의 사고에는 변화를 향하는 갈망이 가득하다. 결국 「시인은」 시인이 가져야할 정신의 문제—과거지향이 아니라 미래를 향한 문을 열고 인도하는 임무를 가질 때, 새로운 창조의 이름에 걸맞게 된다. 기실 작금에 시들이 음풍농월 아니면 눈에 보이는 현상에 안주하는 자세 때문에 답보의 수렁에서 변화가 없다는 진단이 도출된다. '문학의 세대란 어느 나라도 새 세대이다'라는 단언적인 정리에서 한국시의 정체성은 미래로 향하는 출구를 찾지 못하는 청맹과니 현상으로 본다. 감상가가 아니고 예술가라는 의미를 깨달을 때, 변화와 생동감을 나타낼 것이라는 박태진의 시에는 졸음에 겨운 한국 시단에 죽비竹篦소리로 들린다.

사물을 통해서 그림을 그리는 시에는 일정한 통로를 확보— 시인의 경험이 축적되어 나타난다. 여기엔 시만이 갖는 격식과 의식의 통로를 거치면서 상상력의 추출물이 새로운 세계를 향한 손짓으로 나타나야 한다. 이런 변용의 기술은 상상력과 경험의 요소가 결합하여 전혀 다른 속성의 이질적인 결과로 나타날 때, 시는 창조물이 된다. 창조엔 생명의 호흡이 있다.

> 포근한 봄날 아침/양지밭 호박구덩이에서/만유의 인력을 뛰어넘어/버거운 지표의 저항을 뚫고/앳되고 고운 떡잎의 무리가/당차게 불끈 솟아올랐다.//어디서 났을까, 그 당돌한 힘?/하늘에서 났을까,아니면 땅에서?/차라리 그런 데서 났다 싶으면,/내 가슴 이렇게 뛰지 않으리.//씨앗속에 갊아진 놀라운 힘,/그것은 정녕 빌어 얻은 힘,/차력의 힘이다. 神借의 힘.
>
> — 河喜珠 「씨앗의 힘」

어둠은 동양 사상의 근저를 형성하는 원형이다. 모든 것이 잉태된 어둠은 빛 한 줄기에 우주는 문을 열게 된다. '씨앗'은 어둠이면서 미래를 담고 있는 이미지에 머문다. 물과 햇살과 온도라는 피상적 조건이 맞으면 어둠은 스스로 문을 열게 될 때, 새로운 의미—이를 '신차'라는 이유를 붙여 불가해함으로 돌릴 때, '씨앗 속에 잚아진 놀라운 힘'에 감탄을 보내게 된다. 그러나 '놀라운 힘'이나 '빌어 얻은 힘'이기보다는 설명할 길 없는 다이모니온이라는 점에서 창조의 원리는 인간에게 놀람을 주는 우주의 원리에 이르게 된다는 점이다.

인간사에 아는 지식보다 모르는 부지不知의 많음에서 노래를 부르게 된다. 이는 미지에의 갈망이고 지知를 충족하기 위한 노력이기 때문이다. 이때 2인칭이기보다는 오히려 미지칭의 광범위한 대상으로 설정된다.

> 깊은 산 계곡의 파란꽃 되어/머언 먼 바다의 하얀 파도빛 되어/당신만을 사랑한다고 소리칩니다/그러면 산도 바다도 다 사라지고/온누리 가운데 당신만이 가득합니다
>
> — 공석하 「온누리에 가득한 당신」

시의 구조—의미를 확장하는 방법은 간단하다. 산과 바다의 영원한 비유를 '파란 바람꽃'과 '하얀 파도빛'에서 '파란'과 '하얀'의 대칭 그리고 바람과 파도의 대립각으로 미묘한 효과의 극대화가 신비성을 자극한다. 이는 '당신'만이 '가득합니다'의 이유를 만드는 색채의 신비성을 더하는 자극적인 상징의 기교로 보인다. 여기서 한계를 갖는 종교적인 상징을 넘어서는 이유가 다의多義적인 상징을 낳고 있기 때문이다

창조의 본질을 찾아가는 길은 없다. 어디에도 출구와 입구를 발견할 수 없기 때문에 신비의 상징은 부풀어오르는 모습으로 다가온다. 태소太素의 0으로부터 1과 2가 나오고 1과 2에서 시작의 의미인 3에 이르면 천지의 시

작은 다시 무한 분열을 갖게 된다. 음이거나 양 조차도 이런 원리 속에서 호흡하고 있을 뿐이다.

> 병든 사람들이 없으면/병원은 문을 닫고 의사들은 망하리//화재가 발생하지 않으면/소방서는 헐리고 소방관들은 옷을 벗으리//전쟁이 일어나지 않으면/무기는 녹이 슬고 번쩍이는 장성들도 추락하리
>
> — 임보 「세상을 밀고 가는 그늘」에서

상반은 합치를 원하지만 창조의 원리는 평행을 지향한다. 음과 양 혹은 선과 악 또는 어둠과 빛이라는 구분도 인간의 편법이지 우주에서는 질서의 개념일 뿐이다. 그러나 인간사는 악과 선을 이분법으로 재단하면서 평행에서는 합치를, 합치에서는 분리를 시험하는 영원한 도정이 전개된다. 악은 선을 위해 혹은 악은 선을 돋보이는 방도로 자연의 이치를 아전인수我田引水하는 인간의 해석이 항상 진부한 이유도 우주의 원리를 모르는 맹목에서 그럴 것이다라는 점에서 시야의 확대를 주문하는 임보林步 시인의 사고다.

길이란 무엇인가? 그런 이름은 언제부터 있었던가. 물론 정신의 길, 실제의 길, 삶의 길 등 길에 대한 이미지는 다양하지만 길이란, 노자를 위시해서 범인들에 이르기까지 삶의 길을 찾고 만드는 일에 다름이 아니라는 점에서 철학의 시작이요 마침표일 것이다.

> 길이 아닌 길을 흘러 돌아/끝내 쏟아져 내리고 마는/격렬한 散華의 울림
>
> — 金良植 「폭포수」

상선약수上善若水는 위에서 아래로 겸손을 배워야 한다는 이치 때문에

노자는 물의 이치로 인간을 깨우치려 했다. 또한 물이 살아있기 때문—인간도 살아있어 위와 아래를 알아 길을 찾아간다. 그러나 본질에 이르면 위로 올라가는 것이나 아래로 떨어지는 것 등은 모두 '산화'의 '울림'이라는 자연의 이치가 거기 있을 뿐— 공허空虛 외에 무엇이 있을 것인가란 깨우침을 준다.

시를 쓰는 일도 나를 찾는 일이기 때문에 대상과 일체화를 이루려 한다. 동화同化라는 경지를 위해 대상을 바라보는 일— 투사(Projection)의 일이 대상에서 눈을 뜨게 한다. 접촉이란 시초에서 목적의 길은 열리기 때문이다.

> 누가 어째서 내 이름을 지칭게꽃이라고 불렀을까. 내 이름도 참 희한하다. 이 몸에서는 진물이 흐르고 고약하고 독한 냄새가 풍기기 때문에 내게는 나비 한 마리조차도 날아와 앉지 않는다. 그러나 내 몸에 붙어서 흐르는 진물을 열심히 짜먹고 사는 애벌래는 지독한 곤충 … 중략 … 어쩌다 내 곁에서 이 한여름을 지키며 뜨거운 폭양에서 목숨의 심지 불붙고 있는 백일홍, 아 나는 항상 네가 부럽구나
>
> — 朴永祐 「지칭게꽃」에서

내가 누구인가를 알기 때문에 대상을 찾기 위해 또 다른 여행을 준비한다면 박영우는 초라하고 불행한 지칭게꽃의 현실에서 건너편에 있는 백일홍의 화려한 세계로 가기 위해 마음을 태우고 있다. '꽃구실도 못하는 가련한 운명'의 비극적인 인식에서 '네가 부럽구나'의 중간 다리를 어떻게 연결할 것인가는 시인자신이 선택한 신념이라는 점에서 불행한 운명의 지칭게꽃은 전혀 다른 존재로 화할 수 있기 때문이다.

시가 무엇인가는 시인이 선택한 지적 상대일 것이다. 어떤 시인에게는 삶의 좌표일 수 있고 때로는 화려한 장식의 의상이 될 수 있을 수도 있다.

> 시는 칼이다/마음을 베어 피를 흘리게 하고/아픔도 아물기 전에/다시 나를 벤다
>
> — 배명식 「시는 칼이다」에서

시가 운명의 전부가 될 수 있을 때, 시는 생의 동력動力이 되고 또 생을 이끌어 가는 손짓이 된다는 발상이다. 다시 말해서 스승이자 훈도薰陶가 되는 양면성—삶을 이끌어 가는 구체적인 의미가 된다. '칼' '벤다'에서 흔들리는 세상에서 '마음'의 정도를 추구하는 길이 명료하게 보일 수 있기 때문에 배 시인의 시에는 냉엄한 이지가 숨쉰다.

고독이란 자기를 깨우치는 다른 이름이라면 정성수는 그런 고독의 중심에서 벗어날 수 없는 신념의 나무를 키우고 있다.

> 내 가슴속 다이야먼드
>
> — 정성수 「고독」

눈을 뜰 수 있는 것은 자기 아픔을 감내하는 시간을 넘어갈 때, 밝음의 세상을 대면할 수 있는 고독은 결코 불행이나 어둠이 아니다. 이는 '다이야먼드'라는 빛나는 보석을 내장하고 있기 때문에 삶의 아픔을 상쇄할 수 있는 에너지를 포괄하고 있음을 뜻한다. 그만큼 고독은 생의 어둠을 그리고 생의 의미를 빛나는 의미로 환치하는 징검다리와 같은 생각이다. 정성수의 의식은 고독 속에서 '밖'으로 통로를 준비하는 것 같다. ◉

시의 숲에서 들리는 소리들

1. 머리말

적당한 거리를 두고 여름날의 숲을 바라보면 마음이 시원해지고 행복해진다. 푸름에 동화되는 마음에서나 삽상颯爽한 바람이 숲의 살갗을 스치고 지나는 녹색의 파문을 바라보는 것만으로도 행복해질 수 있을 것이다. 왜냐하면 더위와 햇살이 작열灼熱하는 땅을 갈증으로 채우는 현실에서, 바라보는 숲의 정경은 행복의 진원이 될 것이기 때문이다.

답답한 현실—말의 실수를 끝없이 이어가는 사람의 짜증이나, 빨간 머리띠를 두르고 허공을 휘젓는 사람들의 칼칼함이나, 나이스가 결코 나이스가 아니라고 우기는 선생님들의 모습이나, 삼복염천에 추락하는 경제의 으스스한 예고에 가슴 졸이는 가엾은 백성들에게 여름날 바람이 지나가는 숲의 행복을 전달해주는 시를 찾습니다. 오로지 박수밖에 상품으로 드릴 것이 없는 그런 시 한 줄을 찾습니다. 시인을 찾습니다.

2. 그림 그리기

시인은 마음의 그림을 그리는 사람—하여 고백 혹은 자기 사상의 이름들을 언어의 장치로 상상의 세계를 그려낸다. 정서란 주관적이고 개인적인 현상 때문에 독창적인 개성을 나타낼 수 있고 그만의 세계를 창조하는 비법을 개성화할 수 있는 자기만의 목청으로 가락을 만드는 신명神明이 있어야 한다. 대상을 선택하여 이미지화하는 정서는 곧 시인에게 신명이란 '미친' 혹은 '홀린'으로 해석되는 Possessed에 이르러야 한다. 그러나 담담한 사물을 관조하면서 명상적인 혹은 사상적인 깊이를 방문하는 시에서 정서는 지적인 환기력을 자아낸다. 김년균金年均의 시에서 맛보는 감상이다.

> 이렇게 갸륵한 것을 본다./이렇게 신기한 것을 본다.//백 번을 죽어도 물러 설 수 없는/無色 無味 無臭의 청결한 몸./눈만 뜨면 발아래 흘러 넘치는/無名 無籍 無量의 당당한 생활.//건방진 세월은 한 많은 세상길 샅샅이 헤치며/천년만년 떠돌아다녀도 얼굴 한번 보이지 않고,/지나는 곳마다 무너뜨리고 상처를 내지만,//갸륵한 너는 하루 한시도 거르지 않고,/내가 머무는 서툰 자리나 때묻고 목말라/마음 졸이는 곳에는 어김없이 찾아와/발벗고 도와준다.
>
> — 金年均 「물과 바보들」에서

노자의 '上善若水'에서 인간이 살아가는 겸손의 이치를 배우게 된다. 위로 거슬러가는 태도가 아니라 아래로 아래로 낮추는 것 때문에 흐린 세상을 정화淨化할 수 있고, 아래로 자리잡는 것 때문에 세상의 평화를 가져올 수 있다면, 복잡하게 꼬이면서 살아가는 태도를 일거에 바꿀 수 있는 교훈이다. 더불어 편견이 없는 무명 무적 무량의 모습—없음에서 있음이 있고 있음에서 없음이 교차하는 철학이면서 갈증— 목마른 대상에 생명을 주는 물은 분명 인간의 지혜를 일깨우는 표적일 것이다. 물은 곧 바보라는 역설적인 등가성等價性은 김년균의 삶을 나타내는 우회적인 뜻일 것이다.

산 자는 꿈을 꾼다. 설사 삶의 저편인 죽음을 말한다 하더라도 살아있는 것 때문에 미래를 예상하는 절차가 있을 것이다. 더구나 죽음의 저편을 연상한다는 것은 누구도 미답未踏의 땅에서 돌아온 사람의 이야기가 없기 때문에 상상력을 증폭시키는 함량이 많을 것이다. 그러나 저편의 화려한 세상을 예약한 것처럼 믿는 어리석은 사람들의 맹목성 앞에서는 망연할 수밖에 없을 것이다.

> 저승에 가면 한 번도/못만나 좋을 거야, 참 좋을 거야/잘난 사람들/악질들/모두/천국엘 재주껏 갔을 테니/못난 사람들만 만날 거야/눈물 흘릴 때마저/숨어서 눈물 흘리고, 그러나/노역을 기쁨으로 빚어/목마름 풀어주는 물병 하나/가득 서러움 채워/허리띠에 졸라매고/큰소리 한 번 못치지만/고개 숙인 채/오늘도/저승으로/막노동판 찾아간다
>
> — 문충성 「저승에 가면」

돈 많고 잘나고 화려한 사람들이 '천국엘 재주껏 갔을 테니'라면 그곳은 이미 편견과 오만의 숲에 가리워진 땅이다. 평등과 자유 그리고 사랑— 땀 흘리는 노동 뒤에 찾아오는 곳이라면 설사 그곳이 천국이 아니더라도 고개 숙이고 찾아가는 막노동판이 더욱 행복한 곳이 아닐까. 허위와 위선으로 진리를 독점하면서 내세를 파는 입만 번지르한 말꾼보다 차라리 막노동판의 저승을 선택하는 말에 비판의 날이 예리하다. 진리는 말로 설교說教하는 것이 아니기 때문이다.

무너지는 것은 세상사의 당연함일 것이다. 이는 변화의 법칙을 수용하는 것이고 여기서 새로운 기다림을 찾을 수 있기 때문이다. 자연이라는 말에는 '있는 그대로'일 때, 과학이니 개발이니의 말들은 이미 자연스런 상

태를 왜곡하는 의미가 함축되었다.

> 신선한 물기가 반짝이던/곱디고운 잎새는 간 데 없고/발 하나 내디딜 수 없이 자란/잡풀만 제멋대로 사는/개발지에/가난한 몰골만/죄다 이전해 놓았다//해가 뜰 동산도/달이 질 먼 산도 없는데/어쩌다 하늘을 지나는 새/새 한 마리 울음소리가/해진 땅을 기웃거리다/떠난다
>
> — 이복웅 「개발지 새 한 마리가」

편리를 위해 개발이라는 명목은 결국 이방인을 만드는 것에 불과하다. 왜냐하면 편리를 위한 이름은 결국 낯선 공간으로 변모하는 결말을 초래하기 때문이다. '해가 뜰 동산도'와 '달이 질 먼 산도 없는데'의 일월이 사라진 인공의 땅엔 이미 낯선 것들이 대체하고 있다는— 이방인인 새가 하늘을 기웃거리다 떠나버리는 공허의 공간이 되었을 때, 인간의 땅은 폐허와 허무가 자락을 펴고있는 아픔의 이름 앞에 무슨 의미가 자리할 것인가?

길은 철학이자 현실이다. 번호로 매기는 길의 현실과 삶의 대입은 별개이면서도 결국은 하나의 의미로 승화할 것이다. 이 막연한 추상성 앞에 인간의 삶은 항상 흔들리는 스스로를 추스르느라 고민하는 것이 일상이다. 산을 가거나 뱃전에 흔들리는 여행 등은 결국 길을 가는 삶의 환치換置일 것이다. 어떻게 가는가의 방법은 결국 선택의 원리이면서……

> 산길은/바로 세상길이데/그대로 사바의 길이데//오르고 나면/내려가라 하고/내려가고 나면/또 오르라 하데
>
> — 채희문 「산행」

짧은 에피그람 속에 생의 지혜를 손짓한다. 또한 이해를 부추기는 어떤 말도 불필요한 시 구절에서 어떻게 살아야하는가의 진수— '오르고 나면'

어떻게 행동해야 할 것인가 선택의 원리가 내장되었고, '내려가고 나면'의 반복에서 끊임없이 반복되는 선택의 지혜는 오로지 스스로 터득攄得하는 실행에서 해답은 도출될 수밖에 없다.

내가 어디로 가는가를 아는 사람은 없다. 설사 운명을 해석한다는 사람도 자기운명의 굴레가 어디로 가는가를 모르는 맹목의 길을 떠돌 뿐— 헤매는 탄식의 허무는 살아있는 자가 맞아야할 슬픔일시 분명하다.

> 소식도 모르고/나는 굴러가네//그가 어디에 있는지도 모르는 채//나는 눈감고/소리도 없는데//어디론가 굴러가 버린/나의 사랑이여
>
> — 김동수 「동그라미」

깊이가 있기 때문에 깊이를 알지 못하는 일에 두려움을 느낀다. 어딘가로 가는 길을 모르는 두려움은 가야할 「어디」가 있기 때문이다. 그러나 동서남북 방향을 가늠할 수 없는 정처 없음에서 '눈감고' 생각하는 지혜 때문에 어딘가로 작정을 세울 수 있게 된다. 이 작정의 무한 궤도를 지나는 '어디론가 굴러가 버린' 지나침에서 아쉬움이 따라온다. 그러나 사는 일에 아쉬움이 어디 가버린 사랑만이겠는가? 동그라미는 질주의 속도로 계속 굴러가고, 인간은 그 속에서 두리번거리는 일이 삶인 이유가 아닐까. ◉

시로 쓰는 고백의 한계

1.

예술은 본질적으로 자화상을 그리는 고백일 뿐이다. 그러나 감추고 변명하는 절차를 예술적으로 나타낼 때 우회적인 기교를 필요로 한다. 문학이라는 숲에는 시인의 전 의식이 투영되었기 때문에 그 속에는 삶에 대한 통찰 혹은 미래를 조감하는 파노라마가 들어있다. 물론 시인의 의식과 미래의 창문 혹은 사상의 모두가 우회적인 길을 만들어 펼쳐지고 있다는 뜻이다. 시인은 독자를 의식하지 않는다. 다시 말해서 시인의 창작은 독자를 위해 일정한 배려를 하지 않으면서 자기만의 고백을 나타내는 희열을 즐기는 반면 독자는 시인의 암호 코드를 풀이하기 위해 숲으로 들어가야만 한다. 물론 길은 없다. 없는 길이지만 어디에도 길은 마련할 수 있는 삶의 표정들이 상징의 이름 뒤에서 호출의 기회를 엿보고 있는 것이다.

시는 고백의 이름이다. 그 최초의 출발은 자기를 어떻게 미화의 이름으로 나타낼 수 있을 것인가를 궁리하면서 길을 찾아 나선다. 환유의 원리를 위시해서 적합성 또는 poetic diction등의 장치를 마련하면서 자화상을 그린다. 물론 시적인 장치는 한가지의 재료가 아니고 다양한 삶의 모습을 혼합하는 점에서 시는 인생의 총체적인 그림이다. 무슨 그림에 소질이 있고 또 적합한 대상인가는 시인이 전적으로 책임을 갖는다. 시적 화자가 실제 시인과 동일시할 때, 시는 자전적인 고백으로 간주된다. 왜냐하면 자기 삶의 통합은 곧 시인 자신의 이름에 부합되는 길을 걸어왔기 때문이다. 어떤 시인은 바다를 주로 그리고 또 산을 고향으로 삼는 재료—시인의 생을 반영하는 주된 관심사가 표출되기 때문이다.

2. 김상화의 「고독」에 젖기

세상의 모든 이치는 인간에 의해 정리된다. 물론 인간은 희로애락의 과정을 거치면서 겪어야하는 제반 이름들이 파생된다. 다시 말해서 인간은 살아있기 때문에 고독이라는 말이 발성될 수도 있고 또 고통의 언덕을 넘어가기 위해 노력하는 일들이 파생될 것이다.

시는 수필과 마찬가지로 가장 주관적인 예술이다. 이는 살아있기 때문에 객관의 이름이기 전에 주관이라는 범주를 형성하게 된다. 김상화의 「고백」은 간명한 언어의 기교에서 다양성으로 파생되는 삶의 보편성이 숨어있는 언어의 무늬를 접하게 된다.

> 부용화는 피어지고/황금의 비녀를 풀며/달은 떠오르는데//가슴 깊은 곳/흔적 없이 숨었다가/사무치는 물결로//내 소중한 시간의 행간을/흔들고 있는/외로움
>
> — 김상화 「고독」

'연꽃'과 '비녀' 그리고 '달'을 중심비유로 선택한 1연은 달이 '떠오르는데'에서 상승의 이미지를 화려함으로 독자를 인식시킨다. 물론 달의 이미지는 양성적이기보다는 은근미를 자극하는 영속성에 닿고 다시 모성의 포근한 사랑의 가슴을 그리워하게 된다. 다시 말해서 동적이 아닌 정적靜的인 미감美感을 발산한다. 다시 2연으로 이어지면 1연의 자연현상의 비유가 인간 자신 즉 시적 화자로 직접 다가들면서 긴장감은 자극하게 된다. 긴장감은 결국 다음을 기대하는 심리적인 기대감으로 진전되기 때문에 충격을 완화하는 제 3연의 자세는 1연과 맥락을 차분함으로 '내 소중한 시간의 행간'에 담겨진 고독에 연결하게 된다. 김상화의 시는 그만큼 인생의 문제를 긴장감으로 소화하는 충격이 자연스런 형태로 시화詩化된다.

2. 김지태 「뿌리」를 찾아가는 길

근원을 지키는 일이나 또 찾아가는 길은 항상 가파르고 힘겹다. 왜냐하면 근원—사물이 생기는 본바탕이란 깊고 심원한 상징이 깃들어 있기 때문이다. 가령 어머니나 고향 혹은 근원을 찾아가는 길은 멀고 험한 위치에 있기 때문에 더 많은 애착의 열망을 갖게 된다. 몰론 자기 이외의 사람에게는 별로 중요함이 아닐지라도 자기만의 공간을 설정한 시인에게는 깊은 상징의 의미로 다가든다.

> 아버지다//대지의 혈관에 호스를 꽂고/먼 말초신경/피 뿜어 올리는 고압 심장//비집고 들어앉은 바위 틈/어둠에 숨이 막혀도/푸름으로 꽃 피울/고단한 꿈을 그린다//가지 끝 걸린 시련/세파의 고통에도/쓰러짐을 막으려는 애타는 절규/땅을 움켜쥔다//화려한 꽃도/탐스런 열매도/

맺지 못한 배신의 나무//찬바람에 나직한 흐느낌//마른 눈물/거리에 구르다

— 김지태 「뿌리」

뿌리의 상징을 아버지로 환치하면 세파를 헤쳐 가는 모습이 보인다. 식솔食率을 건사해야하고 세상의 파도를 건너기 위해서는 가족들의 안전과 행복을 책임지는 '뿌리'의 의미를 지탱하기 위해서는 눈물겨운 땀과 서러움의 고독이 보인다. 이런 비유는 나무로 돌려도 다를 바 없다. 뿌리가 튼튼하면 열매와 꽃을 피울 수 있다는 이치에 이르면 가족을 지키는 아버지의 역할이나 나무를 지탱하는 뿌리의 의미는 동일화를 이루게된다. 김지태는 이런 비유의 적절성으로 '고단한 꿈'의 행방이 삶의 이치와 유사함을 주장한다. 결국 '배신의 나무'나 '흐느낌' 혹은 '마른 눈물'의 의미는 고달픔의 강물을 헤쳐가는 아버지의 상징에서 아픔과 슬픔을 느끼는 가장의 비유로 접속될 때 생각의 문을 열게 된다.

3. 김정삼의 「나의 임종은」을 향하여

죽음이란 세상사의 종말이라는 점에서 무서움을 연상하게 된다. 왜냐하면 마지막은 다음을 기약할 수 없는 어둠의 이름이기 때문이다. 빛의 반대를 끝이라는 의식을 강조할 때 심리적인 위축은 불안으로 이어진다. 이런 불안의 조짐을 반대편의 의미로 이어갈 때 시적 효과는 안도감을 갖게 된다. 이런 균형을 갖는 시가 김정삼의 능력이다.

나의 임종은/자정에 오라/그리고 조용히 오라//나의 임종은/그대 품에서 봄비 오듯 오라/향그러운 임의 체취처럼 오라//나의 임종은/비 오

는 밤에 오라/빗물이 대지 속으로 스며 들 듯이//나의 임종은/눈오는 밤에 오라/눈은 임의 마음처럼 포근하니까

— 김정삼 「나의 임종은」

막다름에 다다르면 피하고싶은 것이 인지상정人之常情이라 한다. 그러나 김정삼은 4번을 반복하면서 '임종'을 맞으려는 발심發心을 갖는다. 이런 이유는 그의 소망이 '조용한 자정' 그리고 '임의 체취'와 '비 오는 밤' 그리고 임의 마음처럼'이라는 시어로 볼 때, 조용한 공간에서 자기 발견의 몫을 갖고 싶어하는 뜻이 숨어있다. 물론 임종의 의미가 종말이 아니라 다시 소생하는 의미와 고귀함—봄비에서는 생명의 잉태와 탄생이 솟구치고, 눈오는 밤엔 아늑하고 깨끗한 생명의 신비를 느낄 수 있기 때문에 '나의 임종'은 어둠의 이미지가 아니라 밝음의 기대를 인식하는 시가 된다.

4. 신성수 「심야의 고동소리」를 들으면

시를 허구로 보는 것은 낯설게 하기라는 편법을 사용할 때 나타나는 현상이다. 다시 말해서 시도 하나의 예술이라는 가치의 산물로 볼 때는 꾸미고 치장하는 부풀리기의 현상이 화자를 선택하고 —시점(point of view)의 선택이지만 시인의 대행자인 퍼소나는 이 시점으로부터 발상을 나타낸다. 자기로 돌아가는 지점에서 인식의 길은 더욱 넓어지는 신성수의 고백—신음에서 과거의 추억과 미래가 교차하는 망설임이 드러난다.

자정이 훨씬 지났나 보다/꿈결에 깨어/정적 한자락 깔아 벤/벼갯머리 귓가에/용케도 떨림으로 이어지는/심장의 고동소리//일엽편주로 바다 만리 건너온/어느 항해의 보람보다/신비로운 고동의 고마움이/어둠에 묻은 눈시울을 붉힌다.//이젠 좀 더 너그러워야지/부끄럽지 않게 살아가야

지//시간은 새벽으로 달려가는데/추억은 옛날로 자꾸 거슬러간다

— 신성수 「심야의 고동소리」

아마도 병중에 스스로를 돌아보는 것 같은 정경이다. 살아있음을 심장의 소리로 확인하는 생의 인식, 세상의 바다를 무사히 건너온 안도감과 생명의 현재를 확인하는 고마움은 생의 희열로 이어지고 여기서 지나온 삶의 협량함을 벗어 던지고 활연豁然함을 채우려는 발심發心을 가질 때 추억과 미래가 서로 교차하는 시간 속에서 자기를 새롭게 다지는 느낌을 준다. ◉

시의 소리와 깊이

1. 시와 생명의식

시 쓰기는 삶의 형태를 총체적으로 노래하는데서 길이 출발한다. 다시 말해서 시는 인간을 위해서 헌신의 몸짓으로 임무를 수행한다. 이를 알아차리는 것은 인간—독자의 몫이다. 훌륭한 독자는 훌륭한 시인을 태어나게 한다. 이런 상관은 한국현대시에 대입하면 에피소드에 묻히거나 황색 저널리즘에 포로가 된 문학의 위상은 항상 흔들리는 지경을 모면하지 못했다는 말이 현대시의 주소임을 입증하고 있다. 그러나 참된 생명은 언제나 겉으로 드러나지 않고 시간의 언덕에서 내려올 날을 기다린다. 최남선의 「해에게서 소년에게」이후 한국현대시는 100년의 지점을 바라보고 있지만 시문학사의 질적인 평가는 여전히 미궁의 방황을 지속하고 있다. 이는 미래를 예비하기 위한 희망의 몸짓일 것이다.

1) 박명자의 「나무들의 명상프로그램」

사물은 그 자리에서 스스로를 말한다. 사람들은 그 나무를 찾아가 말을 만들고 또는 대화를 요청하기도 한다. 이는 존재하고 있는 사물과 또 다른 존재와 교섭할 수 있는 회로의 문제를 제기한다. 물론 대화를 제기한 존재는 해석에 자의적恣意的인 사족을 더하면서 대상과 하나이기를 소망한다. 이 때 얼마나 밀착된 의식을 고수할 것인가는 시인의 재능으로 귀속될 것이다.

> 대관령 휴양림 부근에 이르면 허우대 좋은 나무들이/제각기 명상프로그램 짜고 있다//마음의 벽을 허물고 나무의 손을 잡으면/맑은 염맥의 터널을 조용히 지나게 된다//어느새 나무가 그리는 무지개보다 고운 그래픽 속을 건너가며/내 입술은 꽃잎처럼 가벼워지고 손발은 완전히 접목된다//바람이 한차례 숲을 뒤엎고 문득 고개 들면/수많은 느낌표들이 7월 햇살아래 금 조각 은 조각으로 빛 부시다//오래 산 나무들은 몸통을 어디로 인지 숨기고/엷은 생각의 잎새들만 온통 하늘을 가득 덮는다
>
> — 박명자 「나무들의 명상 프로그램」

마음이 따스하면 세상은 따스해진다는 이치를 박명자의 시에서는 느껴진다. 다시 말해서 대상과 하나로 결합하기 위해서 바라보는 사람이 마음을 열면 대상도 마음을 열게 된다는 자발성의 의미를 터득할 수 있기 때문이다. 아름다운 눈으로 바라보기 때문에 무심히 서있는 나무가 무지개 그래픽이 될 수 있고 또 시인과 완전히 하나의 결합을 이루게되면서 금 조각이나 은 조각의 빛을 발하는 경지에 이르면서 세상 가득히 푸르른 꿈을 엮어내는 풍경을 만날 수 있게 된다. 일체화의 경지는 시인 자신이 불러들이는 묘미가 시인의 삶에서 나온 표현미인 것이다.

2) 박영희 「내 안의 사람」

밖에 있는 것과 안에 있는 사물과 하나가 되는 일을 일체화라 말한다. 물론 여기엔 일정한 조건을 형성하게 된다. 정해진 코드의 일치가 이루어질 때, 결합은 삐걱거리지 않고 하나의 형태로 결합하게 되는 —마치 화학적인 결합에서 전혀 다른 물체로 변하는 이치에 이르는 경우다.

> 깊숙한 시간 한가운데/덩그러니 놓여져서//우주라는 캔버스 속에/정물화로 남겨져서//영혼을 앗긴 미이라로/박제된 그리움으로//천년을 잠들어 있겠지요
>
> — 박영희 「내 안의 사람」

대상을 내 안으로 끌어들이는 이치는 사랑이라는 경지를 이룬다는 것—사랑은 헌신과 존경 그리고 서로를 헤아리는 이치에서 사랑의 불빛—화학적인 반응은 행복을 잉태하게 된다. '천년을 잠들 수 있는' 안락함과 적당한 환경은 시간을 극복하는 무한의 시간을 순간으로 압축하는 일치에 이르게 된다는 뜻이다.

3) 지영희 「사람의 말은요」

언어의 기교에 중의법은 의미의 중첩이 주는 뉘앙스에서 변화를 맛보는 일이다. 변화는 주체와 객체가 하나로 조화를 이룰 때, 의미의 증폭을 가져올 수 있을 뿐만 아니라 인과因果 전개가 일치성을 가져야 함을 요망한다.

> 근간엔 잘 마시지 않던 커피를/다섯 잔이나 마셨지요/그 덕인지 어떤지 밤은 거뜬히 훤해 오는데//저 건너에 있는 시는/말똥말똥 나를

볼 뿐/내게 뛰어들지 않네요//말 · 똥 말 · 똥/말과똥은 같다 하네요

— 지영희 「사람의 말은요」

시를 기다리는 마음을 익살의 언어 묘미로 결합했다. 커피는 시를 맞아들이는 도구로 생각했지만 시는 커피와 무관하게 다가오지 않고 말짱한 정신을 말과 똥으로 결합하여 맑은 정신을 받아들이는 이질성의 언어조합을 pun의 기교로 나타낸 언어의 익살이다.

4) 채재순 「밤 고기 뜨러 간다」

시를 맞아들이는 일은 시인의 정신상태가 무아경에 이를 때 시의 손짓은 순간적으로 얼굴을 내민다. 이는 사물과 시인의 정신이 동화된 경지를 어떻게 육화肉化할 수 있을 것인가는 전적으로 시에 대한 열정으로 돌릴 수 있는 뜻이다. 시는 불러들인다 해서 무시로 찾아오는 손님이 아니기 때문이다.

책도, 시도 잡히지 않는 저녁에는/밤 고기 뜨러 간다/여름 가뭄에 야윈 개울물,/미끄러운 자갈돌/바람도 없다/산 그림자 내려앉자/개울 말소리 또랑또랑하다/돌 밑에 풋잠 든 물고기들,/첨벙첨벙 깨운다/몽롱한 나를, 들썩뜰썩 깨운다/메기가 제정신이 드는지/족대를 벗어나/분주히 여울물을 거슬러 올라간다/너무 오래, 거창한 생각의 그물 속에서 살아왔다/출렁출렁 고기 담아올 동이에/맑아진 내가 담겨 놓고 있다/시도, 책도 손에 잡히지 않는 날엔/나를 잡으러 앞개울 나간다

— 채재순 「밤 고기 뜨러 간다」

시는 언제 시인의 곁으로 오는가? 이를 해답으로 제시할 경우는 어디에도 없다. 다만 시를 불러들이기 위해 헌신의 노력을 다할 때, 시는 순간에

시인의 곁으로 찾아오지만 그도 소식을 전하는 경우는 없다. 시를 찾기 위해 몸부림으로 불러들이는 경우—고기 잡으러 나가는 개울은 비유일 뿐이다. 시인의 정신이 맑아진 조용한 밤에 고기 즉 시를 대면하려는 의식이 진행된다. 메기가 정신이 드는 것은 시인의 마음이 시와 가깝다는 신호이면서 큰 고기를 잡으려는 욕심보다는 오히려 무욕의 마음으로 기다릴 때, 큰 고기는 어느 새 다가올 것이라는 시에 대한 깨달음—시 찾기의 방편이 되는 셈이다. ◉

자연과 시의 교감 그리고 일체화

1. 시와 자연

자연은 인간이 운명을 함께 하는 공간이면서 예술이 목적으로 삼는 장소이다. 자연을 떠나서 모든 예술은 존립의 근거를 삼을 수 없을 때 인간은 자연 속에서 겸손한 표현을 시도하게 된다. 시는 시적인 방법으로 산문은 산문의 절차를 통해서 자연을 해석하고 용해하는 임무를 수행한다. 미술이나 문학 혹은 음악조차도 자연의 용해를 수용하지 않고서는 어떤 미감도 발산할 수 없는 현상—그 자연이 인간에게 교감을 보냈지만 인간은 무시와 파괴의 들놀이를 일삼아왔다. 문명이라는 이름에서 인간은 오만과 방자를 거둘 줄 모르는 치기의 결말이 경고로 우리 앞에 가까이 다가오고 있다.

작금에 문학의 소재는 자연의 재인식 혹은 자연 현상을 어떻게 표현하는가에 상당한 자각을 보이고 있다. 이는 자연을 요리하고 대상화하는 것이 아니라 수용하고 보호하는 것이 인간존재의 근간이 된다는 자각을 갖기 시작했음을 뜻하기 때문이다. 오존층의 파괴가 주는 기후의 변화—폭우나 폭설 심지어 열사의 중동에 80cm폭설이 내리는 일 등등은 인간의 오만에 대한 자연의 경고를 깨닫고 문학의 표현으로 나타나는 셈이다. 이는 바라보는 자연에서 안으로 받아들이는 태도의 변화에서 시의 이름은 예언의 몫을 다할 수 있을 것이다.

1) 김종 「석양」

석양의 뉘앙스와 일출의 어감에서는 다른 연상이 부각된다. 일출에서는 시작과 용기를 연상한다면, 전율할만한 일몰에서는 슬픔의 눈물이 젖게 된다. 이런 의미의 질서는 결국 인간이 만든 환상적인 어감이지만 이런 기준에서 자유스럽지 못한 것이 인간의 마음이다. 왜냐하면 관습이라는 그물은 누 천년 동안 인간의 의식을 순치馴致하는 몫을 다했기 때문이다.

김종의 황혼엔 허무와 빈손 그리고 인간이 맞게 되는 운명적인 그림자가 이름을 알리고 있다.

> 일몰은 언제나 파장(罷場)처럼 밀려온다/주섬주섬 주워 담을 것도 없이/다 놓아두고 떠나야 할 먼 기다림과 맞닥뜨린다./일생을 수없이 덜컹거리며 살아온 지난 날,/갑자기 뼈골이 쑤시는 억울함까지도 사라져버린다//반백이 다 되도록 이루지 못한, 아니 이룰 수 없었던/천적 같은 사랑이여/고혈(膏血)을 탕진하고 이제 돌아가려네,/얽히고 설킨 내 역정(歷程)/왜 이 순간에 와서 방목의 어린 시절이 눈물겨울까.// 못 먹고 못 입던 내 누이들은 다 어디 갔을까./숨바꼭질도 끝내 허망으로 끝나버리고/이글이글 불타는 저 장엄한 눈물,/주섬주섬 챙길 것도 없는 빈손으로/활활 온몸에다 불을 놓는다.
>
> — 김종 「석양」

길을 생각하는 나이에 이르면 세상의 모습은 서글퍼진다. 이도 삶의 본질이 가로놓인 현실을 바라보면서 허무와 손잡고 있는 아픔을 토로하는 것은 자연스러운 일이다. '일몰'과 '파장'의 시적 뉘앙스는 '떠나야 할 기다림'과 마주하는 의연함이 이내 지난 시절의 정감이 다가든다. 이런 인기척은 어린 날의 회억回憶과 가난에 절었던 누이들의 추억들이 결합하지만 끝내 허망으로 다가드는 시인의 의식과 일몰의 결합은 슬픈 노을에 묻혀 버리는 풍경화를 연출한다. 물론 김종의 허망이나 슬픔은 고담하고 순수할 때 나오는 정서의 특색일 뿐 질축거리는 눈물과는 본질에서 다른 의미가 된다. 그만큼 성숙된 시의 장인匠人이라는 증명이 된다.

2) 김성수 「가을 아침에 시를 쓰다」

시는 영감을 받아들이는 출입구이면서 반면에 시적 정서를 발산하는 또 다른 문이 된다. 물론 시인의 의식을 통해서 나오는 발성은 화학적인 반응처럼 이질적인 특색을 갖고 표현된다. 다시 말해서 이질적인 간격은 은유나 상징의 과정을 거치면서 시인의 의도에 부합되는 정서로 표정을 신선하게 만들게 된다.

> 찬 서리 내린 가을 아침에/ 소금에 절여진 김장 배추처럼/그렇게 숨이 죽어 있다.//흘러간 세월 저 편에서/맑은 물 한 줄기 끌어와/배추 잎을 씻어내듯/내 마음을 헹구어 낸 후//정갈한 잎 사이 사이/양념을 끼워 넣듯/그리운 추억 함께 버무려 넣고/결실의 가을, 이 아침에/아름다운 모국어로 시(詩) 쓴다.//땅 속엔 이미 아내가 묻어 둔/알타리무 한 단지 물돌로 꼬옥 눌려있고/우리의 살림살이 가난한 꿈도/발그레 곰삭아 가는데/내 마음 가장 아득한 양지쪽,/순명(循命)으로 비워 둔 고운 항아리에/내 생애 가장 진솔한 마음을 /차곡차곡 쟁여 넣으면,추운 겨울 모두가 없어져 버린 허기진 들녘에서도/내 영혼은 작은 모닥불

같이/피어오르리.//무서리 내린 가을 뜨락/낙엽을 밟고 가는 계절의 발소리조차/오늘은 나의 시의 맑은 음절이 된다./내 작은 행복의 계단을 딛고 사는/아름다운 기적이 된다.

— 김성수 「가을 아침에 시를 쓰다」

조락이 가져오는 즈음에 갈무리를 위해 저장하는 시인의 마음을 본다. 즉, 살아온 추억의 이름들을 저장하려는 순수한 마음의 표백에서 삶의 깊이와 순명順命을 따르려는 자세를 규지窺知하게 된다. 가을의 순수와 투명성이 그의 시와 결합하면서 '모닥불'이라는 따스한 감성으로 불러들이는 시인의 마음— 시와 의식의 소박素朴 그리고 삶의 아름다움을 결합하는 투명성으로 의식을 순화한다.

시적 표현과 시인의 생각은 항상 일치하려 한다. 이를 시적 의도의 일치성이라 할 때 가을의 무드를 '모닥불'의 안온함과 진솔한 마음을 시로 저장하려는 심사에서 시인의 삶의 모습을 나타낸 안온한 시인의 마음을 본다.

3) 김재익 「민들레꽃」

감정이입은 정서의 흐름을 나타내는 투사(projection)의 방법—일체화의 기교이다. 다른 말로 바꾸면 대상과 동화同化할 수 있을 때 일체화의 경지를 만나게 된다. 시는 대상을 하나의 의미로 통합하는 일이기 때문에 Identity의 임무는 시인의 재능을 나타내는 척도가 될 수 있기 때문이다.

시멘트 벽돌/틈 새로//세상에서 제일/환하게 웃고있는//행복한/얼굴하나

— 김재익 「민들레꽃」

생명의 아름다움은 역경에서 감동을 준다. 고난과 아픔 그리고 슬픔에서 만나는 생명은 환희를 불러오고 삶의 의미를 풍부하게 채색하기 때문에 교훈의 높이를 만나게 된다면 생명의 물기가 없는 시멘트라는 척박한 공간에서 꽃을 피우는 민들레의 모습은 삶의 끈질긴 아름다움이고 행복을 주는 대상이 된다. 굳이 휴머니즘이라는 말로 포장하지 않더라도 문학의 임무는 생명의 아름다움을 깨우치는 일을 외면할 수 없는 일이다. ◉

시 공화국 건설을 위하여

— 「미래시」 27집에 붙여

1. 입구에서

인간의 모든 것을 표현하는 것이 문학의 일이라면 거기엔 일정한 시제時制를 필요로 한다. 다시 말해서 과거와 현실 그리고 미래의 다리를 건너기 위해 문명의 역사 혹은 예술의 길은 진행형이 된다. 과거는 현실을 생산하는 역할이었고 현실은 미래로 가는 길을 외면할 수 없는 계기성을 가져야 하기 때문이다. 공자도 엘리어트도 전통론자라는 사실은 과거와 현재에서 미래를 한 몫에 바라보는 시각이었기에 그들의 작품은 단절된 혁명이 아니라 연계성과 호흡이 통하는 시이며 그런 발언이었다.

개혁은 현실을 인정하면서 보다나은 미래를 향하는 길을 만드는 일—문학의 땅에서도 이런 논리는 필요하다. 생동감과 신선함을 잉태하는 것은 미래로 가는 길을 상정想定할 때 충만한 기쁨을 만나야 하기 때문이다.

한국의 시는 정치적인 용어로는 독재와 독선과 전제 군주 하에 신음하는 형상—작품의 질이라기보다는 매스컴의 일방성과 에피소드로 점철된 잡초문학이 횡행하는 혼란의 시대를 지나고 있다. 80년대를 풍미했던 민중타령에 무슨 작품성이 있고 그들이 위세 좋게 사회의 전면에 나선 현재(나는 80년대 민중문학을 창조성. 작품성이 없다고 주장해왔다)— 패거리의 소수문화 권력층이 무지한 매스컴부류들과 어울려 독점의 위세로 코드 맞추기의 함정에서 미래가 암담하다. 문학이 오도되고 있다는 뜻이다.

미래—문학은 오늘의 가파름에서 미래를 노래하는 책무가 자유정신과 창조에 이어져야 한다. 독선과 아집과 정체성에서 한국 미래시의 새 공화국 건설의 뜻은 미래시 동인들의 임무일 것이다. 그들의 시에는 향기가 있다. 사람 내음에서 하늘의 조화에 이르기까지 화려한 모습을 펼치고있기 때문이다.

2. 조화의 숲에 들면

1) 김경실— 이방체험의 신선감

시가 관념의 숲을 지나면 인간이 지향하는 철학의 입구를 배회하게 된다. 이는 시가 갖는 정서의 한계를 넘어가기 위한 구체적인 방편이 될 수 있을 때 공감의 영역은 화려한 의상을 갖출 수 있게 된다. 여행은 때로 낯설음에서 의식의 확장 혹은 새로운 세계를 맞아들이는 이치와 같이 신선함을 남기는 김경실의 시선이 이방의 땅에서 유난하다.

> 팔월에도 눈 쌓인 천산을 이고/새 한 마리 날지 않는/가도 가도 삭사울 풀만 듬성한/
> 투르판 분지에 누우면/얻은 것/ 잃을 것 없어/그 한 생 억울하지 않

겠네

— 김경실 「투르판 분지」에서

없음이나 있음은 인간의 구분일 뿐 있고 없음은 본시 자연의 속성에서는 무의미한 일이다. 여행에서 새로움과 놀람의 세계를 만나는 일은 곧 인간의 한계를 넘어가기 위한 깨달음이라면 '그 한 생 억울하지 않겠네'는 삶의 단계를 높이는 달관의 탄성이면서 천지의 내음이 아득한 거리에서 다가오는 시가 김경실의 에스프리로 보인다.

2) 김광자— 누룩 내음

누룩에서 술이 되는 이치는 시적 데포르마시옹과 다름이 없을 것이다. 이는 화학적인 변화에서 이질성의 새로운 사물을 만나는 것과 같이 시인의 체험에서 탄생되는 창조의 빌미는 신선해질 수 있다. 김광자의 시에는 동화同化에서 탄성을 만나는 이치에 이른다.

나의 하늘이 되고/하늘은 내 세상이 되고/달빛을 마신 나는 환하다

— 김광자 「애주의 변.1」에서

김요섭의 「소주론」에는 '소주는 서울에서 제일 사나이다운 잘난 사람들의 국어다'라는 구절이 있다. 술은 동화의 원천을 만들뿐만 아니라 상상의 세계와 현실의 벽을 뛰어넘을 수 있는 길을 열어주는 여행이라면 김광자의 「애주의 변」에는 순수와 투명하기 때문에 깊이에 젖는 누룩 내음이 담겨있다. 그만큼 진솔하고 정감이 들어있는 시이다.

3) 김규은— 별이 뜨는 소리

어둠은 빛이 탄생하는 모태의 역할을 한다. 하여 동양문명은 현玄사상을 낳았고 서양은 빛의 문화라 한다. 빛이 어둠에서 탄생하는 역할 때문에 원천적인 상징을 갖게 된다. 우주는 어둠이고 빛에서 의미를 만드는 역할이라면 김규은의 시에는 별과 달이 뜨는 소리가 들린다.

> 스스로 가물한(玄) 가슴/알알의 꿈 깊이 어루어/절색을 안으셨네/절창을 낳으셨네
>
> — 김규은 「항아리」에서

항아리를 우주로 환치하면 의미는 눈을 뜬다. 가물 현에서 별이 뜨고 달이 오르면서 꿈의 의미는 솟구쳐 오르기 때문이다. 꿈이 절색—아름다움과 절창의 두 가지 의미—색채와 소리라는 시각과 청각의 조화를 이루면서 김규은의 시에는 환상미를 동반하는 변형의 미감을 만나게 된다.

4) 김남환 —그리운 내음

전통이란 현재를 낳고 여기서 미래를 잉태한다면 존재를 확인하는 깨달음을 준다. 시조가 반 천년을 훨씬 넘어 아직도 건재한 이유는 어제의 호흡과 오늘의 표정이 연결되었음을 확인하는 사실이다. 그리움에 무슨 내음이 있을까만 김남환의 시에는 깊고 아슬한 그리움의 손짓이 젖어있는 서글픈 풍경화가 펼쳐진다

> 그리운 당신 생각으로/누비고 박음질한 두 해 … (중략) … 오늘 밤

보름달 하나/텅빈 가슴속에 차오릅니다

— 김남환 「그리운 어머니」 초 · 종장

김남환의 시조에는 갈증이 들어있다. 이는 나이에서 오는 것도 있지만 인간에 대한 사랑이 우선한 것 같다. 시에 인간의 체취를 빼면 화석이나 다름이 없을 것이라면 김남환의 가슴에는 푸른 그리움이 망연함으로 서있다. 이 때문에 그의 시는 다시 길을 재촉하는 그런 인상을 남기는 요인이 되고 있으면서……

5) 김몽선— 낙엽 내음

지나온 길이 아름답다고 느끼면 회고의 정감이 우선하고 푸른 궁창穹蒼의 가을이 자리잡게 된다. 깊이에 깊이를 다녀온 것 같은—햇살 유난한 눈부심이 아득한 길로 이어져 있고 그 길을 소요하는 시인의 모습이 투영된다.

서리맞고 숨통 조여/핏발선 가을 산에//고별 무대 불귀의 춤/햇발 꿰어 걸었는데//부릅뜬/관능의 표피/고향길을 잊고 있다

— 김몽선 「단풍을 보며」

생동하는 언어는 비유에서 이질적인 결합을 강조한다면 김몽선의 시조가 긴축미를 더하는 언어감각에 유다르다. 절제와 긴축에서 파생된 미감은 상상풍경의 이미지를 생성한다. 가을 풍경과 인생을 관조한 상상에서 구수한 낙엽의 내음이 편안한 분위기를 연출하는 절창과 만나는 의식이다.

6) 김현지—감익는 내음

대상과 사물을 하나로 결합하는 비유는 긴장감을 유발하는 언어의 장치를 필요로 한다. 이에는 사물과의 거리에 따라 너무 가까운 거리(underdistancing)와 너무 먼 거리(overdistancing)를 가질 수 있지만 김현지의 언어표현은 의미의 그릇을 담는 적당한 거리를 확보하고 있어 가을 감 익는 내음의 시를 쓴다.

> 사랑아 우리/오오래 기다릴걸 그랬지/더 많이 그리워하고/더 많이 사랑할 걸 그랬지/사랑하다가/사랑하다가/미쳐 버릴 걸 그랬지
>
> — 김현지 「감꽃」에서

표현에 초점이 맞을 때 거리는 없어지고 시에는 집중된 의식의 초점에서 환상미를 발휘한다. 감익는 상징과 사랑의 익음에 비유가 일체화하는 의미가 종내는 '미쳐 버릴 걸 그랬지'의 딴청에서 시적 탄력감은 여유로워진다. 그만큼 언어 운용의 능숙성이 돋보인다.

7) 金貞沅 —문명비판의 시력

과학으로 가는 길은 필연적으로 찌꺼기를 남기게 된다. 과학은 있어야 할 것보다 없어야 할 것을 선택하는 기준을 강요하기 때문이다. 김정원의 시는 자연의 순수성을 말하기 위해 역으로 문명의 아픔을 드러내는 역설의 기법을 즐겨 쓰는 인상으로 비판의 날을 새우는 지성의 시이다.

내 이름은 달 아련한 열매/가까이 와 보세요/여긴 토끼도 없고 계수나무도 없어요/무덤가에 핀 할미꽃처럼 쓸쓸해요

— 김정원 「밤이 있는 한」

달과 별이 꿈과 빛을 상실했을 때, 인간의 신음은 커지고 행복의 이름은 어둠으로 길을 재촉하게 된다. 할미꽃은 공해를 가늠하는 지표의 꽃이기 때문에 '쓸쓸해요'는 곧 인간의 아픔 그리고 신음을 뜻하는 현실에서, 달과 별의 이름이 빛나는 영지를 찾아 길을 떠나는 김정원의 눈은 밝음을 찾으려는 비판의 날이 사랑으로 휘갑하는 휴머니즘의 발성이 된다.

8) 김종섭— 깨달음의 울림소리

생명의 환희는 어디서 오는가? 저마다 바쁜 몸짓으로 무아경의 경지를 확보하는 풍경— 봄은 그렇게 놀람으로 다가와 두 눈을 크게 뜰 수 있게 일시에 변화를 주는 일, 봄날의 땅속 깊이에는 그런 일들이 찬란한 음모를 꾸미고 있다. 생명탄생의 분주함이 김종섭의 감수성에 저장된 아름다움의 씨앗이다.

그렇구나, 바람 따라 여울 따라/무심히 돌아든 산모롱이/낯선 발자국 소리에 놀라/자지러지는 저 노란 애기똥풀 꽃도/작지만 소중한 부처였구나/노승이 오수를 즐기는 한낮의 산사/그 적요를 흔드는 觀音이였구나

— 김종섭 「佛影寺를 걷다」에서

하찮은 애기똥풀에서 부처—깨달음을 발견하는 김종섭의 심성은 이미 부처로 동화된 경지를 만난다. 깨달음이란 큰 것이 아니고 작은 것 속에서 우주를 감득感得하는 것은 터득된 지혜를 가져야 하기 때문이다. '그렇구

나'의 탄성은 이미 삶의 깊이가 달관의 통찰력을 구비했다는 우회적인 상징에 이르는 깨달음의 소리가 크다.

9) 文錦玉—부처연습

시는 시치미를 떼면서 보여주는(showing) 것만으로 말해야 한다. 이를 낯설게라는 말로 표현의 신선미를 강조하지만 결국은 의미의 숲을 어떻게 만들 수 있을 것인가에로 집중된다. 봄이라는 이미지를 통해 무한 상상의 여행을 떠나는 점에서 문금옥의 시는 탄력감을 부풀린다.

> 혹독한 겨울 견뎌 낸 매화는/그 향기 더욱 그윽하다는데/아지랑이 같은 몸내는 무장무장/조계산 능선을 넘고있었네//벼랑을 스치는 세월은 아찔한데/얼마나 더 많은 겨울을 보내어야/암향부동, 그 싹을 틔울 것인가
>
> — 문금옥 「봄 꿈」에서

뒷간에 앉아 매화를 바라보는 시선—혹한의 겨울을 이겨내고서야 향기를 내뿜는 매화로 연결된 시인의 마음에는 스스로를 객관으로 바라보는 시선— '얼마나 더 많은 세월'과 매화향의 결합은 이미 한 편의 시에서 향으로 솟아오르는 감동으로 '한 살림 차리고 싶었네'에로 Identity의 입구를 지나고 있는 인상이다.

10) 신군자— 비누냄새

레미 드 구르몽의 연작시 「머리칼」엔 많은 냄새가 등장한다. 그러나 물기가 뚝뚝 떨어지는 알몸에서 나오는 비누 내음 혹은 감각적인 후각의 자

극은 시가 갖는 상상력의 극대화를 위해 좋은 예가 될 것이다. 신군자의 시조엔 고뇌하는 삶과 예술의 고뇌 깊은 흔적이 젖어 있다.

> 오랜 寺院 뒤란 같은/임 영혼위에 내가 눕네/예술 그, 고단함을/삶 그, 어여쁨을/저마다/어떤 모습으로/고뇌하는 알몸이여
>
> — 신군자 「조각공원」에서

시간의 늪에서 고단함과 아픔의 이름들은 예술의 미감美感을 창조하는 역설의 이유가 된다. 삶의 대견함과 예술의 모습은 서로 상치相馳하지만 삶과 예술은 언제나 아름다움의 창구를 내기 위해 '알몸'으로 시련을 넘어간다. 그러나 따스함을 전달하는 예술의 힘은 언제나 인간의 고독을 위무慰撫하는 임무에서 빛나는 자리를 확보한다. 감추면서 드러내는 신군자의 정서는 그만큼 깊이와 넓이를 가진 시로 말한다.

11) 신옥철—나를 찾는 여행

나는 어디에 있는가? 보이지 않고 들리지 않는 나의 행방을 찾는 일은 인류의 탄생에서 시작된 물음이고 영원한 인간의 명제—살아있는 인간의 표상일 것이다. 존재의 탐구는 인간 여행의 본질이면서 삶의 이유가 된다는 생각이 신옥철이 시를 쓰는 이유가 되는 것 같다.

> 소리가 되지 못한 이 아우성들 어두운 내 안에서 石柱가 되어 주렁주렁 열려 있다. 해와 달 그 꿈의 거리. 나와 無關한 조건들은 언제나 건재하고.
>
> — 신옥철 「딱딱한 나. 27」에서

의식이 닫혀있을 때 의식은 탈출로를 모색한다. soul엔 아니마와 아니무스가 있어 변장의 표정으로 출몰하지만 일정한 수로水路를 갖고있기 때문에 인간의 의식을 갈래지을 수 있다. 신옥철의 내면엔 대상과 시인의 거리를 일정한 거리감으로 설정하고 그 변화를 표현미로 옷을 입히고 있다. 나와 무관한 것은 결국 나와 유관한 것으로 상관을 맺는 것이 인연의 법칙임을 감추고서……

12) 吳悳敎 —순리의 바퀴아래

개혁이라는 말은 순리의 개념과는 맞지 않는다. 변화를 수용하고 또 받아들이는 것 혹은 변화를 위해 마음을 바치는 것이 역사의 순리를 따르는 것이다. 이는 자연의. 이법理法을 벗어나서는 존재할 수 없지만 무지한 인간은 개혁 혹은 개 코를 벌름거리면서 유다름을 강조하는 세상에 오덕교의 시는 이치를 설법한다.

> 이 가을에 잎 져가는/의상의 나래/허망한 날개짓일까/가을이 가고 그 겨울이 오면/또 봄이 오는 소리//그 옛적 늦가을 날에/폐원(廢園) 가 꾸던/주인은 지금 어디 갔는가
>
> — 오덕교「바람이 지나간 자리엔」중

허무란 인간이 깨달은 삶의 답안이다. 천상川上의 탄嘆으로 아파한 공자나「허무」를 탄식한 예수의 고뇌는 인간의 삶이 허무라는 말로 삶의 종착점을 설파했다. 그러나 계절이 바뀌고 냉혹한 겨울의 상징을 넘기고 재생력을 갖는 봄의 소리를 들을 수 있는 시인의 귀에는 자연의 순리를 상정想定하는 지적 심도深度가 다가온다.

13) 이영춘— 세상 느끼기

바닥의 심연에는 항상 절망이 자리잡는 것은 아니다. 절망은 희망의 스승이기 때문에 무거운 발걸음으로 다가오지만 비극의 관념을 떨쳐버리는 충격을 줄 수 있다. 시는 충격의 강도가 크면 클수록 감동의 여파는 길고 넓은 파장을 남긴다.

> 내가 가르치는 모 대학교/사회교육 시 창작반에는/포주 한 사람이 있다//그는 여자다//처음 그를 만난 날/나는 비릿한 냄새를 확 느꼈다//그 냄새는 창녀들의 아픈 생을 다 마셨기 때문,/그것을 글로 쓰고싶어서 왔단다
>
> — 이영춘 「포주」에서

소재가 충격을 준다. 그렇다면 포주도 시인을 감동할 수 있는 글을 쓸 수는 있을 것이다. 그러나 그 글은 기교 혹은 가식의 글 이외에 다른 여지를 남길 것인가? 불란서에 도둑 시인 뷔용이 있지만, 그는 교도소를 나와서는 시를 쓸 수 없었다. 그렇다면 '흠칫 놀랐다'는 시인의 마음에는 무엇이 감동을 주었을까? 그럴 수도 있겠다는 소재적인 사건의 의미는 결국 충격의 파장은 짧았을 것 같다. 악의 꽃에는 결국 향기가 없기 때문이다.

14) 임만근— 낮은 곳에서 바라보는 것들

노자는 상선약수上善若水 즉 낮은 곳으로 흐르는 물에서 숙연한 진리— 아래로 흐르는 물에서 삶의 진리를 말했다. 이런 일은 인간의 삶이 어떻게 살아야하는가를 극명한 비유로 다가온다. 더불어 겸손이라는 것이 어떤 힘을 발휘할 수 있는가를 깨닫는데서 참된 인간의 가치를 발휘할 수 있음을

헤아리게 된다.

> 고개를 숙이니 비로소 바다가 보인다/바다 끝 섬도 보인다/절로 말문이 닫힌다/눈이 더 크게 보인다/고래가 뿜어내는 물보라가 보인다
>
> — 임만근 「자수(刺繡)」

'보인다'의 깨달음은 '고개를 숙이니'의 조건을 필요로 한다. 여기서 진리의 문이 열리고 '섬' 그리고 탄성과 '물보라'의 새로운 경지가 전개된다. 결국 '고개를 숙이니'의 자발성의 낮춤에서 기다림의 경지를 불러들이는 진리 찾기는 스스로 열리는 문으로 들어가는 자격을 갖추게 된다.

15) 장렬—꽃내음 찾아가기

테마시는 많은 시인들 중에서 키를 높이는 시 쓰기이다. 더불어 자기만의 문패를 달 수 있다는 점에서 장렬의 꽃에 대한 천착穿鑿을 높이 평가할 수 있는 작업이다. 꽃에서는 인간의 모든 것을 비유할 수 있는 표정들이 들어있어 시인의 개성과 통찰력을 필요로 하는 조건이 따르기 때문이다.

> 내게 꿈이 있다면/그것은 꽃을 갖고 싶음이다//내게 꽃이 있다면/그것은 꿈이 되고//제대로 된 꿈은/꽃을 똑바로 보는 일이다//내게 꽃이 있다면/ 그것은 꿈을 갖고 싶음이다
>
> — 장렬 「꽃 172」

꿈과 꽃은 동의어로 보인다. 그러나 시인에게 꿈이나 꽃은 아직 다가온 느낌이 아니다. 이는 '꿈을 갖고 싶음이다'라는 가능의 여지 앞에 시인이 소망을 보내고 있기 때문이다. 그러나 완전한 소망— '꽃을 똑바로 보는

일'에서 시인이 지향하는 의식은 보다 높이로 오르려는 꿈의 손짓을 따라가는 아름다운 몸짓이 보인다.

16) 정공량— 희망 만들기

시간에는 무게가 있다. 의식의 촉수를 밝히면 시간은 멀리 달아나고 불러들이면 더 먼 곳으로 이름을 감춘다. 그러나 시간은 본래 없는 것—다만 인간만이 시간의 이름을 붙이고 그 족쇄에 이끌려 가는 것을 세월이라는 명칭으로 다시 인간은 시간의 노예가 된다. 시간 속에 희망의 날개는 항상 펄럭인다.

> 두 번 다시 돌아가지 않으리/한숨 섞인 목소리로/길은 저물고 있다/생각처럼 게으른 아침을 맞으니/기울어도 어디에 닿을까/그 무게만큼의 긴 세월
>
> — 정공량 「먼 길」

인간은 길을 만들고 또 그 길을 간다. 미답未踏이거나 아니면 많은 사람이 간 길이거나 결국 길을 가는 존재이지만 항상 두려움과 망설임을 앞세우는 길에 운명을 놓는다. '한숨'과 '먼 길'을 향하여 스스로를 이끌어야하는 시간 속에 희망 만들기의 싹은 스스로 키우는 일이다. 정공량은 그런 신념의 불을 켜고 세월의 언덕을 오르는 인상이다.

17) 한필애— 언어를 향한 손짓

언어에는 무게가 있다는 것을 시인들은 안다. 때로는 가볍기 팔랑거리는가하면 무겁기 힘겨운 운용運用의 법칙을 외면하지 못하는 것이 시인에

게 허여된 임무라면 이를 향해 어떤 태도를 보일 것인가는 개성으로 표현된 작품의 이름이 된다. 언어에 책임을 느낀다는 것은 곧 삶의 정직성과 통하기 때문이다.

> 선거의 계절/언어의 씨앗들이 허공에 뿌려져/부평초처럼 떠돈다// 그들이 쏟아내는 현란한 말잔치에 잠시 유혹은 당한다/그 중 튼실한 씨앗 몇 개만 지상에 뿌리내리면 … (중략) … 아름다운 노래 푸른 수 놓겠지
>
> — 한필애 「언어의 숲」에서

언어는 행동의 전단계이지만 결국 행동과 일체화할 때 비로소 인간의 품성을 말하게 된다. 정치가의 말에 공허함을 느끼는 시인의 감수성 위에 소망의 이름들이 내린다. 지상의 신뢰와 아름다움을 꿈꾸는 것은 곧 인간과의 체온을 나누는 현실에서 가치를 발견하려는 의도가 한필애의 가슴에 저장된 아름다운 꿈인 것 같다.

18) 정재희— 정밀靜謐의 풍경화

시는 시인의 전부를 말하는 침묵이다. 때로는 다정한 손짓으로 다가오기도 하고 때로는 격렬한 몸짓으로 깨우침을 나부끼는 호소력을 갖는 것이 시의 소용이다. 정재희의 시에는 삶의 깊이를 방문한 조용한 미소가 풍경으로 제시된다.

> 무더위에 꼼짝 않는 나무위로/가만히 멈춘 시간/몇 마리 새들이/문득 깨어나 쏜살같이 날아간다
>
> — 정재희 「무제. 1」

암담할 정도로 조용한 시간을 깨우는 것은 확실히 충격의 요법일 것이다. 정재희의 시는 그렇게 보여만 주는 기법이 이채롭다. '쏜살같이'라는 놀람에서 정밀靜謐은 인간의 땅으로 인식되는 '날아간다'와 2에 소리만 '요란하다'와 3에 '잠을 깨운다'와 같은 이미지들의 느닷없는 결합이 독자를 긴장시키는 요인이 된다.

19) 이현명—자화상 그리고 배경

「나」를 찾는 일은 너를 인식하는 발상에서부터 시작된다. 「네」가 없다면 나라는 명칭도 소용이 없기 때문이다. 이는 우주의 중심을 인식한 후에 대상을 확대하는 정신의 일면이지만 공존의 삶을 필요로 하는 인간에게 자기 각인刻印은 곧 살아있음을 우회적으로 나타내는 기법이 된다.

> 옛이야기처럼 오래된/다리 난간에 기대어/하염없이/어딘가 바라보는 너// … (중략) … 사랑이 떠난 뒤에도/홀로 남은 앙상한 구조물처럼/죽은 듯 멈춰 서있는 너는/지금 어디쯤 서성이고 있는가.
>
> — 이현명 「사진.1」에서

아름다워지려 혹은 아름다움으로 채우려는 발상이 시인의 내면을 장악하고 있다. 그러나 사진 속에 주인공이나 배경은 '빈 성을 지키는데'나 '앙상한 구조물처럼'의 시어가 시인의 내면을 나타내는 흔적이라면 어두운 채색의 토운으로 다가온다. 시는 시인의 심리적인 현상을 언어로 그림을 그리는 일이 된다는 점이 대입된다.

20) 김영훈—여백에서 들리는 소리

시와 나이는 체험을 소재로 하는 기교에서 표현 영역이 넓을 수 있다. 10리를 답파한 사람의 눈과 20리를 바라본 시각에는 차이가 있기 때문이다. 김영훈의 시에는 삶의 이력이 창고를 메우고있고 또 여유로운 눈빛이 따스함으로 가득하다.

> 길가에 서서 한평생 흘려보낸/등 구부린 우람한 정자나무/검푸른 잎마다 활짝 펴/자시 쉬어 가라한다// … (중략) … 나는 이제까지 멀쩡한 몸으로/누구에게 즐거움 주었으랴/수많은 사연 등에 진 정자나무/우러러 보고 다시 길 떠난다
>
> — 김영훈 「등 굽은 나무」에서

땀 젖은 사람에게 나무그늘은 행복한 보시布施라면 이런 비유는 삶의 자세와 연결된다. 길가를 지키는 나무의 이면에서는 자기 삶을 지키는 의지와 신념이지만 이를 타인에게 베풀 경우 주는 자와 받는 자의 행복은 아름다워진다. 정자나무에서 삶의 이치를 발견하고 다시 길을 떠나는 김영훈의 시심詩心에는 따스함의 깊이가 가을볕과 같은 인상이다.

21) 김의식—정화淨化의 염원

세상의 바다를 거닐다보면 나를 위호衛護하고 있는 대상과 마주선다. 어떤 자세로 대상과 마주칠 것인가는 개인에 따라 다른 반응을 나타낸다. 김의식은 자기정화 혹은 헌신으로 세상을 바라보는 따스한 시선이 있는 것 같다.

어디쯤일까/펼 수 없는 날갯죽지/느닷없는 바람결에 현기증 일다/접혀져 버렸나//남루한 시간의 두께만큼/추락의 밑바닥은 아득한데//거추장스러운 가식의 옷자락/훌훌 벗어 던진다면/보송한 땅을 밟을 수 있을까

— 김의식 「추락」

오르는 순간보다 추락하는 순간에 의식의 명료성은 행동을 보인다. 세상의 멀미에서 남루한 시간의 자락을 흩날리며 자존의 명패名牌를 확보한다는 것은 지난至難한 일이기 때문에 어디에 어떻게 스스로를 위치할 수 있는가는 시인의 마음에 간직된 삶의 자세일 것이다. 김의식은 '보송한 땅'을 위해 무엇을 할 것인가를 궁리하는 모습이 선연하다.

22) 조명선―풍경 벗어나기

사는 일은 일정한 풍경과 마주서는 일이다. 자기에게 편리한 것도 있고 또 빨리 벗어나려는 대면도 있다. 전자에서는 안락함을 요망하고 후자에서는 벗어나려는 행동을 예비한다. 이는 인간이 갖는 상정常情이기 때문에 때로 「바쁘다」는 합리를 전면에 놓고 다음장면을 찾아 길을 떠난다.

구경한다/민망한 발가락 열 개 힘 꽉 주(쥐)고//「조의」 영수/번개같이 봉투하나 건넨다.//그래, 난/「바쁘신 중에…」/휴대폰이 또 씹는다.

— 조명선 「조문풍경」

시는 보여주는 낯설게 하기에서 미적美的 거리를 형성한다. 시인은 전면에 나서지 않고 바라보는 방관자의 입장에서 경치를 제시— '구경한다'에서 '번개같이 봉투 하나 건넨다'로 장면을 빠져나오는 장면전환을 다시 휴대폰이 시니컬하게 간섭한다. 이 같이 보여주는 객관의 제시는 조명선이

시를 운용하는 언어의 능숙함을 느끼는 부분이다.

23) 노명순—생명찬양의 시선

살아있음은 아름답다. 이런 명제는 예술이 추구하는 본질이기 때문에 시인의 시선은 통찰의 예리함이 있어야한다. 큰 것 보다 작은 것 그리고 외면했던 것들에서 찾는 미감美感은 시인의 소명이기 때문이다. 노명순의 시에는 삶을 바라보는 아늑함과 찬란함이 교직交織하고 있다.

> 깊은 허방에 빠지는 길만 걷다가 지쳐/덜썩 주저앉아 너를 마주 보게 되었다/꽃아!/노란/민들레꽃아!/이 세상 시멘트바닥 틈새에서/초록빛으로 솟아/꽃 피우는 꿈 이루어 내는 법을/어떻게 배웠니?
>
> — 노명순 「디스커버리」

대상에 의탁하여 시심을 표출하는 것은 시인의 정서를 말하는 일이다. 시멘트라는 고난과 악착함의 틈새에서 민들레꽃의 출현은 생명의 경외敬畏에서 찬탄하는 노명순의 시심은 생명의 아름다움으로 세상을 가득 채우는 법을 배우려는—그리고 전파하려는 의도이면서 휴머니즘의 자락으로 감싸려는 어머니의 마음같은 인상을 준다.

24) 정형택— 돌아보는 마음

어머니 혹은 아버지의 추억은 애달픈 마음을 부추긴다. 더불어 지난날의 아픔이 다가오면서 그 애달픔은 더욱 깊은 그리움을 부추기는 요인이 될 때 삶의 이력은 높아진다. 이는 삶의 원형을 찾아 길을 나서는 결국은 자기찾기의 일환이기 때문에 엄숙해진다. 정형택의 시는 순수로 길을 내는 시의 행로가 전통적인 함량으로 가득한 인상이다.

「열 손가락 깨물어/안 아픈 손가락 있다냐」/영문도 몰랐던 그 때의 말씀/이제 아프지 않은 손가락 없음을/깨달은 오늘/철없던 지난날에 가슴만 탑니다

— 정형택 「어머님 10」에서

어머니에 대한 그리움은 원형 혹은 고향의 정서와 상통하기 때문에 항상 엄숙을 앞세운다. 아울러 돌아가고 싶은 일념으로 뒤를 돌아보지만 아득한 자락만 흩날릴 뿐 시야는 더욱 암연黯然해진다. 이때 시인은 갈증의 노래를 부를 수밖에 없게 된다. '철없던 지난날에 가슴만 탑니다'의 애절함은 오늘의 깨달음에서 서러움과 마주서는 시인의 모습이 아름답게 보인다.

25) 김병만—목련 내음

시적 알맹이를 motif라 한다. 이는 시적 화자의 진로를 어디로 진전시킬 것인가와 연결된다. 이런 모티프는 이미지도 될 수 있고 사건이나 행위일 수도 있다. 이 모티프의 원형으로 initiation을 거치면서 충격과 시련 자기인식의 세계를 확보한다. 목련을 비유로 하여 시인의 마음을 의탁하는 정서는 곧 시심의 지향과 일치한 시를 쓰는 김병만이다.

급하기도 하지/여린 것들, 감기라도 들면 어쩌려고/저들은 언제/뽀송뽀송 솜털을 벗고 '속조이며 설레이는 사랑을 또 누구에게 배워/눈같이 흰 면사포를 쓸까?

— 김병만 「목련」에서

시인은 끊임없는 대상과의 조우遭遇에서 자기의 정체성(identity)을 형성해간다. 목련을 만나 시인의 휴머니즘을 발성하고, 연약한 대상에서 사랑의 아름다움을 발견하는 현상은 곧 김병만의 순백한 정서를 가늠하는 일이다. 시는 시인의 고백의 성을 보여주는 심리적인 모양이기 때문이다.

26) 이상인—민화民畵 풍경

전통은 강물이 잇대이는 의식과 만나게 된다. 다시 말해서 자기를 객관적으로 만나는 것이 전통의 줄기이다. 오늘의 존재는 여기서 발원發源하고 아울러 미래를 연결하는 줄기를 형성하게 된다. 이상인의 시에는 어제의 이야기가 오늘의 표정으로 다가오는 다감성이 유난하다.

> 선암사 뒤뜰 갔더니/삼 백년 묵은 매실나무/우굴퉁 부굴퉁 늙어있다//… 중략 … 우리 또한 어느 틈 이리 됐을 거나/어깨 편치 않고 허리 흔들린다/벗 더불어 매실주 한 순배가 거나했다
>
> — 이상인 「선암사 뒤뜰 갔더니」에서

더불어 산다는 것은 인간만의 모습은 아닐 것이다. 서로가 서로를 의지하면서 체온을 녹이는 일이 존재의 확장이기 때문에 생의 현장은 항상 긴장을 갖는다. 숲의 모습—그 치열한 현장에서 자기만의 향香을 발산하는 300년 매화의 모습은 얼마나 대견한 일인가. 삶의 지혜를 매화에게서 전수받은 시인의 마음은 그만큼 향기로운 암향暗香을 꿈꾸는 것 같다.

27) 도숙자—내 안의 배를 띄우는 일

바다는 낮은 대양과 유형적인 매개의 존재로 인식된다. 아울러 삶의 목

표 혹은 도전의 대상으로 남을 때 파도라는 이미지와 마주친다. 이는 삶이라는 길에서 바다는 환희의 시원함과 또는 넘어야할 숙명적인 삶의 현장을 떠올리게 하기 때문이다. 도숙자의 바다는 위험과 도전의 피흘림보다는 안전하게 길을 가야하는 여성적 이미지로 떠오른다. 여린 심성이 투영된 것 같다는 뜻이다.

> 마음에 띄운 배/나를 싣고 갈 수병은 보이지 않고/해풍에 찢어진 깃발 나풀거린다/나의 승선은 해도에도 없는 뱃길/처음부터 나 홀로였다/저 다층의 파도타기로/물과 기름이 흐르는 뭍을 향한 길이었다
>
> — 도숙자 「승선」에서

'홀로'라는 고독이 자리한다. 이는 배를 타는 두려움이 안전하게 목적지에 이를 수 있을까를 염려하는 마음이 승勝한 것 같다. 이런 불안의 요인은 '전갈과 독거미'의 출현을 우려하는 길에 불안이다. 멀리 보는 눈 그리고 마음의 평정을 갖고, 나 홀로가 아니라는 의식을 충전한다면 도숙자의 언어기교는 의미의 숲을 이룩할 것 같다.

28) 도한호—희망의 불켜기

세상을 이방異邦의 눈으로 보면 낯설고 안타까우나 가슴을 열고 바라보면 모든 사물이 친근하게 다가온다. 도한호의 눈은 항상 열려있고 가슴을 열어 바람을 맞아들이는 일 때문에 삽상颯爽한 그리움이 펄럭인다. 이 깃발은 때로 타인에게 구원의 손짓이 될 수 있을 때, 다시 도한호는 조용히 웃게 된다.

> 문 밖에는 이방의 도시가 낯선 불빛 속에/번쩍거리고, 가까운 지구

> 에는, 우리 또/다른 가족들과 항상 조금 모자라거나 약간/지루한 지구의 시간 속에 아직 남아 있는/내일이란 이름의 여정(旅程)이/우리를 기다리고 있다
>
> — 도한호 「우주여행」에서

여행이란 낯선 곳을 찾아가는 길이기에 힘겹고 고달픈 아픔이 수반된다. 설사 우주를 여행한다해도 지구와 다름이 없기 때문이다. 오늘과 내일의 연결을 위해 '힘겹게 걸어간다'라는 도한호의 여정은 자기만을 위한 여정이 아니고 뒷사람에게 불을 켜려는 의지 때문에 고난의 여정이 전개된다. 이는 아가페적 시심詩心을 앞세운 사람에게서 나오는 향기일 것이다.

3. 마무리

향기롭다. 그리고 한국 시를 대면하는 맛이 속 깊다.

시의 숲에서 들리는 소리

— 「불교문예」 출신의 시

1. 돌과 시의 소리

시에 무슨 소리가 들어있을까? 이 물음에 쉽게 답을 마련하는 일은 없을 것이다. 왜냐하면 언어의 조합에 무슨 소리가 있고 또 무슨 손짓을 발견할 수 있을 것인가. 아마도 시의 원론적인 길을 확보하지 않고서는 아무런 흔적도 마련하지 못하는 결말에 미상불 도달할 것이다.

부처님의 수단설법의 가장 높은 경지는 무소설無所說이라 한다. 말이 없는 이심전심以心傳心의 경지—청춘 남녀가 만나면 단번에 사랑의 눈빛이 교차한다. 굳이 사랑한다는 말을 할 필요가 없다는 뜻이다. 시는 그렇다. 다시 말해서 시는 언어가 아니라 마음이고 가슴이라야 소리가 들리고 알 수 있게 된다.

시—시는 언어의 결합이 아니고 다만 존재하는 대상일 뿐이기 때문이다. 마치 자연의 돌에서 무슨 소리를 들으려는 발상은 애당초 인간의 일방적인 관심으로 마칠 수밖에 없다. 그렇다면 시의 존재는 무엇이기에 누 천년

동안 인간의 심성을 자극하면서 문학의 앞자리에 서있을까. 언어가 없는 꽃이나 돌 혹은 바람조차 인간에겐 중요한 심성을 자극하는 대화의 상대가 된다는 점—살아있는 자만이 시를 알 수 있어 시에서 소리를 감지하는 대화의 통로를 마련할 수 있게 된다. 여기서 시에 손짓과 시에서 변화를 갖는 것은 인간의 심성에 장치된 의식일 것이다. 이 의식은 선택적이면서 교육에 의해 더 많은 의식의 고양高揚을 꾀할 수 있게 된다. 마음의 문을 열어 놓았을 때, 시는 손짓과 달콤한 언어로 감동을 선사하는 기회를 제공한다. 다만 마음의 문을 열고 시를 바라보는 마음에서 무소설의 깊은 이치는 다가올 것이다. 이때 독자는 때로 구원의 메시지를 해독하는 행운을 갖는 것이다.

2. 시의 소리듣기

1) 신광철— 희망 건져 올리기

시는 인간의 일을 말하는 언어의 기교술이라면 거기엔 애환의 이름들이 무늬를 놓으면서 변장하게 된다. 다시 말해서 삶의 자잘한 이름들이 시의 옷을 입게 될 때 삶의 모습은 아름답게 변형되어 나타난다. 시는 살아있는 인간의 몫이 되는 이유가 여기에 있을 뿐만 아니라 감동의 원인도 내장하게 된다. 물론 사는 일이란 변화요 다양성을 갖고 있기 때문에 함축미를 가져야할 시적 장치도 필요하게 된다.

시는 인간의 모든 요소를 정리하는 것이 아니라 현장을 중계하는 실감이 있어야 하는 이유가 필요하고 또 절망에서 희망을 만나는 일—시가 인간에게 필요한 이유가 된다.

따뜻하게 살라고 온혈을 주었는데
그 가슴을 식히는 것은 마음이더군
불끈불끈 심장을 망치질하는 것은
한시도 마음 놓지 말고 살라는 뜻이었지

육지가 끝나는 곳에는 새가 산다네
때론 바다를 버리고 때론 육지를 버리고
희망 하나 달랑 물고 새가 산다네
바다는 육지를 그리워하며 파도로 보채고
육지는 바다를 그리워하며
맨살을 내어놓는 마을 이름은
땅끝마을이라네
더 갈 곳 없어도 등대는 반짝이고
사람들은 찾아온다네
들바람에 꽃이 핀대도 꽃이 진대도
사람 사는 마을에
웃음이 피는 것은
집집마다 군불 때는
아궁이가 있기 때문이라네

땅끝마을에서는
죽으러 왔다가 허무를 내려놓고
희망을 품고 간다네

— 신광철 「땅끝마을에서」

시는 절망과 아픔에서 희망을 말하는데서 감동이 잉태된다. 신광철의 정신문법은 '땅 끝'이라는 마지막의 비유에서 삶의 희망을 노래하는 격식을 갖고있다. 그러나 1연의 의미는 다소 애매할지라도 2연과 3연에서 시인의 의도를 충실하게 나타내고 있다.

시인의 메신저를 이동하는 상징은 '새'로 등장한다. '육지가 끝나는 곳에는 새가 산다'에서 육지의 끝은 마지막 혹은 절망이나 아픔을 뜻하는 이미지로써, 새가 희망을 물고 이동하는— '희망 하나를 달랑 물고 새가 산다네'로 중심이미지를 나타낸다. 육지와 바다 혹은 바다와 육지를 매개하는 새의 역할은 시인 자신으로 사람 사는 마을의 체온을 전달해주는 꿈의 시발始發이 비롯되는 공간의 상징이 '땅 끝' 마을로 이미지화 되었다.

2) 조명숙— 자기 몫의 임무

자연 속에 존재하는 것은 저마다의 위치와 임무가 부여되어 있다. 그러나 간섭하고 제한하는 것은 분배의 공평성에 벗어나는 일이 될 때, 균형이 무너진다. 있는 그대로의 자연은 비록 움직임이 없다하더라도 혹은 나무처럼 그 자리에 서 있다 하더라도 자연의 법칙과 원리에 충실해야 순리의 길을 확보하게 된다. 그러나 인간이 간섭하고 옮기는 일이 개입된다면, 질서는 일거에 변화를 맞게 된다. 다시 말해서 인간이 자연의 변화에 적응하면서 원리에 충실할 때, 비로소 삶의 방도는 적정한 질서를 정립해 간다. 강은 강으로 흐르고 산은 산으로 남게 되는 원리에서 옮기거나 훼손했을 때, 자연의 반응은 거대한 분노를 발산한다.

비 내려도
산은 젖은 발길 트고

운지버섯은 게 있다

썩어가는 참나무에서
몸 키워 자라는 꽃

길게 흡입하는 어둠줄기
조랑조랑 참나무 살
비집은 운지버섯

내려오는 길에
여전히 비 내리고

산의 일은 산에게

— 조명숙 「산의 일은 산에게」

시와 철학은 다르다. 그러나 시는 철학을 포괄하는 점에서 철학이 되지만 철학은 시를 만날 때 지혜의 빛이 될 뿐이다. 이 점에서 시는 어떤 것보다 큰 그릇이 된다. 「산의 일은 산에게」는 철학을 담고 있지만 철학적인 함축미를 시적으로 담지 못한 것 같다. 그러나 발상은 이미 철학의 깊이에 이르렀다는 안도감은 산과 운지 버섯과 결합의 원리를 쉽게 이해할 것 같다. 산의 일은 산에게로 간섭하지 않는 순리를 대입하면 이 시에 운지버섯은 산 속에서 생명을 키워 가는 대상과 환경과의 일체감을 암시한다. 다시 말해서 비 내리는 산에서 운지버섯이라는 생명체가 스스로 성장하는 간섭 없는 자연의 원리— 이미지를 풍경화로 보여주고 있음에서 이채롭다.

3) 신구자—부처를 바라보는 시선

어디에 무엇이 있는가를 묻는다면 궁극적인 대답은 있을까. 이 화두에 응답은 미소일 수밖에 없는 것이다. 지식이란 허무한 것이고 또 변하는 것 —진리—가령 고전물리학의 시 · 공간 개념과 아인슈타인으로 시작한 현대물리학의 시 · 공 개념은 정반대로 변했다. 이는 살아있는 인간에게는 절대기준이 없다는 뜻으로 보면 —절대의 가치 혹은 진리라는 말은 인간에게 일정한 목적에 도달하려는 방법일 뿐, 절대의 목표는 논리를 뛰어넘는 이유를 파생한다. 부처는 어디에 있는가? 이 화두는 이미 화두가 아니라 기교의 언어일 뿐이다. 언어는 다만 기호일 뿐 의미로 포장하는 도구에 불과하다는 뜻을 부처—깨달음과 언어는 상관이 전무하다.

산 속 깃들어 걷다 보면
부처 아닌 것이 없다
양지바른 곳에서 수줍은 듯
조그맣게 웃고 있는 야생화도 부처요
말없이 앉아있는 크고 작은 돌들도 부처요
제 몸 보시하고 있는 썩은 나무등걸도 부처다
돌돌돌 계곡 흘러내리는 물소리,새소리
산 속은 온통 부처님 도량이다

— 신구자 「산속은 온통 부처뿐이다」

부처의 눈을 가진 사람은 세상만사가 부처로 보이고 아귀의 눈에는 세상 모두가 아귀로 보일 뿐이다. '요'의 두 번 반복에 담겨진 '야생화' '작은 돌' 그리고 서술형 '다'의 '나무등걸' '물소리' '새소리' 등 산 속에 있는 물상들이 모두 부처라는 판단을 내리는 시인의 정서는 자연과 육화된 의식을 감지할 수 있는 상징이지만, 어디 부처가 산에만 있겠는가, 하늘의 별빛에서도 또는 반짝이는 햇살에서도 부처의 이름을 찾을 수 있는 빌미는 들어있을 것이다. 의식의 중심을 이루고 있는 '자기' —어떻게 밝음을 불러올 수 있을 것인가에서 깨달음의 눈을 갖게 될 것이기 때문이다. 이로 보면 도량道場은 비단 산뿐만이 아니라 보이는 것을 넘어 우주전체— 또는 내 마음에 있는 절인 셈이다.

4) 정금윤 - 비어있음에서 채우기

있음과 없음 혹은 간다와 온다 등의 이분법적 현상은 아마도 해와 달 또는 밤이나 낮 혹은 남자와 여자 등의 대립적인 혹은 짝을 이루는 개념에서 근원을 찾을 수 있을지 모른다. 그러나 둘의 개념은 언제나 상보적인 관계에서 하나를 이루고 하나에서 다시 둘이 되는 이치와 같다. 비어있기 때문에 채움이 있고 채움이 있으면 다시 비움으로 돌아가는 일이 우주의 이치인지 모른다. 이 둘의 순환은 인간 의식의 문제가 아니라 본질에 들어있는 마음일 것이다.

쉽게 돌아 오마고
뜨락에 가마솥 걸어 둔 채
떠난 스레트 양옥

앞마당 개망초는
창문을 가리고

뒤 곁에 달맞이는
장독을 덮고

울안 복숭아
크다 말고 오그라져

떠나는 마음
따라 가고픈 마음
잡지 못한 마음
삭히고 삭히다

대문 앞

플라타너스 넓은 잎에
매미로 숨어
해 그림자를 향해
목놓아 울어 본다

— 정금윤 「빈집」

도시화로 사람들이 떠난 농촌의 정경을 담았다. 황폐한 공간에 쓸쓸한 흔적이 가슴을 헤집는 풍경화에서 삶의 덧없음을 눈여기는 농촌의 정경이다. 초가에서 근대화의 흔적인 스레트지붕의 황량함에서 변하는 세태의 아픔이 젖어있는 마을—웅성거리던 마을 사람들의 체취는 간 곳이 없고 개망초나 달맞이꽃만이 바람에 흔들리고, 손길이 없어진 복숭아 등의 쓸쓸함은 떠난 사람들의 그리움 같은 이름이다. 시의 전반부에 쓸쓸한 정경이 풍경화로 제시되고, 후반부에는 시인의 정서가 감정이입되면서 「빈집」의 암시가 을씨년스럽다. 이런 현상은 시인의 감정에 깊은 상처의식이 '목놓아 울어본다'라는 탄식이 첨가되면서 삶의 덧없음에 대한 안타까움이 공감의 영역을 확장한다.

5) 현송—부르는 이름에 대한 깊이

시는 미지未知의 대상을 넓이로 확장하는 도구를 필요— 은유나 상징 등의 장치를 요한다. 다시 말해서 시의 대상화는 시인과 결합하는 장치를 응축하기 때문에 버려야 할 것이 있고 또 있는 것도 함축하는 뇌수腦髓를 가져야만 시의 얼굴은 보이게 된다. 물론 시의 얼굴은 신기루와 같이 일순에 다가올 수도 있고 또 영영 미지의 거리로 남아있어 애타는 마음만을 가져야하는 대상—이런 대상은 절대의 신앙과는 다를 것이다. 어떻든 이런 속성에서 '종교를 대신하는 것은 시다'라는 매쉬 아놀드의 말도 성립하게 된다. 그러나 시는 순수한 감동을 전달하는 임무에 국한되고 종교는 절대의 구원에 목매는 양상에서 다를 것이다.

> 저는 시방 외롭다구요
> 오래 전 당신처럼 말입니다
>
> 살도 찢기고
> 무릎도 깨지고 그리고
> 목 놓아 불러 봅니다.
> 당신 그리워 말입니다
>
> 여영(如如)하신 님이시여
> 하루 정도 오시어
> 손수 올린 공양도 드시옵고
> 소리소리 사무치게 하옵소서
>
> — 현승 「기도」

기도의 목적은 정신적인 갈증일 것이다. 소망했던 것 혹은 찾아 헤매는 갈망의 이름은 육체의 방황을 가져오기도 하고 신명의 모두를 바쳐 소망의 탑을 쌓으려한다. 이런 정신의 갈망은 평생을 좌우하는 요소가 되면서 삶의 모두를 바치는 가치로 승화한다. 인간에게 정신가치는 삶의 요인이다. 다시 말해서 무료하게 목적 없이 사는 사람에겐 이런 소망의 필요가 없지만 목적과 목표를 설정한 사람에게는 가야할 그리고 당도하고자하는 염원이 있게 된다. 이런 목적 때문에 '살도 찢기고', '무릎도 깨지고'의 절절한 행동이 뒤따르게 된다. 현송 시인의 갈망은 '당신' 혹은 '님'이라는 미지의 대상을 향해 가슴을 열어 절절함을 호소하는 송가頌歌의 형식이 애절하다.

6) 도업—채울 수 없는 갈망의 깊이 바라보기

티끌 모아 태산이라는 비유는 근면과 열성을 가르치는 우회적인 말이다. 그러나 이 같은 비유는 우매한 인간의 지혜를 다스리는 목표달성의 교훈이 될 것이다. 아울러 채워야 할 소망의 항아리에 고이지 않는 물의 안타까움은 현세를 살아가는 인간에겐 절망의 심연이 될지 모른다. 그러나 인간은 지혜의 깊이를 동원하여 절대경絶對境과 조우遭遇하려는 희망의 나무를 심으면서 살아간다. 이런 지혜는 여타 생물과 다른 구분의 요건이 되면서 우주를 바라보는 시선을 확보하는 요체가 되는 셈이다.

하늘에선 구름이 노를 젓고
땅에선 초목들이 하품을 한다

오늘도
채워지지 않는 항아리

천둥번개 세월, 시간
담으면 채울 수 있을까

나유타 항아사 억만 겁이
지난다면 채울 수 있을까
순간,
뿌연 강(江)기슭 돌다 나온
한줄기 바람 자리를 튼다

— 도업 「항아리」

시인이 항아리에 물을 채우는 방법—도에 이르거나 범인凡人들이 목적지에 이르는 것처럼 한계가 없는 절대경의 공간에 이르는 방법의 아득함을 느끼고 있다. 이는 '오늘도/채워지지 않는 항아리'라는 발성에서 먼 거리에 있는 절대자의 자취를 찾지만 '찾을 수 있을까'라는 의문— '멀리 있음'을 인지하지만 '순간'의 깨달음에서 '한줄기 바람 한자리'를 느낄 때, 이 의문의 구름은 정진의 자세로 돌아가는 길찾기를 셈해야 한다. 빈 항아리를 채우는 화두는 결국 바람의 메신저에 의해 아득한 시원始原과 현세를 결합하는 시인의 작심이 다시 빈 항아리 앞에서 맹세로 바뀌는 신앙적인 인상을 줄 때 안도감을 남긴다.

7) 이근창—혼합의 미학 찾기

맛이라는 추상명사는 분석할 수 없는 성분들이 모여서 한 가지 특성을 이루는 말이다. 물론 멋이라는 말도 그렇듯 세상은 한가지의 사물이 홀로 존재하는 법은 없다. 둘 이상 혹은 몇 개의 요소들이 모여서 특성을 이루면 '맛있다'거나 '멋있다'라는 어휘가 탄생한다. 가령 김치맛이란 말에서도 조화의 미학을 이루는 뜻이지 배추 하나만의 존재로 김치는 성립되지 않는다. 맛있는 김치가 되기 위해서는 배추와 갖은 양념과 손맛이 가미되었을 때, 그리고 적당한 시간이 경과한 다음에 나오는 탄성이 된다. 시를 만나는 일도 이런 이치와 다름이 없다.

> 마누라 김치를 담근다 이웃들 와르르 불러모아 떡갈잎처럼 펄펄한 얘기들도 비벼 넣어야 제격이지만 오늘은 우선 베란다 가득 출렁이는 햇살로 배추 알몸들을 말끔히 헹구어낸다 김장이란 말하자면 아상(我相)을 죽이는 일이다 제멋대로 뛰어다니던 바람들을 구겨 넣고 빳빳하게 일어서는 배추잎들 주저앉히고 남의 속 아리게 하는 마늘의 모난 마음 달래고 붉게만 뻗혀 오르는 고추 오만을 누르고 그리하여 냄새 다른 남들 기꺼이 껴안아 결국을 하나로 되돌아가는 것이다

> 김치들 조용히 잠재워 둔 통 속에서 한밤중 어둠을 타고 쏴아, 파도소리 인다 액젓으로 찾아온 멸치떼들 푸른 바다 한 움큼씩 쥐고 온 것이다 밤 파도소리는 바람 드센 겨울밤을 부드럽게 어루만져 주었고 나는 이제 파도 한 자락 끌어 덮고 긴 겨울잠을 잘 것이다
>
> 어서 날이 밝았으면, 그리하여 창문 가득 흰눈이 쌓인 소복한 아침이 왔으면
>
> — 이근창 「김장 담그기」

김치라는 비유를 통해 생의 원숙함을 느끼게 하는 작품이다. 그리고 어떻게 살아야하는가의 방법이 우회적으로 제시되었고, 시의 특성인 ambiguity의 암시는 다양한 상상의 여백을 갖게 한다. '팔팔하고 싱싱한 배추'를 '펄펄한 애기들'로 비벼 넣어 — '아상을 죽이는' 일로부터 배추는 배추가 아니라 김치라는 맛을 탄생하게 된다. 이 원리는 나를 죽이는 것에 초점이 모아든다. 나를 대상에 조화함으로써 비로소 새로운 탄생의 맛을 가져올 수 있기 때문이다. 고추와 마늘과 소금들이 결합할 때, 저마다의 개성이 결국 하나로 통합되는 과정을 통해 김치라는 이름에 즐거움을 잉태한다. 인간이 살아가는 이치도 이런 방법을 터득하면 낙원의 땅을 이룰 것이 아닌가?

8) 우이정—일상에서 깨우치기

깨우치는 일은 큰 것이 아니고 작고 보잘 것 없는 물상에서 부딪히는 소리일 것이다. 무관심에서 다가온 깨달음이나 지나가는 것들에서 일깨운 속삭임은 결국 살아있는 인간에 의해 포착된다. 시인의 의식과 대상이 교접交接을 이룰 때, 상상의 나래는 큰 공간으로 이동하게 된다.

휴머니즘은 문학의 영원한 숙제이다. 인간 삶의 모순이 있는 곳에는 휴

머니즘의 용어가 적용된다. 신중심의 중세에는 인간해방이 휴머니즘이었고, 근대의 산업사회에서는 빈부의 불균형이 민주와 공산의 대립에 따른 모순을 극복하는 방법으로 휴머니즘의 용어는 적용되어 왔다.

초등학교 작은 문방구 앞을 생각없이 지나다가
힘없이 울부짖는 병아리들 나의 눈 속으로
무겁게 들어와 앉는다
태어나서 또 어디론가 입양 갈
어린애들의 울음소리가 병아리의 날개
안에서 바람소리 되어 웅웅거리는 것 만 같았다
어린아이들의 고사리 같은 손 안에서
얼마간의 행복감 말없이 감겨올 두 눈
너희들의 마지막을 생각하느냐
나뭇잎 사이로 걸리는 바람은 따사롭기만 한데
지금 내 몸 속으로 타고 흐르는 피는
왜 이리도 서늘한가
저들은 온실 속에 꽃과 같아 칼날 같은
세상 앞에서 아무런 저항 없이 쓰러지리라
어차피 너희들은 말하는 장난감 아니였던가
문방구 앞을 물끄러미 바라보다가
비명소리에 놀라 두 귀 막고 모른 채
돌아설 때 까만 눈동자들이 나의 뇌리 속에서 자꾸만 맴돌 뿐
나는 그들에게 아무런 힘이 되어 주지 못했다
낮 달이 스믈스믈 다가서던 오후 한낮

— 우이정 「병아리」

햇살 따스한 봄날이면 초등학교 앞에서 병아리 파는 모습이 보인다. 어른들은 이 병아리가 살아갈 수 없음을 알지만 아이들은 사랑스런 모습에 현혹되어 돈을 주고 생명을 산다. 그러나 병아리는 따스한 아이들 손에서

생명을 보존하려 하지만 생명을 유지하는 경우는 매우 드물다. 이런 이유 때문에 시인은 연민의 마음을 병아리에게— 부모 없는 입양아의 슬픔과 대비된다. 병아리가 장난감이 되는 운명적인 일은 비극이다. 이 비극 앞에 어떤 방법도 선택할 수 없는 시인의 마음은 '비명'을 외면하는 일로 슬픔을 재우려 한다. 병아리의 슬픔을 객관으로 바라보는 시야에서 인간의 모습을 오버랩 하는 기교가 돋보이는 일이 된다.

9) 유준화 —어머니 자리 바꾸기

나를 우주로 놓고 보면 대상을 포괄하는 안목이 나타난다. 가령 어머니를 경모敬慕의 대상에서 스스로가 어머니가 되었을 때의 어머니상은 과거와 같을 수가 없다. 역지사지易地思之의 입장은 때로 새로운 세계와 맞닥뜨리는 의미를 획득할 수 있게 된다는 뜻이다. 사는 일이라 늘상 새로운 깨달음이고 변화에 적응해야하는 일이 된다. 하여 생명이 다하는 날에도 이런 일에 이방의 느낌을 갖는 것은 그나마 현명한 삶을 살아온 사람의 발성일 것이다. 다음 시는 그런 목소리가 들어있다.

당신의 주름진 눈가에 눈물이 고였습니다.
이놈아 그러면 안돼

나도 아이들에게 말했습니다
이놈아 그러면 안돼

머리털이 하얗게 변하여 쓰레기통에 처박히던 날
이놈아 너도 그러면 안돼

초겨울 빗소리

울안에 서성대는 밤

— 유준화「어머니」

시의 소재로 가장 많은 빈도가 어머니와 고향이다. 그만큼 인간의 원형이라는 점에서 다양한 의미를 내장한 시어가 될 수 있어, 부드럽고 자애로운 상징에서 모든 사랑의 의미를 내포하는 대상화가 된다. 어머니로부터 들었던 꾸지람이 이젠 상황이 바뀌어서 자식에게 '이놈아 그러면 안돼'를 똑같이 말할 수 있을 때, 어머니에 대한 그리움의 정감이 솟구친다. 머리가 하얗게 변할 즈음—초겨울 같은 나이의 깊이에서 모정을 그리워하는 것은 인간이 본질로 돌아가려는 순수한 마음일 때 이런 감정은 의미를 갖게 된다.

10) 고봉—수행의 노을빛 아득함

닦음이란 방법이 없을 것이다. 더는 깨달음을 얻는 것도 방향이 없기 때문에 바른 마음을 갖는 수행이 필요할 것이다. 시 쓰기도 수행의 방법과 다름이 없다. 무한으로 찾아 방황을 했을 때, 신기루처럼 얼굴을 보여주고 다시 순식간에 가버리는 무정한 그림자에 이끌려 길을 터벅여야 한다. 길이 없는 길에서 길을 찾는 일이 무슨 의미인가? 대답이 있을까. 아니면 무언으로 남는 미소인가

땅위에 가랑잎은
바람에 몸을 맡기고
납자 또한
그대 그림자에 마음 맡긴다
아 나의 끝없는 사랑은
저녁답 노을로 타오른다

— 고봉「수행길에」

가랑잎은 시인 자신 혹은 인간으로 귀납되고, 바람은 자연을 다스리는 운명적인 의미로 옷을 입히면 바람이 휘젓는대로 가랑잎은 방향을 정하지 못하고 떠돌아야 한다. 자기 의지이기보다는 바람에 의지하는 운명론적인 이름에서 벗어나지 못하는 인간과 겹쳐진다. 가랑잎에 독자적인 의지를 가정할 수는 없다. 그처럼 인간 또한 바람에 몸을 맡기고 바람에 의지하는 방랑의 마음— 노을에 아름다운 채색의 풍경화로 나타난다. 아울러 표표히 길을 떠나는 운수납자의 모습에서 삶의 덧없음이 겹쳐진다.

11) 현나미—명상의 흐름을 따라가면

아름다움은 끝이 없는 그리움과 연결된다. 아울러 그리움은 기다림의 숲에서 오랫동안 숨죽이는 형상과 망연한 모습으로 일상을 점철한다. 기다림의 그림자가 길어질수록 안타까움도 길을 잃은 듯이 초조하지만 언젠가는 돌아오는 모습과 정면으로 마주치는 것이 인연이고 운명의 이름이다. 하여 기다림이란 이름은 그리움과 아름다움으로 연결되는 길을 만들게 된다.

강물이 멀리 있는 것은
밤을 기다리기 때문이다
서로를 알아볼 수 없는
거리에서 불빛은 마른 침을 삼키고
비를 맞고 강물은 몸을 불어간다

물과 물 사이 빈 집
검은 이불에 덮힌 섬광
철교 아래 새벽이 젖은 눈을 뜬다

오렌지 불빛의 낙과,
물 그림자가 흔들린다

— 현나미 「틈을 엿보다가」

거리距離라는 개념은 비단 소설에서만의 용어는 아니다. 일상에서 거리의 현상학은 미학을 도출한다. 가령 사진을 찍는데 거리가 가까우면 초점이 안 맞아 좋은 사진을 찍을 수 없게 된다. 이런 이치는 사물의 아름다움을 느끼는 것과 항상 비례한다. 너무 가까워도 또는 너무 멀어도 안 된다. 강물과 밤의 아름다운 조화는 거리의 합치—여기서 남과 녀로 이름을 바꾸어도 이 시는 적당한 비유로 생기를 얻는다. '눈을 뜬다'나 '불빛의 낙과'는 아름다움의 다른 이름이기 때문이다.

12) 김숙희—보여주는 방법

시를 쓰는 방법은 두 가지로 나뉜다. 시인이 사물 속에 들어가서 —감정이입이라는 절차를 통하는 것과 객관적으로 바라보는 방법이 있다. 어느 것이 우선한 것이라 단정할 수는 없지만 시인의 개성과 취향에 따라 다를 수는 있다. 그러나 전자보다는 후자에서 기교를 필요로 한다. 즉 보여주는 것으로 말을 대신하는 것은 그만큼 이지적이고 절제가 있어야 하기 때문이다. 시는 감정을 절제의 미학으로 표현하는 예술이다.

죽은 자와 산자의 동거 소식이 들려오고
애비는 시든 꽃잎을 버리듯 아이들을 차디찬 강물에 던지고
그래, 이건 분명 소음이야. 잠시 후면 사리지고 말 도시의 소음이야

아이들의 파란 입술이 강물 위에 동동 떠 올라 억울해요 억울해요
외쳐댈 때

부리가 너무 많이 상한 새는 더 이상 강물 위를 떠돌지 않고
소음에 귀기울이지 않는 우리의 굳건한 귀

시든 꽃잎 두 장 강물 위에 떠가는 것 본다.
무심히 본다.

— 김숙희, 「소음」

'죽은 자와 산 자'의 의미를 동시에 포용하는 것은 생성과 사멸을 하나로 묶는 일이기에 객관화의 방법이 멀리 있는 것 같지만 —인간은 언제나 버리는 것보다 다가오는 것에 열정을 쏟는다. '애비'가 버리는 의미로의 낡음과 '아이들의 파란 입술'의 대조에서 '억울해요'를 발성하는 것은 가치의 개념을 강조하는 아이들이 된다. 그러나 진리이거나 가치의 의미는 항상 낯설게 추위를 감내하는 것이 세상의 속됨이라면 시인은 이런 부정적인 의미를 '강물 위에 떠가는 것 본다'라는 자세로 망연함을 위로하고 있다.

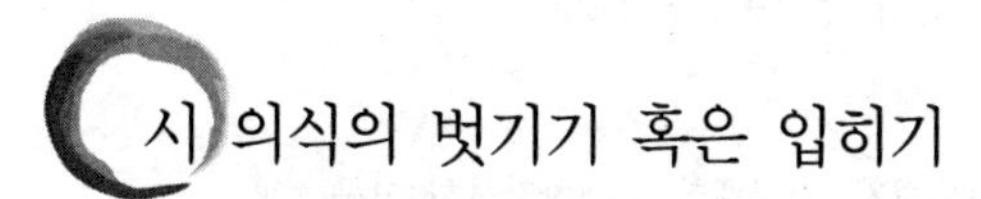

시 의식의 벗기기 혹은 입히기

2004년 8월 25일 1판 1쇄 인쇄
2004년 8월 30일 1판 1쇄 발행

지은이• 채 수 영
펴낸이• 한 봉 숙
펴낸곳• 푸른사상사

등록 제2-2876호
서울시 중구 을지로3가 296-10 장양B/D 202호
대표전화 02) 2268-8706(7) 팩시밀리 02) 2268-8708
메일 prun21c@yahoo.co.kr / prun21c@hanmail.net
홈페이지 //www.prun21c.com
편집 · 송경란/심효정/이수정 · 기획 마케팅 · 김두천/한신규/지순이

ISBN 89-5640-259-0-03810

값 27,000원

■ 채수영 蔡洙永(Chae,soo young)

- 시인. 문학평론가
- 동국대 국문과와 대학원(문학석사). 행정대학원(행정학석사). 경기대 대학원(문학박사)
- 한국문인협회감사. 이사. 국제 PEN클럽 이사. 한국문학평론가협회 이사 역임
- 한국문학비평가협회장. 전국대학 문예창작학회장 역임
- 조국문학상 본상. 한국비평문학상 본상. 예술문화공로상(예총) 한국문학비평가협회 문학상 본상. 동포문학상 본상

- 현재 :
  한국문학비평가협회 명예회장, 전국대학 문예창작학회 고문,
  신흥대학 문예창작과 교수
- 시집 : 『목마른 盞』, 『바람의 얼굴』, 『世上圖』, 『율도국』, 『내가 그리움을 띄운다면』 시선집, 『그림자로 가는 여행』, 『푸른 절망을 위하여』, 『아득하면 그리워지리라』, 『새들은 세상 어디를 보았는가』, 『들꽃의 집』, 『언어의 자유를 위하여』, 『장자의 사막 횡단법』, 『채수영 시전집 1. 2』
- 저서 : 『한국문학의 距離論』, 『한국현대시의 색채 의식 연구』 『신동집 시 연구』, 『表情文學論』, 『시정신의 변형 연구』, 『解禁詩人의 精神地理』, 『한국현대시인연구』, 창조문학론』, 『문학생태학』, 『한국문학의 자화상』, 『시적 감수성과 정신변형』, 『현실인식과 시적 상상력』, 『인간학과 시적 패러다임』, 『한국문학의 상상구조』, 『시적 장치와 의식의 성(城)』, 『시 의식의 벗기기 혹은 입히기』
- 수필집 : 『기억들의 언덕』

- E-mail: poetchae@lycos.co.kr
  poetchae@yahoo.co.kr

푸른시선

1 밤10시 30분
황금찬 시집

2 숨쉬는 닥나무
이형자 시집

3 포스트모더니즘 시대에 길을 묻다
조 현 시집

4 햇살과 바람을 마시며
한병호 시집

5 마음은 거기 가 있다
김원태 시집

6 싸리꽃 산그늘
홍석하 시집

7 꿈꾸기
한문석 시집

8 사랑의 침묵
조미나 시집

9 눈속의 에덴
권혜창 시집

10 휩풀
서범석 시집

11 거울 속에 내가 있었다
김남규 시집

12 강물에 손을 담그다가
박명용 시집

13 섬을 건너다보는 자리
나태주 시집

14 화신제
최정란 시집

15 빈 보따리
한명자 시집

16 불잉걸 하나 내려놓고
유창섭 시집

17 흔들려야 안정하는 추
송재옥 시집

18 나무는 눕지 않는다
이광녕 시집

19 풍경은 바람을 만나면 소리가 난다
이운룡 시집

21 하늘눈썹
권희돈 시집

22 내일이 있어 더 푸른 날들
김인숙 시집

23 그 땅에는 길이 있다
이운룡 시집

24 내가 누운 자리에 꿈이 내리면
정희수 시집

25 어름새와 어름꽃
김희수 시집

26 내 마음의 풍경소리 날아간 자리
정희수 시집

27 땅에서도 이루어지소서
최 건 시집

28 하루를 살아도 십년을 살아도
이홍자 시집

29 햇빛 같은 사람
강유빈 시집

30 중심꽃
윤현순 시집

30 제목을 팽개쳐 버린 시
장지성 시집

31 아버지의 바다
고대영 시집

32 되살려 제 모양 찾기
윤현순 시집

33 지금, 숲에는 비
김재란 시집

34 한 겨울의 사색
김춘선 시집

35 별을 머금다
제정자 시집

36 백운리 종점
박희선 시집

37 물 그림자로 서 있는 비목
박정애 시집

38 햇살 젖은 강
김문진 시집

39 어디로 가는 강물이며 어디에서 오는 바람인지
이홍자 시집

40 배꼽에 다시 탯줄 세우고
이복자 시집

41 쌀의 노래
심윤희 시집

42 이 한마디
김광림 시집

꽃은 제 빛깔로 말하고
박순희 시집

머물 수 없는 공간(空間)
김주곤 시집

공주기행
차호일 시집

그대를 생각하면 행복하다
조석근 시집

그래도 꿈꾸기
구상희 시집

낯선외출
문복선 시집

바보네 집 호박꽃
김순일 시집

섬
김동현 시집

새야새야녹두새야
안도섭 시집

아주 오래된 기억
차호일 시집

오래된 편지
권귀순 시집

우리는 서로에게 가는 길을 잃어버렸다
송명희 시집

존재의 끈
박명용 시집

나만의 시간과 연인이 되어
조성아 시집

투명한 밤
아이칭 著/ 류성준 譯

사바의 꽃
하희주 시집